OFIARA W ŚRODKU ZIMY
MONS KALLENTOFT

Nakładem Domu Wydawniczego REBIS
tego autora ukaże się także

ŚMIERĆ LETNIĄ PORĄ

OFIARA W ŚRODKU ZIMY
MONS KALLENTOFT

Przełożyła Bratumiła Pawłowska-Pettersson

DOM WYDAWNICZY REBIS
POZNAŃ 2010

Tytuł oryginału
Midvinterblod

Copyright © Mons Kallentoft 2007
All rights reserved

First published by Natur och Kultur, Sweden
Published by arrangement with Nordin Agency, Sweden

Copyright © for the Polish edition by REBIS Publishing House Ltd.,
Poznań 2010

Redaktor
Elżbieta Bandel

Opracowanie graficzne okładki
Lucyna Talejko-Kwiatkowska

Ilustracja na okładce
Niklas Lindblad / Mystical Garden Design

Wydanie I

ISBN 978-83-7510-451-6

Dom Wydawniczy REBIS Sp. z o.o.
ul. Żmigrodzka 41/49, 60-171 Poznań
tel. 61-867-47-08, 61-867-81-40; fax 61-867-37-74
e-mail: rebis@rebis.com.pl
www.rebis.com.pl
Skład: *AKAPIT*, Poznań, tel. 61-879-38-88

Podziękowania

Chciałbym podziękować następującym osobom za to, że na różne sposoby pomogły mi w pracy nad tą książką:
Bengtowi Nordinowi i Marii Enberg za zachętę i duże zaangażowanie. Ninie Wadensjö i Petrze König za otwartość i skwapliwość. Rolfowi Svenssonowi za jego załatwianie papierkowej roboty, między innymi. Mojej mamie Annie-Marii i ojcu Björnowi za szczegóły dotyczące okolic Linköpingu.

Chcę także podziękować Bengtowi Elmströmowi, bez którego rozsądku i wyczucia nie powstałyby żadne książki.

Największe podziękowania kieruję do mojej żony Karoliny, która pod wieloma względami była niezastąpiona w pracy nad *Ofiarą w środku zimy*. Kim bez Karoliny byłaby Malin Fors, jej koledzy po fachu i rodzina?

Miałem na względzie przede wszystkim dobro historii. Dlatego pozwoliłem sobie na pewną swobodę, choć niewielką, jeśli chodzi o pracę policji, Linköping, otoczenie miasta oraz o jego mieszkańców.

21 marca 2007
Mons Kallentoft

Prolog

ÖSTERGÖTLAND, WTOREK, TRZYDZIESTY PIERWSZY STYCZNIA
[W CIEMNOŚCI]

Nie bijcie mnie.
Słyszycie?
Zostawcie mnie w spokoju.
Nie, nie, wpuśćcie mnie. Jabłka, zapach jabłek. Znam go.
Nie każcie mi tak stać na tej zimnej bieli. Wicher ma naostrzone igły, które pożerają moje dłonie, moją twarz, aż do kości, na czaszce nie pozostaje już ani trochę oszronionej skóry, mięsa, tłuszczu.
Chyba nie widzicie, że znikam. W ogóle was to nie obchodzi, co?
Robactwo pełza po glinianym klepisku.
Słyszę je. I myszy, jak się kochają i wariują od ciepła, jak się nawzajem rozszarpują. Powinnyśmy już być martwe, szepczą, ale napaliłeś w kominku i trzymasz nas przy życiu, w tym mrozie jesteśmy twoim jedynym towarzystwem. Ale co to za towarzystwo. Czy my kiedykolwiek żyłyśmy, a może zdechłyśmy dawno temu, w pomieszczeniu tak ciasnym, że nie mogła się w nim pomieścić miłość?
   Przykrywam moje chude ciało wilgotnym materiałem, w okienku piecyka dostrzegam płomień, czuję dym rozchodzący się po mojej czarnej norze, wysączający się do śpiących sosen, świerków, mchu, granitu i lodu skuwającego jezioro.

Gdzie znajduje się ciepło? Wyłącznie w gotującej się wodzie. Jeśli zasnę, to czy się potem obudzę?

Nie bijcie.

Nie każcie mi stać na śniegu. Na zewnątrz.

Robię się siny, potem biały, jak wszystko wokół.

Tu mogę być sam.

Zasypiam, a we śnie powracają słowa: Skurwiel, zaszczaniec, tak naprawdę to cię w ogóle nie ma, nie istniejesz.

Ale co ja wam zrobiłem? Powiedzcie mi jedno: Co zrobiłem? O co chodzi?

I skąd najpierw wziął się zapach jabłek? Jabłka są okrągłe, ale eksplodują, znikają w moich dłoniach.

Okruchy ciastek na podłodze pode mną.

Nie wiem, kim ona jest, ale ta naga kobieta unosi się nad moim ciałem, mówi: Zajmę się tobą, istniejesz dla mnie, jesteśmy ludźmi, przynależymy do siebie, ale wtedy zostaje odciągnięta, dach mojej nory porywa czarny wiatr i słyszę, jak coś pełza jej za nogami, a ona krzyczy i milknie. Wraca, lecz teraz jest kimś innym, kimś pozbawionym twarzy, za kim całe życie tęskniłem, czyżby umknęła, uderzyła mnie, kim ona właściwie jest?

Skrzynka wiadomości przychodzących jest pełna. Skrzynka wysłanych opróżniona.

Mogę wymazać tęsknotę.

Mogę przestać oddychać.

Jeśli zniknie tęsknota i oddech, pojawi się poczucie przynależności. Prawda?

Obudziłem się. Jestem dużo starszy, ale moja nora, chłód, zimowa noc i las są wciąż te same. Muszę coś zrobić. Już to zrobiłem. Coś się wydarzyło.

Skąd na moich rękach krew?

I te odgłosy.

Co z nimi nie tak?

Przez cały ten harmider nie słychać już robactwa i myszy.

Twój głos. Łomot w pozbijane gwoździami deski, stanowiące drzwi do mojej nory. Jesteś, jesteście, w końcu.

Łomot. Nie pij tyle.

Czy to wy? A może umarli?

Kimkolwiek jesteście, powiedzcie, że przybywacie z dobrymi zamiarami. Że przybywacie z miłością.

Obiecajcie mi to.

Chociaż to mi obiecajcie.

Obiecajcie.

CZĘŚĆ I
OSTATNIO WSPOMNIANA MIŁOŚĆ

1

CZWARTEK, DRUGI LUTEGO

Miłość i śmierć są sąsiadkami.
Mają tę samą twarz. By umrzeć, człowiek niekoniecznie musi przestać oddychać, nie musi też oddychać, by żyć.
Nie ma żadnej gwarancji, ani w przypadku śmierci, ani miłości.
Spotyka się dwoje ludzi.
Miłość.
Kochają.
Kochają, kochają, aż któregoś dnia miłość kończy się tak samo nagle, jak się zaczęła. Jej niewdzięczne źródło zostaje odcięte przez różne okoliczności, zewnętrzne lub wewnętrzne.
Zdarza się też, że miłość trwa aż po kres. Albo jest od początku niemożliwa, a jednak nieunikniona.
Czy taka miłość, ta ostatnio wspomniana, oznacza przede wszystkim kłopoty?
Tak właśnie jest, myśli Malin Fors. Dopiero co wyszła spod prysznica i stoi w szlafroku przy zlewozmywaku. Jedną ręką rozsmarowuje masło na kromce gruboziarnistego chleba, a drugą unosi do ust filiżankę mocnej kawy.
Zegar ścienny z Ikea pokazuje 6.15. Za oknem w blasku latarni ulicznych powietrze wygląda jak zlodowaciałe. Mróz osnuwa szare kamienne ściany S:t Larskyrkan, a białe gałęzie klonów wyglądają, jakby już dawno skapitulowały: Ani jednej

więcej nocy w temperaturze poniżej dwudziestu stopni, lepiej nas połamcie, byśmy padły martwe na ziemię.
Kto jest w stanie pokochać taki mróz?
Ten dzień, myśli Malin, nie jest stworzony dla żywych.
Linköping jest sparaliżowany. Ulice miasta opadają ciężko na ziemską skorupę, a mgiełka na szybach oślepia domy.
Poprzedniego wieczoru ludzie nie mieli nawet siły dotrzeć na stadion Cloetta Center, by obejrzeć mecz Klubu Hokejowego Linköping. Jedynie kilka tysięcy osób, choć zazwyczaj trybuny są wypełnione po brzegi.
Ciekawe, jak poszło Martinowi, zastanawia się Malin. To syn jej kolegi Zekego. Rodzimy produkt, zdobywca bramek, pretendujący do reprezentacji narodowej i kariery zawodowca. Sama nie potrafi wykrzesać z siebie zainteresowania drużyną hokejową. Jednak mieszkając w tym mieście, nie da się uniknąć perypetii na lodzie.
Na zewnątrz pustki.
Biuro podróży na rogu S:t Larsgatan i Hamngatan kpi w żywe oczy reklamami – co jedna to bardziej egzotyczna; słońce, plaże, nierealnie błękitne niebo należą do obcej, możliwej do zamieszkania planety. Samotna matka przed Östgötabanken mocuje się z bliźnięcym wózkiem. Dzieci w czarnych tutkach, niewidoczne, bezwolne, silne, a jednak bezgranicznie wrażliwe. Matka śliga się na ukrytym pod warstwą puchu lodzie, potyka się, ale człapie dalej, jakby nie było innej możliwości.
Niech licho weźmie tutejsze zimy.
Malin przypomina sobie, jak przed kilku laty ojciec uzasadniał zakup trzypokojowego bungalowu na Teneryfie: Playa de la Arena, na północ od Playa de las Américas.
Co tam u was? – zastanawia się Malin.
Kawa rozgrzewa żołądek.
Pewnie jeszcze śpicie, a kiedy się obudzicie, to w słońcu i upale.
Tu, myśli Malin, panuje mróz.
Może by tak obudzić Tove? Trzynastolatki potrafią długo spać, jakby się dało, to i całą dobę. W zimę taką jak ta przyjem-

nie byłoby zapaść na kilka miesięcy w sen, nigdzie nie wychodzić i ocknąć się wypoczętym po plusowej stronie podziałki termometru.

Niech sobie pośpi. Niech odpocznie jej długie, wiotkie ciało. Pierwsza lekcja zaczyna się dopiero o dziewiątej. Oczami wyobraźni Malin widzi córkę, jak o wpół do dziewiątej zwleka się z łóżka, chwiejnym krokiem wchodzi do łazienki, bierze prysznic, ubiera się. Nigdy się nie maluje. Wbrew jej upomnieniom nie je śniadania. Może wypróbuję nową taktykę, myśli Malin: „Śniadanie ci szkodzi, Tove. Choćby nie wiem co, nie jedz śniadania".

Malin dopija kawę.

Jeśli Tove wstaje wcześnie rano, to tylko po to, by dokończyć lekturę jednej z wielu książek, które obsesyjnie pochłania. Jak na swój wiek ma dziwnie dojrzały gust. Jane Austen, myśli Malin. Które trzynastolatki czytają coś takiego? Z drugiej strony Tove nie przypomina swoich rówieśników, nie musi się wysilać, by być najlepsza w klasie. Może dobrze by było, gdyby czasem musiała się postarać, napotkać prawdziwe przeciwności?

Czas ucieka. Malin chce już wyjść do pracy, nie stracić tej półgodziny między za piętnaście siódma a piętnaście po, kiedy może pobyć na komisariacie sama i w spokoju przygotować się do dnia.

W łazience zdejmuje szlafrok, rzuca na żółtą wykładzinę PCW.

Szkło w lustrze na ścianie jest nieznacznie wypukłe i choć jej wysokie na metr siedemdziesiąt ciało wydaje się w nim nieco spłaszczone, Malin i w tym odbiciu jest smukła; atletyczna, silna, gotowa zmierzyć się z każdym draństwem. Już to zresztą zrobiła, zmierzyła się z draństwem, przyjęła je, stała się silniejsza i poszła dalej.

Nieźle jak na trzydziestotrzylatkę, myśli Malin z pewnością siebie, wszystkiemu podołam. Zaraz jednak zwątpienie, świadomość, że donikąd nie zaszłam, a już na pewno nie zaszłam daleko i to mój błąd, jedynie mój błąd.

Ciało.

Skupia się na nim.

Klepie się po brzuchu, wypycha żebra, małe piersi wysuwają się ku przodowi, ale gdy widzi wystające sutki, powstrzymuje się.

Gwałtownie się pochyla i podnosi szlafrok. Suszy blond grzywkę, pozwala, by włosy opadały na wyraziste, a zarazem miękko zarysowane kości policzkowe i tworzyły na czole zasłonę nad prostymi brwiami, podkreślającymi – wie to dobrze – jej chabrowe oczy. Wydyma usta, wolałaby mieć pełniejsze, choć może dziwnie by to wyglądało przy jej krótkim, nieco perkatym nosie.

W sypialni wkłada dżinsy, białą bluzkę i czarny wełniany golf.

Przed lustrem w korytarzu poprawia jeszcze włosy, myśli, że chyba nie widać zmarszczek w kącikach oczu. Wkłada buty traperskie Caterpillar.

Kto wie, co się dziś wydarzy?

Może będzie musiała wyjść w teren. Gruba, czarna, podrabiana kurtka puchowa kupiona za osiemset siedemdziesiąt pięć koron w sportowym sklepie Stadium w centrum handlowym w Tornby sprawia, że czuje się jak cierpiący na reumatyzm księżycowy ludek, ociężały i niezdarny.

Mam wszystko?

Komórka, portfel w kieszeni. Pistolet. Stały atrybut. Broń wisi na oparciu krzesła przy niepościelonym łóżku.

Materac spokojnie pomieściłby dwa ciała i jeszcze zostałoby między nimi miejsce, przestrzeń na sen oraz samotność podczas najczarniejszych nocnych godzin. Ale jak znaleźć kogoś, z kim wytrzymasz, skoro często nie wytrzymujesz nawet sama ze sobą?

Przy łóżku trzyma fotografię Jannego. Wmawia sobie, że postawiła ją tam tylko po to, by sprawić przyjemność Tove.

Na zdjęciu Janne jest opalony i uśmiecha się, ale tylko ustami, nie swoimi zielononiebieskimi oczami. Za nim bezchmurne niebo, obok delikatnie kołysząca się na wietrze palma. W tle majaczy dżungla. Janne ma na sobie jasnoniebieski hełm ONZ i bawełnianą kurtkę w kamuflujących kolorach z logo Służb Ratowniczych. Wygląda, jakby zamierzał się obrócić, upewnić, czy z zielonej gęstwiny nie wychodzi jakiś drapieżnik.

Rwanda.
Kigali.
Opowiadał, jak psy pożerały jeszcze żywych ludzi.

Janne pojechał, jeździ, zawsze jeździł na ochotnika, z własnej woli. To w każdym razie oficjalna wersja.

Do dżungli, w której panują ciemności tak gęste, że można dosłyszeć w niej bicie serca zła, do wilgotnych od krwi, zaminowanych górskich dróg na Bałkanach, ciężarówek z workami mąki, przejeżdżających z dudnieniem obok masowych grobów, niedbale przykrytych chrustem i piaskiem.

Od początku było z własnej woli, w naszym wypadku.

Wersja skrócona:

Siedemnastolatka i dwudziestolatek spotykają się w zwyczajnej dyskotece, w zwyczajnej prowincjonalnej mieścinie. Dwoje ludzi bez planów, tacy sami, a jednak inni, dopasowani za to zapachem i przemyśleniami. Po dwóch latach wydarza się to, co się wydarzyć nie powinno. Pęka cienka gumowa powłoka i zaczyna rosnąć dziecko.

– Musimy je usunąć.

– Nie, to zawsze było moim marzeniem.

Ich słowa rozmijają się, czas upływa, pojawia się córka, kochany promyczek, no i bawią się w rodzinę. Mija kilka lat i coś słabnie, nie jest tak, jak być miało, a może wcale nie miało. Wbrew logice ciała zyskują własną wolę.

Nie eksplozja, raczej przebicie, przez które powoli ulatywało powietrze; oddalali się od siebie w przestrzeni i jeszcze bardziej duchowo.

Pańszczyzna miłości, myśli Malin.

Słodko-gorzka. Tak wtedy sądziła, gdy się rozstali, a samochód z meblami pojechał do Sztokholmu, do szkoły policyjnej, kiedy Janne uciekł do Bośni: Jeśli będę najlepsza w tępieniu tego, co złe, przyjdzie do mnie to, co dobre.

To przecież może być takie proste?

Wtedy miłość znów będzie możliwa. Prawda?

Wychodząc z mieszkania, Malin czuje uciskający na klatkę piersiową pistolet. Ostrożnie otwiera drzwi do pokoju Tove. W ciemnościach majaczą ściany, rzędy książek na półkach, a pod turkusową pościelą nieproporcjonalne nastoletnie ciało Tove. Śpi niemal bezgłośnie, jest tak, od kiedy skończyła dwa lata. Wcześniej miała niespokojny sen, kilkakrotnie budziła się w nocy. Potem tak jakby zrozumiała, że cisza i spokój są wskazane, przynajmniej w nocy, jakby dwulatek instynktownie wiedział, że człowiek potrzebuje nocy do snów.

Malin wychodzi z mieszkania.

Powoli schodzi po trzech stopniach prowadzących do wyjścia. Z każdym krokiem czuje przybliżające się zimno. Już na klatce schodowej panuje chyba minusowa temperatura.

Żeby tylko samochód ruszył. Jest tak zimno, że pewnie nawet benzyna może zamarznąć.

Przy drzwiach waha się. Opary zimna spowijają stożki latarni ulicznych. Chce wbiec z powrotem po schodach, wejść do mieszkania, zrzucić z siebie ubranie i wślizgnąć się do łóżka. Wtedy znów się pojawia tęsknota za komisariatem. A zatem: Otwórz energicznie drzwi, biegiem do samochodu, pomajstruj kluczykiem, otwórz drzwi, wskakuj do środka, uruchom silnik i jazda.

Kiedy wychodzi, mróz chwyta ją za gardło. Ma wrażenie, że przy każdym oddechu słyszy chrzęszczące jej w nosie włoski, czuje, jak ciecz w oczach gęstnieje od ziąbu. A jednak jest w stanie odczytać inskrypcję nad jednym z bocznych wejść do S:t Larskyrkan: „Błogosławieni czystego serca, albowiem oni Boga oglądać będą".

Gdzie samochód? Srebrne volvo rocznik 2004 stoi na swoim miejscu, naprzeciwko galerii S:t Lars.

Bufiaste rękawy.

Malin z mozołem wsuwa dłoń do kieszeni kurtki, gdzie spodziewa się znaleźć klucze. Nie ma. Kolejna kieszeń i kolejna. Cholera. Musiała ich zapomnieć na górze. Wtedy sobie przypomina: Są w bocznej kieszeni dżinsów.

Bolą zesztywniałe palce, gdy wpycha je do kieszeni. Ale znajduje klucze.

No, otwierajcie się, chrzanione drzwi. Lód oszczędził dziurkę od klucza. Wkrótce Malin siedzi na fotelu kierowcy i przeklina mróz oraz silnik, który krztusi się i nie chce zaskoczyć.

Próbuje kilka razy.

Ale samochód nie daje za wygraną.

Malin wychodzi. Myśli: Muszę złapać autobus, tylko gdzie? Niech to szlag, ale zimno, pierdolony samochód. Dzwoni telefon.

Plastikowe ustrojstwo w zgrabiałej dłoni. Malin nie ma siły sprawdzić, kto dzwoni.

– Malin Fors.

– Tu Zeke.

– Pieprzony samochód nie chce mi ruszyć.

– Uspokój się, Malin. Uspokój się. Słuchaj. Wydarzyło się coś parszywego. Opowiem, jak przyjadę. Za dziesięć minut u ciebie.

Słowa Zekego unoszą się w powietrzu. Z tonu jego głosu Malin wnioskuje, że stało się coś naprawdę poważnego, że najzimniejsza zima, jaką pamięta ludzkość, stała się o jeszcze kilka stopni bardziej nieznośna, a mróz pokazał swoją prawdziwą twarz.

2

Niemiecka muzyka chóralna dudni w samochodzie, gdy Zacharias „Zeke" Martinsson, pewnie trzymając kierownicę, mija obrzeża willowej dzielnicy Hjulsbro. Przez boczną szybę dostrzega czerwone i zielone szczyty przestrzennych szeregowców. Pokolorowane deski pokrywa szron, a drzewa, które bardzo wyrosły przez te ponad trzydzieści lat, jakie minęły od wybudowania domów, sprawiają na tym zimnie wrażenie wychudzonych i wymizerowanych. A jednak cała okolica wygląda dziwnie ciepło i przytulnie, zamożnie.

Lekarskie getto, myśli Zeke. Tak się mówi w mieście. No i niewątpliwie okolica cieszy się popularnością wśród doktorów z tutejszego szpitala. Naprzeciwko, po drugiej stronie Stureforsleden, za parkingiem w Ekholmen, stoją białe, niskie domy czynszowe, zamieszkane przez kilka tysięcy imigrantów i rodowitych Szwedów plasujących się nisko na drabinie społecznej.

Przez telefon Malin wydawała się nie tyle zaspana, ile zmęczona. Może kiepsko spała. Zapytać, czy coś się stało? Nie, dajmy temu spokój. Zazwyczaj się krzywi, gdy się ją pyta o samopoczucie.

Zeke stara się nie myśleć o tym, do czego właśnie jadą. Nie chce sobie nawet wyobrażać, jak to będzie wyglądać. Wkrótce i tak zobaczą, jednak chłopaki z patrolu byli zdrowo wystraszeni. Tego tylko brakuje, żeby faktycznie było tak źle, jak mówili przez telefon. Z latami się w tym wyćwiczył, w opóźnianiu, odkładaniu diabelstwa, nawet jeśli czasami atakuje ono z zaskoczenia.

Johannelund.

Przy rzece Stångån pokryte śniegiem boiska chłopięcej drużyny futbolowej. Tu Martin grał dla Saaba, zanim postawił na hokej. Raczej nie byłem tatą kopiącym z synem piłkę, myśli Zeke, a teraz, kiedy chłopakowi zaczyna naprawdę dobrze iść, ledwo daję radę wpadać na jego mecze. Wczoraj to była mordęga. Mimo że pokonali drużynę Färjestad 4 do 3. Niezależnie od tego, jak bardzo bym się starał, nie potrafię pokochać tej gry. Jej durnoszpanerskości.

Miłość, myśli Zeke, albo jest, albo jej nie ma. Jak moja do pieśni chóralnych.

Z Da Capo, chórem, do którego należy, ćwiczy w dwa wieczory w tygodniu, od kiedy blisko dziesięć lat temu odważył się pójść na próbę. Koncerty mniej więcej raz w miesiącu, raz do roku wyjazd na jakiś festiwal.

Zeke lubi te niezobowiązujące kontakty z innymi chórzystami. Nikogo nie obchodzi, co poza tym robią pozostali, spotykają się, rozmawiają, no i śpiewają. Czasem, gdy tak stoi z nimi w jasnym kościele w otoczeniu pieśni, ma poczucie, że naprawdę można do czegoś przynależeć, być częścią czegoś większego od własnej nieważnej osoby. Jakby w pieśni istniała prostota i wyrazista radość, które nie mogą pomieścić niczego złego.

Bo chodzi o to, by zło trzymać w szachu, na tyle, na ile to możliwe.

Teraz w drodze do zła. Tyle wiadomo.

Folkungavallen.

Krok dalej w hierarchii piłkarskiej. Stadion piłkarski jest zaniedbany i przeznaczony do remontu. Kobieca drużyna Klubu Piłkarskiego Linköping należy do najlepszych w kraju. Wykupione dziewczyny, wiele z nich z kadry narodowej, którym jakoś nie udało się podbić serc mieszkańców miasta. Pływalnia. Nowo wybudowane domy przy budynku parkingowym. Skręca w Hamngatan, mija sklep spożywczy Hemköp, dom towarowy Åhléns i dostrzega Malin dygoczącą z zimna przed wejściem do swojego bloku. Dlaczego nie czeka na klatce?

Kuli się, a jednak sprawia wrażenie nieugiętej, gdy tak poklepuje się po ciele, jakby przytwierdzona do ziemi przez ziąb, przez świadomość, że to początek kolejnego dnia, gdy będzie się zajmować tym, do czego się tak naprawdę nadaje. Bo Malin jest stworzona do pracy w policji. Gdybym coś przeskrobał, nie chciałbym mieć z nią do czynienia, myśli Zeke, szepcząc jednocześnie:
– Niech to diabli, Malin, co też nas dziś czeka?

Muzyka chóralna maksymalnie wyciszona. W samochodzie sto szepczących głosów.
Co mówi ludzki głos? – myśli Malin.
Jego smagnięcie, chrypa, tłumienie słów jakby w pół drogi?
Głos Zekego jest zachrypnięty jak żaden inny, charakteryzuje go pretensjonalny, szczwany ton, który zanika, gdy Zeke śpiewa, i staje się jeszcze bardziej wyrazisty, gdy właśnie opowiada, co się wydarzyło.
– Najwyraźniej to jakiś paskudny widok – powiedział, a chrypa przydała ostrości jego słowom. – Tak mówili chłopacy. Ale kiedy mamy do czynienia z czymś innym?
– To znaczy?
– Czymś innym niż paskudny widok?
Zeke siedzi obok niej za kółkiem volvo, wzrok ma wlepiony w lśniącą drogę.
Oczy.
Polegamy na nich. Odpowiadają za dziewięćdziesiąt procent wszystkich wrażeń składających się na nasz obraz otoczenia. To, czego nie widzimy, nie istnieje. Prawie. Coś ukrytego w szafie znika. Problem rozwiązany, tak po prostu.
– Nigdy – mówi Malin.
Zeke kiwa ogoloną głową. Umieszczona na nadzwyczaj długiej szyi czaszka nie pasuje do jego niskiego, żylastego ciała. Skóra opina kości policzkowe.
Ze swego miejsca Malin nie jest w stanie dojrzeć jego oczu. Ale polega na tym, jak je pamięta. Zna te oczy. Są głęboko osadzone w czaszce i przeważnie nieruchome. W ich matowej,

szarozielonej barwie lśni zawsze połyskliwy, nieomal wieczny blask, srogi, a jednocześnie łagodny.

Czterdziestopięcioletni Zeke ma w sobie wiele wynikającego z doświadczenia spokoju, choć przez lata zrobił się rozedrgany, nieprzejednany. Kiedyś powiedział jej na imprezie wigilijnej po zbyt wielu piwach i sznapsach:

– My przeciwko nim, Malin. Czasami, choć to smutne, musimy stosować ich metody. Pewien rodzaj ludzi rozumie tylko ten język. – Powiedział to bez goryczy czy satysfakcji, po prostu stwierdził.

To rozedrganie Zekego jest niewidoczne, lecz ona je wyczuwa. Ależ on się musi męczyć na meczach Martina.

– ...paskudny widok.

Od telefonu Zekego do jego przyjazdu pod jej dom minęło jedenaście minut. To zwięzłe stwierdzenie sprawiło, że gdy wsiadła do samochodu, znów zadrżała, a jednocześnie dziwnie się ożywiła.

Linköping przez szybę samochodu.

Miasto łapczywe na przekór swej stosunkowo niewielkiej powierzchni, historię pokrywa dziwnie cienka patyna.

Coś, co kiedyś było miastem fabrycznym i rolniczym centrum handlu, przekształciło się w miasteczko uniwersyteckie. Fabryki w większości zamknięto, a ci, którzy się nadawali, zostali wtłoczeni w studia, szkołę wyższą, uniwersytet. Wkrótce na równinie urosło najbardziej zadufane miasto w kraju, posiadające najbardziej wyjątkowych mieszkańców.

Linköping.

Miasto urodzone w latach czterdziestych, jak niepewny siebie naukowiec z pochodzeniem, które za wszelką cenę należy zamieść pod dywan. Lud, który chce być elegancki, przywdziewa suknię i garnitur, by w soboty wypić w centrum kawę.

Linköping.

Miasto, w którym spokojnie można się rozchorować.

Albo jeszcze lepiej, poparzyć.

W Szpitalu Uniwersyteckim znajduje się najlepszy w kraju oddział leczący poparzenia. Malin kiedyś odwiedziła go w związku z jakąś sprawą, cała ubrana na biało. Przytomni pacjenci krzyczeli albo jęczeli, uśpieni śnili o tym, by się nie obudzić.

Linköping.

Domena lotników. Siedziba przemysłu lotniczego. Stalowe wrony kraczą na niebie. Tunna, Draken, Viggen i Jas. Przelewa się i nagle jest wszędzie pełno nowobogackich, ich firmy technologiczne sprzedane do Ameryki.

No i równina oraz lasy wokół. Siedziba wszystkich tych, których geny nie nadążają za tak szybkimi przemianami, których kody protestują, odmawiają. Nieumiejętność przystosowania się.

Janne. Czyżbyś był jednym z nich?

Czy nasze kody nie trzymają tego samego tempa?

Indianie z puszczy. Ludzie w osadach takich jak Ukna, Nykil i Ledberg. W soboty w Ikea można zobaczyć Indian w dresach i drewniakach ramię w ramię z lekarzami, inżynierami oraz pilotami testowymi. Ludzie tak mają żyć, ramię w ramię. Ale co, jeśli kod protestuje? Jeśli miłość bliźniego nie jest możliwa? Niekiedy w punkcie przełomowym między wtedy a teraz, między tu a tam, tym, co wewnątrz, i tym, co na marginesie, rodzi się przemoc jako jedyna możliwość.

Mijają Skäggetorp.

Domy z białej cegły wybudowane wokół wyludnionego centrum w ramach programu „milion mieszkań". Lokatorskie szeregowce zamieszkują przybysze z bardzo daleka. Ci, którzy wiedzą, jak to jest, gdy w nocy do drzwi puka ubrany w mundur oprawca, ci, którzy słyszeli świst maczet w powietrzu, gdy świt budził dżunglę, ci, którym nie można jeszcze pogratulować szczęścia w Urzędzie Imigracyjnym.

– Przejedziemy przez Vreta czy Ledbergsvägen?

– Decyduj. Jak najkrótszą drogą.

– Chyba prosto. A tak poza tym: Jak tam wczorajszy mecz?

– Nie pytaj. Te czerwone siedzenia to tortura dla części miękkich.

Zeke mija zjazd na Ledbergsvägen i kieruje się w stronę Vreta.
Na wschodzie rozciąga się Roxen. Skute lodem przypomina do niczego niepasujący lodowiec. Na wprost, po drugiej stronie jeziora, pną się wille w najlepszej dzielnicy Vreta, na zboczu przy brzegu porośniętym sitowiem. Śluzy w pobliskim Göta Kanal czekają na letnich miłośników żeglarstwa oraz łódki przewożące forsiastych amerykańskich turystów.
Zegar na tablicy rozdzielczej.
07.22.
Paskudny widok.
Malin ma ochotę poprosić Zekego, żeby dodał gazu, a jednak milczy, przymyka oczy.
O tej porze wszyscy zaczynają się już pojawiać na komisariacie. Mówiłaby im teraz dzień dobry ze swojego miejsca za biurkiem w biurze w Wydziale Dochodzeniowo-Śledczym w Linköpingu. Z ich humorów, głosów odczytywałaby, jaki nastrój będzie panował tego dnia. Powiedziałaby albo pomyślała:
„Dzień dobry, Börje Svärd. Chyba byłeś z psami na spacerze. Nigdy nie jest za zimno na okazanie miłości twoim owczarkom, co? Masz psią sierść na swetrach, kurtce, w twoich coraz bardziej przerzedzonych włosach. Ujadanie psów jest dla ciebie jak mowa. Jak ty właściwie dajesz radę? Jakie to uczucie, patrzeć na cierpienie ukochanej osoby, cierpienie żony?"
„Dzień dobry, Johanie Jakobssonie. Trudno było zagonić wczoraj dzieci do łóżka? Może chorują? Szaleje grypa żołądkowa. Budziliście się z żoną w nocy i ścieraliście wymiociny? A może doświadczyliście tej spokojnej radości, która się pojawia, gdy dzieci zasypiają wcześnie i w dobrym nastroju? Dziś żona odwoziła, a ty przywozisz? Jesteście punktualni, ty jesteś punktualny, Johan, nawet jeśli czasu jest zawsze za mało. I ten niepokój, Johan, widzę go w twoich oczach, słyszę w twoim głosie, nigdy nie znika, wiem, co oznacza, bo ja też go odczuwam".
„Dzień dobry, szefie wydziału. Jak się dziś miewa komisarz Sven Sjöman? Uważaj. Masz zdecydowanie za duży brzuch. Brzuch zawałowca, jak mówią lekarze ze Szpitala Uniwer-

syteckiego. Wdowi brzuch, jak rechoczą w kafeterii w IVA* przed operacjami wszczepienia by-passów. Nie patrz na mnie tak wyczekująco, Sven, dobrze wiesz, że staram się najlepiej, jak potrafię. Uważaj. Potrzebuję ludzi, którzy we mnie wierzą. Tak łatwo o zwątpienie, nawet jeśli się ma siłę napędową o wiele większą, niż się przypuszcza. I jego słowa, rady: «Masz do tego talent, Malin. Prawdziwy talent. Zrób z niego użytek. Na świecie jest wiele talentów, ale rzadko są wykorzystywane. Patrz, ale nie polegaj tylko na oczach. Działaj trochę na czuja, Malin. Zdaj się na przeczucie. W śledztwie jest wiele głosów, tych, które możesz usłyszeć, i tych, których usłyszeć nie jesteś w stanie. Naszych oraz tych należących do innych. Musisz słuchać niemych głosów, Malin. To one kryją prawdę»".

„Dzień dobry, Karimie Akbarze. Wiesz pewnie, że nawet najmłodszy, najbardziej medialny szef policji w kraju musi żyć w dobrych stosunkach z nami, rzemieślnikami? Suniesz w swoich odprasowanych, wspaniałych włoskich garniturach i nigdy nie wiadomo, jaką obierzesz trasę. Nigdy nie mówisz o twoim Skäggetorp, o pomarańczowych domach z fasadami z blachy w Nacksta w Sundsvall, gdzie dorastałeś z samotną matką i sześciorgiem rodzeństwa po przeprowadzce z tureckiego Kurdystanu, a twój ojciec odebrał sobie życie zrozpaczony tym, że nie odnalazł się w nowym kraju".

– O czym tak myślisz, Malin? Jesteś jakaś nieobecna.

Słowa Zekego są jak smagnięcie batem. Wyrywają Malin z jej zabawy w powitania z powrotem do samochodu, do jazdy w kierunku zdarzenia, przemocy, do której dochodzi w punktach przełomowych, z powrotem do zimowego krajobrazu.

– O niczym – odpowiada. – Myślałam tylko, jak ciepło i przyjemnie musi być teraz w komisariacie.

– Mróz padł ci na mózg, Malin.

– A jak ma nie paść?

– Zahartuj się, to zniknie.

– Mróz?

– Nie, myśl o nim.

---

* IVA (Kungliga Ingeniorsvetenskapsakademien) – Królewska Szwedzka Akademia Nauk Technicznych i Inżynieryjnych (przyp. tłum.).

Mijają sady w Sjövik. Malin wskazuje na pokryte mrozem szklarnie.
– Tam wiosną można kupić tulipany. Tulipany we wszystkich możliwych kolorach.
– A niech to – mówi Zeke. – Już się nie mogę doczekać.

Światła radiowozu na tle białego pola i nieba wyglądają jak migoczące barwne gwiazdy.

Zbliżają się powoli, jakby samochód metr za metrem zasysał mróz, pokryte śniegiem pola, samotność, która tak pasuje do tego miejsca. Metr za metrem, kryształek za kryształkiem przybliżają się do celu, zaokrąglenie, wygięcie w atmosferze, zdarzenie, które wynika ze zdarzenia, które wynika ze zdarzenia, domagającego się uwagi teraźniejszości. Wiatr dmie w szybę.

Koła volva buksują po odśnieżonej drodze. Jakieś pięćdziesiąt metrów od igrających świateł rysuje się samotny dąb, niewyraźny na horyzoncie, szarobiałe macki są jak wspinający się po białym niebie jadowity pająk, gałęzie to sieć wspomnień i wyobrażeń. Najgrubsza gałąź wygina się ku ziemi. Mróz powoli spuszcza zasłonę, jeszcze przed chwilą skrywającą ciężar przed oczami Zekego i Malin.

Postać przy radiowozie. Dwie głowy widoczne w tylnej szybie. Kilka metrów dalej byle jak zaparkowany zielony saab.

Blokady wokół drzewa, prawie do drogi.

I tam na drzewie. Ten niezbyt miły widok.

Coś, w co oczom trudno uwierzyć.

O czym muszą opowiedzieć głosy.

3

Na swój sposób miło się tu wisi.
Mam ładny widok, a moje przemarznięte ciało przyjemnie kołysze się na wietrze. Pozwalam myślom biec, jak im się podoba. Panuje tu spokój, jakiego wcześniej nie czułem i nawet nie przypuszczałem, że może istnieć. Mam nowy głos i spojrzenie. Może teraz jestem właśnie takim człowiekiem, jakim nigdy nie miałem szansy się stać.
Przejaśnia się na horyzoncie. Równina Östgötaslätten jest szarobiała i z pozoru bezkresna, tę monotonię przełamują jedynie kępy drzew otaczające niewielkie zagrody. Raz po raz śnieg przetacza się po polach, zaspy mieszają się z gołą ziemią, a na dole, przy radiowozie, daleko od moich dyndających stóp stoi młody mężczyzna w szarym kombinezonie. Niespokojnie i z nadzieją, niemal z ulgą, patrzy na zbliżający się samochód. Odwraca wzrok ku mnie, jakby mnie pilnując, tak jakbym miał gdzieś zwiać.
Krew zakrzepła mi w ciele.
Moja krew zakrzepła na niebie i gwiazdach, w najodleglejszych galaktykach. A jednak tu jestem. Nie muszę już jednak oddychać, zresztą byłoby to trudne, biorąc pod uwagę pętlę na mojej szyi. Kiedy wysiadł z samochodu i zbliżył się w swojej czerwonej kurtce – Bóg jeden wie, co tu robił tak wcześnie – krzyknął, a potem wymamrotał: „Jasna cholera, jasna cholera, jasna cholera, Boże".
Szybko gdzieś zadzwonił, a teraz siedzi w samochodzie i potrząsa głową.
Tak, Boże. Już z Nim próbowałem, ale co mi po Nim? Wszędzie to widzę: To rozpaczliwe wołanie, któremu oddają się ludzie, gdy tylko zetkną się z tym, co postrzegają jako ciemność.

Nie jestem sam, wokół mnie jest nieskończenie wielu takich jak ja, a jednak nie jest ciasno, dla wszystkich jest miejsce, i to z nawiązką, tu, w moim bez końca rozrastającym się wszechświecie, wszystko się jednocześnie kurczy. Staje się wyraźne, choć wciąż pozostaje dziwnie mętne.

Oczywiście, bolało.

Oczywiście, bałem się.

Oczywiście, próbowałem uciec.

Ale jednak gdzieś w głębi wiedziałem, że życie się kończy, nie cieszyło mnie to, ale byłem zmęczony, zmęczony krążeniem wokół tego, czego mi odmawiano, co jednak gdzieś w głębi chciałem mieć, w czym chciałem uczestniczyć.

Ruchy ludzi.

Nigdy moje.

Dlatego miło zwisać nagim i nieżywym z samotnego dębu na jednym z najbardziej żyznych obszarów w kraju. Światła zbliżającego się samochodu są piękne.

Tego, co piękne, nigdy wcześniej nie było.

Może istnieje to tylko dla nas, umarłych?

Przyjemnie, tak przyjemnie nie mieć już żadnych trosk, które trapią żywych.

Mróz nie ma zapachu. Nagie, zakrwawione ciało nad głową Malin powoli kołysze się wte i wewte, a dąb niechętnie odgrywa rolę wieszaka, którego skrzypienie zlewa się z szumem silnika na wolnym biegu. Skóra zwisa w dużych płatach z wydętego brzucha i pleców, a odsłonięte zamarznięte mięso stanowi plątaninę matowych, czerwonawych odcieni. Tu i ówdzie na kończynach rany są głębokie, wklęsłe, jakby bez planu wycięte w ciele nożem. Genitalia wyglądają na nienaruszone. Twarz nie ma konturów, jest sinoczarną spuchniętą masą obitego sadła. Jedynie oczy, wytrzeszczone i przekrwione, ba, niemal zaskoczone i wygłodniałe, a jednocześnie przepełnione niepewnym lękiem zdradzają, że należy ona do człowieka.

– Waży chyba ze sto pięćdziesiąt kilo – mówi Zeke.

– Co najmniej – odpowiada Malin i myśli, że już wcześniej widziała to spojrzenie u ofiar morderstw, a także o tym, jak wszystko ponownie staje się pierwotne, gdy stykamy się ze śmiercią, jak na powrót stajemy się nowo narodzonym człowiekiem. Przestraszeni, głodni, lecz od pierwszej chwili zdolni do zdziwienia.

Postępuje w ten sposób, gdy jest świadkiem scen takich jak ta. Odgania je za pomocą pamięci i tego, co przeczytała; stara się dopasować teorie do tego, co widzą oczy.

Jego oczy.

Dostrzega w nich przede wszystkim wściekłość. I rozpacz.

Pozostali czekają w radiowozie. Zeke kazał mundurowemu poczekać w samochodzie.

– Nie musisz tak stać na mrozie. Wisi tam, gdzie wisi.
– A nie przesłuchacie tego faceta?

Mundurowy ogląda się przez ramię.
– To on go znalazł.
– Najpierw popatrzmy, co tu mamy.

Oto nabrzmiałe zamarznięte ciało na samotnym dębie; gigantyczny przerośnięty bobas, z którego jakiś człowiek albo ludzie wydarli życie.

Czego ode mnie chcesz? – myśli Malin. Dlaczego mnie tu przywiodłeś w ten zapomniany od Boga poranek?

Co mi chcesz opowiedzieć?

Stopy, niebieskoczarne o czerniejących palcach zwisają na tle bieli.

Oczy, myśli Malin. Twoja samotność. Porusza się ponad równiną, miastem i dalej we mnie.

Najpierw to, co oczywiste.

Gałąź znajduje się pięć metrów nad ziemią, brak ubrania, brak krwi na śniegu, wokół drzewa żadnych śladów oprócz tych zupełnie świeżych, pochodzących od pary traperskich butów.

Należą do mężczyzny, który cię znalazł, myśli Malin. Jedno jest pewne: Sam się tam nie dostałeś, a te rany musiał ci zadać ktoś inny. Przypuszczalnie nie tutaj, wówczas ziemia pod tobą byłaby cała we krwi. Nie, zamarzałeś długo w innym miejscu, tak długo, aż stężała twoja krew.

– Widzisz te ślady na gałęzi? – pyta Zeke, spoglądając w górę na ciało.

– No. Jakby ktoś zdarł korę.

– Założę się, że ten, kto to zrobił, umieścił go na drzewie za pomocą dźwigu, a potem zawiązał pętlę.

– Albo ci, co to zrobili – mówi Malin. – Mogło być ich więcej.

– Od drogi nie prowadzą tu żadne ślady.

– Tak, ale noc była wietrzna. Podłoże zmienia charakter z minuty na minutę. Sypki śnieg, szreń. Raz tak, raz tak. Jak długo pozostaje na nim ślad? Kwadrans. Godzinę. Nie dłużej.

– Technicy muszą odsłonić ziemię.

– Będą potrzebowali gigantycznych agregatów ciepła – stwierdza Malin.

– Muszą sobie jakoś poradzić.

– Jak sądzisz, od kiedy tu wisi?

– Trudno powiedzieć. Ale na pewno nie dłużej niż od wieczora. W dzień ktoś by go zobaczył.

– Mógł być już martwy na długo przedtem – mówi Malin.

– To już sprawa Johannison.

– Coś na tle seksualnym?

– A nie wszystko jest, Fors?

Nazwisko. Zeke używa go, gdy żartuje, w odpowiedzi na pytanie, które uważa za niepotrzebne albo głupie lub po prostu idiotycznie sformułowane.

– Daj spokój, Zeke.

– Nie sądzę, że to ma jakieś tło seksualne. Nie.

– Dobrze, zatem jesteśmy zgodni.

Wracają do samochodów.

– Ten, kto to zrobił, musi być diabelnie wytrwały – mówi Zeke. – Niełatwo przecież było sprowadzić tu ciało i powiesić je na drzewie.

– Trzeba być cholernie wściekłym – stwierdza.

– Albo potwornie smutnym – odpowiada Malin.

– Wsiądźcie do naszego auta. Jeszcze jest tam ciepło.
Mundurowi wydostają się z radiowozu.
Mężczyzna w średnim wieku na tylnym siedzeniu wymownie spogląda w stronę Malin i szykuje się, żeby wysiąść.
– Pan może zostać – mówi Malin.
Mężczyzna osuwa się, wciąż jest jednak spięty, drgają mu wąskie brwi. Całe jego ciało zdaje się wyrażać jedno: Jak mam to, u licha, wyjaśnić? Co tu robiłem o tej porze?
Malin siada obok niego, a Zeke sadowi się na przednim fotelu.
– Przyjemnie – mówi Zeke. – Przyjemniej niż na zewnątrz.
– To nie ja – mężczyzna zwraca się do Malin, a jego niebieskie oczy są wilgotne od lęku. – Nie powinienem był się zatrzymywać, do cholery, co za głupota, powinienem był jechać dalej.
Malin kładzie dłoń na jego ramieniu. Puch pod czerwonym materiałem zapada się pod jej palcami.
– Postąpił pan słusznie.
– A więc byłem...
– Już dobrze, już dobrze – uspokaja Zeke odwrócony w stronę tylnego siedzenia. – Proszę się uspokoić. Proszę najpierw powiedzieć, jak się pan nazywa.
– Jak się nazywam?
– Dokładnie tak – przytakuje Malin.
– Moja kochanka...
– Nazwisko.
– Liedbergh. Peter Liedbergh.
– Dziękuję, Peter.
– Niech pan teraz opowie.
– A więc wracałem do domu z Borensbergu od mojej kochanki. Mieszkam w Maspelösie. Tędy jest mi najbliżej. Przyznaję się, ale z tym tu nie mam nic wspólnego. Możecie u niej sprawdzić. Nazywa się...
– Sprawdzimy – mówi Zeke. – Więc wracał pan do domu po miłosnej nocce?
– Tak i obrałem tę trasę. Jest odśnieżona, no i zobaczyłem coś dziwnego na drzewie, zatrzymałem się, wysiadłem i cholera, cholera, po prostu. Mój Boże.

Ruchy ludzi, myśli Malin. Świecące w nocy reflektory aut, migające punkty.
– Nikogo tu nie było? Widział pan kogoś? – pyta.
– Pusto jak w grobie.
– Minął pan jakiś samochód?
– Na tej drodze nie. Ale jakiś kilometr przed wjazdem minąłem furgonetkę, nie zapamiętałem marki.
– A numery?
Zachrypnięty głos Zekego.
Peter Liedbergh potrząsa głową.
– Możecie sprawdzić u mojej kochanki. Nazywa się...
– Sprawdzimy.
– Wiecie. Najpierw chciałem po prostu pojechać dalej. Ale potem, no wiem przecież, co należy zrobić w takiej sytuacji. Przysięgam, nie mam z tym nic wspólnego.
– Też tak sądzimy – mówi Malin. – Ja, to znaczy my, uważamy to za mało prawdopodobne, że zadzwoniłby pan, gdyby miał pan z tym coś wspólnego.
– A moja żona, czy moja żona musi się o tym dowiedzieć?
– O czym? – pyta Malin.
– Powiedziałem jej, że będę w pracy. W piekarni Karlssons Bageri, pracuję tam na nocki, ale wtedy jadę z innej strony.
– Nie musimy jej nic mówić – odpowiada Malin. – Ale i tak się pewnie dowie.
– Co mam jej powiedzieć?
– Niech jej pan powie, że wracał pan dłuższą drogą. Że czuł się pan wypoczęty.
– Nigdy w to nie uwierzy. Zawsze jestem strasznie zmęczony. No i ten mróz.
Malin i Zeke patrzą po sobie.
– Coś jeszcze, co może nam się przydać?
Peter Liedbergh potrząsa głową.
– Mogę już jechać?
– Nie – mówi Malin. – Technicy muszą sprawdzić pański samochód i pobrać odciski podeszew. Sprawdzimy, czy to pana ślady. No i musi pan podać naszym kolegom nazwisko i numer telefonu kochanki.

– Nie powinienem był się zatrzymywać – mówi Peter Liedbergh. – Byłoby lepiej, gdyby dalej tak wisiał. Prędzej czy później i tak ktoś by go znalazł.

Wiatr przybiera na sile, przedziera się przez podrabiany puch w kurtce Malin, przenika przez skórę, ciało i dalej do najdrobniejszych cząsteczek szpiku. Hormony stresu zaczynają działać, pomagają mięśniom wysyłać sygnały do mózgu. To z kolei wywołuje ból w całym ciele. Malin się zastanawia, jakie to uczucie zamarzać na śmierć. Człowiek nigdy nie umiera z zimna, tylko ze stresu. Ciało odczuwa ból, gdy nie może utrzymać temperatury, pracuje na zwiększonych obrotach i samo siebie oszukuje. Kiedy człowiekowi jest naprawdę zimno, czuje rozchodzące się po ciele ciepło. To zwodnicza przyjemność – płuca nie są już w stanie dotleniać krwi, człowiek jednocześnie dusi się i zasypia. Ale jest mu ciepło i ci, którzy z tego stanu powrócili, opowiadają to samo co osoby, które były bliskie utonięcia; o tym, jak opadali, w dół, w dół, by potem wznieść się do góry, ku chmurom tak miękkim, białym i ciepłym, że znika wszelki strach. Ta miękkość to fizjologiczny wymysł, myśli Malin. Pieszczota śmierci, byśmy potrafili ją zaakceptować.

Zbliża się jakiś samochód.

Czyżby już technicy?

Chyba nie.

Raczej hieny z „Östgöta Correspondenten", które zwietrzyły zdjęcie roku. To on? Myśl przebiega Malin przez głowę, zanim z wysoka, z dębu słychać niepokojące trzeszczenie. Odwraca się, widzi, jak ciało targa wiatr, i myśli: Pewnie niewygodnie tak tam wisieć.

Poczekaj, niedługo cię stamtąd zdejmiemy.

4

Malin, Malin, co dla mnie masz?
Ziąb zdaje się pożerać słowa Daniela Högfeldta, fale dźwiękowe milkną w połowie drogi. Choć ubrany jest w puchową kurtkę z futrzanym kołnierzem, w sposobie, w jaki się przemieszcza, jest jakaś bezpośredniość, a zarazem elegancja, jakby posiadał ziemię, po której kroczy, i panował nad nią.
Napotyka jego spojrzenie i widzi szyderczy uśmiech, błysk szyderczego uśmiechu, kryjącą się za tym spojrzeniem opowieść, sekretną historię, o której on wie, że ona nie chce, by ktokolwiek się dowiedział. Już widzi kalkulację: Wiem, że wiesz, i użyję tego, by dostać to, czego chcę, tu i teraz. Szantaż, myśli Malin. Na mnie to nie działa. Kiedy wyciągniesz swoją kartę, Daniel? Teraz? Dlaczego nie. Dobra okazja. Ale ja nie dam za wygraną. Jesteśmy w tym samym wieku, ale nie jesteśmy tacy sami.
– Został zamordowany, Malin? Jak się znalazł na tym drzewie? Coś przecież m u s i s z mi dać. – Nagle Daniel Högfeldt jest tuż przy niej, a jego prosty nos niemal muska jej. – Malin?
– Ani kroku dalej. Nic nie powiem. Niczego nie m u s z ę.
Szyderczy uśmiech w jego oczach staje się coraz bardziej czytelny. A jednak Daniel postanawia się wycofać.
Szczęka aparat pani fotograf, która jest tuż za barierkami otaczającymi drzewo i ciało.
– Nie tak blisko, idiotko! – wrzeszczy Zeke, a Malin kątem oka widzi, jak dwóch policjantów w mundurach pędzi w kierunku kobiety, która powoli opuszcza aparat i wycofuje się do wozu reporterskiego.

– Malin, więc został zamordowany, bo chcecie zachować czysty teren. Coś przecież możesz powiedzieć. Nie wygląda mi to na samobójstwo.

Odpycha Daniela na bok, czuje, jak jej łokieć muska jego, chce wrócić, powtórzyć ten gest, ale zamiast tego słyszy, jak krzyczy za nią. Myśli: Jak ja, u diabła, mogłam? Jak można być tak głupią?

Ponownie odwraca się do dziennikarza z „Correspondenten".

– Ani kroku na pole. Wracać do samochodu i siedzieć tam albo jeszcze lepiej odjechać stąd. Tu jest tylko zimnica, nic poza tym. A zdjęcia ciała już przecież macie, nie?

Daniel uśmiecha się swoim dobrze wyćwiczonym chłopięcym uśmiechem, który w przeciwieństwie do jego słów rozcina chłód.

– Ależ Malin, ja tylko wykonuję swoją pracę.

– Zaraz przyjadą technicy i będą robić swoje. Tyle się tu będzie działo. Wszystko usuniemy.

– Mam! – krzyczy fotograf, a Malin myśli, że musi być co najwyżej osiem, dziewięć lat starsza od Tove i jak muszą ją boleć nagie palce.

– Marznie – mówi Malin.

– Pewnie tak – odpowiada Daniel, a potem człapie obok Malin w kierunku samochodu, nie oglądając się za siebie.

Gdy zdałem sobie sprawę, że rzeczywiście chce mnie zdjąć, poczułem, jak to wiszenie mnie męczy. Bo taki jest mój stan. Unoszę się i tkwię w miejscu. Jestem tu i wszędzie. To drzewo nie jest miejscem odpoczynku, odpoczynek może nigdy nie nadejdzie. Jeszcze tego nie wiem.

I wszyscy ci ludzie w puchowych ubraniach.
Czy nie wiedzą, jak są próżni?
Wydaje im się, że potrafią odpędzić ziąb?
Możecie mnie już ściągnąć?
Zaczyna mnie męczyć to wiszenie, ta zabawa, w którą się bawicie pode mną na śniegu. Ale pewnie. Zabawnie obserwować, jak zosta-

wiacie ślady, ślady, których tropienie mnie bawi, w kółko, w kółko, jak niespokojne wspomnienia ukryte w niedostępnych synapsach.

– Nie trawię go – mówi Zeke, gdy w zimnie znika wóz „Correspondenten". – Jest jak napompowana kokainą pijawka z ADHD.
– To właśnie dlatego jest dobry w tym, co robi – odpowiada Malin.
À la amerykańskie metafory Zekego. Pojawiają się w najmniej oczekiwanych momentach i Malin się zastanawia, skąd się właściwie biorą. Z tego, co wie, Zeke nie przepada za amerykańską popkulturą, nie wie chyba nawet, kim jest Philip Marlowe.
– Skoro jest tak cholernie dobry, to co robi w lokalnej gazetce?
– Może mu się podoba?
– Pewnie.
Malin patrzy na ciało.
– Jak sądzisz, jak to jest tam wisieć?
Słowa zawisają w zimnym powietrzu.
– Teraz to tylko mięso – mówi Zeke. – Mięso nic nie czuje. Kimkolwiek ta osoba, ten człowiek był, już go tu nie ma.
– Ale coś może jeszcze nam opowiedzieć – mówi Malin.

Karin Johannison, technik kryminalistyki, obducent i pracownik naukowy w Centralnym Laboratorium Kryminalistycznym, zatrudniona na pół etatu w policji w Linköpingu, gorączkowo oklepuje swoje odziane w puchową kurtkę ciało, elegancka mimo tych nieeleganckich ruchów. Kawałeczki piór fruwają w powietrzu jak zniekształcone płatki śniegu, a Malin myśli, że ta kurtka musiała być niesamowicie droga, biorąc pod uwagę dobrze wypchane czerwone poduchy.
Nawet w futrzanej czapce i z zaróżowionymi od lutowego mrozu policzkami Karin wygląda jak nieco podstarzała księżniczka z Riwiery, jak niewitająca smutku Françoise Sagan,

zdecydowanie zbyt ładna na tę pracę, którą wykonuje. Na jej skórze zachowała się jeszcze opalenizna z bożonarodzeniowego urlopu w Tajlandii. Czasem, myśli Malin, marzę, by być jak ty, Karin, poślubiona pieniądzom i łatwemu życiu.

Ostrożnie, po wcześniej wydeptanych śladach, zbliżają się do ciała.

Karin zgrywa inżyniera, trąca nagiego człowieka na drzewie, stara się nie patrzeć na tłuszcz, skórę, na to, co kiedyś było twarzą, odgania wszystkie przemyślenia zrodzone w mózgu tego opuchniętego ciała, które teraz powoli zniża się nad miastem, równiną i lasami niczym złowrogi pomruk; pojękiwanie, które można uciszyć tylko w jeden sposób, udzieleniem odpowiedzi na pytanie: Kto to zrobił?

Co widzisz, Karin?

Wiem, myśli Malin, widzisz obiekt, śrubkę albo nakrętkę, machinę opowiadającą, którą należy przeanalizować, która musi przekazać wbudowaną w nią historię.

– Raczej sam się tu nie znalazł – mówi Karin, stojąc niemal tuż pod ciałem.

Przed chwilą sfotografowała ślady butów wokół niego, przyłożyła do nich linijkę, bo nawet jeśli z największym prawdopodobieństwem należą tylko do nich i Petera Liedbergha, i tak muszą to sprawdzić.

Malin odpowiada pytaniem:

– Od kiedy według ciebie nie żyje?

– Trudno powiedzieć jedynie na podstawie oględzin. Muszę zachować obiektywizm. Odpowiedź na to pytanie uzyskamy na sali sekcyjnej.

Takiej reakcji się spodziewała. Malin myśli o opaleniźnie Karin, jej solidnie wypchanej kurtce i o tym, jak wiatr przewiewa przez jej materiał ze Stadium.

– Zanim go zdejmiemy, zbadamy ziemię pod nim – mówi Karin. – Musimy zadzwonić po agregat ciepła, którym dysponuje wojsko w Kvarn, i rozbić namiot, żeby się pozbyć tego śniegu.

– Nie zrobi się z tego grząskie błoto? – pyta Malin.

– Tylko wtedy, gdy będziemy za długo korzystać z agrega-

tu – odpowiada Karin. – Mogą chyba dostarczyć tu sprzęt za kilka godzin. Jeśli nie jest używany gdzie indziej.
– Nie powinien tu wisieć – stwierdza Malin.
– Jest minus trzydzieści – mówi Karin. – W takim zimnie z ciałem nic się nie stanie.

Zeke stoi na jałowym biegu, między temperaturą w aucie a powietrzem na zewnątrz jest pewnie ze czterdzieści stopni różnicy. Ciepły oddech zamienia się w kryształki lodu na bocznych szybach.
Malin siada na miejscu pasażera.
– Szybko zamykaj drzwi – syczy Zeke. – Czy pani Johannison ma wszystko pod kontrolą?
– Kvarn. Stamtąd ściągnie agregat.
Podjeżdżają jeszcze dwa radiowozy i przez białe gałązki kryształków Malin widzi Karin dyrygującą mundurowymi na polu.
– Możemy jechać – mówi Zeke.
Malin kiwa głową.
Kiedy ponownie mijają sady w Sjövik, podkręca radio, ustawia stację P4. Jej dawna przyjaciółka Helen Aneman każdego dnia między siódmą a dziesiątą prowadzi tu swój program.
Zegar na tablicy rozdzielczej pokazuje 8.30.
Po *Bielszym odcieniu bieli* rozbrzmiewa miękki głos przyjaciółki.
– W trakcie poprzedniej piosenki weszłam na stronę „Corren". To, drodzy słuchacze, nie jest zwykły dzień. I nie mam tu na myśli mrozów. Policja odnalazła ciało nagiego mężczyzny, wiszące na dębie na równinie przy trasie do Vreta Kloster.
– Szybko się uwinął! – Zeke przekrzykuje radio.
– Niezły jest ten cały Daniel – mówi Malin.
– Daniel?
– Jeśli chcecie zacząć dzień od czegoś mocnego – ciągnie aksamitny głos w radiu – wejdźcie na stronę „Corren". Na zdjęciach zobaczycie osobliwego ptaszka na drzewie.

5

Daniel Högfeldt wychyla się na biurowym fotelu, którego elastyczne oparcie posłusznie wygina się ku podłodze.

Kołysze się tam i z powrotem, tak jak to robił na bujaku dziadka w domku na Vikbolandet – spłonął tuż po tym, jak babcia zmarła w szpitalu Vrinnevisjukhuset. Daniel patrzy najpierw przez okna na Hamngatan, potem na otwarte pomieszczenie redakcji, na skulonych przy komputerach kolegów. Większość zobojętniała na swoją pracę, zadowala się tym, co ma, i jest zmęczona, taka zmęczona. Najgorszą trucizną dla dziennikarza, myśli Daniel, jest zmęczenie. Niszczy, niweczy.

Ja nie jestem zmęczony.

Ani trochę.

W swoim artykule o mężczyźnie na drzewie wspomniał o Malin.

Malin Fors z policji w Linköpingu nie chce podać żadnych...

Tam i z powrotem.

Tak jak w wypadku wszystkich innych śledztw, którymi się dotychczas zajmował.

Stukot klawiatury, pokrzykiwania z różnych stron i kwaśny zapach kawy.

Wielu jego starych kolegów po fachu jest bardziej cynicznych niż wydajnych. Ale nie on. Chodzi przecież o to, by zachować jakiś szacunek dla ludzi, których historia i nieszczęście są jego chlebem powszednim.

Nagi mężczyzna na drzewie. Powieszony.

Błogosławieństwo dla tego, który musi wypełnić gazetowe strony i je sprzedać.

Ale także coś jeszcze.
Miasto się obudzi. To pewne.
Jestem dobry w tym, co robię, bo potrafię grać w grę „dziennikarstwo", wiem, jak zachować dystans i jak się bawić ludźmi.
Cyniczne?
Hamngatan spowita zimą.
Pognieciona pościel w mieszkaniu Malin Fors. Zaledwie dwie przecznice dalej.

Pobrużdżone czoło Svena Sjömana, jego wydęty bebech, dżinsowa koszula byle jak wetknięta w brązowe wełniane spodnie. Twarz równie beznamiętnie szara jak jego marynarka, rzadkie włosy równie białe jak tablica, przed którą stoi. Sven woli dyskutować w niewielkiej grupie, a pozostałych informować po spotkaniu. Walne zebrania organizowane w innych okręgach policji nie są według niego równie efektywne.
Zaczyna jak zawsze, gdy mają ruszyć z dużą nową sprawą. Trzeba znaleźć odpowiedź na pytanie kto i jego zadaniem jest to pytanie wprawić w ruch, nadać mu kierunek, który – miejmy nadzieję – doprowadzi ich do odpowiedzi: on, ona, oni.
W pokoju spotkań panuje zwodnicza pustka, sączy się trucizna. Bo każdy z pięciorga zebranych tu policjantów wie, że wiszące w powietrzu pytanie może wywierać wpływ i zmieniać całą wieś, okolicę, kraj albo cały świat.
Pomieszczenie znajduje się na parterze starych koszar wojskowych na obszarze A1, jakieś dziesięć lat temu przebudowanych na komendę policji po likwidacji pułku. Wojskowi: Wymaszerować, władze porządkowe: Wmaszerować.
Za oknami szczeblinowymi rozpościera się szeroki na dziesięć metrów, pokryty śniegiem trawnik, plac zabaw, pusty i wyludniony; huśtawki i drabinki w wyrazistych kolorach. Na mrozie te przyrządy do zabaw wyglądają jak plątanina szarych odcieni. Po drugiej stronie parku, za dużymi oknami przedszkola, Malin widzi bawiące się dzieci, biegające tam i z powrotem, wykonujące przynależące do ich świata czynności.
Tove.
Kiedy ty tak biegałaś?

Malin dzwoniła do niej z samochodu. Złapała Tove, gdy ta wychodziła z domu.
– Pewnie, że wstałam.
– Ubierz się ciepło.
– Nie jestem przecież głupia.
Zeke:
– Nastolatki. Są jak konie na torze wyścigowym. Nigdy nie robią tego, co chcemy.

Gdy czasem prowadzili ciężkie dochodzenia w sprawie przestępstw z użyciem przemocy, opuszczali żaluzje, by chronić przedszkolaki przed widokiem zdjęć, które i tak pewnie każdego dnia widzą w telewizji, gdy w pokoju bezmyślnie migocze obraz za obrazem, z których maluchy uczą się świata.

Podcięte gardło. Spalone zwłoki powieszone na słupie telefonicznym. Spuchnięte ciało w dotkniętym powodzią mieście.

Słowa Sjömana, te co zawsze, jego zachrypnięty głos:
– I co tu według was mamy? Ktoś chce się podzielić jakimiś pomysłami? Nikt nie zgłaszał zaginięcia, a gdyby miało to nastąpić, już by nastąpiło. Więc co sądzicie?

Pytanie rzucone w przestrzeń, palec wciskający play, słowa jak muzyka, jak dźwięki, kruche i twarde w czterech ścianach.

Głos zabiera Johan Jakobsson i widać, że chciał usłyszeć samego siebie, powiedzieć cokolwiek, by tylko położyć kres własnemu zmęczeniu.
– Jak nic, to jakiś rytuał.
– Nie jesteśmy nawet pewni, czy został zamordowany – mówi Sven Sjöman. – I nie będziemy, dopóki Karin Johannison nie wykona swojej roboty. Ale załóżmy, że został zamordowany. Tyle wiadomo.

Nigdy się niczego nie wie na pewno, Malin. Aż się wie. A do tego czasu: Cnota niewiedzy.

– Wygląda to na rytuał.
– Musimy zacząć bezstronnie.
– Nie wiemy, kim jest – mówi Zeke. – Na dobry początek warto się tego dowiedzieć.

– Może ktoś zadzwoni. Zdjęcia są już w gazecie – mówi Johan, a Börje Svärd, który dotychczas siedział cicho, wzdycha.
– Te zdjęcia? Nie widać na nich twarzy.
– Ale ile w okolicy może być takich otyłych osób? Wkrótce ktoś zacznie się zastanawiać, gdzie ten ktoś z nadwagą się podział.
– Nie bądź taki pewien, Johan – mówi Malin. – W mieście aż się roi od ludzi, za którymi nikt by nie tęsknił, gdyby znikli.
– Ale on wygląda tak specyficznie, jego ciało…
– Przy odrobinie szczęścia – przerywa Johanowi Sven – ktoś zadzwoni. Na początek poczekajmy na badanie miejsca przestępstwa i obdukcję. Musimy popytać w sąsiedztwie, sprawdzić, czy ktoś coś widział albo słyszał, czy ktoś wie coś, co powinniśmy wiedzieć. Mamy tu pytanie, które wymaga odpowiedzi.

Sven Sjöman, myśli Malin.

Cztery lata do skończenia sześćdziesięciu pięciu lat, cztery lata ryzyka zawału serca, cztery lata nadgodzin, cztery lata smacznego, z troską przygotowywanego przez żonę, ale jakże tłustego jedzenia. Cztery lata ze zbyt małą ilością ruchu. Wdowi brzuszek. Ale to Sven jest w tym pokoju głosem rozsądku, doświadczenia, pokory, mówi o rozwadze i bezinteresownym, dojrzałym porządku.

– Malin, ty i Zeke odpowiadacie za postępowanie przygotowawcze – mówi Sven. – Dopilnuję, żebyście mieli dostęp do środków niezbędnych do czarnej roboty. Pozostała dwójka pomaga tyle, ile zdąży.

– Chętnie bym się tym zajął – mówi Johan.
– Johan, są też inne sprawy. Nie stać nas na luksus zajmowania się tylko jedną.
– Koniec spotkania? – pyta Zeke, odsuwa krzesło i wstaje.

Gdy wszyscy już stoją, otwierają się drzwi do pokoju.

– Możecie usiąść.

Karim Akbar wkłada w te słowa cały autorytet, który mieści się w jego trzydziestosiedmioletnim umięśnionym ciele.

Staje obok Svena Sjömana i oczekuje, aż czworo policjantów ponownie usadowi się na krzesłach.

– Rozumiecie, jakie to ważne – zaczyna Karim, a Malin myśli, że mówi zupełnie bez obcego akcentu, chociaż do Szwecji przyjechał dopiero jako nastolatek. Posługuje się pustym i czystym szwedzkim. – Jakie to ważne – powtarza – żebyśmy doszli z tym do ładu. – Brzmi, jakby mówił o rozprawie naukowej, którą należy przeredagować przed obroną.

Gorliwość.

Jeśli jest się na minusie, a chce się wyjść na ultraplus, niczego nie można powierzać przypadkowi. Karim jest autorem kontrowersyjnych artykułów polemicznych dla „Svenska Dagbladet" i „Dagens Nyheter". Idealnie skrojonych według wymogów dzisiejszych czasów. Jego poglądy wielu denerwują: Że imigrantom należy stawiać wymagania, że zasiłek powinien zależeć od kompetencji w zakresie języka szwedzkiego już po roku pobytu w kraju. Że przy włożonym wysiłku poczucie wyobcowania może się przerodzić w poczucie wspólnoty.

Jego twarz w trakcie debat na ekranie telewizyjnym. Wymagać, wyzwolić w ludziach ich wewnętrzną siłę. Popatrz na mnie, da się. Jestem tego żywym przykładem.

A ci zahukani? – myśli Malin. Ci, którzy urodzili się niepewni?

– Wiemy, że na tym właśnie polega nasza praca. Na dojściu do ładu z takimi sprawami – mówi Zeke.

Malin widzi, jak Johan i Börje uśmiechają się ukradkiem, a Sven robi minę, która oznacza: Uspokój się, Zeke, pozwól mu wygłosić jego mowę. To, że nie szukasz konfliktu, nie oznacza, że jesteś wyłącznie narzędziem w jego rękach. Na Boga, chyba już zmądrzałeś, Martinsson?

Karim obrzuca Zekego spojrzeniem, które mówi: Okazuj mi szacunek, nie tym tonem, lecz Zeke nie odwraca wzroku. Karim kontynuuje:

– Gazety, media poświęcą temu wiele uwagi, a ja będę odpowiadał na wiele pytań. Musimy szybko znaleźć rozwiązanie, musimy pokazać efektywność policji w Linköpingu.

Malin myśli, że brzmi to tak, jakby słowa Karima wychodziły z maski. W rzeczywistości nikt nie mówi, a ten kompetentny człowiek tu przed nią odgrywa rolę kompetentnego człowieka, choć tak naprawdę miałby ochotę się wyluzować i pokazać swoją... no co... wrażliwość?

Karim zwraca się do Svena:

– Jak rozdzieliłeś zasoby?

– Fors i Martinsson ponoszą główną odpowiedzialność. Mają do dyspozycji wszystkie środki. Jakobsson i Svärd pomagają w miarę możliwości. Andersson jest na zwolnieniu lekarskim, a Degerstad na szkoleniu w Sztokholmie. Tak to wygląda.

Karim bierze głęboki oddech, długo trzyma powietrze w swoich potężnych płucach, zanim je wypuszcza.

– Zrobimy tak. Ty, Sven, tradycyjnie przejmiesz główną odpowiedzialność jako prowadzący postępowanie przygotowawcze, a wasza czwórka pracuje w zespole. Wszystko inne musi poczekać. To priorytet.

– Ale...

– Tak musi być, Martinsson. Nie wątpię ani w ciebie, ani w Fors, ale teraz musimy skupić siły.

Brzuch Svena wydaje się jeszcze większy, a bruzdy na czole głębsze.

– Mam się skontaktować z Biurem Kryminalnym Komendy Głównej Policji? Formalnie nie wiemy nawet, czy został zamordowany.

Karim idzie w stronę drzwi.

– Żadnego Kryminalnego. Sami sobie poradzimy. Składasz mi raport co trzy godziny albo kiedy coś się pojawi.

Trzaśnięcie drzwi roznosi się echem po pokoju.

– Słyszeliście, co powiedział. Podzielcie się pracą i raportujcie do mnie.

Nie widać już bawiących się w przedszkolu dzieci. Żółta, inspirowana instalacjami Caldera wisząca ozdoba powiewa tuż za firankami w szachownicę.

Niebieska otłuszczona skóra.

Pobity i samotny na lodowatym wietrze.

Kim byłeś? – zastanawia się Malin.

Wróć i opowiedz, kim byłeś.

6

Rozbiliście pode mną namiot, pod wieczór jego zieleń szarzeje. Wiem, że wam tam ciepło. Do mnie jednak to ciepło nie dociera. Czy ja w ogóle mogę jeszcze odczuwać ciepło? Czy kiedykolwiek mogłem? Żyłem w krainie poza nawiasem, w jakimś sensie uwolniony od waszego świata. Ale co to za wolność?

Jednak nie potrzebuję już waszego ciepła, nie w waszym rozumieniu, ciepło jest wokół mnie, nie jestem sam, a może i jestem, jestem samotnością, jej jądrem. Może byłem też jądrem samotności, gdy żyłem? Substancją samotności, tajemnicy, do której rozwiązania się zbliżamy, chemicznej reakcji, bez wątpienia prostym, ale wszystkoobejmującym procesem w naszych mózgach, dającym początek percepcji, dzięki której posiadamy świadomość – warunek rzeczywistości, odczuwanej przez nas jako nasza własna. Badacze w pocie czoła pracują w swoich laboratoriach. Gdy złamiemy ten kod, złamiemy je wszystkie. Wtedy możemy odpoczywać. Śmiać się albo krzyczeć. Przerwać pracę. Ale do tego czasu?

Błąkać się, pracować, szukać odpowiedzi na różnorodne pytania. Nic dziwnego.

Śnieg topnieje, wsiąka. Nic tu jednak nie znajdziecie, zabierzcie więc ten namiot, sprowadźcie dźwig i mnie stąd zdejmijcie. Jestem egzotycznym owocem, nie powinienem tu wisieć, to narusza całą równowagę. Gałęzie zaczęły już trzeszczeć, nawet drzewo protestuje, nie słyszycie?

Tak, właśnie, wy wszyscy jesteście przecież głusi, pomyślcie, jak człowiek szybko zapomina. Co z człowiekiem mogą zrobić zbłąkane myśli, dokąd mogą go zawieść.

– Mamo, widziałaś moje cienie do powiek?

Dobiegający z łazienki głos Tove jest zrozpaczony, wściekły, bezsilny, a zarazem uparty, zawzięty i przerażająco świadomy celu.

Cienie do powiek? To nie było wczoraj. Malin nie może sobie przypomnieć, kiedy ostatnio Tove się malowała, i zastanawia się, co też się tego wieczoru wydarzy.

– Chcesz nałożyć cienie? – krzyczy Malin z kanapy.

Rozpoczęło się właśnie wydanie wiadomości Rapport. Mężczyznę na drzewie pokazują jako trzeci news, po jakimś oświadczeniu premiera i meteorologu, twierdzącym, że panujące obecnie mrozy mogą stanowić ostateczny dowód na zmianę opinii, iż zbliża się nowa epoka lodowcowa, w której cały nasz kraj pokryje warstwa grubych na metr i twardych jak granit kryształków.

– No a po co bym się pytała?

– Spotykasz się z jakimś chłopakiem?

W łazience cisza, potem tylko „Cholera", kiedy najwidoczniej spada na podłogę kosmetyczka stojąca na szafce. Po czym:

– O, są. Już znalazłam, mamo.

– Dobrze.

Reporter z redakcji Östnytt stoi w ciemnościach panujących na miejscu przestępstwa. Namiot w tle oświetlają jedynie reflektory. Na drzewie można dostrzec ciało, jeżeli się wie, że tam wisi.

– Stoję na mroźnym polu kilkadziesiąt kilometrów za Linköpingiem. Policja...

W całym regionie ludzie oglądają teraz to co ja, myśli Malin. I zastanawiają się: Kim był? Jak się tam znalazł? Kto to zrobił?

W oczach telewidzów jestem dostawcą prawdy, który ma wysłać złoczyńców za kratki. Tą, od której oczekuje się przemienienia niepokoju w pewność. Jednak w pozaekranowej rzeczywistości nie jest to takie proste. Zawsze jest to jakiś obraz kontrolny, urozmaicony, nieodgadniony, znaczenia wszędzie i nigdzie. No i zegar tykający tik-tak, i ci wszyscy oczekujący, aż rozpocznie się coś nowego, jaśniejszego, lepszego.

– Mamo, mogę pożyczyć od ciebie perfumy?
Perfumy?
Ma randkę, myśli Malin, pewnie pierwszą. Kto? Gdzie? Kiedy?
– Z kim się spotykasz?
– Z nikim. Mogę?
– Pewnie.
– ...ciało nadal wisi.
Kamera przesuwa się w bok i w przenikliwej ciemności ponad namiotem kołysze się ciało. Malin chce przełączyć, a jednocześnie pragnie dalej patrzeć. Migawka z popołudniowej konferencji prasowej. Karim Akbar w eleganckim garniturze w dużej sali konferencyjnej na komendzie, ulizane do tyłu czarne włosy, twarz poważna, ale oczy nie potrafią ukryć, jak bardzo Karim kocha światła jupiterów, jak go to dowartościowuje.
– Nie wiemy jeszcze, czy został zamordowany.
Na pierwszym planie mikrofony z TV4. Pytanie z tłumu dziennikarzy, rozpoznaje głos Daniela Högfeldta.
– Dlaczego ciało nadal tam wisi?
Daniel.
Co teraz robisz?
Karim odpowiada naturalnym tonem:
– Ze względu na prowadzone śledztwo. W zasadzie nic jeszcze nie wiemy. Pracujemy bezstronnie.
– Mamo, widziałaś mój czerwony golf? – Głos Tove, teraz z pokoju Malin.
– Patrzyłaś w szufladzie?
Upływa kilka sekund, po czym triumfalne:
– Jest.
Dobrze, myśli Malin, po czym zastanawia się, co oznaczało „bezstronnie" i co to będzie oznaczać: Jeżdżenie po gospodarstwach i domkach w promieniu trzech kilometrów od drzewa, pukanie do chłopów, osób dojeżdżających do pracy i uchylających się od pracy ludzi na zwolnieniu lekarskim.
„Ach tak, coś takiego. Nie, nie widziałem". „O tej porze zawsze śpię". „W taki mróz siedzę w domu". „Pilnuję własnego nosa, tak najlepiej".

U Johana i Börjego to samo co u niej i Zekego; nikt nic nie wie ani niczego nie widział, tak jakby ważące sto pięćdziesiąt kilogramów ciało samo przyleciało do stryczka tam na drzewie i zaplątało się w niego, w oczekiwaniu, aż ktoś je zauważy.

Znów prezenterka.

– Oczywiście będziemy śledzić rozwój wypadków w Linköpingu. – Pauza. – W Londynie…

Tove stoi w drzwiach salonu.

– Czytałam w Internecie – mówi. – To twoja sprawa?

Malin nie może odpowiedzieć na pytanie córki. Zamiast tego otwiera ze zdziwienia usta. Dziecko, które rano leżało w łóżku, mała dziewczynka, która ledwie kwadrans temu weszła do łazienki, jest odmieniona. Umalowała się i upięła włosy, coś się wydarzyło, nad postacią córki zawisł cień kobiety.

– Mamo? Mamo, halo?

– Ale ładnie wyglądasz.

– Tak, idę do kina.

– Zajmuję się tą sprawą.

– To dobrze, że jutro idę do taty, będziesz mogła zostać po godzinach.

– Tove. Proszę. Nie mów tak.

– Idę. Będę w domu około jedenastej. Wtedy kończy się ostatni seans, wcześniej idziemy na kawę.

– Z kim idziesz?

– Z Anną.

– A jeśli powiem, że ci nie wierzę. Co ty na to?

Tove wzrusza ramionami.

– Idziemy na nowy film z Tomem Cruise'em. – Tove wymienia jakiś tytuł, którego Malin nigdy nie słyszała. Tak jak jest selektywna, jeśli chodzi o książki, tak samo wolnomyślna jest w doborze filmów.

– Nie znam.

– Ależ mamo, ty przecież nic nie wiesz na te tematy.

Tove odwraca się, znika z pola widzenia. Słychać, jak szpera w korytarzu. Malin woła:

– Potrzebujesz pieniędzy?!

– Nie.

Malin chce za nią pójść, nie wierzy jej, ale wie, że nie powinna, nie może, nie wolno jej. Albo może wręcz przeciwnie, musi?

– Pa.

Niepokój.

Johan Jakobsson, Börje Svärd, Zeke – znają go wszyscy rodzice.

Na dworze zimno.

– Pa, Tove.

I mieszkanie zwiera się wokół niej.

Malin wyłącza telewizor.

Wyciąga się na sofie i pociąga łyk tequili, którą nalała sobie po kolacji.

Pojechali z Zekem do Borensbergu i przesłuchali kochankę Liedbergha. Kobieta może czterdziestoletnia, ni to ładna, ni to brzydka, jedna z wielu pospolitych kobiet z pragnieniami wymagającymi zaspokojenia. Zaprosiła ich na kawę i słodkie bułeczki własnej roboty. Wyznała, że jest samotna i bezrobotna, spędza dni, szukając pracy.

– Jest ciężko – powiedziała kochanka Petera Liedbergha. – Albo się okazuje, że jestem za stara, albo że nie mam odpowiedniego wykształcenia. Ale w końcu jakoś się to wszystko poukłada. – Potwierdziła wersję Liedbergha. Pokiwała głową.

– Całe szczęście, że pojechał tą drogą. Kto wie, ile czasu ten człowiek mógłby wisieć niezauważony na mrozie.

Malin spojrzała na porcelanowe figurki ustawione na parapecie w kuchni. Piesek, kotek, słonik. Małe zoo z porcelany, robiące za towarzystwo.

– Kochasz go? – zapytała.

Zeke odruchowo potrząsnął głową.

Ale kobieta nie poczuła się tym pytaniem dotknięta.

– Kogo? Petera Liedbergha? Nie, ależ skąd – roześmiała się. – Wie pani, to tylko coś, czego my, kobiety, potrzebujemy, prawda? Trochę towarzystwa.

Malin jeszcze bardziej zapada się na kanapie. Myśli o Jannem, jak trudno przychodzą mu słowa, jak czasem ma poczucie bycia w jego cieniu, jak ją przyćmiewa. W oknie widzi wieżę S:t Larskyrkan, wyczekuje bicia dzwonów. W ciemności stara się dosłyszeć szepczące głosy.

Gdybyście nie byli głusi, usłyszelibyście łamiącą się teraz gałąź. Usłyszelibyście odgłos ustępujących włókien oraz moje cielsko rozpruwające mróz i powietrze. Ty, który stoisz akurat tam, gdzie spadam, powinieneś odskoczyć w bok. Lecz nic takiego nie następuje. Wszystkie moje kilogramy zlatują z łoskotem prosto na namiot, rozłupują aluminiowe słupki jak zapałki. Cała wasza konstrukcja zawala się, a ty, który stoisz tam, gdzie spadam, nieszczęsny policjancie w mundurze, czujesz najpierw, jak coś w ciebie trafia, a potem mój ciężar. Moja zamrożona twardość przygniata cię do ziemi. Coś się w tobie łamie, choć nie wiesz gdzie. Ale masz szczęście, pęka tylko kość ramienia, zaradzą temu lekarze, ręka będzie cała. Nawet jako martwy jestem nieszkodliwy, patrząc na to w ten sposób.

Ponieważ mimo moich usilnych próśb mnie nie ściągnęliście, musiałem namówić drzewo. Tak po prawdzie ono także miało mnie dość, uwieszonego tak na jego najstarszej gałęzi. Jest gotowa do kasacji, powiedział dąb, więc proszę bardzo, zlatuj, zlatuj na namiot, ziemię i wywołaj tam na dole trochę zamieszania.

No i teraz leżę na wrzeszczącym policjancie, w galimatiasie słów, słupków do namiotu i płótna. Agregat wyje mi prosto w ucho, nie czuję ciepła, ale wiem, że ono tam jest. Pod dłońmi mam ziemię, jest od tego waszego ciepła wilgotna; przyjemnie mokra i wygodna jak trzewia czegoś, czegokolwiek.

Malin budzi głos Tove.
– Mamo, mamo, już jestem. Może lepiej połóż się do łóżka?
Gdzie ja jestem? Program już się skończył? Tove? Ty gdzieś wychodziłaś?
– Co?
– Zasnęłaś na kanapie. Po filmie od razu wróciłam do domu.
– Tak, tak.
Malin powoli przychodzi do siebie, nabiera podejrzeń. Zawsze gdy popełniała jakieś głupstwa, budziła tatę, by mu po-

kazać, że wszystko jest w porządku. Ale nim Malin ogarnie jeszcze więcej wątpliwości, dziewczyna mówi:
– Mamo, piłaś?
Malin przeciera oczy.
– Nie, nalałam sobie tylko trochę tequili.
Butelka przed nią, mała flaszka tequili kupiona w monopolowym Systemet w drodze z komendy do domu, jest opróżniona w jednej trzeciej.
– Dobrze, mamo. Pomóc ci dojść do łóżka?
Malin potrząsa głową.
– To się zdarzyło raz, Tove. Że musiałaś to zrobić. Jeden raz.
– Dwa.
Malin kiwa głową.
– Dwa.
– W takim razie dobranoc – mówi Tove.
– Dobrej nocy – odpowiada Malin.
Zegar na stoliku pokazuje za piętnaście dwunastą. Malin zwraca uwagę na rozpuszczone włosy Tove. Znów wygląda jak mała dziewczynka.
W szklance jeszcze trochę tequili. Dużo w butelce. Może jeszcze jednego? Nie. Nie ma co. Malin podnosi się z wysiłkiem i chwiejnym krokiem idzie do sypialni.
Nie ma siły się rozebrać, pada tylko na łóżko.
Śni sny, które powinny pozostać niewyśnione.

7

Piątek, trzeci lutego

Dżungla najgęstsza jest nocą.
Wilgoć, robaki, całe to paskudztwo, szpiczaste liście, węże, pająki, wije i pleśń rozwijająca się nocą we wnętrzu śpiwora.
Lądują na lotnisku, nieskończone mrowie światełek, rozgwieżdżone niebo na ziemi, rosyjski tupolew obniża się po prostej jak helikopter, szarpanie skrzydłami. On jest jak niespokojny duch w ciasnym pokoju, obok dziecko i matka, Tove, wtedy mała, teraz: Co ty tu robisz, tato? Powinieneś być u mnie w domu. Idę, idę. I wyładowują, wydostają się z wnętrza samolotu: jedzenie, rury do latryn. Wychodzą im naprzeciw w ciemności, widać tylko oczy, oczy, tysiące oczu w ciemności, oczy, na których trzeba polegać, i głodny, pełen trwogi pomruk, salwy z pistoletów maszynowych, cofnijcie się, inaczej skończymy to, co zaczęli Hutu. Cofnijcie się, stonoga pełza po mojej nodze, rozrasta się pleśń, Kigali, Kigali, Kigali, nieuchronna mantra snu.
Zabierzcie tę cholerną stonogę.
Janne, woła ktoś. Tove? Malin? Melinda? Per?
Zabierzcie...
Ktoś odcina wciąż żyjącemu człowiekowi nogę, wrzuca ją do garnka z gotującą się wodą, po czym zjada, najpierw sam, zanim ktoś pozwala swoim dzieciom wyjeść resztki. Nikogo to nie obchodzi. Jeśli jednak tym jeszcze żywym ukradnie się mleko, zostanie to ukarane śmiercią.

Nie strzelajcie do niego, mówię. Nie strzelajcie.

Jest głodny, ma dziesięć lat, jego oczy są duże i żółtobiałe, źrenice rozszerzają się wraz z rosnącą świadomością, że to się kończy tu i teraz. *Ciebie też nie mogę uratować.*

I strzelacie.

Pies, pies, pies, Hutu, Hutu, Hutu, rozbrzmiewają wasze okrzyki i wasza chciwość, a wasze pierdolone człowieczeństwo sprawia, że chcę was wszystkich utopić w latrynach, które dla was postawiliśmy po to, by was nie zabił ani tyfus, ani cholera, ani żadne inne gówno. Nawet Hutu nie oszczędziły.

Janne. Tato. Wracaj do domu.

Popsuła się osłona przeciwdeszczowa?

Jest cholernie mokro. Czy stonogi są w stanie przetrzymać wszystkie te krople?

Niech to diabli, ale swędzi, pieprzone czarnuchy same sobie napytały biedy.

Nie kieruj tej maczety w moją stronę, nie uderzaj, nie uderzaj, nie nie nie, i w pokoju rozlega się krzyk poza koszmarem, poza snem, w jawie jego sypialni, w samotności, na prześcieradle mokrym od snu.

Siada na łóżku.

Krzyk rozbrzmiewa między ścianami.

Dłoń na materiale.

Przemoczony. Niezależnie od tego, jak zimno byłoby na zewnątrz, tu w środku jest zawsze dostatecznie ciepło, by zlać się potem.

Coś pełza mu po nodze.

Resztki snu, myśli Jan-Erik Fors i wychodzi na korytarz, by wyjąć z bieliźniarki świeże prześcieradło. Ta szafa to spadek. Dom, stojący samotnie w zagajniku kilka kilometrów za Linköpingiem na trasie do Malmslätt, kupili z Malin tuż po narodzinach Tove.

Trzeszczą deski podłogowe, gdy Janne samotnie chodzi po domu.

Psy szczekają przy nogach Börjego Svärda.

Dla owczarków poranny mróz czy piąta rano nie mają żadnego znaczenia. Są po prostu zadowolone, gdy widzą swojego pana, szczęśliwe, że mogą pobiegać po ogrodzie i łapać rzucane im na różne strony patyki.

Całkowicie beztroskie.

Nieświadome istnienia zmaltretowanych martwych mężczyzn na drzewach. Wszystkie wczorajsze rozmowy w okolicy na próżno. Cisza i ślepota. Jakby ludzie nie potrafili docenić swoich sprawnych zmysłów.

Valla.

Zbudowana w latach czterdziestych i pięćdziesiątych dzielnica willowa, domy – drewniane pudła z pstrokatymi dobudówkami wskazującymi na to, jak ludziom powodziło się coraz lepiej i lepiej, i lepiej; wtedy, gdy to miasto funkcjonowało dla zwykłych ludzi, zanim robotnik fabryczny został zmuszony do ukończenia uniwersytetu, by móc obsługiwać robota.

Niektóre rzeczy jednak funkcjonują.

W willi teraz się nią zajmują oni, pielęgniarze. Przychodzą nad ranem, przewracają ją i zostają tam, u Börjego i Anny, w ich domu, przez cały dzień, aż do późnego wieczoru, bardziej naturalni i nienaturalni niż meble, tapety i podłoga.

SM. Stwardnienie rozsiane. Kilka lat po ślubie Anna zaczęła niewyraźnie mówić. Potem już poszło szybko. A teraz? Za późno dla niej pojawiły się leki zatrzymujące rozwój choroby. Nie pracuje już ani jeden mięsień, a Börje jako jedyny rozumie, co żona próbuje powiedzieć.

Kochana Anna.

Te psy to właściwie jakieś wariactwo. Ale musi mieć jakąś odskocznię, coś swojego, nieskomplikowanego i radosnego. Czystego. Sąsiedzi skarżą się na tę psiarnię, na ciągłe ujadanie.

Niech się skarżą.

A dzieci? Mikael dziesięć lat temu wyprowadził się do Australii. Karin do Niemiec. Żeby uciec? Pewnie tak. Kto ma siłę oglądać swoją matkę w tym stanie? Skąd ja ją mam?

Ale człowiek ma siłę.

Miłość.

Pewnie, mówili: Jeśli tylko zechcesz, znajdzie się dla niej miejsce w ośrodku.

Kiedy ja zechcę?

Psy, pistolety. Skupienie na środku tarczy. Tor strzelecki ma działanie oczyszczające.

Anno, dla mnie ty to wciąż ty. I jak długo jesteś tym kimś dla mnie, może jesteś w stanie być tym kimś także dla samej siebie.

– Otwieramy garaż.

Łyżeczka z kleikiem nie chce trafić do ust rocznego chłopca i na moment Johan Jakobsson robi się szorstki, chwyta mocniej główkę chłopca. W końcu łyżeczka wjeżdża do przekornego otworu i chłopiec przełyka jedzenie.

No.

Mieszkają w szeregowcu w Linghem. Na to ich było stać. Ze wszystkich sypialni w okolicy Linköpingu Linghem nie jest wcale takie najgorsze. Jednorodna prowincjonalna klasa średnia. Nic szczególnego, ale też nie jakaś nędza.

– Pip, pip, jedzie ciężarówka.

Słyszy, jak żona w łazience myje zęby ich trzyletniej córce, jak mała wrzeszczy i stawia opór, a po tonie głosu żony poznaje, że powoli się kończy jej cierpliwość.

Wczoraj pytała go, czy zajmuje się sprawą mężczyzny na drzewie. Co miał odpowiedzieć? Skłamać i zaprzeczyć, by ją uspokoić, czy powiedzieć prawdę: Pewnie, zajmuję się tą sprawą.

– Wydawał się taki samotny, tam, na tym drzewie – powiedziała żona. – Samotny.

Nie był w stanie tego skomentować. Bo wiadomo, nikt chyba nie może być bardziej samotny.

– Brum, brum. Passat.

Potem się obraziła, że nie chciał z nią rozmawiać. Dzieci zmęczone, hałaśliwe, zanim w końcu dały za wygraną.

Dzieci.

Przez nie czuję, jakbym został wymazany, ich wszechogarniająca wola potrafi mnie zmęczyć, tak bardzo zmęczyć. Jed-

nocześnie dzięki nim czuję, że żyję, że jestem dorosły. Życie biegnie gdzieś obok rodziny. Jakby przestępstwa, które rozpracowują, nie miały nic wspólnego z dziećmi. Ale mają. Dzieci są członkami organizmu społecznego, w którym te zbrodnie są popełniane.
– Otwórz...
W tle poranna telewizja. Pierwsze wydanie wiadomości. Pobieżnie wspominają o sprawie.

Będzie mi brakowało tych chwil, myśli Sven Sjöman i przerywa na chwilę szlifowanie w warsztacie stolarskim w piwnicy swojej willi w Hackefors. Kiedy przejdę na emeryturę, na pewno zatęsknię za zapachem drewna o poranku. Jasne, potem też będę mógł go poczuć, ale to nie to samo, gdy nie będzie mnie już czekał dzień na komendzie. Wiem to. We wspieraniu innych odnajduję sens. Lubię wywierać wpływ na młodych policjantów, takich jak Johan i Malin, jeszcze nie do końca uformowanych. Zwłaszcza Malin umie robić pożytek z tego, co jej mówię.

Sven wymyka się do warsztatu wcześnie rano, jeszcze zanim obudzi się Elizabeth. Doszlifować nogę krzesła, polakierować powierzchnię. Coś drobnego i prostego przed pierwszą kawą.

Drewno jest prostolinijne. Dzięki swojej zręczności Sven potrafi sprawić, że poddaje się ono jego woli. W przeciwieństwie do reszty spraw.

Mężczyzna na drzewie. Okaleczone zwłoki, które spadają na kolegę po fachu. Jakby było coraz gorzej. Jakby granica dla przemocy nieustannie się przesuwała i jakby ludzie w rozpaczy, strachu i wściekłości mogli robić ze sobą nawzajem cokolwiek. Jakby coraz więcej osób czuło się obco z sobą i z innymi.

Wtedy łatwo o zgorzknienie, myśli Sven. Jeśli człowiek tylko boleje, że wszelką przyzwoitość i honor pochłonęły mroki historii.

Ale tak się nie da. Należy raczej cieszyć się każdym nowym dniem i tym, że troska oraz solidarność wciąż trzymają najgorszy cynizm na wodzy.

Maski.

Wszystkie te maski, które muszę wkładać.

Karim Akbar stoi przed lustrem w łazience, świeżo ogolony. Żona jak zwykle zaprowadziła ich ośmioletniego synka do szkoły.

Mogę być wieloma osobami, myśli Karim, zależnie od tego, czego wymaga sytuacja.

Wykrzywia twarz w grymasie. Udaje wściekłość, uśmiecha się, jest zaskoczony, obserwuje, wyczekuje, okazuje zdumienie, czujność.

Kim ja właściwie jestem?

Czy może zagubić się ten, komu się czasem wydaje, że potrafi być kimkolwiek?

Mogę być twardym szefem policji, imigrantem, któremu się poszczęściło, pogromcą mediów, łagodnym tatą, mogę być mężczyzną, który chce się przytulić do żony, poczuć pod kołdrą ciepło jej ciała.

Poczuć miłość.

Zamiast chłodu.

Mogę być tym, który udaje, że grubasa na drzewie nigdy nie było. Ale mam inne zadanie – oddać mu sprawiedliwość. Nawet jeśli tylko po śmierci.

Jakie macie plany?

W głowie Malin rozbrzmiewa pytanie, które ma ochotę zadać Jannemu i Tove.

Minęła ósma. Dzień rozbudzony.

Nie dzwonili jeszcze z komisariatu, ale Malin w każdej chwili spodziewa się telefonu. Wczorajsze fiasko na miejscu przestępstwa, gdy zwłoki spadły na namiot, znalazło się na pierwszej stronie „Correspondenten".

To wszystko przypomina jakąś farsę, pomyślała Malin kwadrans wcześniej, przeglądając gazetę, zbyt zmęczona, by przeczytać cały tekst.

Janne stoi w korytarzu obok Tove. Wygląda na zmęczonego, tak jakby całe jego długie, umięśnione ciało wisiało na nieforemnym wieszaku. Na ostrych kościach policzkowych opina się skóra. Czyżby schudł? I czy wśród lśniących bursztynowo-brązowych pasm nie pojawiło się na skroniach więcej sztywnych siwych włosów?

Wolny dzień Tove, w piątek odebrać wcześniej. Na zmiany. Składanie wszystkiego do kupy.

List do Jannego do Bośni napisała, gdy już spakowała rzeczy swoje i Tove i przewiozła je do małego mieszkania w mieście, przystanku w drodze do Sztokholmu.

– Możesz zatrzymać dom. I tak go bardziej lubisz, pomieścisz tu swoje samochody, mnie właściwie nigdy się na wsi nie podobało. Dobrze ci życzę i mam nadzieję, że nie będziesz świadkiem ani uczestnikiem jakiegoś okropieństwa. Resztę załatwimy później.

Odpisał na kartce pocztowej.

Dziękuję. Po powrocie wezmę na siebie kredyt. Rób, co chcesz.

Rób, co chcesz?

Chciałam, by było jak dawniej. Jak na początku. Zanim wszystko stało się codziennością.

Bo istnieją zdarzenia i dni, które w punktach przełomowych potrafią rozdzielać ludzi. Byliśmy młodzi, młodzi. Czas – co my wtedy o nim wiedzieliśmy, ponad to, że należy do nas.

Malin myśli o jego snach, tych, o których zawsze chce pogadać, gdy się spotykają, ale których ona tak naprawdę nie jest w stanie wysłuchać. Których on nie potrafi porządnie wyartykułować, kiedy ona go w końcu słucha.

Głos Jannego:

– Wyglądasz na zmęczoną. Nie sądzisz, Tove?

Córka przytakuje.

– Jestem przepracowana – mówi Malin.

– Ten na drzewie?

– Mmm.

– No to masz robotę na weekend.

– Przyjechałeś saabem?

– Nie, volvem. Ma kolcowane opony. W saabie nie dałem rady zmienić.

Mężczyźni mają hopla na punkcie samochodów. Większość. A zwłaszcza Janne. W garażu przy domu trzyma cztery auta. Cztery samochody w różnych stadiach upadku czy, jak sam mawia, naprawy. Nigdy nie znosiła samochodów, nawet na początku, tego, co reprezentują. Czego? Braku silnej woli? Niedostatku fantazji? Bierności? Uogólniające myślenie systemowe. Miłość żąda czego innego.

– Jakie macie plany?
– Nie wiem – mówi Janne. – W taki mróz niewiele można robić. Jak sądzisz, Tove? Wypożyczymy filmy, kupimy słodycze i wyrzucimy klucz? A może chcesz sobie poczytać?
– Filmy będą super. Chociaż spakowałam też trochę książek.
– Postarajcie się wyjść trochę na powietrze – prosi Malin.
– Mamo. Nie ty o tym decydujesz.
– Możemy pojechać do remizy – mówi Janne. – Pogramy trochę w strażackiego unihokeja. Co ty na to, Tove?

Tove wywraca oczami, dodaje, jakby nie dowierzała ironii swojego taty:
– Nigdy w życiu.
– No dobra. W takim razie filmy.

Malin patrzy zmęczonym wzrokiem na Jannego, a gdy jego brązowe oczy napotykają jej spojrzenie, nie robi uniku; nigdy nie robi. Gdy znika, zabiera ze sobą całą swoją idealną fizjonomię i duszę. Zmyka do miejsc, gdzie ktoś może potrzebować tej pomocy, bez której udzielania – jak mu się wydaje – nie przeżyje.

Pomoc.

Tym mianem określił swoją ucieczkę.

Kiedy mieszkanie, dom, wszystko stało się za ciasne. A potem znów i znów.

Gdy dziś przyszedł, objęła go, przyciągnęła mocno do siebie, a on odpowiedział tym samym, zawsze tak robi. Chciała go przytrzymać, przycisnąć go do siebie, poprosić, żeby przeczekał z nimi ten ziąb, by został, zatrzymał się.

Ale się opamiętała, uwolniła z tych objęć, przez co poczuł się zakłopotany, tak jakby to on jako pierwszy ją przytulił. Sposób na to, by za pomocą mięśni spokojnie zapytać: „Co

robisz? Nie jesteśmy już małżeństwem i wiesz równie dobrze jak ja, że to niemożliwe".
– A ty? Dobrze spałeś?
Janne skinął, lecz Malin zwietrzyła kłamstwo.
– Tyle tylko, że się tak cholernie pocę.
– Mimo że jest tak zimno.
– Mimo to.
– Masz wszystko, Tove?
– Mam.
– Wyjdź trochę na powietrze.
– Mamo.
No i poszli. Janne przyprowadzi ją jutro, w sobotni wieczór, żebyśmy spędziły wspólnie niedzielę.
Co teraz?
Czekać, aż zadzwoni telefon? Przeczytać gazetę?
Pomyśleć?
Nie. Myśli zbyt łatwo przemieniają się w gęsty las.

8

Zginął od uderzenia w czaszkę. Sprawca posłużył się tępym narzędziem, kilkakrotnie, jakby w furii wymierzał ciosy w głowę i w twarz, aż stały się krwawą masą. Wtedy jeszcze żył, przypuszczalnie jednak niemal natychmiast stracił przytomność. Sprawca albo sprawcy prawdopodobnie użyli także noża.

Karin Johannison stoi obok sinego ciała spoczywającego na zimnej stalowej powierzchni stołu sekcyjnego. Ręce, nogi i głowa wystają z tułowia jak grube nieforemne kloce. Brzuch jest rozpłatany, a skóra i tłuszcz wywinięte na cztery strony, galimatias wnętrzności. Czaszka sumiennie rozpiłowana na potylicy.

Wygląda to jednocześnie na działanie metodyczne i przypadkowe, myśli Malin. Jakby ktoś długo planował, a potem stracił głowę.

Z poranka zrobił się wieczór, zanim zadzwonili z medycyny sądowej.

– Żebym w ogóle mogła coś zrobić, musieliśmy go rozmrozić – wyjaśniła przez telefon Karin. – Ale jak już się do tego zabrałam, poszło raz-dwa.

Zeke stoi nieruchomo obok Malin, pozornie niewzruszony. Wcześniej już wiele razy widział śmierć i wie, że nie sposób jej ogarnąć.

Karin pracuje ze śmiercią, ale nie potrafi jej pojąć. Może i nikt nie potrafi, myśli Malin, ale większość z nas przynajmniej domyśla się, co się w śmierci zawiera. Karin, myśli Malin, słabo rozumie istotę tego, co się dzieje w tym piwnicznym pomieszczeniu. Jest po prostu pożyteczna, funkcjonalna, dokładnie jak narzędzia, którymi się posługuje; dokładnie jak to pomieszczenie.

Najbardziej praktyczne oblicze śmierci.

Białe ściany, małe okienka pod sufitem, szafki ze stali nierdzewnej i półki na ścianach, gdzie literatura fachowa dzieli miejsce z opakowaniami, kompresami, rękawicami chirurgicznymi i innymi przedmiotami. Podłoga z linoleum o niebieskawym odcieniu, łatwa w utrzymaniu, odporna i tania. Malin nie potrafi się przyzwyczaić do tego pomieszczenia, jego przeznaczenia i funkcji. Jednocześnie coś ją tu ciągnie.

– Nie zmarł od stryczka – mówi Karin. – Był już martwy, gdy ci, co to zrobili, powiesili go na drzewie. Gdyby zmarł od uduszenia, krew nie doszłaby do mózgu, jak to było w tym wypadku. W momencie powieszenia naczynia krwionośne, mówiąc językiem laików, zatykają się. Tu jednak, wskutek uderzeń w głowę, serce biło, stąd ta anormalna ilość krwi.

– Ile czasu był martwy? – pyta Malin.

– To znaczy teraz?

– Nie, gdy go powieszono na drzewie.

– Według mnie od co najmniej pięciu godzin, może trochę dłużej. Biorąc pod uwagę, że w nogach nie nagromadziła się krew, chociaż został powieszony.

– A ciosy? – pyta Zeke.

– Co ciosy?

– Co możesz o nich powiedzieć?

– Z pewnością bolesne, jeżeli był przytomny. Jednak nie śmiertelne. Zadrapania na nogach wskazują, że ktoś przeciągnął jego ciało po wilgotnym podłożu. W ranach jest ziemia i strzępki materiału. Po pobiciu ktoś go rozebrał, po czym przeniósł ciało. Tak przypuszczam. Właściwą przyczyną śmierci były rany od noża.

– Wycisk zębów? – pyta Zeke.

– Wykazują braki do granicy nieużywalności, większość zębów wybito.

Karin chwyta jeden przegub zwłok.

– Widzicie te ślady?

Malin potakuje.

– Tu miał założony łańcuch. Tak go wciągnęli na drzewo.
– Oni?
– No nie wiem. Sądzicie, że ktoś sam mógłby tego dokonać, biorąc pod uwagę, ile to wymaga siły?
– Możliwe – mówi Malin.
Zeke potrząsa głową.
– Tego jeszcze nie wiemy.
Pod śniegiem nic się nie kryło.
Karin wraz z kolegami znalazła jedynie kilka niedopałków, opakowanie po herbatnikach oraz lodach. Raczej nie pochodziły z pola. No i lody? Nie o tej porze roku. Opakowania oraz niedopałki wyglądają na starsze, jakby przeleżały tam kilka lat. Oni, on lub ona nie pozostawili na ziemi żadnych śladów.
– Jeszcze coś?
– Nic pod paznokciami. Żadnych śladów walki. Dowodzi to, że musiał zostać zaskoczony. Macie jakieś tropy? Coś nowego?
– Cisza – mówi Malin. – *Nada, niente*.
– Nikt go więc nie szuka – mówi Karin.
– Tego też jeszcze nie wiemy – dodaje Zeke.

Gdybym nadal mógł mówić po waszemu, gdybym mógł wstać i opowiedzieć, uleczyć waszą głuchotę, powiedziałbym wam, żebyście dali spokój wszystkim pytaniom.
Czemu one służą?
Jest, jak jest, stało się, jak się stało. Wiem, który albo którzy to zrobili, zdążyłem zobaczyć kątem oka, zdążyłem dojrzeć nadchodzącą śmierć, równie powolną, jak szybką i czarną.
Potem stała się biała, ta śmierć.
Biała jak świeży śnieg. Biały to kolor, w którym gaśnie mózg, pełne nadziei fajerwerki, krótsze niż tchnienie. A potem, gdy odzyskałem wzrok, wszystko zobaczyłem, byłem jednocześnie wolny i pozbawiony wolności.
Chcecie wiedzieć więcej?
Czy naprawdę chcecie, by opowiedziano wam tę historię? Nie sądzę. Jest gorsza, straszniejsza, mroczniejsza, bardziej bezlitosna, niż przypuszczacie. Jeśli teraz pójdziecie dalej, obierzecie ścieżkę, która

prowadzi prosto w serce miejsca, w którym oddychać i żyć może tylko ciało, nie dusza, gdzie jesteśmy chemią, gdzie jesteśmy kodem, miejscem poza wszystkim, gdzie słowo "uczucie" nie istnieje. Na końcu ścieżki, w pachnącej jabłkami, odzianej w biel ciemności znajdziecie sny na jawie tak czarne, że przy nich ta zima wydaje się ciepła i przyjazna. Wiem jednak, że obierzecie właśnie tę ścieżkę. Bo jesteście ludźmi. A wy już tacy jesteście.

– Ile czasu potrzebujesz, żeby go jakoś ogarnąć?
– W jakim sensie ogarnąć?
– Musimy dojść do ładu z jego twarzą – mówi Malin. – Żebyśmy mogli puścić do gazet jego zdjęcie. Gdyby ktoś go szukał, a w każdym razie, gdyby ktoś mógł go rozpoznać.
– Rozumiem. Mogę zadzwonić do Skoglunda z biura pogrzebowego Fonus. Na pewno pomoże mi w szybkiej rekonstrukcji. Powinno wyjść znośnie.
– Dzwoń do Skoglunda. Im szybciej, tym lepiej.
– Idziemy – mówi Zeke i z tonu jego zachrypniętego głosu Malin wnioskuje, że ma dość. Ciała, sterylnego pomieszczenia, a przede wszystkim Karin Johannison.

Wie dobrze, że według Zekego Karin zgrywa kogoś niezwykłego, lepszego. Irytuje go też chyba, że w przeciwieństwie do innych nie wypytuje o Martina. Ten brak zainteresowania gwiazdą hokeja i synem odbiera jako przejaw jej zarozumialstwa. Pytania o Martina męczą go, ale jest niezadowolony, gdy ich nie słyszy.

– Bierzesz kąpiele słoneczne? – pyta ją, gdy już wychodzą z sali sekcyjnej.

Malin wybucha śmiechem, chcąc nie chcąc.

– Nie, chodzę do solarium, żeby podtrzymać opaleniznę ze świątecznego wyjazdu do Tajlandii – odpowiada Karin. – Przy Drottninggatan jest jedno miejsce, gdzie można brać kąpiele słoneczne. No nie wiem. To takie ordynarne. Ale może by tak tylko twarz?

– Tajlandia. Tam spędziłaś święta? – pyta Zeke. – Nie jest wtedy najdrożej? Koneserzy jeżdżą ponoć kiedy indziej.

9

Malin, podlałaś kwiaty? Inaczej nie przetrwają zimy.
Pytanie jest tak oczywiste, że nie powinno paść, myśli Malin. Twierdzenie równie niepotrzebne: skłonność ojca do bycia nazbyt wychowawczym po to, by wspierać własne interesy.
– Właśnie do was jadę.
– Wcześniej nie podlewałaś?
– Nie od czasu naszej ostatniej rozmowy.
Zadzwonił tuż po tym, jak wyszła z komisariatu. Czekała na zmianę świateł na rogu cmentarza i starego budynku straży pożarnej. Dziś volvo raczyło ruszyć, choć mróz nie zelżał.
Już po sygnale domyśliła się, że to on. Był wściekły, uprzejmy, wymagający, egocentryczny, miły: Cała uwaga na mnie, będę się naprzykrzał, dopóki nie odbierzesz, no chyba nie przeszkadzam?

W spotkaniu grupy śledczej chodziło głównie o oczekiwanie.
Oczekiwanie na spóźnionego Börjego Svärda – coś nie tak z żoną.
Oczekiwanie, aż ktoś zapyta o złamaną rękę Nysvärda, która ucierpiała, gdy z drzewa spadły na niego zwłoki.
– Zwolnienie lekarskie przez dwa do dwóch i pół tygodnia – zakomunikował Sven Sjöman. – Gdy z nim rozmawiałem, wyglądał na zadowolonego, choć nadal był chyba podenerwowany.

– Co za makabra, znaleźć się pod stupięćdziesięciokilogramowymi sinymi z zimna zwłokami. Ale mogło być gorzej – stwierdził Johan Jakobsson.

Potem oczekiwanie, aż ktoś powie to, co wszyscy wiedzą. Że nic nie mają. Oczekiwanie, aż przedsiębiorca pogrzebowy Skoglund upora się ze swoją robotą, zdjęcie zrobione, wywołane i rozesłane.

Börje:

– Co to ja mówiłem? Nikt by go na tych zdjęciach nie poznał.

Oczekiwanie na samo oczekiwanie, soki wyciśnięte ze zmęczonych policjantów, którzy wiedzą, że trzeba się śpieszyć, ale którzy mogą właściwie tylko rozłożyć ręce i powiedzieć: Zobaczymy! Podczas gdy wszyscy, każdy obywatel miasta, każdy dziennikarz pragnie usłyszeć, że tak a tak to wygląda, wiemy, co się wydarzyło i kto to zrobił.

Oczekiwanie na Karima Akbara, który się spóźnił, on także, z tym że do telefonu w swojej willi w Lambohov. Oczekiwanie, aż jego syn przyciszy wieżę stereo, a potem oczekiwanie, aż głos Karima zniknie z głośników telefonu głośno mówiącego.

– To nie wystarczy, rozumiecie? Sven, zwołaj jutro kolejną konferencję prasową, na której potwierdzimy to, co wiemy, żeby ich uspokoić.

A ty będziesz miał okazję się pokazać, myśli Malin, a jednak: Stoisz tam, bierzesz na siebie wszystkie te pytania, agresję i pilnujesz, byśmy mieli spokój do pracy. I za coś odpowiadasz, Karim. Rozumiesz siłę grupy, w której wszyscy mają określone role.

Pełne znużenia słowa Svena, gdy Karim się rozłącza.

– Powinniśmy mieć rzecznika prasowego, jak w Sztokholmie.

– To ty w końcu byłeś na szkoleniu z kontaktów z mediami – mówi Zeke. – Może byś się tym zajął?

Śmiech. Rozładowujący napięcie. Sven:

– Wkrótce emerytura, a ty chcesz mnie rzucić hienom, Zeke? Milusio.

Czerwone światło zmienia się na zielone, volvo krztusi się, ale jedzie dalej Drottninggatan w dół miasta.
– Jak się czuje mama? Z kwiatami wszystko w porządku, przysięgam.
– Ucina sobie poobiednią drzemkę. Dwadzieścia pięć stopni i przypieka słońce. A jak u was?
– Nie chcesz wiedzieć.
– Ależ chcę.
– Lepiej, żebyś nie wiedział, tato.
– Tu na Teneryfie jest w każdym razie słonecznie. Jak tam Tove?
– Jest u Jana-Erika.
– Malin, kończę, bo dużo zapłacę. Nie zapomnij o kwiatach.
Kwiaty, myśli Malin, parkując przy Elsa Brännströms gata pod domem z przełomu wieków w kolorze ochry, gdzie jej rodzice mają czteropokojowe mieszkanie. Kwiaty nie mogą czekać.

Malin chodzi po mieszkaniu rodziców, widmie własnej przeszłości. Meble, wśród których dorastała.
Czyżbym się aż tak postarzała?
Zapachy, kolory, kontury, wszystko budzi wspomnienia. Przypominam sobie coś, to zaś przypomina mi coś innego.
Cztery pokoje, pokój gościnny, jadalnia, pokój dzienny i sypialnia. Żadnej możliwości, by ich jedyna wnuczka mogła tam przenocować. Gdy trzynaście lat temu sprzedali willę w Sturefors, podpisali umowę na wynajem mieszkania. Wtedy rynek nieruchomości w Linköpingu był inny. Jeśli się miało unormowaną sytuację i gdy było człowieka stać na przyzwoity czynsz, istniały różne możliwości. Teraz już tak nie jest, umowę można załatwić tylko na czarno. Albo wykorzystując nieprawdopodobnie dobre kontakty.
Malin wygląda przez okno w salonie.
Z trzeciego piętra jest dobry widok na Infektionsparken, ochrzczony tak po klinice, która znajdowała się w tutejszych szeregowcach, teraz przerobionych na mieszkania spółdzielcze.

Kanapa, na której nie wolno jej było siadać.

Brązowa skóra wciąż lśni jak nowa. Stół, wtedy wytworny, teraz bombastyczny. Półka wypełniona pozycjami z serii Dobra Książka. Maya Angelou, Lars Järlestad, Lars Widding, Anne Tyler.

Stół i krzesła w jadalni. Wizyty przyjaciół, dzieci, którym nakazywano jeść w kuchni. Nie było w tym nic dziwnego. Wszyscy tak robili. A dzieci nie chcą przecież siedzieć z dorosłymi przy stole.

Tata spawacz, awansowany na kierownika, następnie udziałowiec w firmie kładącej blachy dachowe. Mama sekretarka w Urzędzie Wojewódzkim.

Zapach starzejących się ludzi. Nawet gdyby Malin otworzyła okno i wywietrzyła, toby nie zniknął. W najlepszym razie tylko mróz wygna z mieszkania ten zapach.

Kwiaty omdlewają. Ale jeszcze nie padły. Aż tak ich nie zaniedbuje. Patrzy na stojące na komodzie zdjęcia w ramkach, żadne nie przedstawia ani jej, ani Tove. Wyłącznie rodziców w różnych sceneriach: plaża, miasto, góra, dżungla. „Podlewasz?"

Jasne, że podlewam.

„Możecie przecież przyjechać, kiedy wam pasuje".

Za co?

Fotel w korytarzu, siada w nim, ciało pamięta wciśnięte sprężyny. Znów ma pięć lat, wymachuje nogami w sandałach, niedaleko niej woda, za sobą słyszy głosy mamy i taty, nie wrzeszczą na siebie, ale w tonie jest przepaść, w przestrzeniach między słowami tkwi coś bolesnego, co pięciolatka na krześle nad wodą wyczuwa, ale czego nie potrafi jeszcze nazwać.

Niemożliwa miłość. Chłód w niektórych małżeństwach.

Czy to uczucie kiedykolwiek otrzyma jakąś nazwę?

Wraca do rzeczywistości.

Konewka w dłoni.

Kwiat za kwiatem. Metodycznie, co pochwaliłby nawet tata kierownik.

Nigdy nie odkurzam, myśli Malin. Na podłodze kłaki. Zawsze kiedy jako dziewczynka odkurzała dom, by zarobić na cotygodniowe kieszonkowe, mama chodziła za nią i pilnowała, żeby nie obijała listew ani futryn. Kiedy Malin kończyła, odkurzała po niej, w ogóle się z tym nie kryjąc, tak jakby to była najbardziej oczywista rzecz na świecie.

Co potrafi dziecko?

Co wie dziecko?

Dziecko się kształtuje.

No, gotowe.

Wszystkie kwiaty podlane. Jeszcze trochę pożyją.

Malin siada na łóżku rodziców.

Marki Dux. Mają je od lat, ale czy mogliby na nim spać, gdyby wiedzieli, co się w nim wydarzyło, że to w nim utraciła dziewictwo czy raczej się go pozbyła?

Nie z Jannem.

Z kim innym.

Wcześniej. Miała czternaście lat i była sama w domu, rodzice nocowali po imprezie u znajomych w Torshälli.

Tak czy siak. Cokolwiek wydarzyło się w tym łóżku, nie należy ono do niej. Nie potrafi przejść przez to mieszkanie, sama czy z kimś, nie odczuwając tęsknoty. Wstaje, przeciska się przez ciasne warstwy tej nostalgii, które niczym przytwierdzone wiszą w powietrzu. Czego tu brakuje?

Rodzice na zdjęciach w ramkach.

Na leżakach przy domu na Teneryfie. Minęły trzy lata, od kiedy go kupili, jednak ani ona, ani Tove nigdy tam nie były.

„Chyba podlewasz?"

Pewnie, że podlewam.

Żyła z tymi ludźmi, pochodzi od nich, a jednak osoby ze zdjęć są jej obce. Najbardziej mama.

Wylewa do kuchennego zlewu wodę z konewki.

Tajemnice kryją się w kroplach, w zielonych szafkach kuchennych, w burczącej zamrażarce z kurkami nazbieranymi w poprzednim sezonie.

Może wezmę sobie trochę?

Nie.

Ostatnią rzeczą, jaką widzi, zanim zamknie za sobą drzwi do mieszkania rodziców, są grube oryginalne dywany na podłodze w salonie. Patrzy na nie przez otwarte podwójne drzwi w korytarzu. Tak naprawdę dywany są średniej jakości. Nie tak eleganckie, jak mama zawsze udawała. Cały pokój, cały dom pełne są rzeczy, które są czymś innym niż powinny, werniksem pokrywającym inny werniks.

Panuje tu specyficzna atmosfera, myśli Malin. Człowiek ma poczucie, że nie wystarcza, że nic nigdy nie jest dostatecznie wyjątkowe. Że my, że ja nie jestem dostatecznie dobra.

Wciąż zdarza jej się czuć niepewnie w zetknięciu z tym, co wyjątkowe, wobec ludzi, od których oczekuje się, że naprawdę są wyjątkowi, a nie tylko bogaci, jak Karin Johannison. Z lekarzami, arystokratami, adwokatami – o taką wyjątkowość chodzi. Wobec takich osób czuje, że górę biorą jej uprzedzenia i poczucie niższości. Zakłada, że tacy ludzie z wyższością patrzą na takich jak ona, i to sprawia, że przybiera pozycję obronną.

Dlaczego?

By się nie rozczarować?

W pracy nieźle sobie z tym radzi, ale w życiu prywatnym potrafi to być uciążliwe.

Myśli kłębią się w głowie Malin, gdy zbiega po schodach na wczesny, wstrętny piątkowy wieczór.

10

Piątek wieczorem, sobota, czwarty lutego

Tylko małe, maleńkie piwko, zasłużyłam sobie, chcę zobaczyć kropelki pary zamarzające na schłodzonym szkle. Mogę tu przecież zostawić samochód. Jutro go odprowadzę.
Malin nienawidzi tego głosu. Wtedy mówi sama do siebie, starając się go przekrzyczeć: Nie ma nic gorszego niż kac.
Tak najlepiej.
Czasem jednak daje za wygraną.
Tylko jedno małe, maleńkie...
Mam ochotę wykręcić siebie jak szmatę. Wtedy wystarcza alkohol.
Restauracja Hamlet jest otwarta. Daleko to? Cholera, ale zimno. Jak podbiegnę, to trzy minuty.
Malin otwiera drzwi do lokalu.
Uderza ją wrzawa i swąd. Pachnie grillowanym mięsem. Ale najbardziej pachnie obietnicami i spokojem.

Dzwoni telefon.
Czy aby na pewno?
Może to coś innego? Telewizja? Dzwony kościelne? Wiatr? Ratunku. Głowa. Coś tkwi w przedniej części czaszki, znów dzwonienie, a w ustach suchość, gdzie ja jestem?
Leżę w łóżku, bez pościeli. Kanapa? To nie kanapa? Co to w takim razie jest? Gazeta? Nie, też nie.

Już nie dzwoni.

Całe szczęście.

Znów zaczyna.

Teraz jest dostatecznie rozbudzona, by rozpoznać sygnał komórki. Podłoga w korytarzu. Dywanik. Jak ja się tu znalazłam? Obok mnie leży kurtka, a może to szalik. Otwór na listy w drzwiach widziany od dołu. Kurtka. Kieszeń. Komórka. W ustach kapeć. Puls, pulsująca cysta, elektryczna gałka z przodu głowy. Malin grzebie w kieszeni. Jest. Drugą ręką podpiera głowę, wciska po omacku klawisz, słuchawka przy uchu, mało co słychać – Fors, tu Malin Fors.

– Tu Sjöman. Wiemy, co to za jeden.

Co to za jeden? Tove, Janne. Mężczyzna na drzewie. Nikt go nie poszukuje.

– Malin, jesteś tam?

Tak. Może. Ale nie wiem, czy chcę.

– Wszystko w porządku?

Nie, nie w porządku. Wczoraj dałam za wygraną.

– Jestem, Sven, jestem. Trochę zaspana jestem. Poczekaj chwilkę.

Słyszy jeszcze jakieś słowa, gdy z trudem podnosi się i siada:

– …Masz kaca, no tak…

Głowa uniesiona, przed oczami czarna mgła, znika, znów się pojawia, jak wibrujący ucisk na czoło.

– Kaca? Małego. Ludzie tak się właśnie czują w niedzielny poranek.

– Sobotni, Malin. Wiemy, kto to.

– Która godzina?

– Wpół do ósmej.

– Kurwa, Sven. No?

– Wczoraj dostaliśmy zdjęcie. Ten przedsiębiorca pogrzebowy, ten cały Skoglund, odwalił kawał dobrej roboty. Wysłaliśmy je do „Corren" i „TT". Około jedenastej „Corren" wrzuciło je na swoją stronę i wczoraj już ktoś zadzwonił, a dzisiaj rano inni. Wszyscy podali to samo nazwisko, więc musi się

zgadzać. Nazywa się Bengt Andersson. Ale – i to jest najlepsze – wszyscy określają go przezwiskiem. Tylko jedna osoba znała jego prawdziwe dane.
Głowa. Puls. Nie zapalaj świateł, choćby nie wiem co. Skoncentruj się na cudzym bólu zamiast na własnym; to ponoć pomaga. Terapia grupowa. Czy jak to ktoś powiedział? Ból jest zawsze świeży, i własny. Osobisty?
– Bollbengan: Bengan Piłka. Nazywali go Bollbengan. Z tego, co ludzie mówią o jego życiu, wygląda ono na równie podłe jak jego śmierć. Możesz tu być za pół godziny?
– Daj mi czterdzieści pięć minut.

Kwadrans później, po prysznicu, przebrana, z rozpuszczalnym panadolem w żołądku Malin włącza komputer. Zostawia żaluzje opuszczone, choć na zewnątrz wciąż jest ciemno. Komputer stoi na biurku w sypialni, klawiatura ukryta w plątaninie brudnych podkoszulków i majtek, zapłaconych i niezapłaconych rachunków, żałosnych kwitków z pensji. Odczekuje, wstukuje kod, czeka, uruchamia swoją wyszukiwarkę, następnie wstukuje www.corren.se.
W głowie kołatanie od światła ekranu.
Daniel Högfeldt zrobił swoje.
Mężczyzna na drzewie. Na najlepszym miejscu na stronie duże zdjęcie jego twarzy. Wygląda na nim jak człowiek. Na czarno-białym zdjęciu opuchlizna i sińce to ledwie szare cienie, bardziej przypudrowana wysypka niż ślady śmiertelnych ciosów. Ten Skoglund, kimkolwiek jest, potrafi obudzić zmarłych. Tłuszcz sprawia, że twarz Bengta Bengana Piłki Anderssona jest pozbawiona konturów. Broda, policzki i czoło trzymają się kupy w miękkich, okrągłych płatach wokół kości twarzy, tworząc pokaźną masę. Oczy zamknięte, usta jak mały znak zapytania, górna warga pełna, dolna cienka. Wystaje tylko nos, wyraźny, prosty, szlachetny, jedyny trafiony los Bengana Piłki w loterii genetycznej.
Czy ja jestem w stanie to czytać?
Język Daniela Högfeldta.

Efektowny. Nic dobrego na mdłości i ból głowy.
Wie chyba więcej od nas. Ludzie dzwonią najpierw do gazet. Wietrzą zysk. Wietrzą okazję, by poczuć się wyjątkowo.
Ale kim ja jestem, by ich krytykować?

„Östgöta Correspondenten" może dziś ujawnić tożsamość mężczyzny, który...

Litery są jak płonące w jej mózgu strzały.

Bengt Andersson, 46 lat, znany był pod pseudonimem Bengan Piłka. W Ljungsbro, gdzie mieszkał, uważano go za dziwaka i samotnika. Zajmował samotnie mieszkanie w okolicy Härny i od wielu lat pobierał zasiłek z powodu niezdolności do pracy wynikającej z problemów psychicznych. Przezwisko Bengta Anderssona wzięło się stąd, że na domowych meczach piłki nożnej Klubu Sportowego Ljungsbro stawał przy Cloettavägen i czekał, aż któraś drużyna kopnie piłkę za ogrodzenie.

Piłki, myśli Malin, piłki to ja mam teraz w głowie.
„Potrafię kopnąć, tato, potrafię kopnąć aż do jabłoni! Głos mamy: Żadnych piłek w ogrodzie, Malin, bo połamiesz róże".
Tove nie interesuje się piłką nożną.

Kobieta chcąca zachować anonimowość mówi «Correspondenten»: „Wszyscy wiedzieli, kto to, ale nikt go nie znał. Tacy zawsze się trafią".
Bengt Andersson został znaleziony w piątek..."

Dosłowne cytaty, brak omówień. Specjalność Daniela, który w ten sposób tworzy napięcie i autentyzm.
Parafrazy. Powtórzenia.
Kiedy śmierć się kończy?

Malin wychodzi głównym wejściem. Znów zimno. Gdzieś w oddali majaczą mury kościoła. Ale dziś mróz jest mile widziany. Osnuwa swoimi oparami jej myśli, spowija ją całą wyciszającą mgłą.

Samochód nie stoi tam, gdzie powinien.

Skradziony. To jej pierwsza myśl.

Wtedy sobie przypomina. Mieszkanie mamy i taty.

„Chyba podlewasz?"

Hamlet.

Dostanę jeszcze jedno piwo? Anonimowa, starsza publiczność, no i ja.

Taksówka? Nie, za drogo.

Jeśli się pospieszę, za dziesięć minut dotrę na posterunek.

Rusza.

Spacer dobrze mi zrobi, myśli. Pod stopami na odśnieżonym chodniku skrzypi żwir. Przed oczami ma chrząszcze. Żwir to też chrząszcze, inwazja robaków, które stara się zmiażdżyć swoimi caterpillarami.

Myśli o tym, że teraz mężczyzna na drzewie otrzymał imię. Że ich praca nabierze rozpędu i że muszą się do tego ostrożnie zabrać. Przemoc, na którą natknęli się tam, na równinie, nie była zwykłą przemocą. To coś innego, coś, czego należy się obawiać.

Mróz kłuje w oczy.

Przejmujący, ostry.

Czy to szarańcza tańczy mi przed oczami? – zastanawia się Malin. A może to ziąb, przez który płyn w moich oczach zamarza na lód. Dokładnie jak w twoich, Benganie Piłko. Kimkolwiek jesteś.

11

Co ten świat robi z człowiekiem, Tove? Miałam dwadzieścia lat. Byliśmy z twoim tatą szczęśliwi. Byliśmy młodzi i szczęśliwi, kochaliśmy się. To była miłość młodych ludzi, czysta i nieskomplikowana, prosta i fizyczna, no i ty, nasz promyczek. Nie widzieliśmy świata poza sobą.

Nie wiedziałam, co w życiu robić poza kochaniem was, nie zwracałam uwagi na samochody, na jego ślamazarność, na wszystkie różnice. Miłość była mi jakby dana, Tove, nie istniały wątpliwości ani czekanie, choć wszyscy to mówili, poczekaj, wyluzuj, nie odgradzaj się od świata, jeszcze trochę pożyj. Ale ja zwietrzyłam życie, jego zapach był w miłości do ciebie, do Jannego, do naszego życia. Powodowana próżnością chciałam mieć tego jeszcze więcej i sądziłam, że to wszystko może być wieczne. Bo wiesz, Tove, ja wierzyłam w miłość i nadal to robię, co jest jakimś cudem. Ale wtedy wierzyłam w miłość w jej najprostszej, najczystszej postaci, można to nazwać miłością do rodziny, miłością jaskiniową, gdy tylko ogrzewamy się, bo jesteśmy ludźmi, którzy akurat są razem. Ta miłość wspomniana jako pierwsza.

Oczywiście, kłóciliśmy się. Oczywiście, tęskniłam. Oczywiście, nie mieliśmy pojęcia, co zrobimy z całym tym czasem. Oczywiście, rozumiałam go, gdy powiedział, że czuje się jak zamknięty w ziemiance, choćby nawet to był raj.

I kiedyś wrócił do domu z dokumentem z Państwowych Służb Ratowniczych, gdzie napisano, że następnego dnia ma się stawić na lotnisku Arlanda i lecieć do Sarajewa.

Byłam na niego taka wściekła, na tego twojego tatę. Powiedziałam, że jeśli pojedzie, po powrocie nie zastanie nas w domu. Powiedziałam, że nie istnieje nic takiego, dla czego można porzucić rodzinę.

Zatem moje pytanie do ciebie, Tove:

Czy potrafisz zrozumieć, że ja i twój tata nie daliśmy wtedy rady?

Wiedzieliśmy zbyt wiele i zarazem zbyt mało.

12

W soboty żadnej dzieciarni w przedszkolu. Puste huśtawki. Nie ma sanek ani piłek. Światło zgaszone. Nie toczą się żadne zabawy.
– Dajesz radę, Malin? Wyglądasz na zmarnowaną.
Przestań smęcić, Sven. Pracuję przecież, nie?
Zeke uśmiecha się szyderczo zza swojego biurka naprzeciwko. Börje Svärd i Johan Jakobsson są doprawdy zbyt zadowoleni – człowiek zdecydowanie nie powinien tak wyglądać, przychodząc do pracy tuż po ósmej w sobotę.
– Wszystko w porządku. Trochę wczoraj zabalowałam.
– Ja miałem imprezę przy chrupkach serowych, chipsach i Pippi Långstrump na DVD – mówi Johan.
Börje milczy.
– Oto lista. – Sven wymachuje jakimś świstkiem. Dziś nie stoi przy krótszym krańcu stołu. Siedzi na krześle. – Tych, którzy dzwonili i podali nazwisko Bengta Anderssona albo jego pseudonim. Musimy ich na początek przesłuchać. Sprawdzić, co mają do powiedzenia na jego temat. Na liście jest dziewięć nazwisk, wszystkie z Ljungsbro i okolic. Börje i Johan wezmą pierwsze pięć. Malin i Zeke pozostałe cztery.
– A mieszkanie? To znaczy jego mieszkanie?
– Technicy już w nim są. Na pierwszy rzut oka stwierdzili, że nic się tam nie wydarzyło. Będą gotowi po południu. Jedźcie tam, jeśli chcecie. Ale nie wcześniej. Gdy będziecie gotowi z nazwiskami z listy, zajmijcie się jego sąsiadami. Pobierał zasiłek, musi więc być jakiś pracownik opieki społecznej,

który powinien coś wiedzieć. No ale do poniedziałku trudno będzie się z tym kimś skontaktować.
– Nie da się tego zrobić szybciej?
Niecierpliwy głos Zekego.
– Bengt Andersson nie jest jeszcze oficjalnie uznany za martwego ani zidentyfikowany – mówi Sven. – A dopóki nie jest, musimy mieć pozwolenie, by uzyskać dostęp do rejestru i kart chorych, w których figurują nazwiska jego lekarza i opiekuna społecznego. Wszystkie formalności uda się pewnie załatwić w poniedziałek.
– No to zabieramy się do roboty – mówi Johan i wstaje.
Chcę spać, myśli Malin. Spać tak głęboko, jak się da.

Mój pokój jest czarny, zamknięty. A jednak wszystko widzę.
Zimno tu, ale nie tak zimno jak tam na drzewie, na równinie. Co mnie obchodzi chłód. Tu nie ma wiatru, wichury, śniegu. Może i trochę tęsknię za wiatrem i śniegiem, wolę jednak tę przenikliwość, która pojawia się w stanie, w jakim się właśnie znajduję. Tyle wiem, tyle mogę. Dobieram słowa w sposób, w jaki nigdy tego nie robiłem.
I czy to nie zabawne, jak wszyscy się teraz o mnie troszczą? Jak wszyscy widzą moją twarz i chcą pokazać, że mnie znali? Wtedy, przedtem, kiedy pokazywałem się we wsi, robili uniki, omijali mnie, by uniknąć mojego wzroku, starali się nie zbliżać do mojego ciała, moich – jak im się wydawało – brudnych ubrań, które według nich śmierdziały potem, moczem.
Żenujące i odpychające.
I te dzieciaki, które nie chciały mnie zostawić w spokoju. Które mnie zadręczały, męczyły, droczyły się i dokuczały mi. Ich mamusie i tatusiowie pozwolili tysiącu złośliwych kwiatów swoich dzieci kwitnąć.
A ja nawet nie nadawałem się do tego, by się ze mnie naśmiewać. Już za życia byłem jedną wielką żałością.

Kominy fabryki Cloetta.
Nie widać ich z ronda przy prastarym Vreta, ale można dostrzec dym. Bielusieńki wznosi się ku niby niebieskiemu niebu. Niskie poranne chmury odpłynęły, zima błękitnieje, rtęć opada niżej; to cena, jaką trzeba zapłacić za światło.

– Tu skręcamy?
Drogowskaz pokazuje Ljungsbro w dwie strony.
– Nie wiem – odpowiada Malin.
– Skręcamy – decyduje Zeke. – Jak wjedziemy do wsi, sprawdzimy na GPS-ie.
Przejeżdżają przez Vreta. Mijają śluzy, teraz w spoczynku, i puste zbiorniki. Zamknięte na zimę knajpki. Wille, za oknami których poruszają się ludzie. Drzewa, którym pozwolono rosnąć w spokoju. Sklep spożywczy Icahandel. W samochodzie nie gra muzyka. Zeke nie nalegał, a Malin dobrze się czuje w tej względnej ciszy.

Po lewej stronie za przystankiem autobusowym zaczynają się zabudowania, domy chowające się na zboczu, a po drugiej stronie rozciąga się Roxen. Kierują się w dół, mijają las, po prawej stronie zaczyna się pole, a kilkaset metrów dalej jeszcze więcej domów pnie się po stromym stoku.

– Wypasione dzielnice – mówi Zeke. – Lekarzyki.
– Zazdrosny?
– Niezbyt.

Na kolejnym drogowskazie Kungsbro, Stjärnorp, Ljungsbro.
Skręcają przy pomalowanej na rdzawy kolor *falu** stajni i obłożonej kamieniem obory, nie widzą tam jednak koni. Tylko jakieś nastoletnie dziewczyny w termoaktywnych ubraniach i butach Moon, przenoszące paki siana między dwoma przybudówkami.

Zbliżają się do domów w ekskluzywnej dzielnicy.
Wjeżdżają na wzgórze, w przelocie widzą kominy Cloetty.
– Wiesz co – mówi Zeke. – Przysięgam, że czuć tu dziś zapach czekolady. Z fabryki.
– Włączam GPS, żebyśmy trafili do pierwszego nazwiska na liście.

Nie chciała ich wpuścić.
Pamela Karlsson, trzydzieści sześć lat, blond paź, samotna, ekspedientka w H&M. Mieszkała w domu czynszowym tuż

---
* *Falu* – kolor domów w Szwecji. Swoją nazwę zawdzięcza kopalni rudy miedzi w miejscowości Falu, gdzie pozyskiwano pigment używany do produkcji farby (przyp. tłum.).

za białą szkaradną halą sklepu spożywczego Hemköp. W pomalowanym na szaro drewnianym domu tylko cztery mieszkania. Rozmawiała z nimi przez uchylone drzwi zabezpieczone łańcuchem, marznąc w białym podkoszulku i majtkach, najwyraźniej zbudzona ich dzwonieniem do drzwi.
– Koniecznie musicie wchodzić? Mam straszny bałagan.
– Zimno tu na tej klatce – powiedziała Malin i pomyślała: Znaleziono zamordowanego mężczyznę, powieszonego na drzewie, a ta myśli o bałaganie. No ale tak czy siak, zadzwoniła.
– Miałam wczoraj imprezę.
– Jeszcze jedna – stwierdził Zeke.
– Co?
– Nic – odpowiedziała Malin. – To, czy ma pani bałagan, nie ma dla nas żadnego znaczenia. Nie zajmiemy dużo czasu.
– W takim razie... – Drzwi się zamknęły, szczęk, znów się otworzyły. – Proszę.
Kawalerka, łóżko służące jako kanapa, mały stolik, wnęka kuchenna. Meble z Ikea, firanki z koronki i odbarwiona, pewnie odziedziczona, ława w stylu ludowym. Kartony po pizzy, puszki po piwie, karton białego wina. Na parapecie wypełniona po brzegi popielniczka.
Kobieta zauważyła spojrzenie Malin.
– Normalnie nie pozwalam im palić w środku. Ale wczoraj nie mogłam ich przecież wyganiać.
– Co to za oni?
– Znajomi. Surfowaliśmy po Internecie, zobaczyliśmy zdjęcie, no i prośbę o kontakt. Od razu zadzwoniłam, no w każdym razie prawie od razu.
Przysiadła na łóżku. Nie była gruba, ale pod koszulką odznaczały się małe wałeczki.
Zeke usiadł w fotelu.
– Co pani o nim wie?
– Niewiele, tyle że mieszka tu we wsi. I jak na niego wołają. Poza tym nic. Czy to on?
– Tak, jesteśmy prawie pewni.
– Cholera, wszyscy o tym wczoraj gadali.
Zniekształcone wspomnienia, pomyślała Malin. Żerujące

na intymnych szczegółach imprezowe pogaduszki. „Czekajcie, opowiem wam, co się przytrafiło znajomemu mojego znajomego"...
– Nie wie pani zatem, kim był?
– Niewiele. Był na jakimś zasiłku chorobowym. No i wołali na niego Bengan Piłka. Sądziłam, że to z powodu jego nadwagi, ale w „Corren" napisali coś innego.

Pozostawili Pamelę Karlsson z jej bajzlem oraz bólem głowy i pojechali pod adres przy Ugglebovägen, do zaprojektowanej przez architekta czterokondygnacyjnej willi, gdzie z każdego chyba pokoju rozciąga się widok na pola i Roxen. Stig Unning, broker ubezpieczeniowy o głęboko osadzonych oczach otworzył im, gdy złotą łapą lwa zapukali do drzwi.

– To mój syn dzwonił. Możecie z nim państwo porozmawiać. Jest w piwnicy.

Fredrik zajęty grą telewizyjną. Jakieś trzynaście lat, szczupły, pryszczaty, ubrany w za duże dżinsy i pomarańczową koszulkę. Na ekranie masowo ginące karły i elfy.

– Dzwoniłeś do nas – powiedział Zeke.
– Tak – odrzekł Fredrik Unning, nie odrywając wzroku od gry.
– Dlaczego?
– Bo go rozpoznałem. Sądziłem, że jest może nagroda. A nie ma?
– Nie, niestety. Nie dostaje się pieniędzy za rozpoznanie ofiary morderstwa – powiedziała Malin.

Gnu rozpada się na kawałki, trollowi zostają oderwane kończyny.

– Mogłem zadzwonić do „Aftonbladet".
Bang. *Dead, dead, dead.*
Chłopak podnosi na nich wzrok.
– Znałeś go? – pyta Malin.
– Nie. W ogóle. Wiedziałem, jakie ma przezwisko i że śmierdzi sikami. Poza tym nic.
– Nic, co powinniśmy wiedzieć?

Fredrik Unning waha się, a Malin widzi, jak w jego spojrzeniu pojawia się nagły przestrach. Potem znów wlepia wzrok w ekran telewizora i gorączkowo prowadzi joystick tam i z powrotem.

– Nie – mówi Fredrik.
Wiesz coś, myśli Malin. Albo właśnie zrozumiałeś, dlaczego tu jesteśmy, co tak naprawdę się wydarzyło.
– Jesteś zupełnie pewien, że nie masz nic więcej do powiedzenia?
Fredrik Unning kiwa głową.
– Niee, nic a nic. Zero.
Czerwona jaszczurka spuszcza gigantyczny głaz na głowę potwora przypominającego Hulka.

Trzecia osoba na liście, pastor zielonoświątkowców Sven Garplöv, czterdzieści siedem lat, mieszka w nowo wybudowanej katalogowej willi po drugiej stronie strumienia Motala na peryferiach Ljungsbro. Biała cegła, białe drewno, białe naroża, białe na białym, jakby po to, by odegnać grzech. Po drodze mijają fabrykę Cloetta, falisty dach jest zjadliwym, cukrowym wężem, a komin wypompowuje obietnice o słodkim życiu.
– Tam robią czekoladowe wafelki – mówi Zeke.
– Nie pogardziłabym jednym.
Chociaż im się śpieszy, żona pastora, Ingrid, częstuje ich kawą. Siedzą w czwórkę na zielonych skórzanych fotelach w pomalowanym na biało salonie i jedzą ciastka, siedem rodzajów, własnej roboty.
Tłuszcz w ciastkach.
Dokładnie tego potrzebuje.
Żona pastora siedzi w milczeniu, mówi on.
– Mam dziś nabożeństwo, ale parafianie poczekają. Tak poważny grzech ma pierwszeństwo. Ten, kto czeka, by się pomodlić, nigdy nie czeka za długo. Prawda, Ingrid?
Żona przytakuje. Następnie czyni gest w stronę talerza z ciastkami.
Oboje biorą dokładkę.
– Był stroskaną duszą. Taką, którą Pan obdarza miłością na swój sposób. Gawędziliśmy kiedyś chwilę na jego temat w parafii i wtedy ktoś, nie pamiętam kto, wspomniał jego imię. Do-

szliśmy do wniosku, że był bardzo samotny. Potrzebowałby przyjaciela takiego jak Jezus.
– Rozmawialiście z nim kiedyś?
– Proszę?
– No, czy zaprosiliście go do kościoła?
– Nie, nie sądzę, żeby to komuś z nas przyszło do głowy. Nasze drzwi stoją otworem dla wszystkich, choć może bardziej dla niektórych. To trzeba przyznać.

Stoją pod drzwiami domu niejakiego Conny'ego Dyrenäsa, trzydzieści dziewięć lat, zamieszkałego przy Cloettavägen, tuż za boiskiem piłkarskim Cloettavallen. Kilka sekund po dzwonku otwierają się drzwi.
– Słyszałem, jak podjechaliście – mówi mężczyzna.
Mieszkanie jest pełne zabawek, są wszędzie. Plastik w jaskrawych kolorach.
– Dzieciaki – mówi Conny Dyrenäs. – W ten weekend są u swojej mamy. Jesteśmy po rozwodzie. Poza tym mieszkają u mnie. Niesamowite, jak można za nimi tęsknić. Dziś rano starałem się odespać, ale obudziłem się tak jak zwykle. Surfowałem po Internecie. Napijecie się kawy?
– Już piliśmy, więc nie, ale dzięki – mówi Malin. – Jest pan pewien, że na tych zdjęciach to Bengt?
– Tak, nie mam żadnych wątpliwości.
– Znał go pan? – pyta Zeke.
– Nie, ale w pewnym sensie był częścią mojego życia.
Conny Dyrenäs podchodzi do drzwi balkonowych, daje znak, by poszli za nim.
– Widzicie to ogrodzenie i bramkę? Wystawał tam i czekał na piłki, gdy KS Ljungsbro grał mecze domowe. Mogło lać jak z cebra, mogło być zimno albo gorąco. On zawsze tam był. Czasem zimą wpatrywał się w puste boisko. Pewnie z tęsknotą. Jakby sam sobie zorganizował pracę, miejsce na tym świecie. Biegał za piłkami, które lądowały za ogrodzeniem. Zresztą, bo ja wiem, czy biegał. Raczej truchtał. A potem z powrotem je wrzucał na boisko. Ludzie na trybunach zazwyczaj

się z niego śmiali. Z pewnością wyglądało to zabawnie, mnie jednak śmiech wiązł w gardle.

Malin patrzy na ogrodzenie, białe na mrozie, zadaszone trybuny, w tle budynek klubowy.

– Chciałem go kiedyś zaprosić na kawę. Ale teraz już na to za późno – dorzuca Dyrenäs.

– Musiał być samotny. Powinien był pan go zaprosić – mówi Malin.

Mężczyzna kiwa potakująco głową, chce coś powiedzieć, ale milczy.

– Wie pan o nim coś jeszcze? – pyta Malin.
– Wiem to za dużo powiedziane. Krążyło wiele plotek.
– Plotek?
– Tak, że jego ojciec był szalony. Że mieszkał w jakimś domu i Bengan rąbnął go kiedyś siekierą w głowę.
– Siekierą w głowę?
– Tak, ponoć.

I Daniel Högfeldt tego nie zwietrzył?

– Ale może to tylko takie gadanie. Musiało się to wydarzyć ze dwadzieścia lat temu. Albo i dawniej. Na pewno był w porządku. Miał miłe oczy. Nawet stąd to widziałem. Zdjęcia w „Corren" tego nie oddawały, prawda?

13

Malin staje za ogrodzeniem, zagląda na boisko, szarobiałe pole, z tyłu jeszcze bardziej szare budynki szkoły. Po lewej stronie siedziba klubu, szereg w rdzawym kolorze *falu*. Długie betonowe schody prowadzą do pomalowanych na szaro drzwi, budka z kiełbaskami z logo Cloetty.
    Wdycha powietrze. Czyżby zapachniało kakao?
    Za budką hala do gry w tenisa, świątynia eleganckiego sportu. Chwyta ogrodzenie.
    Przez czarne rękawice firmy Thinsulate nie czuje zimna metalu, raczej nieforemny sztywny drut. Szarpie za płot, zamyka oczy i widzi zieleń, czuje żyzny zapach świeżo skoszonej trawy, oczekiwanie w powietrzu, gdy na boisko wbiega drużyna mistrzów zagrzewana przez miejscowych ośmio-, dziewięcio- i dziesięciolatków oraz ramoli na emeryturze wyposażonych w termosy z kawą. No i przez ciebie, Benganie Piłko, samotnego za ogrodzeniem, wyobcowanego.
    Jak człowiek staje się tak samotny?
    Siekiera w głowie.
    Muszą sprawdzić twoje dane w starych archiwach, na pewno na nie trafią. Panie archiwistki są gorliwe, dobre w tym, co robią, znajdą cię. Znajdziemy cię. Możesz być pewien.
    Malin wyciąga ręce do góry. Łapie piłkę, ociężała i nieruchawa, zatacza się do tyłu i w bok. Myśli: Śmiali się z ciebie, ale nie wszyscy, ty i te twoje beznadziejne próby złapania piłki, twoje starania, by stać się częścią wszystkich małych zdarzeń, myśli i zajść, które są całym życiem w takiej jak ta małej

wsi. Raczej nie zdawali sobie sprawy z tego, że przecież także dzięki tobie ta społeczność była tym, czym była. Dla wielu musiałeś być stałym punktem, widocznym, lecz niewidzialnym, znanym, lecz nieznanym, tragicznym, bez końca powtarzanym żartem, nadającym blask ich banalnemu życiu.

Na wiosnę będzie im ciebie brakować. Wtedy sobie o tobie przypomną. Kiedy piłka przeleci przez ogrodzenie, zapragną mieć cię tu z powrotem. Może zrozumieją, że takie jest właśnie to nieprzyjemne uczucie w dołku.

Czy można być bardziej samotnym od ciebie? Za życia przedmiot kpin, po śmierci – nieuświadomionej tęsknoty.

W kieszeni Malin dzwoni telefon.

Słyszy za sobą głos Zekego.

– Pewnie Sjöman.

I faktycznie, to Sjöman.

– Nikt więcej nie dzwonił, chociaż był chyba jakąś znaną lokalną postacią. Dowiedzieliście się czegoś?

– Chodzą plotki o siekierze w głowie – mówi Malin.

– O czym?

– Rzekomo wbił ojcu siekierę w głowę, jakieś dwadzieścia lat temu.

– Musimy to sprawdzić – mówi Sjöman. I dodaje: – Jak chcecie, możecie jechać do jego mieszkania. Technicy zrobili swoje. Są pewni, że nie został tam zamordowany. Biorąc pod uwagę użytą wobec niego przemoc, musiałyby zostać ślady krwi. Ale test z luminalem nic nie wykazał. Edholm i kilku innych rozmawiają z ludźmi. Härnavägen 21 b, na parterze.

Cztery bochenki krojonego chleba Skogaholm na szaro nakrapianym kuchennym blacie z laminatu. W blasku świetlówek na suficie plastikowe opakowanie robi wrażenia wodnistego, chorobliwego, a jego zawartość wygląda na szkodliwą.

Malin otwiera drzwi lodówki. Tam jakieś dwadzieścia opakowań metki, tłuste mleko i kilka kostek niesolonego masła.

Zeke zagląda jej przez ramię.

– Prawdziwy smakosz.

– Sądzisz, że tym się żywił?
– Tak – odpowiada Zeke. – Możliwe. Ten chleb to sam cukier. A metka to tłuszcz. To by się zgadzało. Prawdziwa kawalerska dieta.

Malin zamyka lodówkę. Za opuszczonymi żaluzjami widzi postacie dzieci, które na przekór mrozowi starają się zbudować coś ze śniegu. Próby uformowania tej zmarzniętej masy muszą być beznadziejne. Wyłącznie dzieci imigrantów. Te dwupiętrowe szeregi mieszkań czynszowych z otynkowanego na biało betonu i łuszczącego się, pomalowanego na brązowo drewna muszą stanowić najciemniejszą stronę Ljungsbro.

Stłumione chichoty. A jednak rozbawione, jakby udało się pokonać zimno.

A może wcale nie jest to taka najciemniejsza strona.

Ludzie żyją tu swoim życiem. Radość się przedziera, lśniące plamki magmy w codzienności.

Kanapa w nakrapiany wzór w stylu lat siedemdziesiątych pod ścianą oklejoną żółto-brązową wzorzystą tapetą. Stolik do gry z zielonym filcowym blatem, dwa krzesła żeberkowe, w rogu zapadnięte łóżko, dekoracyjnie podwinięta pomarańczowa narzuta.

Spartańsko, ale nie obskurnie. Żadnego bajzlu z kartonów po pizzy, petów, stosów śmieci. Ład i porządek w samotności.

W jednej z szyb okiennych w salonie można dostrzec trzy małe dziurki, dokładnie zaklejone taśmą przylepioną wzdłuż rozgałęziających się pęknięć.

– Jakby ktoś rzucił w okno kamyczkami – mówi Zeke.
– Na to wygląda.
– Sądzisz, że to coś ważnego?
– W takiej dzielnicy jest wiele dzieciaków, które pewnie rozrabiają. Może trochę za mocno sypnęły żwirem?
– Albo ktoś złożył mu romantyczną wizytę.
– Pewnie, Zeke. Technicy muszą sprawdzić szybę, jeżeli jeszcze tego nie zrobili – mówi Malin. – Zobaczymy, czy mogą stwierdzić, od czego powstały te otwory.
– Jestem zaskoczony, że jej nie zabrali – mówi Zeke. – Ale pewnie była tu Johannison. I nie dała rady.

– Gdyby tu była Karin, szyba już by leżała w laboratorium. – Malin podchodzi do szafy we wnęce sypialnej.

Spodnie z gabardyny, ogromne, w różnych przytłumionych kolorach ziemi, schludnie zawieszone w rządku na wieszakach, wyprane, wyprasowane.

– Coś mi tu nie pasuje – mówi Zeke. – Ten porządek i czyste ubrania do tego, że śmierdział brudem i moczem.

– No – mówi Malin. – Ale skąd mamy wiedzieć, że faktycznie tak było? Może tylko tak podejrzewano? Ktoś komuś powiedział, ten ktoś komuś innemu i potraktowano to jako fakt. Bengan Piłka śmierdzi sikami, Bengan Piłka się nie myje.

Zeke przytakuje.

– Albo ktoś tu przyszedł po wszystkim i sprzątnął.

– Technicy by to zauważyli.

– Czy aby na pewno?

Malin pociera czoło.

– No nie, niekoniecznie. To może być trudne do stwierdzenia.

– A sąsiedzi? Nikt nie zauważył niczego dziwnego?

– Edholm z nimi rozmawiał i twierdzi, że nie.

Ból głowy minął. Teraz Malin czuje się tylko opuchnięta i nieświeża, typowa reakcja, gdy z organizmu znika alkohol.

– Johannison twierdzi, że nie żyje od szesnastu do dwudziestu godzin. Ktoś mógł tu być. Albo ten brud to jakiś mit.

Indyjskie curry z kurczaka stoi na kuchence, woń czosnku, imbiru i kurkumy roznosi się po mieszkaniu. Malin umiera z głodu.

Posiekać, odmierzyć, pokrajać w plasterki. Podsmażyć i ugotować.

Słabe piwo rozlane do szklanek. Nic nie pasuje do curry tak jak piwo.

Właśnie dzwonił Janne. Piętnaście po siódmej. Są w drodze. Słychać szczęk klucza w drzwiach. Malin wychodzi im na spotkanie. Tove dziwnie ożywiona, jakby miała odegrać jakąś scenę.

– Mamo, mamo! Widzieliśmy w weekend pięć filmów. Pięć! Wszystkie oprócz jednego były dobre.

Janne w korytarzu za podekscytowaną Tove. Pełen winy, a jednak pewny siebie wyraz twarzy. Kiedy jest u mnie, to ja decyduję, dobrze wiesz. Już dawno zakończyliśmy tę dyskusję.
– Co oglądaliście?
– Ingmara Bergmana.
A więc to o to chodzi w tym małym widowisku, które dla niej odgrywają.
Malin nie może się powstrzymać od śmiechu.
– Aha.
– I były bardzo dobre.
Janne:
– Gotujesz curry? Idealne w taki mróz.
– Pewnie, Tove. Wierzę ci. No to jakie filmy widzieliście, ale tak naprawdę?
– Widzieliśmy *W krainie truskawek*.
– Tove, to ma tytuł *Tam, gdzie rosną poziomki*. I tego na pewno nie widzieliście.
– Okej. Widzieliśmy *Noc żywych trupów*.
Co? Janne? Zwariowałeś? Ale opanowuje się. Myśli: *Noc żywych trupów*.
– Ale byliśmy też w remizie – mówi Janne. – I ćwiczyliśmy na siłowni.
– Ćwiczyliście na siłowni?
– Tak, chciałam spróbować. Zobaczyć, co ci się w tym tak podoba – wyjaśnia Tove.
– Ta potrawka cholernie dobrze pachnie.
Godziny na bieżni w siłowni na komisariacie. Wyciskanie na ławeczce, Johan Jakobsson nad sztangą. „No dalej, Malin. Dalej, ty słabeuszu".
Spocić się. Wyciskać. Wszystko z siebie wyrzucić, oczyścić się. Gdy chce nabrać energii, trening to najlepsza rzecz.
– A ty co robiłaś, mamo?
– A jak sądzisz? Pracowałam.
– Dziś wieczorem też zamierzasz pracować?
– Nic mi o tym nie wiadomo. No i ugotowałam kolację.
– Co?
– Nie czujesz?

– Curry. Z kurczakiem?
Tove nie kryje radości.
Ramiona Jannego opadają.
– To ja już pójdę – mówi. – Do usłyszenia w tygodniu.
Otwiera drzwi.
Gdy już ma wyjść, Malin rzuca:
– Nie chcesz zostać na kolacji, Janne? Starczy i dla ciebie.

14

Poniedziałek, szósty lutego

Malin przeciera oczy.
Chce zacząć dzień od porządnego kopa.
Müsli, owoce i kwaśne mleko. Kawa, kawa, kawa.
– Pa, mamo.
Tove zakutana w korytarzu, wcześniej niż zwykle, Malin za to później. Wczoraj cały dzień przesiedziały w domu, piekły, czytały. Malin stłumiła odruch, by pojechać do komisariatu, choć Tove powiedziała, że może, jeśli chce.
– Pa. Będziesz w domu, kiedy wrócę wieczorem?
– Może.
Trzaśnięcie drzwiami. Wczoraj pogodynka w czwartym programie telewizji:
„...nadciąga jeszcze zimniejsze – tak, to prawda – jeszcze zimniejsze powietrze znad Morza Barentsa i zalegnie nad naszym krajem, aż po Skanię. A więc ubierzcie się odpowiednio, jeśli musicie wyjść z domu".
Musicie wyjść?
Ja chcę wyjść. Chcę to dalej ciągnąć.
Bengan Piłka.
Kim ty właściwie byłeś?

Głos Sjömana w komórce, Malin trzyma zimną kierownicę jedną ręką.

Poniedziałkowi ludzie w drodze do pracy dygoczą na przystankach autobusowych przy Trädgårdstorget, para bucha im z ust, wije się wokół pstrych budynków otaczających rynek; domów z lat trzydziestych z pożądanymi mieszkaniami, domów z lat pięćdziesiątych ze sklepami na parterze i bombastycznego budynku z 1910 roku na rogu, gdzie przez dziesiątki lat mieścił się sklep płytowy, który teraz zamknięto.

– Dzwonili z jakiegoś domu seniora w Ljungsbro, Vretaliden. Mają tam dziewięćdziesięciosześcioletniego dziadka, który ponoć opowiadał pielęgniarkom masę rzeczy o Benganie Piłce i jego rodzinie. Czytali mu gazetę – ponoć źle widzi – no i się rozgadał. Skontaktowała się z nami siostra oddziałowa, uznała, że najlepiej będzie, jeśli sami z nim porozmawiamy. Może od razu się tym zajmijcie.

– Dziadek chce się z nami spotkać?
– Najwyraźniej.
– Jak się nazywa?
– Gottfrid Karlsson. A pielęgniarka Hermansson.
– A imię?
– Przedstawiła się jako siostra Hermansson. Załatwiaj wszystko przez nią.
– Powiedziałeś Vretaliden? Od razu tam pojadę.
– Nie weźmiesz ze sobą Zekego?
– Nie, pojadę sama.

Malin hamuje, wykonuje pełen zakręt, udaje jej się wepchnąć tuż przed autobus 211 jadący do Szpitala Uniwersyteckiego.

Kierowca trąbi, wygraża jej pięścią.

Sorry, myśli Malin.

– Znalćźli coś w archiwum?
– Dopiero zaczęli, Malin. Wiesz przecież, że nie ma go w rejestrze komputerowym. Szukamy dalej. Zobaczymy w ciągu dnia. Zadzwoń, jeśli tylko się czegoś dowiesz.

Zwroty grzecznościowe, a potem cisza w samochodzie, słychać tylko silnik, który zwiększa obroty, gdy Malin zmienia bieg.

Vretaliden.

Dom seniora i opieki w jednym, przez lata rozbudowywany i przekształcany, surowa architektura lat pięćdziesiątych na siłę połączona z postmodernizmem lat osiemdziesiątych. Kompleks znajduje się w dolinie jakieś sto metrów od szkoły, obie instytucje dzieli tylko kilka uliczek i parę domów czynszowych z czerwonej cegły. Na południe rozciąga się uprawa truskawek Wester's, która kończy się nagle na paru szklarniach.

Ale teraz wszystko jest białe.

Zima jest bezwonna, myśli Malin, kiedy skulona truchta przez parking pod ośrodkiem w kierunku wejścia, szklanej klatki, w której nieśpiesznie obracają się drzwi. Czuje się nieswojo. Kiedyś latem, gdy miała szesnaście lat, rok przed poznaniem Jannego, pracowała w szpitalu dla przewlekle chorych. Nie podobało jej się. Wytłumaczyła to sobie tym, że była za młoda, by pojąć słabość i bezradność starszych, zbyt niedoświadczona, by móc się nimi zaopiekować. No i odstręczały ją te czysto praktyczne obowiązki. Ale za to lubiła rozmawiać ze starszymi. Udawać damę do towarzystwa, gdy czas pozwalał, i słuchać opowieści o ich życiu. A opowiadać, grzebać w swoich wspomnieniach chciało wielu, w każdym razie ci, którzy nadal byli w stanie mówić. Wystarczyło pytanie i już się rozkręcali, trochę jej replik, by podtrzymać opowieść.

Biała lada w recepcji.

Kilku dziadków na przypominających fotele wózkach. Wylew? Daleko posunięty alzheimer? „Chyba podlewasz kwiaty?"

– Dzień dobry, jestem z policji w Linköpingu, szukam siostry Hermansson.

Starość pachnie chemicznie – nieperfumowanymi środkami czystości.

Młoda salowa o tłustej cerze i świeżo umytych włosach w mysim kolorze podnosi na Malin współczujący wzrok.

– Oddział trzeci. Proszę pojechać windą. Powinna być w pokoju pielęgniarek.

– Dziękuję.

Czekając na windę, Malin spogląda w stronę dziadków na wózkach. Jednemu z nich z kącika ust cieknie ślina. Ma tak siedzieć?

Malin idzie w stronę wózków. Z wewnętrznej kieszeni kurtki wyjmuje papierową chusteczkę. Pochyla się nad mężczyzną i ociera ślinę z kącika ust oraz brody.

Salowa gapi się zza kontuaru, lecz w jej spojrzeniu nie ma złości. Uśmiecha się.

Dzwonek windy.

– No już – szepcze Malin do ucha staruszkowi. – Tak lepiej.

Ten wydaje gardłowy dźwięk, jakby w odpowiedzi.

Malin obejmuje go ramieniem, a potem biegnie do windy. Drzwi się zamykają, kurwa, znów będę musiała czekać.

Siostra Hermansson ma krótką trwałą. Loczki wyglądają na jej kościstej czaszce jak karbowana stalowa wełna. Srogie oczy za okularami jak denka od butelek w czarnej oprawce. Pięćdziesiąt pięć, sześćdziesiąt lat.

Ubrana w biały fartuch wita ją w pokoju pielęgniarek, małym pomieszczeniu położonym między dwoma korytarzami, w których mieszczą się sale. Stoi na rozstawionych nogach, ze skrzyżowanymi rękami: Moje terytorium.

– O, kobieta – mówi. – Spodziewałam się mężczyzny.

– Jest teraz sporo policjantów płci żeńskiej.

– Sądziłam, że to głównie mundurowe. Czy nie trzeba być wyżej postawionym, by móc pracować w cywilu?

– Gottfried Karlsson?

– Tak naprawdę jestem temu przeciwna. Ma swoje lata. A teraz w te ekstremalne mrozy niewiele trzeba, by wywołać na oddziale niepokój. A to nie służy osobom starszym.

– Jesteśmy wdzięczni za każdą pomoc. No a on chciał nam chyba coś opowiedzieć?

– Nie sądzę. Ale salowa, która czytała mu dzisiejszą „Corren", nalegała.

Hermansson przeciska się obok Malin i rusza korytarzem. Malin idzie za nią. W pewnym momencie pielęgniarka zatrzy-

muje się przy drzwiach tak gwałtownie, że słychać pisk podeszew jej sandałów Birkenstock.
– To tu.
Puka do drzwi.
Słabe, a jednak wyraźne:
– Proszę.
Hermansson wykonuje gest w stronę drzwi.
– Wystarczy wkroczyć na rewir Karlssona.
– Pani nie wchodzi?
– Nie, niezbyt się z Karlssonem zgadzamy. To jego sprawa. Nie moja.

15

Jak przyjemnie leżeć tak i czekać, nie tęsknić, zamiast tego obserwować rozwój wypadków, być tak ciężkim jak ja, a zarazem móc się unosić.

Więc wzbijam się, wylatuję z tej ciasnej szuflady w kostnicy do pomieszczenia przez piwniczne okno (lubię tę drogę, choć przecież ściana nie stanowi dla mnie przeszkody).

A inni?

Widzimy się nawzajem tylko wtedy, gdy obie strony tego chcą, głównie jestem więc samotny, ale znam wszystkich pozostałych, jak cząsteczki w gigantycznym rozproszonym ciele.

Chcę zobaczyć mamę. Ale może ona nie wie, że jeszcze tu jestem? Chcę zobaczyć tatę. Chcę z nimi porozmawiać, powiedzieć, że wiem, że nic nie jest proste, opowiedzieć im o moich spodniach, o moim mieszkaniu, jakie było czyste, o kłamstwach, o tym, że jednak byłem kimś.

A moja siostra?

Miała wystarczająco dużo swoich spraw. Rozumiałem, rozumiem to.

Unoszę się nad polami, nad Roxen, nadkładam drogi przy kąpielisku i kempingu w Sandvik, nad zamkiem Stjärnorp, gdzie w słońcu bieleją ruiny.

Wzbijam się jak piosenka, jak Niemka Nicole na festiwalu piosenki, Ein bisschen Frieden, ein bisschen Sonne, das wünsch' ich mir.

Ponad lasem, ciemnym, gęstym, pełnym najstraszniejszych tajemnic. Jeszcze tu jesteście?

Ostrzegałem was. Po nodze kobiety pełzają węże, ich jadowite zęby gryzą do krwi jej płeć.

Szklarnia, hodowla kwiatów, gigantyczna kraina truskawek, gdzie przesiadywałem jako szczeniak.
Orbituję w dół, mijając domy gniewnych dzieciaków. Nie chcę się tam dłużej zatrzymywać. Zatem dalej do narożnego pokoju Gottfrida Karlssona na trzecim piętrze najstarszego budynku Vretaliden.
Siedzi na wózku, Gottfrid. Stary i zadowolony z lat, które przeżył i które ma jeszcze przez sobą.
Malin Fors siedzi na krześle z drewnianym oparciem po drugiej stronie stołu. Trochę zakłopotana, nie wie, czy dziadek naprzeciwko niej ma dostatecznie dobry wzrok, by odwzajemnić jej spojrzenie.
Nie wierz we wszystko, co mówi Gottfrid. Ale w waszym wymiarze większość z tego to „prawda".

Mężczyzna naprzeciwko Malin.
Jego nos jest szeroki, okrągły i czerwony, policzki szare i zapadnięte, a jednak pełne życia. Chude nogi pod beżową, mocną bawełną szpitalnych spodni, odprasowana biała koszula.
Oczy.
Co widzi? Ślepy.
Instynkt starego człowieka. Uczy nas tylko życie. Kiedy Malin tak na niego patrzy, wracają wspomnienia z tamtego lata w domu opieki. Jak niektórzy z podopiecznych osiągali spokój, akceptując fakt, że w zasadzie mają już życie za sobą, inni przeciwnie – wściekali się, że wszystko wkrótce przeminie.
– Spokojnie, panno Fors. Bo chyba jest pani panną? Widzę tylko różnicę między jasnością a ciemnością. Nie ma więc potrzeby patrzeć mi w oczy.
Jeden z tych spokojnych, myśli Malin. Pochyla się, artykułuje dobitnie i głośno:
– Więc Gottfrid wie, dlaczego tu jestem?
– Z moim słuchem wszystko w porządku, panno Fors.
– Przepraszam.
– Czytali mi o tym okropieństwie, które przytrafiło się chłopcu Kallego na Zakręcie.
– Kallego na Zakręcie?

– Tak, tak mówiono o ojcu Bengta Anderssona. Zła krew jest w tej rodzinie, zła krew. Z chłopakiem w zasadzie wszystko było w porządku, ale co zrobić z tą krwią, z tym paskudnym dziedzictwem?
– Będę wdzięczna, jeśli Gottfrid opowie więcej o Kallem na Zakręcie.
– O Kallem? Chętnie, panno Fors. Opowieści to teraz wszystko, co mam.
– Proszę zatem mówić.
– Kalle na Zakręcie był tu we wsi legendą. Mówiono, że pochodzi od włóczęgów, którzy przesiadywali na odludnej parceli po drugiej stronie strumienia Motala przy Ljung, nieopodal dworu. A bo ja wiem. Może to prawda. Mówili też, że był synem rodzeństwa z dworu Ljung, wszyscy wiedzieli, że ze sobą kręcą. I że zapłacono włóczęgom, by go wychowywali, i to dlatego Kalle na Zakręcie był, jaki był.
– Kiedy to się działo?
– Jakoś w latach dwudziestych, kiedy Kalle przyszedł na świat, albo na początku lat trzydziestych. Okolica wtedy wyglądała inaczej. Była tu fabryka. No i zagrody oraz posiadłości ziemskie. Nic więcej. Kalle już od początku różnił się od nas. Był, rozumie pani, najczarniejszym z czarnych dzieci, nie na skórze, ale w środku. Jakby to wszechobecne zwątpienie go naznaczyło, jakby niepewność przerodziła się w smutek, od którego oszalał, smutek, przez który czasami tracił poczucie czasu i przestrzeni. Mówiono, że to on podpalił oborę w majątku, ale nikt tego nie wiedział na pewno. Kiedy miał trzynaście lat, nie potrafił ani czytać, ani pisać, nauczyciel wywalił go ze szkoły w Ljung. Wtedy po raz pierwszy złapał go komisarz policji za kradzież jajek z kurnika chłopa Turemana.
– Trzynaście?
– Tak, panno Fors, pewnie był głodny. Może włóczędzy mieli go dosyć? Może państwu w majątku znudziło się płacenie? Co ja tam wiem. Tego nie dało się wtedy ustalić tak łatwo jak teraz.
– Czego?
– Ojcostwa, macierzyństwa.

– A potem?
– Zniknął, nie wracał przez kopę lat. Plotkowano o morzu, o Långholmen, o strasznych rzeczach. Morderstwach, gwałtach na dzieciach. Ale co my tam wiedzieliśmy? Na morzu nie był, bo to bym akurat wiedział.
– Jak to?
– Podczas wojny wysłużyłem parę lat we flocie handlowej. Wiem, jaki marynarz jest. A Kalle na Zakręcie marynarzem nie był.
– Kim w takim razie był?
– Przede wszystkim babiarzem. I moczymordą.
– Kiedy wrócił?
– Musiało to być w połowie lat pięćdziesiątych. Przez jakiś czas pracował jako mechanik w garażu przy fabryce, choć to długo nie trwało, potem jako najemnik w gospodarstwach. Gdy był trzeźwy, pracował za dwóch, więc jakoś mu to uchodziło.
– Co?
– Służące i alkohol. Niewiele było robotnic, służących albo chłopskich żon, które nie znały Kallego na Zakręcie. Był królem parkietu w Folkets Park. To, czego nie mógł wbić sobie do łba o literach i cyfrach, odbijał sobie ciałem. Na parkiecie był naprawdę sobą. Czarował jak diabeł. Brał, co chciał.
– Jak wyglądał?
– W tym pewnie cały sekret, panno Fors. Sekret, dlaczego kobiety nie mogły się mu oprzeć. Wyglądał trochę jak drapieżnik w ludzkiej postaci. Był jak fizyczny apetyt, barczysty, postawny, czarne oczy osadzone blisko siebie, szczęka jak wykuta w marmurze Kolmarden.

Gottfrid Karlsson milknie, jakby czekając, aż obraz prawdziwej męskości zapadnie w młodej pannie Fors.
– Takich mężczyzn już nie ma, panno Fors. Nawet jeśli w okolicy wciąż są nieokrzesańcy.
– Dlaczego „na Zakręcie"?
Gottfrid kładzie swoje chude, pokryte plamami wątrobowymi dłonie na podłokietnikach wózka.
– Musiało to być pod koniec lat pięćdziesiątych albo na początku sześćdziesiątych. Pracowałem wtedy jako brygadzista

w fabryce Cloetta. Kalle zdobył jakieś pieniądze i kupił ziemię z domkiem pomalowanym na rdzawy kolor *falu*, przy Wester, ledwie kilkaset metrów stąd, na zakręcie przy tunelu pod dużą drogą, przy dzisiejszej Anders väg. Wtedy tunelu nie było, a tam, gdzie jest droga, rozciągało się pastwisko. Sam chciałem kupić ten dom, to wiem. Na tamte czasy to była duża suma pieniędzy. Napadnięto na bank w Sztokholmie i krążyła plotka, że to stamtąd pochodziły pieniądze Kallego. Poznał wtedy kobietę, matkę Bengta, Elisabeth Teodorsson, kobietę twardo stąpającą po ziemi. Wydawało się, że jest niezniszczalna, że przeżyje nawet sam świat. No, ale tak się nie stało.

Stary mężczyzna przed nią wzdycha, zamyka oczy.

Jakby nie pozostało już nic do powiedzenia.

Może zmęczył go wysiłek, grzebanie w pamięci? A może sama opowieść? Otwiera jednak oczy, a w jego mętnych źrenicach tli się jasne światełko.

– Przezwisko Kalle na Zakręcie wzięło się od tego domu. Wcześniej wszyscy wiedzieli, kim był Kalle, teraz do imienia doszło jeszcze to. Dom stał się początkiem jego końca. Kalle nie był stworzony do tego, co się określa ustabilizowanym związkiem.

– A potem urodził się Bengt?

– Tak, w 1961 roku, to pamiętam, ale zanim przyszedł na świat, Kalle trafił za kratki.

Gottfrid Karlsson znów zamyka oczy.

– Czy jest pan zmęczony?

– Nie, zupełnie nie, panno Fors. Jeszcze nie skończyłem.

Wychodząc, Malin zatrzymuje się w pokoju pielęgniarek.

Siostra Hermansson siedzi przy przytwierdzonej do ściany ławie i niebieskim piórem wypełnia jakiś grafik.

Podnosi wzrok.

– No?

– W porządku – mówi Malin. – W porządku.

– Dowiedziała się pani czegoś więcej?

– I tak, i nie.

– Gottfrid Karlsson czuje się kimś wyjątkowym po tych wszystkich zajęciach na uniwersytecie, na które uczęszczał na emeryturze. Wbijał pani pewnie do głowy jakieś brednie. Mówił o wykładach?

– Nie – odpowiada Malin. – Nie mówił.

– A to przepraszam. – Hermansson powraca do swojego grafiku.

Na dole przy wejściu nie ma już dziadków na wózkach.

Kiedy Malin przechodzi przez drzwi obrotowe i zderza się z mrozem, powracają ostatnie słowa Gottfrida Karlssona, które, dobrze wie, będą teraz ją nachodzić.

Zbierała się już do wyjścia, gdy położył jej rękę na ramieniu.

– Niech pani uważa, panno Fors.

– Proszę?

– Niech pani zapamięta jedno, panno Fors. Zabija zawsze żądza.

16

Parcela, na której kiedyś stał dom, chatka na zakręcie.
Teraz: przepych klasy średniej, nudny katalogowy dom. Kiedy mogła zostać wybudowana ta różowa drewniana willa z wyprodukowaną w fabryce stolarką? W 1984? 1990? Jakoś tak. Ten, kto nabył dom od Bengana Piłki, wiedział, co robi, kupił pewnie tanio, przeczekał koniunkturę, zburzył dom, postawił nową willę i sprzedał.
Zabudowałeś czyjeś życie?
Nie.
Bo czym więcej niż własnością jest dom i co ta własność oznacza poza zobowiązaniami? Wynajmij dom, niczego nie posiadaj. Mantra uświadomionych ubogich.
Malin wysiadła z samochodu. Węszy w duszącym powietrzu. Za zgrabiałymi koronami brzóz dostrzega tunel dla pieszych pod Linköpingsvägen. Czarny otwór, na którego krańcu pagórek po drugiej stronie wydaje się ścianą nie do pokonania.
Dom naprzeciwko to rozbudowana willa z lat pięćdziesiątych, podobnie jak ta sąsiednia po lewej stronie. Kto tu teraz mieszka? Na pewno nie Kalle na Zakręcie. Ani pijaczkowie. Jacyś babiarze? Opuszczone grubasy, których dusze nigdy nie miały szansy się rozwinąć?
Raczej nie.
Sprzedawcy, lekarze, architekci, tego typu ludzie.
Malin drepcze wte i wewte przy samochodzie.
Głos Gottfrida Karlssona:

– Kalle na Zakręcie pobił jednego kolesia w Folkparken. Często tak robił. Bijatyki były jego pożywką. Ale ten akurat oślepł na jedno oko. Kalle dostał sześć lat.

Malin idzie w stronę tunelu i drogi, wdrapuje się na zbocze po nieodśnieżonej ścieżce rowerowej. Z daleka widoczny akwedukt; wtedy go nie było. Znikające i pojawiające się w śnieżnej mgiełce samochody. Malin widzi zieleń, letni przepych, sunące po kanale łodzie. To jest życie! Ale nie jest ono twoje, nie twoje. Twoim życiem pozostanie ta wieś, twoja samotność, śmiech innych, gdy gonisz zabłąkane piłki.

– Elisabeth zarabiała szyciem. Wykonywała poprawki dla sklepu z odzieżą damską i męską Slotts przy Vasagatan. Każdego ranka z Bengtem na rękach jechała tam autobusem, zabierała ubrania, a wieczorem znów je odwoziła autobusem. Kierowcy zabierali ją za darmo. To wtedy tak przytył. Opowiadano, że dawała chłopcu masło i cukier, żeby siedział spokojnie, kiedy szyła.

Malin stoi przy poręczy nad tunelem dla pieszych, patrzy w dół na dom, na czerwoną chatkę, która kiedyś tam stała. Taka mała, ale dla chłopca cały wszechświat, gwiazdy na niebie przypominające o własnej przemijalności.

– Kiedy Kalle wyszedł na wolność, po jakimś tygodniu Elisabeth znów zaszła w ciążę. Wciąż był pijany, wtedy już bez zębów, przedwcześnie postarzały. Mówiono, że oberwał od innych w kiciu za coś, co przeskrobał w Sztokholmie. Ponoć kogoś zakapował. Ale kobiety dalej za nim szalały. W soboty przesiadywał w parku. Spódniczki i bijatyki.

Czarne dachówki. Dym. Pewnie z komina.

– No i urodziła się siostra Lotta. I tak to się jakoś toczyło, Kalle pił i się bił, bił też żonę, chłopca i dziewczynkę, kiedy nie chciała przestać płakać. Ale jakoś się to trzymało kupy, jakoś. Kalle wystawał przed cukiernią i wydzierał się na przechodniów, ale policja przymykała na to oko. Przecież się postarzał.

Malin idzie z powrotem do domu, waha się, zanim wchodzi na podjazd garażowy. Stary dąb daleko w tylnym rogu ogrodu. Ten dąb musiał stać tu już za twoich czasów, Benganie Piłko, prawda?

Stał tam za moich czasów.
Biegałem pod nim i wokół niego razem z siostrą. Biegaliśmy tak, by trzymać tatę z daleka, naszym śmiechem, naszymi dziecięcymi wrzaskami zmusić go, by się do nas nie zbliżał.
No i jadłem.
Jak długo jadłem, istniała nadzieja, jak długo było jedzenie, istniała wiara, jak długo jadłem, nie istniała żadna inna rzeczywistość oprócz jedzenia, jak długo jadłem, smutek z powodu tego, czego nigdy nie było, tkwił zamknięty w swojej ciemnej norze.
Ale co pomagało bieganie i jedzenie?
Znikła za to mama. Rak zabrał najpierw jej wątrobę, a potem ją. Odeszła od nas w ciągu miesiąca, a potem, tak, potem zapadła wieczna noc.

– Opieka społeczna powinna była zabrać mu wtedy dzieci, panno Fors, gdy zmarła Elisabeth. Ale nic nie mogli zrobić. Kalle chciał je zatrzymać, było to zgodne z prawem. Bengt miał może dwanaście lat, Lotta sześć. Dla chłopaka to oznaczało koniec. Towar uszkodzony, przeznaczony do kasacji. Był najbardziej samotny z samotnych, pijacki dzieciak, potwór, od którego należy się trzymać z daleka. Jak rozmawiać z ludźmi, przez których jest się postrzeganym jako potwór? Obserwowałem to z daleka i jeśli popełniłem jakiś grzech, to taki, że wtedy przeszedłem obok niego, kiedy jeszcze naprawdę istniał, jeśli panna Fors rozumie, co mam na myśli. Kiedy potrzebował mnie i nas we wsi.

A mama? Elisabeth. Kiedy podniesienie ręki, by powstrzymać cios, jest jedyną siłą, która pozostała? Kiedy ręce są tak poranione, że już się nie da szyć?

Malin obchodzi dom.

Czuje na sobie czyjeś spojrzenie. Gapiące się na nią oczy, zastanawiające się, kim jest. A gapcie się. Świeżo zasadzone jabłonki, pachnące kwietną idyllą. Wiecie, jak takie drzewko łatwo się łamie, znika, by już nigdy więcej nie powstać?

Mamo, nawet jeśli nie dawałaś rady, wróć.

Czy tak się modliłeś, Bengt?

Nie jestem w stanie powiedzieć nic więcej.
Nawet my, nawet ja mam jakąś granicę.
Teraz chcę się tylko unosić.
Unosić się i gorzeć.
Ale tęskniłem za nią i bałem się o siostrę, może dlatego zadałem cios, nie wiem, żeby to wszystko jakoś poskładać do kupy. Patrzysz na domy wokół naszego. Widziałem przecież, jak to powinno być i jak to mogło być.
Kochałem go, mojego tatę. To dlatego tego wieczoru uniosłem siekierę.

Dzieciaki zaszczańcy, dzieciaki śmierdziele. Przestraszone dzieciaki, zaczepiane dzieciaki. Dzieciaki-co-nie-chodzą-do-szkoły. Dzieciaki-meliniaki.

Dziewczynka, mała Lotta niemota, śmierdząca sikami, cuchnąca nędzą, której nie powinno być w świeżo wypucowanym socjaldemokratycznym Domu Ludowym.

Buty traperskie Caterpillar miażdżące twardą szreń na podwórku na tyłach tego marzenia o willi. Drzwi się otwierają, podejrzliwy męski głos:

– Przepraszam, mogę w czymś pomóc?

Przygotowana na to młoda policjantka okazuje legitymację.

– Policja. Oglądam tylko działkę. Dawno temu mieszkał tu ktoś, w czyjej sprawie toczy się śledztwo.

– Kiedy? Mieszkamy tu od dziewięćdziesiątego dziewiątego.

– Spokojnie. To było dawno temu, zanim jeszcze wybudowano dom.

– Mogę zamknąć? Wlatuje zimno.

Typ sprzedawcy. Pasemka, choć ma już pewnie czterdziestkę.

– Proszę. Zaraz kończę.

Matka, która wyparowuje z powodu raka, ojciec niszczący wszystko, co znajdzie się w zasięgu jego wyciągniętej ręki. Przepełnione żądzą wycie wydobywające się z historii tych okolic, lasów i pól.

Głos Gottfrida:

– Chwycił za siekierę, panno Fors. Nie miał wtedy nawet piętnastu lat. Czekał w domu, aż Kalle na Zakręcie wróci z jakiejś pijatyki. Rąbnął, gdy stary otworzył drzwi. Wcześniej naostrzył siekierę. Ale nie trafił. Ostrze siekło w ucho, które prawie oderwało się od głowy w prostym nacięciu, zwisało jak strzęp na ścięgnie. Tak gadano. Kalle wybiegł z chaty, krew ściekała strumieniem po szyi, po ciele. Tej nocy we wsi rozbrzmiewał jego krzyk.

Śnieg jest biały, ale Malin czuje zapach przesyconej alkoholem krwi Kallego na Zakręcie. Czuje zapach czternastoletniej rozpaczy Bengana Piłki, widzi posikaną młodszą siostrę Lottę, w łóżku z otwartymi ustami i oczami przepełnionymi przerażeniem, które pewnie nigdy nie minie.

– Nikt jej nigdy nie ruszył. Choć i o tym krążyły różne historie.

– Kto jej nie ruszył?

– Ani stary, ani Bengt. Jestem tego pewien, choć obu podejrzewano.

Historia znaczona śladami krwi.

Dziewczynka oddana do adopcji. Bengt przez jakiś rok u rodziny zastępczej, potem z powrotem u Kallego, bezuchego, z bandażem wokół głowy i białą łatą na dziurze, gdzie było ucho.

Któregoś lata stary zmarł. Po tych kilku obłąkanych latach, gdy się głównie z Bengtem nawzajem pilnowali. W końcu serce nie wytrzymało. Znaleźli Bengana Piłkę, nie mógł mieć więcej niż osiemnaście lat. Przez ponad miesiąc mieszkał sam ze zwłokami. Wychodził chyba tylko po chleb.

– A potem?

– Opieka społeczna zorganizowała sprzedaż domu. Zburzono go, panno Fors. A Bengta umieszczono w mieszkaniu w Härnie. Chcieli, by wszystko poszło w zapomnienie.

– Skąd pan to wszystko wie, Gottfridzie?

– Niewiele wiem, panno Fors. Tyle wiedzieli wtedy wszyscy we wsi. Ale większość z nich już nie żyje albo pozapominali. Kto chce pamiętać takie przykre przypadki? Szaleńców? Dla większości to po prostu margines, panno Fors. Oczywi-

ście, widzimy ich, ale rzadko ich pamiętamy albo i nigdy.
– A potem, gdy go już umieszczono w tym mieszkaniu?
– Bo ja wiem. Przez ostatnie dziesięć lat zajmowałem się swoimi sprawami. Łapał piłki. Ale gdy go widywałem, był zadbany i czysty, więc ktoś musiał się nim zajmować.

Malin wsiada do samochodu, przekręca kluczyk.

We wstecznym lusterku tunel zaraz stanie się kurczącą się czarną dziurą. Wdech i wydech.

Może ktoś się nim zajmował, ale kto?

Zamykam oczy i czuję ciepłe dłonie mamy na moim trzyletnim ciele, jak szczypie moje wałeczki i nabrzmiałe piersi, jak wtyka nos w mój okrągły brzuch, gilgocze. Jest tak ciepło, a ja chcę, by nigdy nie przestawała.

Szukaj dalej, Malin, szukaj dalej.

17

Wzrok Zekego zimny, poirytowany, gdy wpada na nią w wejściu na komendę. Wrzeszczy na nią, gdy przechodzą te kilka kroków do jej biurka. Johan Jakobsson skinął ze swojego miejsca, stanowisko pracy Börjego Svärda jest puste.

– Malin, wiesz, jak ja lubię, kiedy sama wybywasz. Próbowałem się do ciebie dodzwonić, ale przez cały czas miałaś wyłączoną komórkę.

– Śpieszyło mi się.

– Ej, Malin. Zgarnięcie mnie stąd zajmuje chyba mniej więcej tyle ile zgarnięcie dziwki z Reeperbahn. Ile czasu potrzebujesz, by tu zajechać? Pięć minut? Dziesięć?

– Dziwka na Reeperbahn? Zeke, co by na to powiedziały panie z chóru? Skończ z tymi fochami. Zamiast tego siadaj i słuchaj. Spodoba ci się.

– Zamknij się, Malin. No?

Gdy Malin zdała już relację na temat ojca Bengta Anderssona, Kallego na Zakręcie, i świata, jaki stworzył, Zeke kiwa głową.

– Człowiek. Piękne zwierzę, co?

– Doszukali się czegoś w archiwach?

– Jeszcze nie. Ale teraz będzie im łatwiej. Mogą się skupić na jakichś latach. Jego kartoteka jest czysta, ale to dlatego, że gdy to się wydarzyło, miał zaledwie czternaście lat. Musimy tylko uzyskać potwierdzenie tego, co powiedział dziadek. To pójdzie szybko. Dziś rano Bengt został uznany za zmarłego.

No i mam nazwisko pracownicy opieki społecznej w Ljungsbro. To niejaka Rita Santesson.
– Rozmawiałeś z nią?
– Chwilę przez telefon.
– Nie pojechałeś tam? Mnie też nie zgarnąłeś. Teraz muszę znów jechać do Ljungsbro.
– Do diabła, Malin, może ty działasz sama, ja nie. Robimy to chyba razem? No i fajnie przejechać się do Ljungsbro.
– A pozostali?
– Podsumowują informacje uzyskane z rozmów z mieszkańcami i pomagają oddziałowi do spraw kradzieży przy jakimś włamaniu do willi dyrektora Saaba, dokonanym w ten weekend. Skradziono obraz amerykańskiego artysty, Harwoola czy jakoś tak, wart miliony.
– Warhola. Więc kradzież w willi milionera jest ważniejsza niż to?
– Wiesz, jak to jest, Malin. Był tylko samotnym grubasem na zasiłku, nie ministrem spraw zagranicznych.
– A Karim?
– Media się uspokoiły, więc i on się uspokoił. A skradziony Warhol może przecież trafić do dziennika DN.
– Jedźmy pogadać z Ritą Santesson.

Rita Santesson wygląda, jakby miała się rozpaść na ich oczach. Szydełkowy jasnozielony sweter wisi na jej chudym ciele, a nogi to dwa patyki w beżowych sztruksach. Policzki ma zapadnięte, oczy wodniste od światła świetlówek, a włosy utraciły swój dawny kolor. Na pomalowanych na żółto, wytapetowanych tekstylną tapetą ścianach wiszą reprodukcje obrazów Brunona Liljeforsa. Sarna na śniegu, lis atakujący wronę. Żaluzje są opuszczone, jakby po to, by odgrodzić się od rzeczywistości.

Rita Santesson odkasłuje i z zaskakującą siłą rzuca na zniszczoną powierzchnię sosnowego biurka czarną teczką opatrzoną nazwiskiem Bengt Andersson i PESEL-em.
– Tyle dla was mam.
– Możemy wykonać kopię?
– Nie, ale możecie zrobić notatki.

– A możemy skorzystać z pani gabinetu?
– Przyjmuję tu podopiecznych. Mogą państwo usiąść w kafeterii.
– Potem musimy porozmawiać także z panią.
– Możemy to załatwić teraz. Jak już wspomniałam, nie mam wiele do powiedzenia.

Rita Santesson zapada się w swoim watowanym krześle. Wykonuje gest w kierunku pomarańczowych plastikowych krzeseł, najwyraźniej przeznaczonych dla gości.

Kaszle, z głębi płuc.

Malin i Zeke siadają na krzesłach.

– No, co chcą państwo wiedzieć?
– Jaki był? – pyta Malin.
– Jaki był? Tego nie wiem. Te kilka razy, gdy mnie odwiedził, był zamknięty w sobie. Brał leki przeciwdepresyjne. Niewiele mówił. Chyba chciał, by go pozostawiono w spokoju. Proponowaliśmy mu przejście na rentę, ale zdecydowanie się temu sprzeciwiał, sądził pewnie, że jest gdzieś dla niego miejsce. Wiadomo, nadzieja opuszcza człowieka ostatnia.

– Nic więcej? Nic o żadnych wrogach? Nieprzyjaciołach?
– Nie, nic z tych rzeczy. Nie miał chyba ani przyjaciół, ani nieprzyjaciół. Jak powiedziałam...
– Nic więcej? Proszę postarać się sobie przypomnieć. – Przymuszający głos Zekego.
– No, pytał o siostrę. Ale badania genealogiczne nie należą do naszych obowiązków. Chyba nie miał odwagi sam się z nią skontaktować.

– Gdzie teraz mieszka siostra?

Rita Santesson wykonuje gest w stronę akt.

– Wszystko jest tutaj.

Następnie wstaje, wskazuje na drzwi.

– Za chwilę mam spotkanie. Kafeteria jest na końcu korytarza. Jeżeli nie mają państwo więcej pytań.

Malin patrzy na Zekego. Kiwa przecząco głową.

– A zatem...

Malin wstaje.

– Jest pani pewna, że nie wie pani o niczym, co powinniśmy wiedzieć?

– Nie chcę się w to zagłębiać.

Ciało Rity Santesson nagle nabiera siły, chorowity tygrys, który jest władcą w swojej klatce.

– Nie chcę się w to zagłębiać? – wyrzuca z siebie Zeke. – Został zamordowany. Powieszony na drzewie jak zlinczowany Murzyn. A pani „nie chce się w to zagłębiać"?

– Nie tym tonem proszę.

Rita Santesson ściąga usta, wzrusza ramionami, ten ruch wprawia w drżenie całe jej ciało. Nienawidzisz mężczyzn, co? – myśli Malin i pyta:

– Do kogo chodził przed panią?

– Tego nie wiem, może jest to w papierach. W tym biurze jest nas trójka. Wszyscy zaczęliśmy w zeszłym roku.

– Może nam pani dać numery do tych, którzy tu pracowali?

– Proszę zapytać w recepcji. Na pewno to załatwią.

Kwaśny swąd przypalonej kofeiny i podgrzewanego w mikrofali jedzenia. Cerata w kwiaty na stole w kształcie elipsy.

Ponura lektura. Podają sobie kartki, notują.

Bengt Andersson. Wychodził i lądował w psychiatryku, depresje, samotnik, różni kuratorzy, stacja przejściowa dla pracownika społecznego na szczeblach hierarchii.

Jednak w 1997 roku coś się dzieje.

W zapiski wkrada się inny ton.

Pojawiają się określenia „samotny, wyobcowany, szukający kontaktu".

Przez cały ten okres ten sam opiekun społeczny, Maria Murvall.

Pojawia się też siostra. Maria Murvall pisze:

Bengt wypytuje o siostrę. Sprawdzałam w archiwum. Siostra Lotta najpierw umieszczona w rodzinie zastępczej, następnie oddana do adopcji do Jönköpingu. Nowe nazwisko: Rebecka Stenlundh.

Lotta stała się Rebecką, myśli Malin, Andersson przeszło w Stenlundh.

Rebecka Stenlundh, zmiana imienia jak kota, którego odstępują znudzeni właściciele.

Nic więcej o siostrze, jedynie: *Bengt obawia się kontaktu z sio-*

strą, numer, adres w Jönköpingu, zapisany odręcznie na marginesie. Potem przedziwna refleksja: *Dlaczego tak się angażuję?* Maria Murvall.
Znam to nazwisko.
Już je wcześniej słyszałam.
– Zeke. Maria Murvall. Nic ci to nie mówi?
– Brzmi znajomo. Ewidentnie.
Nowe słowa.
W dobrym humorze. Po moich odwiedzinach i moim uporczywym gadaniu udało mi się zapanować nad higieną i sprzątaniem. Obecnie przykładowo.
Potem nagły koniec.
Marię Murvall zastąpiła najpierw Sofia Svensson, potem Inga Kylborn, no i Rita Santesson.
Wszystkie mają podobne zdanie.
Zamknięty, zmęczony, trudno nawiązać z nim kontakt.
Ostatnie spotkanie trzy miesiące temu. Bez zmian.

Zostawiają teczkę w recepcji. Młoda dziewczyna z kolczykiem w nosie i o kruczoczarnych włosach uśmiecha się do nich, odpowiada:
– Oczywiście – na pytanie o numery telefonów do kuratorów Bengta Anderssona.
Pięć nazwisk.
Dziesięć minut później dziewczyna wręcza im listę telefonów.
– Proszę. Mam nadzieję, że się przyda.
Przed wyjściem zapinają kurtki, zakładają rękawice, czapki i szaliki.
Malin spogląda na zegar na ścianie. Urzędowy, z czarnymi wskazówkami na szarobiałym tle.
15.15.
Dzwoni telefon Zekego.
– Tak... tak... tak... tak... – Z komórką w dłoni Zeke mówi: – Sjöman. Spotkanie za piętnaście piąta.
– Coś się stało?
– Tak, dzwonił jakiś facet z wydziału historii na uniwersytecie. Ma teorię na temat tego, co mogło być inspiracją do morderstwa.

18

Sven Sjöman bierze głęboki oddech, rzucając jednocześnie pośpieszne spojrzenie Karimowi Akbarowi stojącemu obok niego przy białej tablicy w pokoju spotkań.

– *Midvinterblot*, ofiara w środku zimy – mówi i robi długą przerwę, po czym kontynuuje: – Według profesora historii Johannesa Söderkvista to jakiś dawny rytuał, w którym ofiarowywano bogom zwierzęta. Wieszano je na drzewach. Istnieje więc wyraźne powiązanie z naszą sprawą.

– Ale to jest przecież człowiek – mówi Johan Jakobsson.

– Do tego zmierzam. Składano też ofiary z ludzi.

– Możemy mieć więc do czynienia z mordem rytualnym, przeprowadzonym przez jakąś współczesną sektę Ásatrú – mówi Karim. – Musimy to brać pod uwagę i traktować jako jedną z naszych teorii.

Jedną z jakich teorii? – myśli Malin i już widzi nagłówki: MORDERSTWO DOKONANE PRZEZ SEKTĘ! STOWARZYSZENIA ÁSATRÚ: TAK DZIAŁAJĄ.

– Mówiłem przecież, że to jakiś rytuał – przypomina Johan.

Jego głos nie brzmi triumfalnie, to po prostu stwierdzenie.

– Znamy jakieś sekty? Ásatrú?

Börje Svärd rzuca pytanie w przestrzeń.

Zeke wychyla się na krześle. Malin widzi, jak sceptycyzm ogarnia całe jego ciało.

– W tej chwili nie wiemy nic o żadnych sektach – odpowiada Sven. – Co przecież nie oznacza, że nie istnieją.

– Jeśli istnieją, to na pewno można je znaleźć w Internecie – twierdzi Johan.

– Ale posunąć się aż tak daleko – dziwi się Börje. – Mimo wszystko wydaje się to mało prawdopodobne.

– Są w tym społeczeństwie rzeczy, w które trudno uwierzyć – mówi Karim. – Mam wrażenie, że większość z nich widziałem.

– Johan i Börje, wygrzebcie z Internetu wszystko na temat składania ofiar oraz sekt, a Malin i Zeke niech porozmawiają z profesorem Söderkvistem. Jest dziś wieczorem do dyspozycji na wydziale – nakazuje Sven.

– W porządku – mówi Johan. – Posiedzę nad tym wieczorem w domu. Z Internetu można się wiele dowiedzieć. Jeśli coś tam w ogóle jest. No ale w takim razie musimy sobie odpuścić kradzież dzieła sztuki.

– Odpuśćcie sobie – zgadza się Karim. – To większa sprawa.

– Najlepiej działać teraz obiektywnie – mówi Sven.

– Co jeszcze?

Karim, natarczywie, co brzmi niemal jak parodia.

– Wysłaliśmy szybę z jego mieszkania do Centralnego Laboratorium Kryminalistycznego do analizy – dodaje Malin. – Chcemy się w miarę możliwości dowiedzieć, jak powstały te otwory. Według Karin Johannison wzór na ich krawędziach może dać odpowiedź.

Karim kiwa głową.

– Dobrze. Musimy przetrząsnąć każdy zakamarek. Coś jeszcze?

Malin zdaje sprawozdanie z tego, czego dowiedzieli się z Zekem w ciągu dnia, kończy informacją, że w drodze powrotnej z biura opieki społecznej w Ljungsbro bez skutku starała się dodzwonić pod trzy numery z listy.

– Powinniśmy porozmawiać też z jego siostrą, postarajcie się do niej dotrzeć.

– Nie oczekuj jednak zbyt wiele – mówi Sven. – Przy takim podłym starcie w życie wszystko mogło się wydarzyć.

– No dalej, do cholery.
Johan Jakobsson stoi nad nią i podstawia palce pod sztangą. Siedemdziesiąt kilogramów.
Tyle ile sama waży. Plecy wciśnięte w ławeczkę, sztanga, która ciąży w dół, w dół, w dół, ona sama znika pod tym ciężarem.
Pot.
– Słabeuszu, no dawaj.
Prosiła, by mówił słabeuszu, sam z siebie nigdy by tego nie robił. Początkowo przychodziło mu to z trudem, ale teraz nie ma już z tym problemu.
...trzy razy, cztery, pięć, wycisnąć, i szósty, siódmy, ósmy... Siła, jeszcze przed chwilą tak oczywista, wyczerpała się.
Okrągłe światło na suficie tuż nad nią eksploduje, pokój staje się biały, mięśnie białe, wyczerpane. Znów głos Johana:
– Dawaj.
I Malin wyciska, jednak niezależnie od tego, jak mocno by wyciskała, sztanga opada w stronę szyi.
Nacisk się zmniejsza i znów widzi jasnoniebieską ścianę oklejoną tekstylną tapetą oraz żółty sufit, maszyny w pozbawionym okien pomieszczeniu siłowni w piwnicy, czuje zapach potu.
Wstaje. Są sami. Większość policjantów trenuje w mieście: „Mają tam lepszy sprzęt".
Johan uśmiecha się szyderczo.
– Ósme wyciśnięcie jest chyba niemożliwe – mówi.
– Nie powinieneś był mi pomagać. Dałabym radę.
– Zmiażdżyłabyś sobie krtań, gdybym jeszcze odczekał.
– Twoje szczęście – rzuca Malin.
– Na mnie już czas. – Johan odkleja od piersi swoją przepoconą, spraną niebieską bluzę Adidasa. – Dzieciaki.
– Nie zasłaniaj się dzieciakami.
Johan śmieje się, wychodząc.
– To tylko trening, Malin. Nic poza tym.
Zostaje sama.
Wchodzi na bieżnię. Podkręca tempo prawie do maksimum. Biegnie, aż znów bieleje jej w oczach, aż świat znika.

Ciepłe strugi na skórze.
Zamknięte oczy, wokół niej czarno.
Rozmowa z Tove sprzed kilku godzin.
– Możesz sobie podgrzać coś z zamrażarki? Jak nie, to jest curry z weekendu. Tata niewiele zjadł.
– Poradzę sobie, mamo. Coś sobie zrobię.
– Będziesz w domu, jak przyjdę?
– Pójdę może do Lisy, żeby się pouczyć. W czwartek mamy sprawdzian z geografii.
Pouczyć się. Od kiedy to musisz się uczyć?
– Jak chcesz, ja mogę cię przepytać.
– Nie trzeba.
Szampon we włosach, mydło na ciele, piersiach, nieużywanych.

Malin zakręca prysznic, wyciera się, wrzuca ręcznik do kosza na brudną bieliznę i wyciąga ze swojej szafki ciuchy. Ubiera się, wkłada żółto-czerwonego swatcha, którego dostała od Tove pod choinkę. Zegarek pokazuje wpół do ósmej. Zeke czeka już pewnie w samochodzie na parkingu. Lepiej się pospieszyć. Profesor, który ma im opowiedzieć o rytuałach, też pewnie nie chce siedzieć tam cały wieczór.

19

Idą szybkim krokiem między fasadami z blachy w kolorze czerwonego kamienia. Chrzęst pod podeszwami, szary bruk dokładnie posypany piaskiem, tylko gdzieniegdzie plamki lodu. Ścieżka między nijakimi, podłużnymi budynkami jest jak tunel wietrzny, w którym zbiera się chłód i napiera na ich ciała. Stożki latarni ulicznych przypominają płomienie, gdy tak drgają wte i wewte.
Uniwersytet.
Jak skrzynkowate miasto w mieście, rzucone między Vallę, pole golfowe i Mjärdevi Science Park.
– Nie wiedziałem, że wiedza może być tak posępna – mówi Zeke.
– Nie posępna – oponuje Malin. – Po prostu nużąca.
Sama przez dwa lata uczęszczała na zajęcia wprowadzające do prawa, Tove na głowie, Janne w dżungli albo na zaminowanej drodze Bóg wie gdzie, patrole, nocne zmiany, nocne przedszkole, samotna, samotna z tobą, Tove.
– Budynek C?
Litera C świecąca na najbliższych drzwiach. Pełen nadziei głos Zekego.
– *Sorry*, F.
– Niech szlag trafi ten ziąb.
– Do tego ten ziąb cuchnie.
– A jednak nie ma zapachu.
Świeci się w jednym oknie na drugim piętrze w budynku F. Jak przerośnięta gwiazda na niegościnnym niebie.

– Powiedział, że mamy wstukać na domofonie B 3267, a dalej on nas wpuści.
– Musisz zdjąć rękawice – mówi Zeke.
Wjeżdżają windą. Chwilę wcześniej głos profesora Johannesa Söderkvista, nieokreślony, odległy w domofonie.
– Policja?
– Tak, komisarze Fors i Martinsson.
Bzz, i po chwili już jest ciepło.

Czego ja się spodziewałam? – myśli Malin, zajmując miejsce na niewygodnym krześle w gabinecie profesora. Mrukowatego dziadka w kamizelce? Profesorowie historii nie należą do tych wyjątkowych, przy których czuje się niepewnie. Ale co to za typ?
Jest młody, ma nie więcej niż czterdzieści lat i dobrze wygląda, może trochę zbyt wątła szczęka, ale kości policzkowe i te niebieskie, zimne oczy są całkiem w porządku. Witam, profesorze.
Siedzi lekko odchylony w fotelu po drugiej stronie pedantycznie wysprzątanego biurka, pomijając niedbale rozerwane opakowanie herbatników. Pokój ma może dziesięć metrów kwadratowych, wzdłuż ścian zastawione regały, okna wyglądające na pole golfowe, teraz ciche i opustoszałe.
Uśmiecha się, ale tylko ustami i policzkami, nie oczami.
Ukrywa jedną dłoń, myśli Malin, tę, której nie wyciągnął na powitanie. Trzyma ją pod biurkiem. Dlaczego, profesorze Söderkvist?
– Chciał pan nam przedstawić jakąś teorię? – pyta Zeke.
Pokój pachnie środkami czystości.
– *Midvinterblot* – mówi profesor, jeszcze bardziej się przechylając do tyłu. – Słyszeliście o tym?
– Mgliście – mówi Malin.
Zeke kiwa głową w stronę profesora, który ciągnie:
– Pogański rytuał, coś, czym ci, których dziś nazwalibyście wikingami, zajmowali się raz do roku mniej więcej o tej porze. Składali bogom ofiarę, prosząc ich o szczęście i pomyślność.

Albo jako pokutę. By oczyścić krew. Pojednać się ze zmarłymi. Nie wiemy dokładnie. Źródła dotyczące rytuału, te wiarygodne, są skąpe, ale możemy być pewni, że składano zarówno ofiary z ludzi, jak i ze zwierząt.
– Ofiary z ludzi?
– Ofiary z ludzi. Wieszano ich na drzewie, często na otwartych przestrzeniach, by bogowie mogli ich wyraźnie zobaczyć. Tak w każdym razie przypuszczamy.
– I uważa pan, że mężczyzna na drzewie na równinie Östgötaslätten mógł być ofiarą współczesnej *midvinterblot*? – pyta Malin.
– Nie, nie uważam tak.
Profesor się uśmiecha.
– Uważam, że istnieją podobieństwa, jeśli chodzi o scenerię. Opowiem państwu coś: Są w tym kraju ośrodki szkoleniowe i hotele, które o tej porze roku urządzają niewinne *midvinterblot*. Bez związku z tą mroczniejszą stroną, organizują wykłady na temat kultury staronordyckiej i serwują posiłki, które według nich są wzorowane na jedzeniu z tamtych czasów. Komercyjna szopka. Ale są też tacy, którzy, jak by to powiedzieć, przejawiają mniej zdrowe zainteresowanie epoką.
– Mniej zdrowe zainteresowanie epoką?
– Czasem natykam się na nich podczas moich wykładów poza uczelnią. Trudno im żyć w naszych czasach i zamiast tego identyfikują się z historią.
– Żyją w historii?
– Coś w tym stylu.
– Czy chodzi o wierzenia Ásatrú?
– Nie nazwałbym tego tak. Mówimy raczej o staronordyckiej historii.
– Czy wie pan, gdzie można tych ludzi znaleźć?
– Nie znam żadnych konkretnych stowarzyszeń. Nigdy mnie to nie interesowało. Ale na pewno istnieją tacy wariaci i przysłuchują się także moim wykładom. Na waszym miejscu zacząłbym od przeszukania Internetu. Tak jak żyją w historii, tak samo są obeznani z najnowszą techniką.
– Naprawdę nikogo pan nie zna?

– Nikogo konkretnego. Na wykładach otwartych nie sporządzam listy uczestników. To jest jak kino albo koncert. Człowiek przychodzi, ogląda i słucha, a potem sobie idzie.
– No ale wie pan, że są obeznani z techniką?
– Czy nie wszyscy tego typu ludzie są?
– A pana zajęcia na uniwersytecie?
– Tu nigdy nie trafiają. W czasie wykładów ledwo napomykam o *midvinterblot*.

Profesor unosi dłoń, którą trzymał pod biurkiem, drapie się po policzku. Malin na wierzchu dłoni widzi jątrzące się rany przypominające zygzaki.

Profesor wygląda na zmieszanego, pośpiesznie opuszcza dłoń.

– Skaleczył się pan?
– Mamy w domu koty. Ostatnio, gdy się bawiliśmy, kotkę coś napadło. Zabraliśmy ją do weterynarza. Okazało się, że ma guza mózgu.
– Przykro mi – mówi Malin.
– Dziękuję, koty są dla Magnusa i dla mnie jak dzieci.

– Sądzisz, że kłamie w sprawie tych ran?

Malin ledwo słyszy głos Zekego w tunelu wietrznym między domami.

– Nie wiem – odkrzykuje.
– Myślisz, że powinniśmy go sprawdzić?
– Ktoś to może szybko zrobić.

Gdy tak wykrzykuje, w kieszeni zaczyna jej dzwonić telefon.

– Kurwa.
– Niech dzwoni. Poczekaj, aż wsiądziemy do samochodu.

Gdy przejeżdżają obok McDonalda na rondzie w Ryd, Malin oddzwania do Johana Jakobssona. Gwiżdże na to, że może jego żona kładzie właśnie dzieci spać, a dźwięk dzwonka może je rozbudzić.

– Johan Jakobsson.

Hałasujące w tle dzieci.
– Tu Malin. W samochodzie z Zekem.
– No – mówi Johan. – Nie znalazłem żadnej sekty, ale pojęcie *midvinterblot* występuje na kilku stronach. Głównie w ośrodkach szkoleniowych, które...
– Wszystko to już wiemy. Coś poza tym?
– Do tego zmierzam. Poza ośrodkami szkoleniowymi znalazłem stronę kogoś, kto nazywa sam siebie sejdare. *Seid* to pewnie jakaś staronordycka sztuka szamańska. Piszą tam, że według tradycji *seid* każdego lutego dokonuje się *midvinterblot*.
– Zamieniam się w słuch.
– No i przeszedłem do grupy na yahoo dotyczącej *seid*.
– Do czego?
– Grupy dyskusyjnej.
– Okej.
– Ma niewielu członków, ale właściciel strony podał swój adres pod Maspelösą.
– Maspelösa.
– Zgadza się, Fors. Jakieś dziesięć kilometrów od miejsca zbrodni.
– Przesłuchamy go dzisiaj?
– Bo ma stronę internetową? To może poczekać do jutra.
– Czy to aby rozsądne?
– Rozsądne czy nie, macie ochotę jechać teraz do Maspelösy?
– Możemy, Johan.
– Malin, zwariowałaś. Jedź do domu, do Tove.
– Masz rację. To może poczekać. Zajmijcie się tym jutro.

Blat kuchenny chłodzi jej dłoń, a jednak wydaje się ciepły.
Seid.
Staronordyckie czary.
Nadal niewyjaśnione otwory w szybie.
Czy to wszystko trzyma się kupy?
Ásatrú.

Zeke najpierw się roześmiał, potem jednak na jego twarzy zagościła niepewność, jakby zdał sobie sprawę, że skoro nagi mężczyzna może wisieć na drzewie w przenikliwie zimny lutowy poranek, mogą istnieć „wariaci" żyjący zgodnie z wierzeniami staronordyckiej mitologii.

Muszą badać kilka tropów, zajrzeć w każdą dziurę, wszędzie, gdzie może się znajdować coś istotnego. Wiele jest śledztw, które utknęły w martwym punkcie tylko dlatego, że policjanci uczepili się własnej teorii albo, jeszcze gorzej, zakochali się w niej.

Malin zjada kilka kromek chrupkiego pieczywa z chudym serem, po czym siada do biurka i zaczyna obdzwaniać osoby z listy, którą dostała w zakładzie opieki w Ljungsbro.

Zegarek na ekranie komputera wskazuje 21.12. Jeszcze nie za późno, żeby dzwonić. W korytarzu notatka od Tove.

Jestem u Filippy, uczymy się do jutrzejszego sprawdzianu z matmy. Wrócę najpóźniej o dziesiątej.

Matma? Nie mówiła o geografii? Filippa?

Nikt nie odbiera, zostawia wiadomości, swoje nazwisko i numer. „Proszę o telefon dziś wieczorem albo jutro rano, jak tylko otrzyma pani tę wiadomość". Czy ludzie są tak cholernie zajęci w poniedziałkowy wieczór? Chociaż właściwie, dlaczego nie?

Teatr, kino, jakiś koncert w filharmonii, kółka zainteresowań, trening.

Wszystkie te rzeczy, które ludzie robią, by przegonić nudę.

Pod numerem Marii Murvall informacja, że wygasł abonament. W biurze numerów brak nowych namiarów.

Wpół do dziesiątej.

Po treningu Malin czuje w ciele zmęczenie, włókna mięśniowe bolą, a jednocześnie wzmacniają się. Mózg jest wycieńczony po spotkaniu na uniwersytecie.

Może to będzie spokojna noc? Nic tak skutecznie nie odgania koszmarów jak trening i skupienie. A jednak odczuwa napięcie, niepokój, nie może usiedzieć w mieszkaniu mimo ziąbu na zewnątrz.

Wstaje, wkłada kurtkę, z przyzwyczajenia przypina także kaburę, znów wychodzi. Idzie w górę Hamngatan w kierunku Filbytertorget, dalej w stronę zamku i cmentarza, gdzie pokryte śniegiem nagrobki skrywają tajemnice swoich właścicieli. Malin spogląda w stronę parku umarłych, czasami chodzi tam i patrzy na kwiaty, stara się poczuć obecność zmarłych i usłyszeć ich głosy, udaje, że potrafi pokonywać różne wymiary, że jest superbohaterką posiadającą niezwykłe moce.

Świst wiatru.

Dyszenie mrozu.

Malin stoi nieruchomo w parku umarłych.

Obwisłe dęby. Zamarznięte gałęzie opadają jak czarny, zastygły w powietrzu deszcz. Przy jej stopach palą się nieliczne świece, wieniec tworzy na śniegu szary krąg.

Jesteście tu?

Ale wszystko jest ciche, puste i nieruchome.

Jestem, Malin.

Bengan Piłka?

Wieczór jest zabójczo srogi i mroźny. Malin wychodzi z parku i idzie wzdłuż muru, przez Vallvägen, w stronę wieży ciśnień i Infektionskliniken.

Mija mieszkanie rodziców.

„Podlewasz chyba..."

Coś jest nie tak. Na górze w jednym z okien pali się czerwonawe światło. Dlaczego?

Nigdy nie zapominam zgasić.

20

Klatka schodowa. Malin zostawia zapalone światło.
Wyjmuje komórkę, wystukuje numer rodziców. Ten, kto tam jest, będzie zdezorientowany. Przypomina sobie jednak, że rodzice zrezygnowali z abonamentu.
Nie jedzie windą.
Wchodzi po stopniach tak bezgłośnie, jak tylko się da w caterpillarach, czuje, jak na plecy występuje jej pot.
Drzwi nie są wyłamane, żadnych widocznych śladów.
Światło zza szyby w drzwiach.
Malin przykłada ucho do drzwi i nasłuchuje. Nic. Zagląda przez otwór na listy w drzwiach, świeci się chyba w kuchni.
Naciska klamkę.
Wyciągnąć pistolet?
Nie.
Zawiasy skrzypią, gdy otwiera drzwi, przytłumione głosy z sypialni rodziców.
Głosy przycichają, zamiast tego szelest poruszających się ciał. Usłyszeli ją?
Malin kroczy pewnie korytarzem, z impetem otwiera drzwi sypialni.
Tove na zielonej narzucie. Ja. Dziewczyna majstruje przy dżinsach, stara się je zapiąć, ale palce są nieposłuszne.
– Mamo.
Przy łóżku długowłosy, chudy chłopak, który stara się włożyć czarny podkoszulek z hardrockowym nadrukiem. Jego skóra jest nienaturalnie biała, jakby nigdy nie był na słońcu.

– Mamo, ja...
– Ani słowa, Tove, ani słowa.
– Ja... – mówi chłopak głosem, który niedawno przeszedł mutację. – Ja...
– Ty też bądź cicho. Oboje bądźcie cicho. Ubierać się.
– Jesteśmy ubrani, mamo.
– Tove. Ostrzegam cię. – Malin wychodzi z sypialni, trzaska drzwiami, wrzeszczy: – Jak już się ubierzecie, wychodzić!
Chce wykrzyczeć mnóstwo rzeczy, ale co? Nie może przecież powiedzieć: Tove, byłaś pomyłką, pękła prezerwatywa i co, zrobisz to samo co ja? Myślisz, że fajnie jest być nastoletnią matką, nawet jeśli kochasz swojego dzieciaka?
Szepty, chichoty dobiegające z sypialni.
Wychodzą dwie minuty później. Malin stoi w korytarzu, wskazuje na kanapy w salonie.
– Tove, ty siadasz tam. A ty, coś ty za jeden?
Ładny, myśli Malin, ale blady. Na Boga, ma chyba najwyżej czternaście lat, a Tove, Tove, ty jesteś małą dziewczynką.
– Jestem Markus – mówi bladzioch i odgarnia włosy z czoła.
– Mój chłopak! – krzyczy Tove z kanapy.
– Domyślam się. Nie jestem taka głupia.
– Chodzę do Ånestadskolan – mówi Markus. – Spotkaliśmy się na imprezie kilka weekendów temu.
Na jakiej imprezie? To Tove była na imprezie?
– Masz jakieś nazwisko, Markus?
– Stenvinkel.
– Możesz już iść, Markus. Okaże się, czy się jeszcze spotkamy.
– Mogę się pożegnać z Tove?
– Wkładaj kurtkę i idź sobie.

– Mamo, ale ja jestem zakochana. – Tove wypowiada te słowa, gdy zamykają się drzwi wejściowe. – To coś poważnego.
Malin siada na kanapie naprzeciwko córki. Wokół nich ciemność. Zamyka oczy, wzdycha.
Potem znów ogarnia ją wściekłość.

– Zakochana? Masz trzynaście lat, Tove. Co ty możesz wiedzieć?
– Najwyraźniej tyle co ty.
Wściekłość znika tak samo szybko, jak się pojawiła.
– Prace domowe u Filippy? Tove. Musiałaś kłamać?
– Sądziłam, że będziesz zła.
– Dlaczego? Że chcesz mieć chłopaka?
– Nie, że nic nie mówiłam. I że tu przyszliśmy. No i że mam coś, czego ty nie masz.
Te ostatnie słowa trafiają Malin prosto w splot słoneczny, z zaskoczenia. Odgania je i przestrzega:
– Musisz być ostrożna, Tove. Z takich rzeczy może wyniknąć dużo problemów.
– Tego się bałam, mamo, że będziesz widzieć tylko problemy. Sądzisz, że jestem taka głupia, żeby nie wiedzieć, że ty i tata mieliście mnie przez pomyłkę? Kto jest tak durny, by tak wcześnie mieć dziecko? Taką ciamajdą to ja nie jestem.
– Co ty wygadujesz, Tove. Nie byłaś żadną pomyłką. Dlaczego tak mówisz?
– Wiem, mamo, ale mam trzynaście lat i trzynastolatki mają chłopaków.
– Kino z Sarą, nauka z Filippą... Ależ byłam głupia. Jak długo jesteście razem?
– Prawie miesiąc.
– Miesiąc?
– Nic dziwnego, że nic nie zauważyłaś.
– Dlaczego?
– A jak sądzisz, mamo?
– Nie wiem, może ty mi powiedz, Tove?
Ale ona nie odpowiada. Zamiast tego mówi:
– Nazywa się Stenvinkel. Markus Stenvinkel.
Bez słowa siedzą obok siebie w ciemności.
Zimowa noc szaleje za oknem.
– Markus Stenvinkel – śmieje się wreszcie Malin. – Ale bladzioch. Wiesz, co robią jego rodzice?
– Są lekarzami.
Z tych wyjątkowych.

Ta myśl nachodzi ją wbrew jej woli.
– Wspaniale – mówi.
– Nie musisz się niepokoić mamo. Jestem głodna – mówi Tove.
– Pizza – mówi Malin i klepie dłońmi w kolana. – Dziś wieczorem zjadłam tylko kilka kromek chrupkiego pieczywa.

Shalom przy Trädgårdsgatan ma największą pizzę w mieście, najlepszy sos pomidorowy i najbrzydszy wystrój: gipsowe ściany z amatorskimi malunkami nimf otaczają plastikowe tanie stoliki ogrodowe.
Jedzą calzone na spółkę.
– Czy tata o tym wie?
– Nie.
– Okej.
– A co?
Malin bierze łyk cuba-coli.
Znów dzwoni jej telefon.
Na wyświetlaczu numer Daniela Högfeldta.
Waha się, odrzuca rozmowę.
– Tata?
– Ważne, że nie powiedziałaś ani tacie, ani mnie.
Tove zamyśla się. Odgryza jeszcze kęs pizzy, zanim mówi:
– Dziwne.
Nad ich głowami miga jarzeniówka.
Można się ścigać w miłości, Tove, myśli Malin. Można się ścigać i we wszystkim przegrywać.

21

WTOREK, SIÓDMY LUTEGO

Jest tuż po północy.
Daniel Högfeldt naciska guzik i drzwi wejściowe redakcji „Correspondenten" z maniakalnym zgrzytem podjeżdżają do góry. Jest zadowolony, dobrze wykonał swoją robotę.
Patrzy na Hamngatan i wdycha lodowate powietrze.
Dzwonił do Malin. Żeby zapytać o sprawę i o... tak, o co właściwie chciał ją zapytać?
Choć ciepłą kurtkę zapiął pod szyję, w ciągu zaledwie kilku sekund zimno wygrywa i przedziera się przez materiał.
Idź prędko do domu w stronę Linnégatan.
Przy S:t Larskyrkan patrzy w ciemne okna mieszkania Malin. Myśli o jej twarzy, oczach, o tym, jak niewiele o niej wie i jak ona musi go odbierać: jako cholernie upierdliwego dziennikarza, męską świnię o nieodpartym seksapilu i uroku. Ciało, które nadaje się do użytku, gdy jej ciało domaga się tego, co mu się należy.
Pieprzyć się.
Mocno albo delikatnie.
Tak czy siak, pieprzyć się trzeba.
Przechodząc obok H&M, myśli o dystansie tkwiącym w owym „się", pieprzenie to nie jest coś, co robisz ty albo ja, to „się" robi; obca istota oddzielona od ciała.
Dzisiejszy telefon ze Sztokholmu.
Pochlebstwa i miłe słówka, obietnice.

Daniel nie był zaskoczony.
Czyżby mój czas w tej dziurze się kończył?

Pierwsza strona „Correspondenten" atakuje Malin z podłogi w korytarzu, gdy tuż po prysznicu, już ubrana, potyka się o nią w drodze do kuchni na zmęczonych od rana, sztywnych nogach.

Mimo panujących ciemności jest w stanie odczytać tytuł – skonstruowany w iście popołudniówkowym stylu, nosi czytelny podpis Daniela Högfeldta:

Policja podejrzewa zabójstwo rytualne.

Dali ci jedynkę, Daniel. Musisz być zadowolony.

Archiwalne zdjęcie poważnego Karima Akbara. Oświadczenie wygłoszone przez telefon późnym wieczorem: „Nie mogę ani potwierdzić, ani zdementować, że badamy obecnie tajną siatkę wyznawców Ásatrú".

Tajna siatka? Wyznawcy Ásatrú?

Daniel przeprowadził wywiad z profesorem Söderkvistem. Ten przyznał, że faktycznie w celu uzyskania wyjaśnień przesłuchała go policja, którą wcześniej poinformował o istnieniu takiego rytuału.

Oprócz tego zrzut ze strony internetowej o Ásatrú, zdjęcie paszportowe Rickarda Skoglöfa zamieszkałego w Maspelösie, wymienianego jako centralna postać w kręgach Ásatrú. „Wczoraj wieczorem nie udało się nam dotrzeć do Rickarda Skoglöfa i uzyskać komentarza".

Okienko z faktami dotyczącymi *midvinterblot*.

I tyle.

Malin zwija gazetę, kładzie ją na stole kuchennym, nastawia kawę.

Ciało. Mięśnie i ścięgna, nogi i stawy. Wszystko ją boli.

Z dołu słychać trąbienie.

Zeke. Ty już tu?

„Jönköping, jedziemy wcześnie".

Ostatnie słowa Zekego, gdy poprzedniego dnia podrzucił ją pod dom.

Zegar z Ikea na ścianie pokazuje za piętnaście siódma. To raczej ja jestem spóźniona. Co się ze mną dzieje przez tę zimę?

Zeke za kierownicą zielonego volvo. Zmęczone ramiona, zwisające dłonie. Auto wypełnia niemiecka muzyka chóralna w tonacji molowej. Oboje są tak samo zmęczeni. Trasa E4 przecina osnute bielą pola i przemarznięty równinny krajobraz. Mobilia za Mantorp, galerie handlowe, ulubione miejsce wycieczek Tove, dla Malin koszmar. Mjölby, Gränna, Wetter jak smuga białej nadziei przed horyzontem, gdzie szare odcienie napotykają inne szare odcienie i tworzą plątaninę mrozu i ciemności, wiecznego braku światła.

Głos Zekego jak wyzwolenie, głośny, by przekrzyczeć muzykę:

– Co sądzisz na temat tego staronordyckiego wątku?

– Karim sprawiał wrażenie pewnego.

– Mister Akbar. Co może wiedzieć taki szef policji-brojler?

– Zeke. Nie jest taki zły.

– Nie, pewnie. Mister Akbar musi stwarzać iluzję, że dokądś zmierzamy. A otwory w oknie, przespałaś się z tym?

– Nie mam pojęcia, co to może być. Przypuszczalnie jakieś drzwi. Ale nie wiem dokąd.

I Malin myśli, że jest tak samo jak w trakcie innych większych śledztw. Że oczywiste powiązania są ukryte w zasięgu ręki, ale jeszcze niedostępne, irytujące.

– Kiedy Karin będzie gotowa z analizą szyby?

– Dziś albo jutro.

– Jedna rzecz – mówi Zeke. – Im więcej myślę o Benganie Piłce na tym drzewie, tym bardziej to wszystko wygląda mi na jakiś egzorcyzm.

– Też to tak odbieram – mówi Malin. – Pozostaje jeszcze sprawdzić, czy wiąże się to jakoś z Walhallą albo czymś podobnym.

Malin dzwoni do mieszkania Rebecki Stenlundh. Mieści się ono na drugim piętrze domu czynszowego z żółtej cegły położonego na wzgórzu wznoszącym się na południe od Jönköpingu.

Z mieszkania musi być fantastyczny widok, a latem cała okolica zamienia się pewnie w gęstwinę zielonych brzóz. Nawet garaże nieco niżej przy drodze wyglądają całkiem przyjemnie, z pomarańczowymi bramami, otoczone niewielkimi, na pierwszy rzut oka zadbanymi krzewami.

Blok Rebecki Stenlundh znajduje się w nijakiej okolicy. Nie wytwornej, choć przytulnej, w miejscu, gdzie dzieci mogą dorastać w sensownych warunkach.

To nie okolica przypadków socjalnych/imigrantów, tylko taka, gdzie ludzie w spokoju żyją swoim życiem, zauważani i pożądani przez niewielu, a jednak mający się dobrze. Egzystencja w punkcie przełomowym, coś zdrowego w dysfunkcjonalnym społeczeństwie. Malin dziwi się za każdym razem, gdy dociera w taką okolicę. Że one nadal istnieją. Pełen szczęścia Dom Ludowy. Dwie przecinek trzy huśtawki lub zjeżdżalni na dziecko.

Nikt nie otwiera.

Jest tuż po dziewiątej. Może powinni byli zadzwonić i zapowiedzieć swój przyjazd? Ale czy ona w ogóle wie, co się przytrafiło jej bratu?

– Pojedźmy tam po prostu.

Słowa Zekego.

– Możemy przywieźć wiadomość o zgonie.

– A nie została powiadomiona, zanim upubliczniono jego nazwisko?

– Nikt wtedy nie wiedział nic o siostrze, a gazety już dawno temu przestały uwzględniać tak złożone okoliczności.

Malin znów dzwoni.

Szczęk w dziurce od klucza u sąsiadów.

Babcina twarz, miła, uśmiechnięta.

– Szukacie Rebecki?

– Tak, jesteśmy z policji w Linköpingu – mówi Malin, a Zeke pokazuje legitymację.

– Z policji? Uchowaj Boże. – Babcia mruży oczy z przerażeniem. – Chyba czegoś nie zbroiła? Trudno mi to sobie wyobrazić.
– Nie, nic z tych rzeczy – mówi Zeke swoim najspokojniejszym głosem. – Chcemy z nią tylko porozmawiać.
– Pracuje w Ice. Sprawdźcie tam. Jest tam kierowniczką. Nie widzieliście porządniejszego sklepu. Zapewniam komisarzy. Powinniście też poznać jej syna. Lepszego chłopca nie znacie. Pomaga mi od czasu do czasu.

Gdy już mają przejść przez rozsuwane drzwi sklepu Ica, dzwoni telefon Zekego.
Malin staje obok niego, słyszy, jak rozmawia, widzi, że marszczy czoło.
– Tak, tak, czyli jednak. – Zeke się rozłącza. – W archiwum znaleźli zdarzenie z siekierą – mówi. – Zgadza się to, co ci opowiedział ten dziadek. A Lotta, czyli Rebecka, wszystko to widziała. Miała wtedy osiem lat.

Warzywa i owoce w schludnych rzędach, zapach jedzenia, od którego Malin robi się głodna. Wywieszki z ładną czcionką, światło w każdym zakamarku, które zaświadcza: TU JEST CZYSTO.
Babcia miała rację, myśli Malin. Żadnego tam spożywczego barachła. Za to chęć, by podarować ludziom trochę przyzwoitości na co dzień. Ktoś, kto stara się trochę bardziej dla innych. Troska to dobry biznes. Tu na pewno wszyscy wracają.
Kobieta w średnim wieku w kasie, pulchna, z tlenioną trwałą.
Rebecka?
Głos Zekego:
– Przepraszam, szukamy Rebecki Stenlundh.
– Szefowa. Sprawdźcie na mięsnym. Znakuje mięso.
Przy stoisku z mięsem kuca szczupła kobieta, czarne włosy pod siatką, plecy zgięte pod białym fartuchem z czerwonym

logo Ica. Wygląda, jakby chciała się pod nim ochronić, myśli Malin, jakby ktoś miał ją od tyłu zaatakować, jakby cały ten świat chciał ją skrzywdzić. Nigdy dość czujności.

– Rebecka Stenlundh? – pyta Malin.

Kobieta obraca się. Pokazuje się przyjemna twarz: miękkie rysy, brązowe oczy o tysiącu sympatycznych odcieni, skóra na policzkach emanująca zdrowiem i lekką opalenizną.

Rebecka Stenlundh patrzy na nich. Jedna z jej brwi drga; przez te drgania jej oczy lśnią jasnym i czystym blaskiem.

– Spodziewałam się was – mówi.

22

Myślisz, że się nas spodziewa?
Johan Jakobsson pozwala, by słowa zawisły swobodnie w powietrzu, gdy wjeżdżają na podwórze.
– Na pewno – mówi Börje Svärd i rozszerza nozdrza, aż brązowe włoski wąsów zaczynają wibrować. – Wie, że przyjedziemy.
Trzy szare budynki z kamienia pośrodku Östergötaslätten, kilka kilometrów od drzemiącej rano Maspelösy. Wyglądają, jakby dusiły się od śniegu sięgającego aż do maleńkich okien. Strzechę przygniata biały ciężar. Świeci się w domu po lewej stronie. Między dwa dęby wciśnięto nowo wybudowany garaż z krzewami po obu stronach.
Tylko jeden minus: Maspelösa nigdy się nie budzi, myśli Johan.
Kilka chłopskich zagród, wille z lat pięćdziesiątych i małe czynszowe domy rozrzucone na otwartej przestrzeni. Jedna z tych zapomnianych przez życie wiosek na równinie.
Zatrzymują się, wysiadają, pukają.
Z domu naprzeciwko dobiega ryk. Potem odgłos walenia w metal. Börje odwraca się.
Otwierają się niskie, wypaczone drzwi. Z panującej w środku ciemności wyłania się głowa, niemal całkowicie pokryta włosami.
– Kim, do cholery, jesteście?
Krzaczasta broda zdaje się porastać całą twarz. Ale niebieski wzrok jest równie ostry jak nos.

– Johan Jakobsson i Börje Svärd, policja w Linköpingu. Możemy wejść? Zakładam, że pan Rickard Skoglöf.

Mężczyzna potakuje.

– Najpierw legitymacja.

Grzebią w kieszeniach, zmuszeni zdjąć rękawiczki i rozpiąć kurtki, by wyjąć dokumenty.

– Zadowolony? – pyta Börje.

Rickard Skoglöf jedną ręką wykonuje zapraszający gest, a drugą zatrzaskuje drzwi.

– Człowiek rodzi się z darem. Pojawia się w ciele człowieka, gdy przybywa on w nasz wymiar.

Głos Rickarda Skoglöfa jest czysty jak lód.

Johan przeciera oczy, rozgląda się po tym, co stanowi kuchnię. Niski sufit. Zlew zawalony brudnymi talerzami, kartonami po pizzy. Na ścianach zdjęcia Stonehenge, staronordyckich symboli, kamieni runicznych. No i ubranie Skoglöfa: Najwyraźniej własnej roboty spodnie z czarnego płótna oraz przypominające kaftan, jeszcze czarniejsze okrycie zwisające luźno na grubym brzuchu.

– Dar?

Johan słyszy w głosie Börjego powątpiewanie.

– Tak, siła, by widzieć, wpływać.

– Sejdować?

W domu panuje chłód.

Stare osiemnastowieczne gospodarstwo, które Rickard Skoglöf wyremontował i, jak twierdzi, „dostał tanio, ale diabli niech wezmą te przeciągi".

– *Seid* to nazwa. Należy ostrożnie obchodzić się z tą siłą. Kradnie tyle samo życia, ile daje.

– A po co ta strona o pana *seid*?

– O moim sejdowaniu. Nasza kultura utraciła prawdziwe źródło. Ale są jeszcze towarzysze.

Rickard Skoglöf schyla się i przechodzi do drugiego pokoju. Podążają za nim.

Przy ścianie wysłużona kanapa i gigantyczny wygaszony

ekran komputera ustawiony na lśniącym biurku ze szklanym blatem, na podłodze dwa brzęczące twarde dyski, za biurkiem nowoczesne obite skórą krzesło biurowe.
– Towarzysze? – dziwi się Johan.
– Niektórzy interesują się *seid* i naszymi staronordyckimi przodkami.
– Macie zjazdy?
– Kilka razy do roku. Pomiędzy nimi utrzymujemy kontakt na forum dyskusyjnym i przez maile.
– Ilu was jest?
Rickard Skoglöf wzdycha. Staje i patrzy na nich.
– Jeśli chcecie porozmawiać, musicie pójść ze mną do obory. Muszę nakarmić Särimner i pozostałe.

Gdaczące kury biegają wte i wewte w zimnym pomieszczeniu o byle jak otynkowanych ścianach. W kącie, oparte o ścianę, stoją nowe narty biegówki.
– Lubi pan jeździć? – pyta Johan.
– Nie, ja nie.
– A jednak ma pan parę nowych nart.
Rickard Skoglöf nie odpowiada. Podchodzi do zwierząt.
– Cholera, tu panuje minusowa temperatura – mówi Börje. – Zwierzęta mogą zamarznąć na śmierć.
– Nie ma obawy – mówi Rickard Skoglöf, rzucając kurom paszę z wiadra.
Przy ścianie dwa boksy. W jednym spasiona czarna świnia, w drugim brązowa krowa w białe łaty. Jedzą, świnia z zadowoleniem żre rzucone je właśnie zimowe jabłka.
– Jeśli sądzicie, że podam wam nazwiska towarzyszy, którzy pojawiają się na zjazdach, to się mylicie. Sami musicie ich poszukać. Ale to wam nic nie da.
– Skąd pan wie? – pyta Johan.
– Czymś takim interesuje się tylko nieszkodliwa młodzież i starsi, którzy nie mają własnego życia.
– A pan? Pan ma własne życie?
Rickard Skoglöf wskazuje na zwierzęta.

– Zagroda i te gagatki to chyba więcej życia, niż ma większość.
– Nie o to mi chodziło.
– Mam dar – mówi Skoglöf.
– A co to za dar, Rickardzie? Tak konkretnie?
Börje wpatruje się w odzianego w płótno mężczyznę. Rickard Skoglöf odstawia wiadro z paszą. Patrzy na nich, na jego twarzy maluje się pogarda. Odgania dłonią pytanie.
– Więc siła *seid* daje i zabiera życie – mówi Johan. – To dlatego składacie ofiary?
Wzrok Rickarda Skoglöfa staje się jeszcze bardziej zmęczony.
– Aaa – mówi. – Sądzicie, że to ja powiesiłem na drzewie Bengta Anderssona. Ten dziennikarz, który tu był przed wami, nie sprawiał wrażenia, że tak myśli.
– Nie odpowiedział pan na moje pytanie.
– Czy składam ofiary? Tak, składam. Ale nie tak, jak wam się wydaje.
– A jak nam się wydaje?
– Że zabijam zwierzęta. I może ludzi. Ale tu chodzi o gest. Chęć dania. Czasu, owocu. Zjednoczenia ciał.
– Zjednoczenia ciał?
– Tak, akt może być ofiarą, jeśli człowiek się otworzy.
Jak ja z moją żoną co trzeci tydzień? – myśli Johan. Czy o to ci chodzi? Pyta:
– A co robił pan w noc ze środy na czwartek?
– Musicie o to zapytać moją dziewczynę – mówi Rickard Skoglöf. – Teraz dadzą sobie radę. Zwierzęta wytrzymają trochę zimna. One nie są takie słabowite jak co poniektórzy.

Kiedy wychodzą na podwórze, widzą stojącą boso na śniegu młodą kobietę z rozłożonymi rękami. Zimno chyba jej nie przeszkadza; jest tylko w majtkach i podkoszulku. Ma zamknięte oczy, głowę unosi ku niebu, czarne włosy są jak długi cień na białej skórze pleców.
– To Valkyria – mówi Rickard Skoglöf. – Valkyria Karlsson. Poranna medytacja.

Johan widzi, jak Börje traci humor.
– Valkyria! – krzyczy. – Valkyria. Koniec tych bzdur. Chcemy z tobą porozmawiać!
– Börje, do cholery.
– Niech pan sobie woła – mówi Rickard Skoglöf. – To nic nie da. Skończy za dziesięć minut. Próby przeszkodzenia jej na nic się zdadzą. Możemy poczekać w kuchni.
Przechodzą obok dziewczyny. Brązowe oczy są otwarte. Ale niczego nie widzą. Jest miliony kilometrów stąd, myśli Johan. Myśli o akcie, o otwarciu się na kogoś, na coś.

Skóra Valkyrii Karlsson jest zaróżowiona od mrozu, palce przemarznięte, aż przezroczyste. Pod nosem trzyma filiżankę z gorącą herbatą, wdycha jej zapach.
Rickard Skoglöf siedzi przy stole, szczerzy się z zadowoleniem, zdaje się rozkoszować utrudnianiem im sprawy.
– Co robiliście wczoraj wieczorem? – pyta Börje.
– Byliśmy w kinie – odpowiada Skoglöf.
Valkyria Karlsson opuszcza filiżankę.
– Nowy Harry Potter – mówi miękkim głosem. – Zabawne głupoty.
– Czy któreś z was znało Bengta Anderssona?
Valkyria kiwa głową, po czym spogląda na Rickarda.
– Zanim przeczytałem o nim w gazecie, nigdy o nim nie słyszałem. Mam dar. To wszystko.
– A w środę wieczorem? Co wtedy robiliście?
– Wtedy składaliśmy ofiarę.
– Otwieraliśmy się w domu – szepcze Valkyria, a Johan patrzy na jej piersi, ciężkie, a zarazem lekkie, przeciwstawiające się sile grawitacji, unoszące się pod koszulą.
– Więc nie zna pan nikogo w waszych kręgach, kto mógłby coś takiego zrobić? – pyta Börje. – Z pogańskich pobudek, że tak powiem.
Rickard Skoglöf się śmieje.
– Chyba już na was czas.

23

Jadalnia pracownicza w sklepie Ica jest przytulnie ciepła, słabo oświetlona pomarańczową lampą z serii Bumling. Po pomieszczeniu rozchodzi się zapach świeżo zaparzonej kawy, a lukrowany tort przyjemnie klei się do zębów.

Rebecka Stenlundh siedzi naprzeciwko Malin i Zekego, po drugiej stronie stołu z blatem z szarego laminatu.

W tym świetle wygląda na starszą, niż faktycznie jest, myśli Malin. Światło i cienie w jakiś sposób wydobywają jej wiek, pokazują się jej niemal niewidoczne zmarszczki. Ale gdzieś to, co przeżyła, musi znaleźć ujście. Nikt nie wychodzi z czegoś takiego bez szwanku.

– To nie mój biznes – mówi Rebecka. – Jeśli tak sądziliście. Ale właściciel daje mi wolną rękę. Ten sklepik jest w swojej klasie wielkości najbardziej opłacalny w Szwecji.

– *Retail is detail* – mówi Zeke.

– Dokładnie tak – odpowiada kobieta, a Malin patrzy na stół. Rebecka robi krótką pauzę.

Teraz się skupiasz, myśli Malin. Bierzesz oddech, który idzie głęboko do wewnątrz, przygotowujesz się do tego, by opowiedzieć. Nigdy nie robisz uników, Rebecko, prawda? Jak ty dajesz radę? Jak trzymasz kurs?

Zaczyna:

– Postanowiłam wszystko to z mamą, tatą i moim bratem Bengtem pozostawić za sobą. Postanowiłam, że jestem ponad to. Nawet jeśli pod wieloma względami nienawidziłam mojego ojca, pewnego razu, wkrótce po tym, gdy skończyłam dwadzieścia dwa lata, zrozumiałam, że nie może wejść w posiadanie mojego życia ani mieć do niego żadnego prawa. Rzucałam się wtedy w ramiona wszystkich nieodpowiednich facetów, piłam, paliłam, wciągałam, objadałam się, a jednocześnie trenowałam aż do wyczerpania. Pewnie w końcu zaczęłabym wstrzykiwać sobie heroinę, gdybym nie powzięła postanowienia. Nie mogłam być już dłużej wściekła, przerażona i smutna. To by mnie zabiło.

– Postanowiła pani sobie. Ot tak?

Malin jest zaskoczona tym, jak te słowa z niej wylatują, jakby w złości i zawiści.

Rebecka wzdryga się.

– Przepraszam – mówi Malin. – Nie chciałam być napastliwa.

Kobieta zaciska zęby, zanim mówi dalej:

– Chyba nie ma innego sposobu niż ot tak. Postanowiłam sobie, pani Malin. Tak, to jedyny sposób.

– A pani rodzice adopcyjni? – pyta Zeke.

– Zerwałam z nimi znajomość. Byli częścią przeszłości.

Dokądkolwiek nas ta sprawa zaprowadzi, myśli Malin, będzie miała dużo wspólnego z opaczną logiką uczuć; tą, która powoduje, że człowiek torturuje innego człowieka i wiesza go nagiego na drzewie, na mrozie, pośrodku równiny.

Rebecka znów zaciska zęby, po czym jej twarz się rozluźnia.

– Niesprawiedliwie, pewnie. Wiem. Są w porządku, ale tu chodziło o śmierć lub życie, a ja musiałam pójść dalej.

Tak po prostu, myśli Malin. Co pisał T.S. Eliot?

Not with a bang, but a whimper.

– Ma pani rodzinę?

Właściwe pytanie, myśli Malin. Ale stawiam je z niewłaściwego powodu.

– Syna. Decyzja o jego urodzeniu zajęła mi wiele czasu. Chłopiec ma osiem lat, to dla niego żyję. Ma pani dzieci?

Malin przytakuje.

– Córkę.

– Więc pani wie. Cokolwiek się dzieje, człowiek chce dla nich żyć.

– A ojciec?
– Jesteśmy po rozwodzie. Kiedyś mnie uderzył, raczej przez przypadek, podniesiona ręka którejś nocy po przyjęciu. Ale to wystarczyło.
– Miała pani jakiś kontakt z Bengtem?
– Z moim bratem? Nie, zupełnie nie.
– Starał się z panią skontaktować?
– Tak, kiedyś zadzwonił. Ale rozłączyłam się, kiedy zdałam sobie sprawę, kto to. Jest wtedy i teraz. Nigdy, przenigdy obie te rzeczywistości nie miały się spotkać. Wyniosłe, co?
– Nieszczególnie – stwierdza Malin.
– Jakiś tydzień po jego telefonie zadzwoniła opiekunka społeczna. Jakaś Maria. Prosiła, żebym porozmawiała z Bengtem chociaż przez telefon. Mówiła o jego depresjach, samotności, chyba jej naprawdę zależało, no wiecie.
– I?
– Poprosiłam, żeby już nigdy więcej nie dzwoniła.
– Jedno pytanie, dość trudne – mówi Malin. – Czy pani ojciec i Bengt wykorzystywali panią?
Rebecka Stenlundh jest dziwnie spokojna.
– Nie, nic z tych rzeczy. Czasami zastanawiałam się, czy może czegoś nie wyparłam, ale nie, nie. – Długa cisza. – Ale co ja tam wiem?
Zeke ściąga usta.
– Wie pani, czy Bengt miał jakichś wrogów? Może powinniśmy o czymś wiedzieć?
Rebecka Stenlundh kręci przecząco głową.
– Widziałam w gazecie zdjęcie. Miałam wrażenie, że wszystko, co tam pisali, jest o mnie, czy tego chcę czy nie. Nie można tego uniknąć, prawda? Jakkolwiek by się człowiek starał, przeszłość go dogoni, prawda? To tak jakby być przywiązanym sznurem do pala. Można się ruszać, ale nie można się uwolnić.
– Pani chyba doskonale sobie poradziła – mówi Malin.
– Był moim bratem. Gdybyście tylko słyszeli jego głos przez telefon. Brzmiał jak najbardziej samotny człowiek na świecie. A ja zamknęłam przed nim drzwi.

Głos z głośnika:
– Rebecka proszona do kasy, Rebecka proszona do kasy.
– Co robiła pani w środę wieczorem?
– Byłam z małym w Egipcie. W Hurgadzie.
Stąd ta opalenizna, myśli Malin.
– Wykupiłam last minute. Wariuję od tego zimna. Wróciliśmy w piątek.
Malin dopija kawę, wstaje.
– To chyba wszystko – mówi. – To chyba wszystko.

24

Czy ci wybaczyłem, siostro?
To nie zaczęło się od ciebie i na tobie się nie kończy. A więc co tu właściwie jest do wybaczania?
Układaj w rzędach swoje jabłka, wychowuj dziecko tak, jak nas nigdy nie wychowano. Daj mu miłość. Znakuj z nią mięso.
Nie mogę nad tobą czuwać. Ale mogę się unosić i widzieć cię, gdziekolwiek postanowisz uciec.
Jadłem uprzejmość Marii Murvall jak kanapki z chleba marki Skogaholm, jak metkę, jak niesolone masło. Myłem się, jak kazała, prasowałem spodnie, słuchałem tego, nad czym się rozwodziła, wierzyłem w jej teorie o godności. Ale co z godnością miało wspólnego to, co wydarzyło się w lesie?
Z czystością?
Z jasnością?
Powinnaś unosić się ze mną, Mario, zamiast siedzieć tam, gdzie siedzisz.
Prawda?
Czy wszyscy nie powinniśmy się unosić, poruszać miękko jak to zielone volvo na autostradzie?

Huskvarna.
Kosiarki i sztucery. Broń na śrut na wszelkiej maści polowania. Troll z drewna zapałczanego patrzący na Wetter. W jego wodach zginął John Bauer, kiedy łódź, którą płynął, zatonęła. Trolle go nie uratowały. Czy teraz spoczywa w którymś ze swoich gęstych lasów?

W samochodzie nie gra muzyka. Malin się zdecydowanie sprzeciwiła. Zacinanie się silnika przypomina jej o włączeniu telefonu.

Oddzwania automatyczna sekretarka.

– Masz nową wiadomość...

– Tu Ebba Nilsson. Opiekunka społeczna. Kontaktowała się pani ze mną wczoraj wieczorem. Jestem w domu całe przedpołudnie. Proszę oddzwonić.

Lista połączeń, użyj numeru.

Jeden, dwa, trzy sygnały.

Nikt nie odbiera? A jednak:

– Tak, słucham. Z kim rozmawiam?

Piskliwy głos, jakby tłuszcz naciskał na wiązadła głosowe. Malin wyobraża sobie Ebbę Nilsson: niska, okrągła pani zbliżająca się do wieku emerytalnego.

– Tu Malin Fors z policji w Linköpingu. Nie mogłam się do pani dodzwonić.

Cisza.

– W czym mogę pomóc?

– Bengt Andersson. Przez jakiś czas była pani jego opiekunką?

– Zgadza się.

– Słyszała pani, co się stało?

– Trudno było nie słyszeć.

– Może pani o nim opowiedzieć?

– Obawiam się, że niewiele – mówi Ebba Nilsson. – Niestety. W czasie, gdy pracowałam w Ljungsbro, odwiedził mnie tylko raz. Był niesłychanie małomówny, ale nic w tym dziwnego. Nie miał przecież lekko... no i wyglądał, jak wyglądał.

– Nic, co powinniśmy wiedzieć?

– Nie, raczej nie, ale słyszałam, że dziewczyna, która przyszła po mnie, miała z nim dobry kontakt.

– Maria Murvall?

– Tak.

– Staraliśmy się z nią skontaktować. Ale jej numer nie odpowiada. Wie pani, gdzie teraz przebywa?

W słuchawce następuje cisza.

– Ojojoj! – mówi Ebba Nillson po chwili.
– Proszę?
Zeke przenosi wzrok z drogi na Malin.
– Chciała pani coś powiedzieć.
– Kilka lat temu Maria Murvall została zgwałcona w lesie przy Hultsjön. Nie wiedziała pani?
Rita Santesson: Nie chcę się w to zagłębiać.
Maria.
Murvall.
Nazwisko wydawało się znajome.
Przypadek policji z Motali. Teraz sobie przypominam. Powinnam była to ze sobą połączyć.
Maria Murvall.
Czy ona jako jedyna się tobą interesowała, Bengt?
Nawet twoja siostra odwróciła się od ciebie.
Logika uczuć.
Nad jezdnią wieje śnieżny dym.
Czy ona jako jedyna się tobą interesowała, Bengt?
I właśnie ją zgwałcono.

25

HULTSJÖSKOGEN, PÓŹNA JESIEŃ 2001

Co robisz w lesie zupełnie sama?
O tej porze, dziewczynko?
Żadnych grzybów o tej porze, za późno też na jagody.
Zmierzcha.
Pnie drzew, chrust, gałęzie, korony, liście, mech i robaki.
Wszystko przygotowuje się na największe okrucieństwo.
Morderca dzieci. Gwałciciel. Czy to mężczyzna? Czy kilku?
Kobieta, kobiety?
Zaczajają się na ciebie, kiedy tak idziesz przez las, pogwizdując. Oczy. Widzą cię. Ty ich jednak nie widzisz.
A może czekają gdzieś dalej, te oczy?
Ciemność szybko teraz zapada, ale ty się nie boisz, możesz iść tą ścieżką z zawiązanymi oczami, trafić wszędzie, kierując się węchem.
Węże, pająki, coś się rozkłada.
Łoś?
Sarna?
Odwracasz się, powoli, cisza opada ponad lasem.
Idź dalej. Twój samochód czeka przy drodze, wkrótce zobaczysz wdzięczące się do ciebie Hultsjön w resztkach wieczornego światła.
Potem wszystko ciemnieje.
Kroki na ścieżce za tobą.
Ten ktoś podcina ci nogi, przyciska cię do wilgotnej ziemi,

czujesz słodki i ciepły oddech na szyi. Tak wiele rąk, tak wiele siły.
Nie ma znaczenia, co zrobisz. Wężowe palce, pajęcze nogi wżerają się przez twoje ubranie, czarne korzenie drzew tłumią krzyk, przykuwają cię na zawsze do ciszy ziemi.
Robaki pełzają po wewnętrznej stronie twoich ud, wysuwają kolce, rozdzierają twoją skórę i twoje wnętrze.
Jak chropowaty i twardy jest pień drzewa?
Mięso, skóra i krew. Jak twarde?
Nie.
Nie tak.
Nikt nie słyszy twoich krzyków pośród czarnej roślinności?
A jeśli słyszeliby twoje krzyki, to czyby przyszli?
Nikt nie słucha.
Nie ma ratunku.
Tylko wilgoć, zimno i ból, coś bezwarunkowo twardego, co w tobie płonie, co rozszarpuje wszystko, co jest tobą.
Na zawsze cicho.
Spać, śnić, budzić się.
Słodki oddech jest powietrzem, które wdychasz w tę noc. Nagie ciało, zakrwawione ciało, skazane na błąkanie się na skraju lasu wokół Hultsjön.
Musiałaś długo iść.
Oddychałaś. Nocny ziąb uciekał w panice, gdy wypełzłaś na drogę. Światła samochodu.
Przeszłaś taki kawał.
Światło nasila się, oślepia, wżera się.
Czy to śmierć nadchodzi? Zło?
Znów?
Przyszło przecież wczoraj, nadbiegło szybkimi krokami, ukryte, jakby leżało za połamanymi chaszczami.

26

Maria Murvall.
Zeke pociera palcami kierownicę.
– Wiedziałem, że słyszałem już to nazwisko. Cholera. Ja i nazwiska. To ją zgwałcono przy Hultsjön cztery lata temu. Naprawdę paskudne.
– Sprawa policji w Motali.
– Dokładnie na granicy, więc oni się tym zajęli. Znaleźli ją błąkającą się po drodze prawie dziesięć kilometrów od miejsca, gdzie to się stało. Jakiś kierowca ciężarówki jadący ze żwirem na budowę w Tjällmo. Ubranie miała poszarpane, była pobita.
– Nigdy go nie złapali.
– Nie, jeżeli to w ogóle był on. Nadawali to chyba w *Poszukiwanych*. Znaleźli jej ubranie i miejsce, gdzie to się musiało stać, ale nic poza tym.
Malin zamyka oczy.
Wsłuchuje się w odgłos silnika.
Mężczyzna powieszony na drzewie.
Zaangażowana w jego sprawę opiekunka społeczna zgwałcona cztery lata temu. Błąkająca się po lesie.
Kalle na Zakręcie. Zniedołężniały stary ojciec. „Prawdziwy mężczyzna".
I wszystko to pojawia się bezładnie w śledztwie, a jednak trzyma się jakoś kupy.
Zbieg okoliczności?
Ciekawe, co na to Zeke.

– Bengt Andersson musiał się pojawić w trakcie śledztwa. Jeśli tak się o niego troszczyła, jak wszyscy utrzymują.
– Na pewno – mówi Zeke, wskazując jednocześnie na mijający ich samochód.
– O takim seacie myślałem. Należą teraz do Volkswagena. Wiem, Zeke, myśli Malin. Janne mówił to z dziesięć razy, gdy zaczynał o swoich samochodach.
– Ten, który masz, nie wystarczy?
– Murvall – mówi Zeke. – Czy nazwisko nie jest znane jeszcze z jakiegoś powodu?
Malin kiwa głową.
– Ja i nazwiska, Malin.
– Zadzwonię do Sjömana i poproszę go, żeby ściągnęli papiery ze śledztwa z policji w Motali. Nordström od nich załatwi to raz-dwa.

Gdy skręcają na podjazd przed komendą, dzwoni trzecia opiekunka społeczna z listy, ta, która zastąpiła Marię Murvall.
– Straszne, to co się stało. Okropne. Bengt Andersson był przygnębiony, małomówny, a na naszym spotkaniu mamrotał tylko: „Jakie znaczenie ma czystość? Jakie znaczenie ma czystość?" Jeśli mam być szczera, nigdy nie wiązałam tego z gwałtem. Ale może to miało coś wspólnego z tym wszystkim? Z gwałcicielem? Z Bengtem Anderssonem? On taki nie był. Kobieta to wyczuwa.
Malin wysiada z samochodu, twarz spina się w mimowolnym grymasie, gdy lodowate powietrze atakuje skórę.
– W każdym razie nigdy nie udało mi się do niego zbliżyć tak jak Marii Murvall. Najwyraźniej troszczyła się o niego poza pracą, trochę go ogarnęła. Niemal jak starsza siostra, z tego, co wiem.
Wchodzą do komendy.
Sjöman stoi przy stanowisku Malin, wymachuje plikiem papierów.
Kolega z Motali najwyraźniej nie dał się długo prosić.

Sven Sjöman mówi gorączkowo. Stoją z Zekem obok niego. Malin ma ochotę poprosić go, żeby się uspokoił, pomyślał o swoim sercu.

– Bengt Andersson został przesłuchany przez policję z Motali w związku z gwałtem na Marii Murvall. Nie miał na tę noc alibi, ale żadne ze śladów na miejscu przestępstwa ani nic innego nie wskazywało na niego. Był tylko jednym z dwudziestu pięciu podopiecznych Marii Murvall, którzy zostali przesłuchani.

– Naprawdę okropna lektura. – Sjöman wyciąga papiery w kierunku Zekego.

– Rzeczywistość zawsze prześciga fikcję – mówi Zeke.

– Była, to znaczy jest siostrą braci Murvall – ciągnie Sjöman. – Banda szaleje na równinie, co było powodem różnych problemów. Nawet jeśli to było dawno temu.

– Murvallowie! Wiedziałem – mówi Zeke.

– To musiało być przede mną – stwierdza Malin.

– Twardziele. Naprawdę wstrętne typy.

– W lesie znaleziono ubrania, na nich ślady DNA, ale niewystarczające, by uzyskać profil.

– A na jej ciele?

– Tej nocy padało – wyjaśnia Sjöman. – Wszystko zostało wypłukane. Gwałtu dokonano najwyraźniej grubą gałęzią. W środku była pokłuta i poraniona... tak tu piszą. Nie wiadomo, czy dokonano penetracji w inny sposób. Nigdy nie udało się tego ustalić.

Malin czuje ból.

Unosi dłonie w stronę Svena.

Myśli: Wystarczy.

Maria Murvall.

Anioł samotnego.

Ale miałaś miłosne spotkanie.

Malin słyszy, jak w myślach wypowiada te słowa. Chce się wysmagać biczem na sino. Nie bądź cyniczna, Fors, nie bądź cyniczna, nigdy nie bądź cy... czy już jestem? Cyniczna?

– Nigdy nie doszła do siebie – ciągnie Sjöman. – Według ostatnich informacji zanim sprawę umorzono, zapadła w jakiś

psychotyczny stan. Przebywa chyba na zamkniętym oddziale szpitala w Vadstenie. Taki tu podano adres.
– Sprawdziliśmy to? – zastanawia się Malin.
– Jeszcze nie, ale to proste – mówi Zeke.
– Jeśli jakiś lekarz będzie robił trudności, powiedz, że to nagląca sprawa.
– I mamy wiadomość od Karin – dodaje Sven. – Późnym popołudniem może już coś mieć w sprawie otworów w szybie.
– Dobrze. Pewnie zadzwoni, gdy będzie gotowa. A co z wątkiem staronordyckim? – pyta Malin.
– Börje i Johan dalej nad tym pracują. Kiedy byliście w Jönköpingu, przesłuchali Rickarda Skoglöfa i jego dziewczynę Valkyrię Karlsson.
– Przesłuchanie coś wykazało?
– Nigdy nic nie wiadomo – mówi Sjöman. – Gdy się słucha uważnie, ludzie mogą powiedzieć więcej, niż sami wiedzą. Dokładniej ich teraz sprawdzamy.

Po drugiej stronie głos lekarki.
– Tak, jest u nas Maria Murvall. Tak, mogą się państwo z nią spotkać, ale najlepiej żadnych mężczyzn i jak najmniej osób. Tak, może pani przyjechać sama, świetnie. – Długa pauza. – Ale niech się pani nie spodziewa, że Maria coś powie.

27

Karin Johannison dzwoni, kiedy Malin siedzi w samochodzie. Właśnie przekręciła kluczyk w stacyjce.
– Malin? Tu Karin. Chyba już wiem, od czego są te otwory w szybie.

Malin zapada się w zimnym fotelu. Przez krótką chwilę czuje rozchodzące się w samochodzie mroźne powietrze i intensywnie tęskni za ciepłem.
– Sorry, właśnie miałam zapalić silnik. I do czego doszłaś?
– Z całą pewnością mogę powiedzieć, że nie był to ani żwir, ani kamienie. Na to krawędzie otworów są zbyt równe. Dziury spowodowały poza tym rozległe pęknięcia mimo swojego rozmiaru, więc niemożliwe, by ktoś mógł coś wrzucić przez szybę.
– Co chcesz przez to powiedzieć?
– To otwory postrzałowe, Malin.

Dziury w szybie.
Nowe drzwi, które się otwierają.
– Jesteś pewna?
– Jak najbardziej. Małokalibrowa broń. Przy otworach nie ma sadzy ani prochu, ale to się rzadko zdarza w wypadku szkła. To mogła być wiatrówka.

Malin milknie, przez głowę przelatują różne myśli.
Małokalibrowa broń.
Czy ktoś próbował zastrzelić Bengta Anderssona?
Wiatrówka.
Wybryk.
Technicy, którzy nic nie znaleźli w mieszkaniu Bengta Anderssona. Żadnych ran postrzałowych na jego ciele.

– Ale w takim razie musiały to być gumowe kule. Czy taka amunicja mogła spowodować jakieś obrażenia u Bengta Anderssona?
– Nie, wywołują charakterystyczne krwawienie. Zauważyłabym.
Odgłos silnika.
Samotna Malin w samochodzie w drodze do niemej, zgwałconej kobiety.
– Co tak zamilkłaś? – w słuchawce słychać głos Karin. – Zgubiłaś drogę?
– Tylko myśl – odpowiada Malin. – Możesz wrócić do mieszkania Bengta Anderssona i poszukać czegoś jeszcze? Zabierz ze sobą Zekego.
Karin wzdycha, ale mówi:
– Wiem, czego mamy szukać, Malin. Zaufaj mi.
– Poinformujesz Svena Sjömana?
– Już dostał maila.
Czego ja, czego my nie widzimy? – myśli Malin, dodając gazu.

Ta policjantka, myśli ordynator Charlotta Niima, musi mieć z dziesięć lat mniej ode mnie. Patrzy tak przenikliwie, badawczo, a zarazem ze zmęczeniem, jakby chciała wziąć urlop od całego tego zimna. Tak samo jej ciało; atletyczne, ale nieco ociężałe w ruchach, jakieś wobec mnie niepewne. Ukrywa się za swoją rzeczowością.
Słodka, ale pewnie obruszyłaby się na to określenie. A za tą przenikliwością? Co tam widzę? Smutek? Ale to ma pewnie związek z jej pracą. Na co ona się tam nie napatrzy? Dokładnie tak jak ja. Trzeba włączać i wyłączać egzystencję jak jakieś urządzenie.

W okularach w czarnych oprawkach Charlotta Niima wygląda surowo, ale w połączeniu z burzą rudych włosów z trwałą ondulacją też nieco zwariowanie.
Może trzeba być szaleńcem, by pracować z szaleńcami? – myśli Malin. Czy też należy być zupełnie nieszalonym?

Ordynator Niima ma w sobie coś maniakalnego, jakby wykorzystywała choroby swoich pacjentów, by trzymać własną pod kontrolą.

Uprzedzenia.

Szpital mieści się w trzech otynkowanych na biało budynkach z lat pięćdziesiątych na ogrodzonym polu pod Vadsteną. Przez okna w gabinecie doktor Niimy Malin widzi skute lodem jezioro Wetter, zamarznięte niemal do dna: migoczące pod lodem sztywne ryby, starające się przedostać przez gęstą, podstępną masę. Wkrótce nie będziemy mogły tu oddychać.

Po lewej stronie, za ogrodzeniem, ledwie dostrzegalny czerwony ceglany mur klasztoru żeńskiego.

Brygida. Modlitwy. Święci. Życie klasztorne.

Pojechała sama. Kobieta do kobiety. Zeke nie protestował.

Stary szpital psychiatryczny, dobrze znany na równinach jako swego rodzaju śmietnisko dla beznadziejnych przypadków, został przebudowany na osiedle mieszkaniowe. Malin po drodze do miasta minęła biały budynek w stylu secesyjnym. Biała fasada przybrała szary kolor, a w otaczającym parku zwisały czarne gałęzie drzew, które słyszały nocne wrzaski tysiąca wariatów.

Jak można zdecydować się na zamieszkanie w takim budynku?

– Maria jest tu od prawie pięciu lat. Przez ten czas nie odezwała się ani słowem.

Głos Niimy, współczujący, intymny, a jednak zdystansowany. Bezgłośna, bezsłowna.

– Nie wyraża żadnych życzeń.

– Sama się sobą zajmuje?

– Tak, myje się i je. Chodzi do toalety. Ale z nikim nie rozmawia i odmawia wyjścia ze swojego pokoju. Przez pierwszy rok mieliśmy na nią oko, kilka razy próbowała się powiesić na kaloryferze. Ale teraz nie ma już, na tyle, na ile potrafimy ocenić, skłonności samobójczych.

– Mogłaby mieszkać poza szpitalem? Przy wsparciu?

– Gdy staramy się wyciągnąć ją z pokoju, dostaje drgawek. Nigdy czegoś podobnego nie widziałam. Według naszego osądu jest całkowicie niezdolna do życia w społeczeństwie. Wygląda na to, że postrzega swoje ciało jako protezę, namiastkę tego, co zostało utracone. Metodycznie dba o higienę, wkłada ubrania, które dla niej przygotowujemy. – Doktor Niima robi przerwę. – No i je, trzy posiłki dziennie, tyle, żeby nie przytyć. Totalna kontrola. Ale nie nawiązujemy z nią kontaktu. Nasze słowa, my, jakby nas nie było. Podobne objawy przejawiają głęboko autystyczni ludzie.

– Leki?

– Próbowaliśmy. Ale żaden z naszych chemicznych kluczy nie potrafił przechytrzyć jej systemów zamykających.

– Dlaczego żadnych mężczyzn?

– Dostaje wtedy drgawek. Nie zawsze, ale czasem. Niekiedy odwiedzają ją jej bracia. Wtedy jest dobrze. Bracia to nie mężczyźni.

– Jacyś inni goście?

Lekarka kręci przecząco głową.

– Jej matka nie przychodzi. Ojciec zmarł dawno temu.

– A obrażenia fizyczne?

– Zaleczyły się. Ale trzeba jej było usunąć macicę. To, co w nią wkładano tam w lesie, spowodowało ciężkie obrażenia.

– Czy odczuwa ból?

– Fizyczny? Nie sądzę.

– Terapia?

– Musi pani zrozumieć jedną rzecz, inspektor Fors. Przeprowadzenie terapii z człowiekiem, który nie mówi, jest niemal niemożliwe. Cisza jest najsilniejszą bronią duszy.

– Więc według was zamknęła się w tej ciszy, jakoś w niej odnalazła ratunek?

– Tak, gdyby mówiła, zupełnie by się pogubiła.

– Tu mieszka Maria.

Salowa otwiera ostrożnie drzwi, trzecie z siedmiu na drugim piętrze budynku. Jarzeniówki na suficie w korytarzu sprawiają, że podłoga wyłożona linoleum lśni, z jednego z pokoi słychać ciche pojękiwania. Inny środek czystości niż w domu opieki. Perfumowany. Trawa cytrynowa. Dokładnie jak w spa w hotelu Ekoxen.

– Wejdę pierwsza i zapowiem panią.

Przez szparę w drzwiach Malin słyszy głos salowej, jakby mówiła do dziecka.

– Jest tu pani z policji, która chce z tobą porozmawiać. Dobrze?

Żadnej odpowiedzi.

Salowa wraca.

– Może pani wejść.

Malin otwiera drzwi na oścież, przechodzi przez niewielki korytarz, drzwi do prysznica i toalety są uchylone.

Na stole stoi tacka z na wpół zjedzonym obiadem, telewizor na ławie, niebieskozielony dywanik na podłodze, na ścianach kilka plakatów z motocyklami i dragsterami.

A na łóżku w rogu pokoju Maria Murvall. Jakby jej ciała nie było, cała ona jest tylko ledwo widoczną twarzą otoczoną wyczesanymi blond kosmykami.

Jesteś do mnie podobna, myśli Malin. Jesteś do mnie bardzo podobna.

Kobieta na łóżku nie zwraca na nią uwagi. Siedzi nieruchomo z nogami zwisającymi ponad kantem łóżka, na stopach żółte skarpety bez pięt, głowa pochylona. Oczy ma otwarte; pusty, a jednocześnie dziwnie jasny wzrok utkwiony w powietrzu.

Kaskady śniegu za oknem. Znów zaczęło padać. Może w końcu ociepli się o kilka stopni.

– Nazywam się Malin Fors. Jestem komisarzem kryminalnym policji w Linköpingu.

Żadnej reakcji.

Tylko spokój i cisza w ciele Marii Murvall.

– Zimno. I wietrznie – mówi Malin.

Idiotka.

Mielenie jęzorem.

Lepiej od razu do rzeczy. Wóz albo przewóz.

– Jeden z pani podopiecznych z opieki społecznej w Ljungsbro został zamordowany.

Maria Murvall mruga, nie zmienia pozycji.

– Bengt Andersson. Znaleziono go powieszonego na drzewie. Nagiego.

Oddycha. Znów mruga.

– Czy to na Bengta natknęła się pani w lesie?

Stopa poruszająca się pod żółtą bawełną.

– Wiem, że pomagała pani Bengtowi. Że trochę bardziej się dla niego starała. Zgadza się?

Nowe kaskady drobnego śniegu.

– Dlaczego pani się nim interesowała? Czym różnił się od innych? A może była pani taka dla wszystkich?

W tej ciszy rozbrzmiewają słowa:

Idź już, nie przychodź tu ze swoimi pytaniami, nie rozumiesz, że umieram od nich albo wręcz przeciwnie, że jestem zmuszona żyć, jeśli odpowiem. Oddycham, ale to wszystko. A co wtedy znaczy oddychanie.

– Czy wie pani na temat Bengta Anderssona coś, co mogłoby nam pomóc?

Czemu to ciągnę? Bo wiesz?

Maria Murvall podnosi nogę, przenosi swoje delikatne ciało do pozycji leżącej, wzrok porusza się po tym samym torze co ciało.

Dokładnie tak jak zwierzę.

Opowiedz, co wiesz, Mario. Użyj słów.

Czarny drapieżnik w lesie. Ten sam mężczyzna co na pokrytej śniegiem, smaganej wiatrem równinie?

Może?

Nie.

A jednak?

Zamiast tego:

– Jak pani sądzi, dlaczego ktoś chciał powiesić Bengta Anderssona na drzewie pośrodku Östgötaslätten w najzimniejszą zimę, jaką ktokolwiek widział?

Dlaczego, Mario? Czy nie przeżył dostatecznie dużo?

I kto strzelał w jego okno?

Maria zamyka oczy, znów je otwiera. Oddycha, zrezygnowana, jakby oddychanie albo nieoddychanie już dawno straciło znaczenie. Jakby nic nie grało żadnej roli.

Starasz się mnie pocieszyć?
Co widzisz, czego inni nie widzą, Mario? Co słyszysz?
– Ładne plakaty – mówi Malin, opuszczając pokój.

Na korytarzu zatrzymuje salową, która mija ją ze stosem pomarańczowych ręczników frotté.
– Te plakaty na ścianie trochę tu nie pasują. Powiesili je tu jej bracia?
– Tak. Mają jej chyba przypominać dom.
– Często ją odwiedzają?
– Tylko jeden. Najmłodszy, Adam. Przychodzi tu od czasu do czasu, ma chyba wyrzuty sumienia, że ona tu jest.
– Doktor Niima powiedziała, że przychodzi kilku braci.
– Nie, tylko jeden. Jestem pewna.
– Mieli ze sobą szczególnie bliski kontakt?
– Tego nie wiem. Ale może, bo tylko on przychodzi. Był tu kiedyś jeszcze jeden, ale nie dał rady wejść do pokoju. Powiedział, że czuje się jak w pułapce, że nie daje rady. Że jest tu jak w szafie, właśnie tak powiedział. No i sobie poszedł.

28

Jesteś tam, Bengt?
— Jestem, Mario. Widzisz mnie?
— Nie, nie widzę, ale słyszę, jak się unosisz.
— A ja myślałem, że to unoszenie się jest bezgłośne.
— No jest. Ale wiesz, ja słyszę to, czego nie słyszą inni.
— Bałaś się?
— A ty?
— Chyba tak, ale po jakimś czasie człowiek rozumie, że strach jest nieopłacalny i przemija. Prawda?
— Tak.
— Dla ciebie nie jest za późno, Mario. Nie w ten sam sposób co dla mnie.
— Nie mów tak.
— Wszystko jest ze sobą powiązane.
— Pachnie tu samotnością. To ty czy ja?
— Chodzi ci o zapach jabłek? Żadne z nas. To ktoś inny.
— A kto?
— Oni, on, ona, my wszyscy.
— Ten, co strzelał w twoje okno?
— Pamiętam, że kiedy wróciłem do domu, zobaczyłem dziury, późno, późno. Wiedziałem, że to od strzałów.
— Ale kto strzelał?
— Chyba wszyscy.
— Jest ich więcej?
— Jeśli wszyscy jesteśmy ze sobą powiązani, to chyba jest nas wielu, Mario?

Zeke stoi w mieszkaniu Bengta Anderssona trzy metry za Karin Johannison, w przejściu między kuchnią a salonem. Kurtka zapięta, ogrzewanie skręcone do minimum, ciepło na tyle, by nie zamarzła woda i nie popękały rury. Tej zimy zdarzyło się to w wielu miejscach, najwięcej w czasie Bożego Narodzenia, gdy bogacze wyjechali do Tajlandii i we wszystkie te miejsca, w które jeżdżą, a ich kotły parowe przestały działać i buch! – zalania gotowe.

Teraz pewnie wzrosną moje składki ubezpieczeniowe, myśli Zeke.

Karin klęczy na podłodze, pochyla się nad kanapą, grzebie pincetą w otworze w obiciu.

Zeke nic na to nie poradzi, ale kiedy się tak pochyla, z tyłu jest całkiem znośna, żeby nie powiedzieć pociągająca. Dobrze zbudowana. Bez wątpienia.

Przyjechali tu w ciszy. Całym sobą dał jej do zrozumienia, że obędzie się bez pogawędek. No i Karin skoncentrowała się na drodze, choć miała ochotę porozmawiać, jakby czekała na okazję, aż znajdą się sam na sam.

Otwór, w którym grzebie Karin, znajduje się w linii prostej od okna. Ale może pochodzić od czegokolwiek.

Karin obraca dłonią, mówi:

– No proszę, no proszę – po czym triumfalnie wyciąga pincetę. Odwraca się i pokazuje mu ją. – Jeśli trochę dłużej poszukam, to jestem pewna, że znajdę jeszcze kilka takich rarytasów.

Malin jest w kuchni w swoim mieszkaniu. Stara się odgonić obraz Marii Murvall siedzącej na łóżku w ponurym pokoju.

– Trzymajcie się z Zekem linii Murvall. Ale jeśli trzeba będzie nagle poświęcić więcej pracy sprawie Ásatrú, skoncentrujemy się na niej.

Głos Karima Akbara podczas spotkania, jakby cały trop prowadzący do Marii Murvall był jego pomysłem. A jednak miło móc skupić siły.

Sven Sjöman:

– Musimy wyciągnąć kartotekę braci Murvallów. Johan i Börje, pracujcie dalej nad tropem Ásatrú. Zajrzyjcie pod każdy kamień runiczny. Znów musimy przesłuchać sąsiadów Bengta Anderssona, czy widzieli albo słyszeli coś dziwnego, teraz, kiedy wiemy, że strzelano w jego okno.
Gumowe kule.
Karin i Zeke znaleźli w kanapie trzy zielone. Przypuszczalnie jedna na każdy otwór. Wielkością pasują do broni małokalibrowej, przypuszczalnie karabinka.
Gumowe kule.
Za ostro jak na wybryk. Ale może też nie było na poważnie. Prawdopodobnie, by zadać ból. Dostarczyć udręki. Dokładnie tak byłeś dręczony, Bengt.
Gumowe kule.
Według Karin nie da się określić, z jakiego typu broni strzelano.
– Nie ma wyraźnych nacięć z lufy. Guma jest bardziej elastyczna niż metal.
Malin podlewa czerwonym winem duszoną potrawę, którą właśnie przyrządza.
Johan Jakobsson:
– Przesłuchaliśmy dziś kilku fanatyków Ásatrú z okolic Kindy. Na tyle, na ile udało nam się ocenić, są to niegroźni, powiedzmy, że interesujący się historią ludzie. Profesor z uniwersytetu to jedna z najbardziej napalonych na media osób, na jaką kiedykolwiek się natknąłem. I jest chyba czysty. Jego chłopak, niejaki Magnus Djupholm, potwierdza zdarzenie z kotami.
Napalony na media.
Na to określenie Karim unosi brwi, jakby nagle uzmysłowił sobie jakąś chorobę.
A Malin śmieje się w duchu.
Johan wziął na spotkanie brukowce „Aftonbladet" i „Expressen". Nic nie piszą. Jedynie całe strony z dużym zdjęciem profesora, „ekspertem w dziedzinie rytuałów staronordyckich", który opisuje, jak wyglądały *midvinterblot*, i jego aluzje, że to się może powtórzyć.

Sven prawie przez całe spotkanie milczał.

Malin miesza potrawę na kuchence, wdycha zapach białego pieprzu i liścia laurowego.

Morderstwo znika z ogólnej świadomości. Nowe morderstwa, nowe skandale ludzi z telewizji, polityczne rozgrywki, śmiercionośne bakterie w Tajlandii.

Ile jest warte wiszące na drzewie ciało, jeśli nie jest już „nowe". Benganie Piłko, nie jesteś już na czasie.

Otwierają się drzwi wejściowe.

Tove.

– Mamo, jesteś?
– W kuchni.
– Ugotowałaś coś? Jestem strasznie głodna.
– Potrawka mięsna.

Różowe policzki Tove, ładne, najpiękniejsze policzki świata.

– Widziałam się z Markusem. Zjedliśmy u niego podwieczorek.

Duża willa lekarzy w Ramshäll. Tata chirurg, jeden z tych ubranych na biało-zielono, mama laryngolog w klinice gardła i ucha. Dwoje lekarzy: typowa kombinacja w tym mieście.

Dzwoni telefon.

– Odbierz – mówi Malin.
– Nie, ty odbierz.

Malin podnosi słuchawkę z przytwierdzonego do ściany stojaka.

– Malin, tu tata. Co tam u was?
– Dobrze. Tylko zimno. Podlałam kwiaty.
– Nie dlatego dzwonię. Wszystko w porządku?
– No przecież powiedziałam. Wszystko w porządku.
– Zimno tam u was, co? Widzieliśmy w szwedzkiej telewizji, jak w mieszkaniach w Sztokholmie zamarzają kaloryfery.
– Tu też się to zdarza. – Coś mu leży na sercu, myśli Malin. Ciekawe, czy to z siebie wyrzuci. – Dzwonisz w jakiejś konkretnej sprawie?
– Chodzi tylko o to, że... nie, możemy o tym porozmawiać innym razem.

Nie mam siły na te ceregiele, nie mam siły.

– Jak chcesz, tato.
– Jest Tove?
– Weszła właśnie do toalety.
– No, to i tak nic ważnego. Na razie, pa.
Malin stoi ze słuchawką w dłoni. Nikt oprócz taty nie potrafi tak nagle kończyć rozmowy. Jest, a za chwilę już go nie ma.
Tove wraca do kuchni.
– Kto dzwonił?
– Dziadek. Był jakiś dziwny.
Tove siada przy stole, wygląda przez okno.
– We wszystkich ubraniach, które trzeba nosić o tej porze roku, wygląda się brzydko – mówi. – Grubo.
– Wiesz co? – mówi Malin. – Jedzenia starczy też dla Jannego. Zadzwonimy i zapytamy, czy chciałby przyjechać?
Nagła ochota, by się z nim spotkać. Dalej to pociągnąć. Poczuć go. Tak po prostu.
Tove się rozpromienia.
– Zadzwoń ty – prosi Malin, a uśmiech córki znika tak samo szybko, jak się pojawił.
– Sama to zrób, mamo.
Raz, dwa, trzy, cztery, pięć sygnałów. Brak odpowiedzi.
Może ma dyżur w straży.
Tam telefonistka mówi:
– Ma dziś wolne.
Komórka.
Włącza się sekretarka: „Hej, dodzwoniłeś się do Jannego. Po sygnale zostaw wiadomość, oddzwonię".
Żadnej wiadomości.
– Nie złapałaś go?
– Nie.
– To zjemy same, mamo.

Tove śpi w swoim łóżku.
Jest tuż po wpół do dwunastej. Malin rozbudzona na kanapie.
Wstaje, zagląda do pokoju córki. Idealne dziewczęce ciało pod kołdrą, unosząca się i opadająca klatka piersiowa.

Bracia to nie mężczyźni.
Obfitość życia.
Ciepły, ciepły obieg krwi. Inne ciało w innym łóżku.
Janne, Janne, gdzie jesteś? Chodź tutaj. Wróć. Na kuchence stoi potrawka.
Nie mogę. Przez góry w Bośni wiozę worki mąki, pod nami zaminowana droga. Potrzebują mojej pomocy, tutaj.
My cię potrzebujemy.
Malin wchodzi do sypialni. Siedzi nieruchomo na skraju łóżka, gdy dzwoni komórka.
Pędzi na korytarz, z kieszeni kurtki wygrzebuje telefon.
– Tu Daniel Högfeldt.
Najpierw wściekłość, potem rezygnacja, następnie nadzieja.
– Masz coś dla mnie?
– Nie, nic nowego. A jak sądzisz?
– Sądzę, że jesteś tu mile widziana, jeśli chcesz.
– Jesteś w domu?
– Tak. Przyjedziesz?
Malin przegląda się w lustrze w korytarzu, widzi, jak jej twarz traci kontury, im dłużej na nią patrzy.
Po co się opierać?
Szepcze do telefonu:
– Przyjadę, przyjadę, przyjadę.
Przed wyjściem z mieszkania wypija szklankę tequili. Na podłodze w korytarzu karteczka:

Tove
Dzwonili z pracy, jestem pod komórką
Mama

CZĘŚĆ II

BRACIA

[W ciemności]

To wy nadchodzicie?
Z miłością?
Szkice, notatki, mój mały czarny notatnik z małymi czarnymi słowami, obrazy teraźniejszości, przyszłości, przeszłości, krwi.
Nie jestem szalony. To tylko część mnie, która dała za wygraną, która zadrżała w posadach. Co pomogły rozmowy z tym psychologiem?
Notatnik leży w szafie, tu są tylko okruszki po ciastkach, jabłka, skrzynka odbiorcza do opróżnienia, no i to, co trzeba zrobić, co jest już zrobione i co znów należy zrobić.
Wpuśćcie mnie, słyszycie, zimno tu. Wpuśćcie mnie.
Z czego się śmiejecie? Przez wasz śmiech się rozpadam.
Jest zimno i wilgotno.
Chcę do domu. Ale teraz to chyba jest mój dom.
Też chcę się z wami bawić.
Być kochany.
To wszystko.

29

ŚRODA, ÓSMY LUTEGO

Sypialnia Daniela Högfeldta.
Co ja tu robię?
To jego ręce na moim ciele? Jest żarliwy, zdecydowany, przytula, szczypie, wymierza klapsy. Bije? Niech trochę podrapie, trochę może poboleć.
Poddaję się. Niech się dzieje. Jego ciało jest elastyczne i to wystarcza, mam gdzieś, kim jest.
Szare ściany. Moje ręce przy chromowanym szczycie łóżka. Przygryza moje usta, jego język w środku, pompuje, pompuje.
Pot. Minus trzydzieści cztery stopnie.
Tove, Janne, tata, mama, Bengan Piłka, Maria Murvall.
Nade mną Daniel Högfeldt, teraz on decyduje, sądzisz, że jestem twoja, Daniel? Możemy tak poudawać, jeśli chcesz.
To boli. I sprawia przyjemność.
Przejmuje dowództwo, przetacza się, przyciska go do materaca. Wspina się na niego, w niego.
Teraz, Danielu. Teraz.
Znikam w przyjemnym bólu. I jest cudownie.
Czy to nie może być wszystko, czego potrzeba?

Malin leży obok Daniela, siada. Patrzy na śpiące, umięśnione ciało. Wstaje, ubiera się, wychodzi z mieszkania.

Jest piąta. Linköping wyludniony.
Idzie w kierunku komendy.
Słyszałem, jak poszłaś, Malin, nie spałem, ale niczego nie zauważyłaś.
Chciałem cię zatrzymać, chciałem, na zewnątrz jest przecież tak cholernie zimno, chciałem powiedzieć, że pragnę, abyś została. Nawet największy twardziel, na pozór szorstki, potrzebuje ciepła, wszyscy go potrzebują.
W cieple nie ma nic oryginalnego.
A jednak oznacza wszystko.
Grzebię w życiu innych, staram się ujawniać ich tajemnice.
W tym fachu nie ma żadnego ciepła, a jednak go lubię.
Jak się taki stałem?

Bracia Murvallowie.
Adam, Jakob, Elias.
Malin ma przed sobą na biurku ich akta. Wertuje z roztargnieniem papiery, czyta, popija kawę.
Troje ludzi. Ulepieni niemal z tej samej gliny.
Rejestr wykroczeń braci można czytać jak raport z walki bokserskiej.
Pierwsza runda: drobne kradzieże, haszysz, podrasowane motorowery, jazda bez prawa jazdy, utrudnianie wykonywania obowiązków służbowych, włamania do kiosków, kradzieże z ciężarówek Cloetty.
Druga runda: pobicie, bijatyki w knajpach.
Trzecia runda: kłusownictwo, wymuszenie, kradzież łodzi, nielegalne posiadanie broni. Karabin małokalibrowy, Husqvarna.
Potem jakby walka się kończy.
Ostatnie zapisy w aktach braci są sprzed dziesięciu lat.
Co stało się z braćmi Murvallami? Uspokoili się? Założyli rodziny? Wkroczyli na przyzwoitą ścieżkę? Zmądrzeli? Na pewno nie to ostatnie. To się nie zdarza. Raz gangster – gangster już na zawsze.
Który jest najgorszy?

Notowania, protokoły z przesłuchań.

Najmłodszy brat Adam. Palący haszysz, mający skłonności do przemocy motocyklowy wariat – jeśli wierzyć papierom. Pobił do krwi kierowcę w Mantorp po tym, jak ten nie wygrał wyścigu, na który postawił Adam. Zakłady pieniężne? Na pewno. Trzy miesiące w zakładzie karnym w Skänninge. Dwa zabite w lutym łosie. Miesiąc w Skänninge. Pobicie dziewczyny. Rzekoma próba gwałtu. Sześć miesięcy.

Średni z braci Jakob. Według dokumentów analfabeta. Dyslektyk. Ze skłonnością do wpadania w furię. A co taki typ robi? W siódmej klasie podnosi rękę na nauczyciela, kopniakiem przestawia ramię rówieśnika pod kioskiem w Ljungsbro. Poprawczak. Po powrocie handel haszyszem na szkolnym podwórku. Przy próbie zatrzymania przetrąca szczękę policjantowi. Sześć miesięcy w Norrköpingu, wymuszenie od przedsiębiorcy w Borensbergu, prowadzenie pojazdu po pijaku. Rok w Norrköpingu. Potem nic. Jakby krzywizna się wyprostowała.

Najstarszy brat Elias. Modelowy przykład. Talent piłkarski, jako trzynastolatek w drużynie rezerwowej, do czasu, gdy włamał się do sklepiku Klubu Sportowego Ljungsbro i został usunięty z klubu. Nieumyślne spowodowanie śmierci, gdy po pijaku wjechał w drzewo. Sześć miesięcy w Skänninge. Ciężkie pobicie w restauracji Hamlet. Uderzył innego gościa w głowę kuflem. Mężczyzna stracił wzrok w jednym oku.

„Tępy, podatny na wpływy, niepewny siebie". Słowa psychologa. Tępy? Niepewny siebie? Tak się pisze?

Siostrzyczka Maria.

A więc to twoi bracia, Mario? Ci, którzy zawiesili w twoim pokoju plakaty? Adam? W ich języku, w jego języku to chyba oznacza troskę.

Sine ciało Bengta na drzewie.

Zemsta trzech braci?

Czwarta runda: Morderstwo?

Malin przeciera oczy. Popija małymi łyczkami trzecią kawę. Słyszy, jak otwierają się drzwi biura, czuje zimny powiew.

Głos Zekego, chropowaty i zmęczony.
– Wcześnie dziś, Fors? A może po prostu wyjątkowo długa noc?

Zeke włącza radio.
Ściszone.
– Ciekawa lektura, co?
– Jakby się uspokoili – mówi Malin.
– Albo stali się sprytniejsi.
Zeke chce coś jeszcze powiedzieć, ale zagłusza go radio. Piosenka zostaje wyciszona, męczący dżingiel, po czym Malin słyszy miękki głos przyjaciółki: „To był..."
Helen.
Dorastała tam, myśli Malin. Niemal w tym samym wieku co bracia. Może ich zna? Mogę do niej zadzwonić, dzwonię.

– Cześć, Malin.
Przez telefon głos równie łagodny i seksowny jak w radiu.
– Możesz rozmawiać?
– Mamy trzy minuty i dwadzieścia dwie sekundy do końca piosenki. Potem tyle samo, jeśli odpuszczę gadkę.
– Zatem od razu przejdę do rzeczy: Znałaś braci Murvallów, kiedy dorastałaś we Vreta Kloster?
– A co?
– Wiesz, że nie mogę powiedzieć.
– Bracia Murvallowie. Pewnie. Wszyscy ich znali.
– Niesławni?
– Można tak powiedzieć. Znani pod przezwiskiem „Narwani bracia Murvallowie". Okropni. A jednak. Było w tym coś przykrego. Wiesz, należeli do tych, o których wszyscy wiedzą, że nic z nich nie będzie, ale którzy głośno protestują przeciwko tej niesprawiedliwości. Wiesz, tacy, co to od początku są trochę z boku. Jakby, no nie wiem, od początku byli skazani na to, by pukali do bram społeczeństwa i nie zostali wpuszczeni. Jakby naznaczeni. Mieszkali w Blåsvädret – Wiatrowisku. Najgor-

sza wietrzna dziura na równinie. Majątek rodziny Murvallów. Nie zdziwiłabym się, gdyby tam nadal mieszkali.
– Pamiętasz Marię Murvall?
– Tak. Ta, z której miało coś być. Chodziła do równoległej klasy.
– Znałyście się?
– Nie, ona też trzymała się na uboczu. Jakby także była napiętnowana, jakby jej dobre oceny były – wiem, to brzmi strasznie – jedynie bezsensowną przekorą. Bracia zawsze ją chronili. Jakiś chłopak ją prześladował, nie pamiętam z jakiego powodu, więc obtarli mu policzki papierem ściernym. Dwie wielkie rany. Nie miał odwagi powiedzieć nikomu, kto to zrobił.
– A ojciec?
– Niewykwalifikowany robotnik. Nazywali go Svarten, Czarniawy, pamiętam to. Miał raczej jasną karnację, ale mówiono na niego Czarniawy. Uległ jakiemuś wypadkowi, złamał kręgosłup i skończył na wózku. Potem się zapił, chociaż zaczął już wcześniej. Chyba złamał kark, kiedy stoczył się w domu ze schodów.
– Matka?
– Krążyły plotki, że to jakaś wiedźma. Ale była to chyba zwykła gospodyni domowa.
– Wiedźma?
– Plotki, Malin, taka marna wiejska dziura jak Ljungsbro żyje głównie plotkami i pogłoskami.

Głos w radiu.
– Następną piosenkę dedykuję mojej przyjaciółce Malin Fors, najjaśniej świecącej gwieździe policji w Linköpingu.
Zeke uśmiecha się szyderczo.
– Lśnij, Malin. Wkrótce usłyszy o tobie świat. Bada właśnie sprawę Bengta Anderssona. Wszystkich nas tu, w mieście, bardzo to interesuje. Jeśli wiecie coś na ten temat, zadzwońcie do Malin Fors z policji w Linköpingu. Wszystko może mieć znaczenie.
Zeke szczerzy się jeszcze bardziej.

– Teraz w twoim telefonie rozpęta się burza.
Rozlega się muzyka.
– To moja pieśń miłosna. To moja chwila na ziemi...
Głos piosenkarza Plurasa, wibrujący od pragnienia i sentymentalizmu.
– ...jestem, kim jestem... wiejskim kolesiem, mówcie o mnie wiejski koleś...
A kim ja jestem, myśli Malin.
Wiejską babką?
Nie z miłości. Może z przymusu.

30

Gdy kończy się piosenka, na biurku Malin dzwoni telefon.
– A niech to – rzuca Zeke.
– To może być cokolwiek – mówi Malin. – Nie musi mieć nic wspólnego ze sprawą.
Słuchawka zdaje się wibrować z każdym sygnałem, domaga się, by potraktować ją poważnie.
– Malin Fors, policja w Linköpingu.
W słuchawce cisza.
Oddech.
Malin powstrzymuje Zekego gestem uniesionej ręki.
Niewyraźny głos, dopiero co po mutacji.
– To ja, ten od gry telewizyjnej.
Gry telewizyjnej? Malin gorączkowo przeszukuje pamięć.
– *Gnu Warriors*.
– Słucham?
– Przesłuchiwaliście mnie w sprawie...
– Pamiętam – mówi Malin i widzi Fredrika Unninga siedzącego z joystickiem w dłoni w piwnicy willi bogaczy, widzi jego ojca patrzącego na swego syna pełnym dezaprobaty wzrokiem.
– Pytałam cię, czy wiesz coś, co my także powinniśmy wiedzieć.
– Tak, właśnie. Słyszałem w radiu.
Ten sam strach w głosie co wtedy w oczach. Nagłe uczucie, które znika równie szybko, jak się pojawiło.
– A ty coś wiesz?

– Możecie tu przyjechać, pani i ten drugi?
– Wybieramy się dziś w stronę Ljungsbro. Trochę to potrwa. Ale potem przyjedziemy.
– Nikt nie musi wiedzieć? Prawda? Że byliście?
– Nie, to może zostać między nami – mówi Malin i myśli: Ale to oczywiście zależy od tego, co powiesz. Uderza ją, z jaką łatwością kłamie młodemu człowiekowi prosto do słuchawki, jak długo to służy śledztwu, jej własnym celom. Wie, że sama nie zniosłaby takiego traktowania. A jednak to robi: – To zostanie między nami.
– Okej.
Klik i pytająca mina Zekego po drugiej stronie biurka.
– Kto?
– Pamiętasz Fredrika Unninga? Tego nastolatka grającego w grę telewizyjną w dużej chacie?
– On?
– Tak, chce o czymś opowiedzieć. Ale najpierw zajmijmy się Murvallami. Jak sądzisz?
– Murvallowie. – Zeke wskazuje na drzwi. – Ciekawe, co może leżeć na sercu chłopaczkowi Unningowi?

– Gdy tylko przejdziesz na drugą stronę drogi, ceny nieruchomości obniżają się o trzydzieści procent – mówi Zeke, skręcając przy opustoszałej stacji benzynowej Preem na drogę prowadzącą do skupiska domów znanych pod nazwą Blåsvädret. Mróz trzaska gniewnie na zewnątrz auta. Zimno wkręca się w wiatr, wichura podrywa śnieg z martwych zasp, pył obmywa szybę przezroczystymi falami.
– Jasna cholera, ale wieje – utyskuje Malin.
– A niebo jest białe.
– Cicho, Zeke, stul pysk.
– Uwielbiam, kiedy używasz banałów, Malin, kocham to. Okropne miejsce. Takie jest pierwsze wrażenie.
Idealnie mieć obok siebie Zekego. Bo jeśli coś się stanie, wiadomo, że zareaguje w ułamku sekundy. Jak wtedy, gdy ćpun w Lambohov przycisnął jej do szyi strzykawkę. Nawet

nie zauważyła, jak Zeke wytrącił mu strzykawkę z ręki, powalił go kopniakami i dalej kopał w brzuch.
Musiała przytrzymać kolegę.
– Spokojnie, Fors, będzie to wyglądało na kilka ciosów pięścią. Ale sprawia więcej bólu. Chciał cię przecież zabić. A na to nie możemy pozwolić, prawda?
Kolejna, jeszcze potężniejsza zamieć.
– Cholera, ale dziwne, po drodze prawie wcale nie wiało. O co tu chodzi?
– Blåsvädret to trójkąt bermudzki – mówi Zeke. – Wszystko może się tu zdarzyć.
Tylko jedna ulica.
Blåsstigen – Wietrzna dróżka.
Pięć czerwonych drewnianych domów po jednej stronie, garaże i warsztaty po drugiej, chałupa z cegły piaskowo-wapiennej z zasłoniętymi żaluzjami. Dalej większy, pomalowany na biało dom, tam, gdzie kończy się droga, prawie niewidoczny wśród zawiei.
Domy niezamieszkane przez rodzinę Murvallów są ciche, ich mieszkańcy są pewnie w pracy. Zegar na tablicy rozdzielczej pokazuje 11.30, wkrótce pora lunchu i Malin czuje ściskanie w żołądku.
Jedzenie, za kawę dziękuję.
Bracia Murvallowie mieszkają po sąsiedzku. Dwa ostatnie drewniane budynki i dom z cegły należą do nich, a biała willa do matki. Okna w drewnianych domach czarne, wraki samochodów stoją w nieładzie na działkach, do połowy pokryte śniegiem i lodem. Ale w domu z cegły za żaluzjami pali się światło, zniszczony, powyginany, czarny żelazny płot chwieje się na wietrze. Do warsztatu naprzeciwko prowadzą ciężkie, zardzewiałe żelazne drzwi, a przed nim stoi stary zielony range rover.
Zeke zatrzymuje samochód.
– Dom Adama – mówi.
– Chyba zadzwonimy.
Zapinają kurtki, wysiadają. Więcej wraków. Ale nie takich jak Jannego. Te są nie do odratowania, żadna troskliwa ręka

nie czeka, by się nimi zająć. Na wjeździe do garażu zielona skoda pick-up. Zeke zagląda na platformę, przeciąga rękawicą po śniegu, kiwa głową.

Wiatr, tego się nie da opisać, wściekle gwałtowne uderzenia, którym towarzyszą drobne, nieodłączne podmuchy arktycznego chłodu, bez trudu i uporczywie przedzierające się przez materiał kurtki, wełnę golfu.

Piasek na betonowych schodach. Dzwonek nie działa, Zeke wali w drzwi, ale odpowiada mu cisza.

Malin zagląda przez zieloną szybę w drzwiach. Niewyraźne kontury korytarza, dziecięce ubrania, zabawki, szafa na broń, bałagan.

– Nikogo nie ma w domu.

– Pewnie pracują o tej porze – wysuwa przypuszczenie Malin.

Zeke potakująco kiwa głową.

– Może zrobili się z nich uczciwi ludzie.

– Dziwne. Zauważyłeś, że wszystkie te domy mają ze sobą coś wspólnego?

– Są takie same – mówi Zeke. – Nie w sensie fizycznym, ale jeśli domy mają duszę, to te mają wspólną.

– Idziemy do domu matki.

Chociaż biały drewniany dom znajduje się tylko siedemdziesiąt pięć metrów w dół drogi, nie da się odróżnić niczego oprócz zarysu fasady oraz białego drewna, które od czasu do czasu lśni na tle otaczającej bieli.

Idą w tamtę stronę.

Kiedy się zbliżają, rozwiewa się śnieżny dym i opary mrozu. Cały ogród pełen jest wysokich jabłoni. Czarne gałęzie rozczapierzają się na wietrze. Malin wdycha powietrze przez nos, zamyka na chwilę oczy i stara się poczuć zapach kwiatów jabłoni i owoców, który musi się tu rozchodzić wiosną i późnym latem.

Ale teraz świat jest pozbawiony zapachu.

Otwiera oczy.

Fasada domu osiadła, a spaczone drewno wydaje się zmęczone, a jednak nieskończenie przekorne. Przez okno sączy się światło.

– Mamusia jest chyba w domu – mówi Zeke.
– Tak – odpowiada Malin i zanim zdąży jeszcze coś dodać, ktoś jej przerywa.
Wysoki mężczyzna, z tygodniowym zarostem wokół wyraźnie wykrojonych ust. Ubrany w zielony kombinezon roboczy. Stoi na ganku w otwartych drzwiach wejściowych i wpatruje się w nich.
– A kim wy, do kurwy nędzy, jesteście? Jeśli wejdziecie na działkę, przyniosę sztucer i odstrzelę wam łby.
– Witamy w Blåsvädret. – Zeke uśmiecha się zaciekawiony.

– Jesteśmy z policji.
Malin unosi legitymację, gdy podchodzą bliżej mężczyzny na ganku.
– Możemy wejść?
Teraz Malin ich widzi.
Wszystkich tych ludzi, rodzinę, która patrzy na nich przez okno białego domu: zmęczone kobiety, dzieci w różnym wieku, kobietę w chustce o głęboko osadzonych czarnych oczach nad szpiczastym nosem, z cienkimi pasmami siwych włosów opadających na szklistą skórę policzków. Malin patrzy na twarze, połówki ciał w oknach i myśli, że ci ludzie są jakby zrośnięci fragmentami ukrytymi przed jej wzrokiem. Że ich uda, kolana, łydki i stopy są ze sobą połączone, nierozerwalne, inne, ale i lepsze, silniejsze.
– Czego od nas chcecie?
Mężczyzna na ganku ciska słowa w ich stronę.
– A z kim mamy zaszczyt rozmawiać?
Bezpośredniość Zekego odnosi chyba skutek.
– Elias Murvall.
– No więc, Elias, wpuść nas i nie każ nam stać na tym mrozie.
– Nikogo nie wpuszczamy.
Z domu słychać ostry kobiecy głos, który zdradza, że jego posiadaczka jest przyzwyczajona dostawać to, czego chce.
– Wpuść policję, chłopcze.

Elias Murvall ustępuje na bok, idzie za nimi na korytarz. Uderza ich zapach spalonej kapusty.

– I zdejmujecie buty – znów rozlega się ten sam głos.

W korytarzu pełno zimowych ubrań, dziecięcych kurtek w jaskrawych kolorach, tanich kurtek pikowanych, płaszcz wojskowy. Na wprost salon; meble stylowe na dywanach Wilton, reprodukcje skąpanych w słońcu wschodniogotyjskich pastwisk Johana Krouthéna. Niepasujący do tego wnętrza ekran komputerowy, najcieńszy z możliwych.

Malin zsuwa caterpillary, w samych skarpetkach czuje się zdana na łaskę tych ludzi.

Kuchnia.

Przy gigantycznym, nakrytym do obiadu rozkładanym stole na środku pokoju siedzi pewnie cała rodzina Murvallów, cicho i wyczekująco, więcej osób niż przed chwilą w oknie, niezrośniętych. Malin dolicza się trzech kobiet z małymi dziećmi, z niemowlakami na rękach. Na pozostałych krzesłach dzieci w różnym wieku; czy niektóre z nich nie powinny być teraz w szkole? Nauczanie w domu? A może są za małe?

W pokoju jeszcze dwóch mężczyzn, jeden z krótko przyciętą bródką, drugi świeżo ogolony. Są ubrani w takie same kombinezony jak Elias, którego spotkali w drzwiach, i mają ten sam nieokrzesany, emanujący siłą wygląd. Ten świeżo ogolony, który wygląda na najmłodszego, to musi być Adam. Stuka w serwetę na stole, jakby to były drzwi, jego oczy są tak ciemnoniebieskie, że wydają się niemal czarne. Średni brat, Jakob, łysiejący, siedzi przy kominku, pod kombinezonem wyraźnie rysuje się brzuch. Patrzy na nich zamglonym wzrokiem, jakby już tysiąc razy natknął się na policjantów, którzy czegoś od niego chcą i których tysiąc razy prosił, by się od niego odpieprzyli.

Matka stoi przy garnkach. Niska, chuda babcia ubrana jest w czerwoną spódnicę i szarą kamizelkę. Odwraca się do Malin.

– W środy moja rodzina je pudding z kapusty.

– Pycha – chwali Zeke.

– A co on tam wie? – mówi matka. – Czy jadł mój pudding z kapusty?

Jednocześnie wskazuje jedną ręką na Eliasa gestem, który mówi: Dobra, siadaj do stołu. I TO JUŻ.

Niektóre z dzieci tracą cierpliwość, zeskakują z krzeseł i wybiegają z kuchni do salonu, a potem po schodach na piętro.

– No?

Staruszka gapi się na Malin, potem na Zekego.

Zeke nie waha się, raczej się lekko uśmiecha, kiedy wyrzuca z siebie:

– Jesteśmy tu w związku ze śmiercią Bengta Anderssona. Brano go pod uwagę, badając sprawę gwałtu na pani córce Marii Murvall.

I Malin przez chwilę robi się ciepło na duchu, choć tak naprawdę nie powinno, zważywszy na to, co słyszy. Ale dokładnie tak powinno być. Zeke jest nieustraszony, wchodzi prosto w gniazdo os. Wzbudza szacunek. Czasem o tym zapominam, ale w takich chwilach wiem, dlaczego go podziwiam.

Wszyscy przy stole mają kamienne twarze.

Jakob Murvall wyciąga się ospale ponad blatem, wyjmuje papierosa z paczki z żółtymi blend i zapala. Dziecko na kolanach jednej z kobiet popłakuje.

– Nic na ten temat nie wiemy – stwierdza kobieta. – Prawda, chłopcy?

Bracia przy stole przytakują.

– Nic – szczerzy się Elias. – Nic.

– Waszą siostrę zgwałcono. A jeden z tych, którzy pojawili się w śledztwie, został zamordowany – powtarza Zeke.

– Co robiliście w nocy ze środy na czwartek? – pyta Malin.

– Nie mamy zamiaru nic wam mówić – mówi Elias, a Malin myśli, że wypowiada te słowa przesadnie hardo, jakby nie chciał okazać przed pozostałymi swojej słabości.

– Ależ tak, nawet musicie. Wasza siostra...

Adam Murvall zrywa się, rozkłada ręce i wydziera się nad stołem:

– Ten drań mógł zgwałcić Marię. Teraz nie żyje i cholernie dobrze się stało.

Kolor jego oczu z niebieskiego przechodzi w czarny, gdy wyrzuca z siebie słowa pełne gniewu.

– Może teraz zazna spokoju.
– Chłopcze, siadaj.
Głos matki od kuchenki.
Popłakuje więcej dzieci, kobiety starają się je uspokoić, a Elias Murvall wciska brata w krzesło.
– No – mówi matka, gdy znów zapada cisza. – Pudding jest już chyba gotowy. Ziemniaki też.
– Ásatrú. Zajmujecie się tym? – pyta Malin.
Tu i ówdzie przy stole śmiech dorosłych.
– Jesteśmy prawdziwymi facetami, nie jakimiś wikingami – odzywa się Jakob.
– Trzymacie w domu broń?
– Wszyscy mamy broń myśliwską – wyjaśnia Elias Murvall.
– Skąd macie na nią pozwolenie, biorąc pod uwagę waszą przeszłość?
– A, te nasze grzeszki młodości? Upłynęło już dużo czasu.
– Czy macie broń małokalibrową?
– Gówno was obchodzi, jaką mamy broń.
– Więc nie strzelaliście z małokalibrowej broni w okno Bengta Anderssona? – pyta Malin.
– Jeśli ktoś strzelał w jego okno, to go już teraz pewnie mało obchodzi, nie? – mówi Elias Murvall.
– Chcemy zobaczyć wasze szafy na broń – wtrąca Zeke. – Bo macie pewnie takie? I chcemy wam zadać dużo pytań. Musimy porozmawiać z każdym z was. Albo tu i teraz, albo w komendzie. Sami decydujcie.

Wszystkie kobiety patrzą na mnie, ich oczy próbują pojąć, czego chcę, jakbym miała im zabrać coś, czego w głębi duszy i tak nie chcą, ale czego będą bronić do upadłego.

– Możecie zawezwać moich chłopców na przesłuchanie. A jeśli chcecie zobaczyć szafy, musicie wrócić z nakazem rewizji – mówi babinka. – A teraz chłopcy Murvall będą jeść, no, no, no, wynocha.

– Z panią też chcemy porozmawiać, pani Murvall – rzuca Zeke.

Rakel Murvall unosi nos w stronę sufitu.

– Elias, odprowadź policjantów.

Malin i Zeke stoją na mrozie, patrzą na fasadę, zarysy postaci za coraz bardziej zaparowanymi szybami. Malin myśli, jak to przyjemnie znów mieć na sobie buty.
— Że też można tak żyć, w Szwecji, dzisiaj — mówi. — Całkiem poza nawiasem normalnego życia. Anachronicznie w niemal dziwaczny sposób.
— Bo ja wiem — mówi Zeke, po czym ucieka się do pierwszego wyjaśnienia, jakie mu przychodzi do głowy: — To przez zasiłki. Wszystko przez te cholerne zasiłki. Jestem pewien, że cała ta zgraja żyje z zasiłków dla bezrobotnych, pomocy społecznej i tym podobnych. A zasiłek na taką czeredę dzieciaków to musi być co miesiąc niezły majątek.
— Nie jestem taka pewna co do tych zasiłków. Może ich wcale nie dostają. Ale jednak. Dwudziesty pierwszy wiek. W Szwecji. Rodzina żyjąca wyłącznie według własnych zasad.
— Majsterkują, polują i łowią ryby, podczas gdy my harujemy. Chcesz, żebym im współczuł?
— Może dzieciom. Kto wie, jak im tam jest.
Zeke stoi nieruchomo, chyba się zastanawia.
— Życie poza społeczeństwem nie jest takie niezwykłe, Malin. Nie ma w tym nic anachronicznego. Pomyśl o tej zgrai w Borlänge, Knutby, Sheike i całej cholernej Norrlandii. Jasne, że tacy są wśród nas, i jak długo nie zakłócają powszechnego porządku, nikogo nie obchodzą. Jak się im pozwoli żyć w spokoju ich nędznym życiem, zajmują się sobą. Biedni, stuknięci, imigranci, niepełnosprawni. Nikogo to, Malin, nie obchodzi. Inni szukają w nich tylko potwierdzenia normalności własnej egzystencji. I kim my jesteśmy, by mówić innym, jak mają żyć? Może żyją ciekawiej niż my.
— Trudno mi w to uwierzyć. A jeśli chodzi o Bengta Anderssona, to jest motyw.
Idą do samochodu.
— W każdym razie przyjemni ludzie, ci Murvallowie — podsumowuje Zeke, przekręcając kluczyk w stacyjce.
— Widziałeś wściekłość w oczach Adama?
— Jest ich kilku, mogli to zrobić wspólnie. A przestrzelenie jego okien gumowymi kulami? Dla takich panów to małe

piwo. Musimy załatwić nakaz rewizji. Ale mogą mieć też nielegalną broń. Nietrudno to zorganizować, jeśli się ma odpowiednie kontakty. Podobnie kule.

– Naprawdę sądzisz, że mamy na nich dostatecznie dużo, by uzyskać nakaz? Z prawnego punktu widzenia nie mamy żadnych konkretnych dowodów, że mogli być w to zamieszani.

– Może nie. Zobaczymy, co powie Sjöman.

– Był tak niesamowicie wkurzony, ten Adam Murvall.

– Pomyśl, co byś czuła, gdyby chodziło o twoją siostrę, nie byłabyś wkurzona?

– Nie mam rodzeństwa – mówi Malin. Potem dodaje: – Byłabym wściekła.

31

Z daleka, z tak wysoka, Roxen wygląda jak spłaszczona szarobiała kołdra puchowa. Drzewa i krzewy, jakby udręczone, przy brzegu jeziora, a pola z przodu krótko ostrzyżone, pokiereszowane przez wiatr w oczekiwaniu na ciepło, choć trudno sobie wyobrazić, że ono kiedykolwiek nadejdzie.

Biała cegła i brązowe naroża, pudełko dostawione do pudełka, najlepiej jak się dało w latach siedemdziesiątych, cztery uprzywilejowane przybytki zebrane na wzgórzu nad stromym zboczem.

Pukają do drzwi lwią głową, rozdziawione wypolerowane szczęki.

Gdy poprzednio rozmawiali z Fredrikiem Unningiem, Malin była przekonana, że chłopak chciał coś powiedzieć i tylko ze strachu się powstrzymał. Teraz wie to na pewno i z każdym kolejnym metrem przybliżającym ich do jego domu rośnie w niej oczekiwanie.

Co się tu kryje?

Muszą uważać. Za nią niespokojny Zeke, para z ust, goła głowa, odsłonięta, by zimno wbiło w nią swoje tępe, zakażone haki.

Szczęk za drzwiami.

Rozwierająca się szpara w drzwiach. Trzynastoletnia twarz Fredrika Unninga, niewysportowane, lekko nabrzmiałe ciało w jasnoniebieskim T-shircie Carhatt i szarych wojskowych spodenkach gimnastycznych.

– Ale to trwało. W końcu jesteście – mówi. – Sądziłem, że przyjedziecie od razu.

Gdybyś wiedział, Fredrik, jak trafnie podsumowujesz tą wypowiedzią uczucia wielu obywateli wobec policji, myśli Malin.

– Możemy wejść? – pyta Zeke.

Pokój Fredrika Unninga znajduje się na trzecim piętrze. Ściany obklejone są plakatami skateboardowymi. Bam Markera z Jackassa unosi się wysoko ponad betonową krawędzią, a na posterze w stylu vintage młody Tony Alva sunie boczną uliczką Los Angeles. Zwiewne białe firanki zasłaniają widok z okna, sięgającego od podłogi do sufitu, a różowa wykładzina jest tu i ówdzie poplamiona. W jednym rogu wieża stereo, chyba nowa, i stojący na podłodze telewizor z płaskim ekranem, pewnie ze czterdzieści pięć cali.

Fredrik Unning na brzegu łóżka, teraz skupiony na nich. Znikło gdzieś lekceważenie, które okazywał podczas poprzedniego spotkania. Nie ma jego rodziców, tata agent ubezpieczeniowy zabrał żonę, właścicielkę sklepu, na mały wypad do Paryża. „Czasem tam jeżdżą, mama lubi robić zakupy, a tata jeść. Fajnie pobyć sobie samemu".

W kuchni puste kartony po pizzy, do połowy zjedzone pierożki Gorby's, butelki po napojach, a na środku podłogi przepełniony worek ze śmieciami.

Malin obok Fredrika Unninga na łóżku, Zeke przy największym oknie w pokoju, pod światło jest tylko czarną postacią.

– Wiesz coś o Bengcie Anderssonie, co i my powinniśmy wiedzieć?

– Jeśli coś powiem, nikt się nie dowie, że to powiedziałem, tak?

– Tak – mówi Malin, a Zeke przytakuje i dodaje: – To zostanie między nami. Nikt nie musi wiedzieć, skąd pochodzą nasze informacje.

– Nigdy nie mogli go zostawić w spokoju – mówi Fredrik Unning i gapi się na firanki. – Wciąż się go czepiali. Jak nawiedzeni.

– Bengta Anderssona?

Zeke od okna:

– Kto się go czepiał?

Fredrik Unning znów zalękniony, ciało się zapada, odsuwa się od Malin, a ona myśli, jak strach z latami stał się coraz powszechniejszy, jak kolejni ludzie zdają sobie sprawę, że najpewniejsza jest zawsze cisza, że każde wypowiedziane słowo to potencjalne zagrożenie. Może mają rację?
„Ale to trwało. W końcu jesteście".
– Bengt – mówi Fredrik.
– Kto? W porządku – mówi Malin. – Wykaż się teraz odwagą.
Słowo „odwaga" sprawia, że chłopak się rozluźnia.
– Jocke i Jimmy. Zawsze mu dokuczali, Benganowi Piłce.
– Jocke i Jimmy?
– Tak.
– A jak się naprawdę nazywają? Jocke i Jimmy?
Znów wahanie. Znów strach.
– Musimy to wiedzieć.
– Joakim Svensson i Jimmy Kalmvik.
Wypowiada ich nazwiska zdecydowanym głosem.
– Co to za jedni?
– Chodzą do dziewiątej klasy, prawdziwe wredne świnie. Wielkie i złośliwe.
A czy ty nie powinieneś być w szkole? – myśli Malin, ale nie pyta.
– Co robili Benganowi Piłce?
– Prześladowali go, dokuczali mu, wykrzykiwali różne rzeczy. No i chyba rozpieprzyli mu rower, rzucali w niego woreczkami wypełnionymi wodą, kamieniami i tak dalej. Wlali mu chyba do skrzynki na listy jakąś maź.
– Maź?
Zeke zaintrygowany.
– Mąka, śmieci, woda, keczup, co im wpadło w ręce, wszystko to wymieszane.
– A skąd ty to wiesz?
– Czasami zmuszali mnie, żebym się do nich przyłączył. Inaczej by mnie zlali.
– Zlali?
W oczach chłopaka wstyd, strach.

– Nie muszą chyba wiedzieć, że wam to powiedziałem? Dręczą też koty.
– Koty? Jak to?
– Łapią je i wtykają im do tyłków musztardę.
Odważne chłopaki, myśli Malin.
– Widziałeś to na własne oczy?
– Nie, ale słyszałem. Od innych.
Zeke od okna, głos jak smagający rzemień.
– Czy mogli strzelać z broni w jego okno? Byłeś tam wtedy z nimi?
Fredrik Unning kręci głową.
– Nigdy czegoś takiego nie robiłem. No i skąd by wzięli broń?

Na zewnątrz chmury trochę się rozpierzchły i przez nieliczne szczeliny na szarobiałą ziemię przedostają się niepewne promienie słońca, przez co ta robi się klarowna, wibrująca. Malin wyobraża sobie, jak Roxen musi wyglądać stąd, z góry, latem, w ciepłym świetle, gdy promienie mogą swobodnie igrać po lśniącej powierzchni. Ale niestety, taka zima unicestwia myśl o cieple.
– Jasna cholera – mówi Zeke. – Jocke i Jimmy to niezłe typki. Pierwsza klasa.
– Żal mi tego małego – mówi Malin.
– Żal?
– Chyba widziałeś, jaki jest samotny? Musiał pewnie wiele zrobić, żeby dołączyć do tych twardzieli.
– Więc go nie zmusili?
– Pewnie tak. Ale to wszystko nie jest takie proste.
– Ma chyba w miarę porządny dom.
Słowa Fredrika Unninga: „Ojciec Jimmy'ego pracuje na platformach wiertniczych, a jego mama jest gospodynią domową, ojciec Jockego nie żyje, a jego matka jest chyba sekretarką".
Dzwoni telefon Malin. Na wyświetlaczu numer Svena Sjömana.
– Tu Malin.

Opowiada krótko o wizycie u Murvallów i o tym, co wydobyli z Fredrika Unninga.
– Chcemy od razu przesłuchać Jimmy'ego Kalmvika i Joakima Svenssona.
– Musimy się spotkać – mówi Sven. – To może poczekać godzinę albo dwie.
– Ale...
– Za trzydzieści minut spotkanie grupy śledczej, Malin.

Dzieci opierają się zimie.

Plac zabaw na zewnątrz pokoju konferencyjnego pełen ospale poruszających się małych księżycowych postaci, zataczających się w swoich zimowych kombinezonach. Niebieskie dzieci, czerwone dzieci, no i pomarańczowe dziecko ostrzegawcze; obchodź się ze mną ostrożnie, jestem małe, mogę się popsuć. Przedszkolanki dygocą w szaroniebieskich spodniach z polaru, gęsta para unosi się z ich ust. Gdy nie pomagają jakiemuś malcowi, który się przewrócił, podskakują w miejscu, oklepują ciała.

Jeśli mróz nie zelżeje, trzeba będzie nauczyć się z nim żyć. Jak ze złamanym kręgosłupem.

Relacja Börjego Svärda, rozgałęzienia od Rickarda Skoglöfa. Przesłuchanie dzieciaków, które spędzają życie przed komputerem albo uczestnicząc w grach RPG. „Cokolwiek, byle nie własne życie".

Wahanie w ciele Börjego. Malin widzi je, potrafi je zwęzyć. Jakby całe życie jednego go nauczyło: Nigdy niczego nie przyjmuj za pewnik.

Wyniki poszukiwań.

Rickard Skoglöf spędził normalne dzieciństwo w zwykłym domu robotniczym w Åtvidabergu. Jego ojciec pracował w przedsiębiorstwie Facit, aż do jego zamknięcia, potem w sadzie w Adelsnäs, gdzie jego syn także się zatrudniał w czasie wakacji letnich między siódmą a dziewiątą klasą. Dwuletnia szkoła średnia. Potem pustka. Valkyria Karlsson dorastała w gospodarstwie w Dalslandzie. Po ukończeniu liceum w Dals Ed zdobyła 120 punktów na antropologii w Lund.

Karim Akbar. Również powątpiewa, ale jednak: „Trop Ásatrú. Badajcie dalej, tam coś jest".

Głos nieco zbyt pewny, jakby chciał odgrywać rolę przekonanego, inspiratora.

Johan Jakobsson o zapadłych ze zmęczenia oczach. Grypa żołądkowa, nieprzespane noce, zmiany prześcieradeł. Każdego ranka nowe zmarszczki na czole, coraz głębsze. Tato, gdzie jesteś? Nie chcę, nie chcę.

Malin zamyka oczy.

Nie ma siły na to spotkanie. Chce w teren, do roboty. Przesłuchać *teenage bullies* z Ljungsbro, sprawdzić, co wiedzą. Może zaprowadzą ich dalej, może zdobyli broń i stoją za strzelaniną w mieszkaniu Bengana Piłki, może któreś z ich draństw wymknęło się spod kontroli, kto wie, do czego zdolnych jest dwóch przedsiębiorczych piętnastolatków?

Tove i Markus w mieszkaniu jej rodziców.

Na łóżku.

Malin ma ich przed oczami.

– No i mamy jeszcze tych nastolatków, którzy ponoć dręczyli Bengta Anderssona – mówi Sven Sjöman. – Przesłuchajcie ich z Zekem. Po spotkaniu pojedźcie do ich szkoły. O tej porze pewnie tam są.

Pewnie, Sven, pewnie, myśli Malin.

– Jeśli nie są w szkole, to musimy się dowiedzieć, gdzie mieszkają. Mamy ich numery komórkowe – mówi.

Po chłopakach Malin chce wezwać na przesłuchanie braci Murvallów, ściągnąć babcię, przycisnąć ją. Pogadać z żonami.

Bracia.

Spojrzenia kobiet.

Żadnej uprzejmości, tylko podejrzliwość w stosunku do obcego. Samotne, mimo że trzymają się razem. Czym jest taka samotność? Skąd się bierze? Z powtarzających się złośliwości otoczenia? Z tego, że cały czas napotyka się „nie"? Ze wszystkich stron. Czy ta samotność jest nam nadana? Tkwi w nas wszystkich i jeśli ma okazję, by zakiełkować, staje się nie do wytrzymania?

Świadomość samotności. Strach.

Kiedy po raz pierwszy zobaczyłam tę samotność, tę wrogość w spojrzeniu Tove? Kiedy dostrzegłam w jej spojrzeniu coś poza czystą delikatnością, radością?

Miała może dwa i pół roku. Nagle w niewinności i uroku pojawiło się wyrachowanie, ale także niepokój. Dziecko na zawsze stało się człowiekiem.

Samotność. Strach. Większości udaje się w spotkaniu z drugim człowiekiem, w przynależności do drugiego człowieka, zachować coś z niewyrachowanej dziecięcej radości. Przezwyciężyć tę być może nadaną samotność. Jak to dziś próbował uczynić Fredrik Unning. Wyciągnąć dłoń, jakby zdał sobie sprawę, że zasługuje na coś więcej niż bycie pozostawionym na pastwę losu przez swoich rodziców i zmuszanym do pomagania kolesiom, którzy mają go właściwie gdzieś.

Radość jest możliwa.

Jak u Tove. Jak u Jannego. Mimo wszystko. Jak u mnie.

Ale te kobiety przy stole Murvallów? Gdzie podziała się ich niezmącona radość? Gdzie znikła? Czy już się zupełnie zużyła? Czy może tak być, myśli Malin, gdy Sven podsumowuje wyniki śledztwa, że tej czystej radości jest ograniczona ilość i kiedy się wyczerpuje, zastępują ją niemota oraz oziębłość?

A co się dzieje, gdy człowiek musi poddać się samotności?

Jaka rodzi się wtedy przemoc? W tym punkcie przełomowym? W tym ostatecznym wyobcowaniu?

Dziecko wyciągające ręce ku matce, ku przedszkolance:

Zatroszcz się o mnie, weź mnie na ręce.
Oczywiście, że cię wezmę na ręce.
Nie zostawię cię na pastwę losu.

– Mamo, zostanę dziś u taty na noc, w porządku?

Wiadomość od Tove w poczcie głosowej. Malin odsłuchuje ją, idąc przez otwartą przestrzeń biurową.

Oddzwania.

– Tu mama.

– Mamo, odsłuchałaś moją wiadomość?
– Tak. W porządku. Jak tam dojedziesz?
– Pójdę na stację. Około szóstej tata kończy zmianę, wtedy pojedziemy.
– Okej, i tak będę dziś do późna w pracy.

Słowa Sjömana na spotkaniu: „Wezwałem ich już na przesłuchanie. Jeśli cała rodzina Murvallów nie przyjedzie jutro dobrowolnie, to ich tu przywieziemy. Ale za mało mamy, żeby zdobyć nakaz rewizji w sprawie broni".

Gdy Malin kończy rozmowę z córką, dzwoni do Jannego. Włącza się sekretarka.

– Czy to prawda, że Tove zostaje u ciebie na noc? Chcę potwierdzić.

Siada za biurkiem. Czeka. Widzi, jak w drugim końcu sali Börje Svärd niepewnie podkręca wąsy.

32

Fasada głównego budynku szkoły w Ljungsbro jest matowoszara, kryte dachówką dachy wszystkich pozostałych budynków w podpalanym czerwonym kolorze są pokryte cienką warstwą śniegu; niewielkie wiry zamarzniętych chwil, zastygłe ruchy obrotowe na wielu większych powierzchniach.

Parkują przy salach do prac ręcznych z boksami do majsterkowania stojącymi w rządku w niskich jednopiętrowych budynkach wzdłuż drogi prowadzącej do wsi.

Malin zagląda do sal, pustych, z piłami w spoczynku, tokarkami oraz sprzętem do wypalania i lutowania. Przechodzą obok czegoś, co musi być salą warsztatową; z sufitu zwisają żurawie i łańcuchy, jakby gotowe do użycia. Kiedy Malin odwraca głowę w drugą stronę, dostrzega kontury szpitala dla przewlekle chorych we Vretaliden. Widzi przed sobą Gottfrida Karlssona siedzącego na swoim łóżku, pod pomarańczowym szpitalnym kocem, i słyszy jego ciche ponaglenia: „Co się stało z Bengtem Anderssonem? Kto go zamordował?"

Malin i Zeke idą do głównego budynku, mijając coś, co z pewnością jest szkolną stołówką. Za zamarzniętymi oknami personel szoruje podgrzewacze i lady. Zeke energicznie otwiera drzwi wejściowe, chce uciec od zimna. W przestronnym pomieszczeniu z wysokim sufitem jeden przez drugiego trajkocze około pięćdziesięciu uczniów, a okna z widokiem na szkolne boisko zachodzą gęstą mgiełką.

Nikt nie zwraca uwagi na Malin i Zekego, wszyscy są całkowicie pochłonięci nastoletnimi rozmowami.

Świat Tove.
Tak właśnie wygląda.
Malin zwraca uwagę na chudego chłopaka o długich, czarnych włosach i niespokojnym spojrzeniu, rozmawiającego ze słodką blondynką.
Po drugiej stronie pomieszczenia wywieszka na przeszklonych drzwiach głosi: „Gabinet dyrektora".
– *Vamos* – mówi Zeke, gdy zauważa wywieszkę.
Britta Svedlund, dyrektorka szkoły w Ljungsbro, od razu ich przyjmuje. Może po raz pierwszy za jej kadencji do szkoły przychodzi policja.
Ale prawdopodobnie nie.
Szkoła jest znana z problemów i co roku kilku uczniów zostaje wysłanych do karnego zakładu wychowawczego dla młodzieży trudnej, gdzieś na głębokiej wsi, by tam kontynuować naukę przestępczości na małą skalę.
Britta Svedlund zakłada nogę na nogę, spódnica podjeżdża jej nieco na udzie, odsłaniając więcej nylonowych pończoch, niż jest to przyjęte, i Malin zauważa, że Zekemu trudno jest opanować wzrok. Choć chyba nie uważa, że kobieta siedząca przed nimi jest ładna, taka pomarszczona od palenia, zniszczona i siwa.
Przekleństwo mężczyzn, myśli Malin i sadowi się na niewygodnym krześle dla gości.
Ściany pokrywają regały na książki i reprodukcje obrazów Brunona Liljeforsa. Na biurku króluje sędziwy komputer. Po wysłuchaniu powodów wizyty Malin i Zekego Britta Svedlund mówi:
– Kończą wiosną, Jimmy Kalmvik i Joakim Svensson, Jimmy i Jocke. Jeszcze tylko kilka miesięcy. Miło będzie się ich pozbyć. Co roku mamy jakieś zakały, niektórych możemy odsyłać. Joakim i Jimmy są bardziej szczwani. Ale robimy, co możemy, by wyszli na ludzi. – Malin i Zeke muszą mieć pytający wyraz twarzy, bo Britta Svedlund mówi dalej: – Nigdy nie robią nic wbrew prawu, a gdyby nawet zrobili, toby nigdy nie wpadli. Pochodzą z porządnych rodzin, czego nie można powiedzieć o pozostałych w tej szkole. Stosują mobbing wobec

innych uczniów i nauczycieli. Trenują też sporty walki i jestem przekonana, że każda lampa zniszczona w tej szkole została przez nich kopnięta.

– Potrzebujemy numerów do ich rodziców – mówi Zeke. – Adresów domowych.

Britta Svedlund wystukuje coś na klawiaturze, po czym zapisuje nazwiska, adresy i numery.

– Proszę. – Podaje Malin karteczkę.

– Dziękuję.

– A Bengt Andersson? – pyta Zeke. – Wie pani, czy mogli mu coś zrobić?

Britta Svedlund nagle staje się czujna.

– Jak właściwie zdobyliście tę informację? Nie wątpię w jej prawdziwość. Ale skąd wiecie?

– Nie możemy tego ujawnić – wyjaśnia Malin.

– Co robią poza murami szkoły po zajęciach, to mnie, szczerze mówiąc, nie obchodzi. Gdybym miała się przejmować tym, co uczniowie robią w wolnym czasie, tobym oszalała.

– Więc nic pani nie wie – mówi Zeke.

– Otóż to. Wiem tylko tyle, że nie mają więcej nieusprawiedliwionych nieobecności niż to dozwolone, aby mogli mieć wystawione oceny, które są zresztą zaskakująco dobre.

– Są teraz w szkole?

Britta Svedlund klika w klawiaturę.

– Macie szczęście. Właśnie zaczynają zajęcia z prac ręcznych. Niechętnie je opuszczają.

W sali do prac ręcznych pachnie świeżo wyheblowanym i przypalanym drewnem, w jądrze zapachów panujących w sali tkwi także ślad farby i rozpuszczalnika.

Kiedy wchodzą do sali, nauczyciel, mężczyzna w wieku około sześćdziesięciu lat, ubrany w szarą kamizelkę, o twarzy porośniętej równie szarą brodą, zostawia ucznia przy tokarce i wychodzi im na spotkanie.

Wyciąga rękę pokrytą wiórami i kurzem, cofa ją, uśmiecha się, a Malin zwraca uwagę na jego ciepłe niebieskie oczy, które z wiekiem najwyraźniej nie straciły blasku. Unosi rękę w geście powitania.

– Yyy – mówi, a Malin czuje mocny zapach kofeiny i tytoniu, klasyczny oddech nauczyciela. – Musimy się przywitać jak Indianie. Mats Bergman, nauczyciel prac ręcznych. Za mną macie klasę 9b. Jesteście, jak rozumiem, z policji? Britta przedzwoniła i powiedziała, że idziecie.

– Zgadza się – potwierdza Malin.

– Wie pan więc, kogo szukamy. Są tu? – pyta Zeke.

Mats Bergman przytakuje.

– W głębi sali. W malarni. Ozdabiają wzorami bak motoroweru.

Za nauczycielem Malin widzi malarnię, a w niej dwóch chłopaków wciśniętych w róg z szarozielonymi puszkami farby na półkach za porysowanymi przeszkleniami. Siedzą, więc Malin może tylko dostrzec ich blond czupryny.

– Mogą być problemy? – pyta.

– Nie tutaj – mówi Mats Bergman i znów się uśmiecha. – Wiem, że potrafią być impulsywni. Ale tu się zachowują.

Malin gwałtownie otwiera drzwi do szklanej klatki w malarni. Chłopcy siedzący na taboretach podnoszą wzrok, najpierw obrzucają ją ospałymi spojrzeniami, które potem stają się czujne, spięte i niespokojne. Ona patrzy na nich z całym autorytetem, jaki potrafi z siebie wykrzesać. Czerwona trupia czaszka namalowana na czarnym baku.

Dręczyciele?
Tak.
Strzelcy?
Może.
Mordercy?
Kto wie? To pytanie musi pozostawić otwarte.

Obaj chłopcy wstają, są umięśnieni i o głowę wyżsi od niej, obaj ubrani w obszerne dżinsy w hiphopowym stylu i bluzy z kapturem z logo WE.

Pryszczate twarze nastolatków, dziwnie podobne do siebie

w swojej szczenięcości, kościste policzki, za duże nosy, buchająca mieszanina żądzy i nadmiaru testosteronu.

– A wy co za jedni? – pyta jeden.

– Siadaj – syczy zza niej Zeke. – I TO JUŻ.

Chłopak, jakby zawalił się na niego sufit, zostaje wciśnięty w poplamiony od farby stołek, na którym dopiero co siedział. Zeke zamyka drzwi do pomieszczenia. Specjalnie robią przerwę, zanim Malin zaczyna mówić:

– Jestem Malin Fors z policji, a to mój kolega Zacharias.

Wyjmuje legitymację z tylnej kieszeni dżinsów. Unosi ją w stronę chłopaków, którzy wyglądają na jeszcze bardziej zaniepokojonych, jakby w obawie, że dopadła ich teraz cała ta masa krzywd, które wyrządzili.

– Bengt Andersson, wiemy, że go prześladowaliście, zaczepialiście. Teraz chcemy się dowiedzieć, co robiliście w nocy ze środy na czwartek?

Strach w oczach chłopców.

– Który jest który? Jimmy?

Skinął ten w niebieskiej bluzie.

– No – rzuca Malin. – Słucham.

Joakim Svensson zaczyna się tłumaczyć.

– Do cholery, tylko robiliśmy sobie z niego jaja. Trochę mu dokuczaliśmy, bo był taki gruby. Nic wielkiego.

Jimmy Kalmvik ciągnie:

– Był przecież totalnie walnięty z tymi piłkami na meczach. No i śmierdział. Szczynami.

– I dlatego mogliście go dręczyć?

Malin nie może ukryć wściekłości.

– Dokładnie – szczerzy się Jimmy Kalmvik.

– Mamy świadków, który twierdzą, że dokonaliście aktu wandalizmu w domu Bengta Anderssona, że znęcaliście się nad nim, używając kamieni i bomb wodnych. A teraz został zamordowany. Jeśli nie zaczniecie gadać, mogę od razu zabrać was na komendę – mówi Malin.

Włącza się Zeke.

– Tu chodzi o morderstwo. Dociera to do waszych tępych łbów?

– Okej, okej.

Jimmy Kalmvik rozkłada ręce i patrzy na Joakima Svenssona, który potakuje:

– Znęcaliśmy się? Rzucaliśmy za nim kamieniami i odcięliśmy mu prąd w mieszkaniu, wlaliśmy jakieś gówno do jego skrzynki na listy, pewnie, ale przecież jest martwy. Jakie to ma teraz znaczenie?

– To może mieć ogromne znaczenie – mówi Zeke spokojnie. – Dlaczego mielibyście któregoś dnia nie pójść o krok dalej? Może nawet posunęliście się za daleko. Może doszło do awantury. I może go zamordowaliście? Popatrzcie na to z naszej perspektywy, chłopaki. Więc co robiliście w środę wieczorem i potem w nocy?

– Jak mielibyśmy go tam zaciągnąć? – mówi Joakim Svensson, po czym dodaje: – Byliśmy u Jimmy'ego i oglądaliśmy film na DVD.

– Tak, moja matka była u swojego kolesia. Ojciec nie żyje, więc ma nowego. Całkiem do rzeczy typ.

– Czy ktoś może to potwierdzić? – pyta Malin.

– Tak, my – mówi Joakim Svensson.

– Nikt więcej?

– A trzeba?

Nastoletni chłopcy, myśli Malin. W kilka sekund potrafią prześlizgnąć się od arogancji do strachu. Niebezpieczna mieszanka poczucia wielkości i wątpliwości. A jednak: Markus, chłopak Tove, wydaje się zupełnie inny. Co jej córka pomyślałaby o tych dwóch? Niezupełnie są dżentelmenami z powieści Jane Austen.

– Ty nadęty mały typku – mówi Malin. – Morderstwo. Słyszałeś? Żadne cholerne dręczenie kotów. Potrzebne jest potwierdzenie, tego możesz być pewien. Co oglądaliście?

– *Królów Dogtown* – odpowiadają jednocześnie. – Cholernie dobry film – ciągnie Jimmy Kalmvik. – O ekstrakolesiach, takich jak my.

Joakim Svensson szczerzy zęby.

– Nigdy nie dręczyliśmy kotów.

Malin patrzy przez ramię.

Tokarki, szlifierki i piły pracują jak gdyby nigdy nic. Ktoś gorączkowo wbija młotkiem gwóźdź w jakiś przedmiot przypominający skrzynię. Znów odwraca się do chłopaków.

– Czy kiedykolwiek strzelaliście w okna mieszkania Bengta Anderssona?

– My? Skąd byśmy mieli broń?

Niewinne owieczki.

– Interesujecie się wierzeniami Ásatrú? – pyta Zeke.

Obaj mają pytający wyraz twarzy. Głupi albo winni, nie wiadomo.

– Czym?

– Ásatrú.

– A co to, kurde, jest? – pyta Jimmy Kalmvik. – Że się wierzy w *asses*? Pewnie.

Pełnokrwiste świnie, jeszcze zanim dorośli do tego, żeby rozpocząć współżycie. Naprzykrzający się, hałaśliwi. Ale czy niebezpieczni?

– Dręczenie kotów? A więc to on wypaplał, Unning – mówi Jimmy Kalmvik. – Mały gnojek. Niczego nie kuma.

Zeke wyciąga się ku niemu, jego oczy robią się wężowate. Malin wie, jak wtedy wyglądają. Słyszy jego głos, chrypa równie lodowata jak wieczór i noc, które zbliżają się za oknem sali do prac ręcznych.

– Jeśli tkniecie Fredrika Unninga, osobiście dopilnuję, żebyście zżarli własne duszone flaki. Razem z odchodami. Zapamiętajcie to sobie.

33

„Tak, może tu spać".
SMS od Jannego przychodzi o 20.15. Malin jest zmęczona. W drodze do domu w samochodzie z siłowni, musiała oczyścić łeb po całym tym dniu borykania się z za dużą ilością ludzkiego brudu.

Gdy jechali z powrotem na posterunek, Malin, siedząc na fotelu pasażera obok Zekego, pośpiesznie podsumowała sytuację:

Bengt Andersson zaczepiany i szykanowany, a może i coś więcej, przez buzujących testosteronem złośliwców. Jutro przesłuchamy ich rodziców. Zobaczymy, czego się dowiemy. Właściwie nic teraz na nich nie mamy. Krzywdy wyrządzone Bengtowi Anderssonowi, te potwierdzone, uległy przedawnieniu wraz z jego śmiercią i może były jedynie wybrykiem.

Strzały w okno.

Wariaci Ásatrú na równinie. Morderstwo dokonane najwidoczniej na wzór pogańskiego rytuału.

Broń w szafie.

Maria Murvall, niema i cicha, zgwałcona. Przez kogo? Przez Bengta?

Malin chciała na to pytanie odpowiedzieć „nie". Ale wiedziała, że nie można zamykać żadnych drzwi, do żadnego pokoju. Musi za to postarać się ogarnąć to, co jest nie do ogarnięcia. Przysłuchać się głosom w śledztwie.

Co jeszcze może powstać z ciemności równin i lasów?

„Tak..."
Patrzy na pierwsze słowo wiadomości.
Na kilka chwil odwraca uwagę od drogi.
Tak.
Tak sobie kiedyś ślubowaliśmy, Janne, ale nie wyjaśniliśmy sobie, co znajdowało się przed nami. Jak bardzo można być aroganckim?
Malin parkuje, śpieszy się do mieszkania. Podsmaża sobie kilka jajek, opada na kanapę i włącza telewizję. Wpatruje się w program o jakichś labilnych Amerykanach, rywalizujących o to, kto zbuduje najładniejszy i najbardziej idealny motocykl.
Program rozwesela ją w jakiś nieskomplikowany sposób i po kilku przerwach na reklamę wie już dlaczego.
Janne mógłby być jednym z tych Amerykanów, zadowolony aż do granic wytrzymałości, gdy w końcu może porzucić całą codzienność, wszystkie wspomnienia i skoncentrować się tylko na tym, co jest jego prawdziwą pasją.
Na stole widzi butelkę tequili.
Skąd się tam wzięła?
Ty ją tam postawiłaś, Malin, kiedy sprzątnęłaś talerz z resztkami jajek.
Bursztynowa ciecz.
Może troszeczkę?
Nie.
Program o motocyklistach się kończy.
Malin słyszy dzwonek do drzwi i myśli, że to Daniel Högfeldt, który przekroczył swoją ostatnią granicę i dzwoni teraz niezapowiedziany, jakby byli w oficjalnym związku.
Raczej nie, Danielu. Ale może.
Malin wychodzi na korytarz, otwiera energicznie drzwi, nie patrząc przez wizjer. „Daniel, ty cholerny..."
Nie.
To nie Daniel.
Zamiast niego mężczyzna o niebieskoszarych oczach, zapach oleju silnikowego, smaru, potu i wody po goleniu. Rozgorzałe oczy. Krzyczą do niej niemal w furii.

Nadal stoi za drzwiami. Malin patrzy w głąb. Wściekłość, rozpacz, przemoc? Wydaje się o wiele potężniejszy niż tam, w kuchni. Co on tu, u diabła, robi? Zeke, powinieneś tu teraz być. Czy on chce wejść?

Malin ma ściśnięty żołądek, boi się, w ułamku sekundy zaczyna się trząść, niepostrzeżenie. Jego oczy. Drzwi, musi zamknąć drzwi, w stanowczości tego mężczyzny nie ma żadnej szczeniackości.

Usiłuje zatrzasnąć drzwi, ale nie, twardy czarny but z cholewą w szparze drzwi, cholerny but. Walnij w niego, kopnij, nadepnij, ale przez te okucia jej stopy w skarpetkach nic nie mogą wskórać, za to ją ogarnia ból, nagi.

Mężczyzna jest silny. Wkłada ręce w szparę w drzwiach i poszerza ją.

Nie ma sensu się opierać.

Mario Murvall. Czy spotka mnie to co ciebie?

Strach.

Bardziej myśl niż uczucie.

Adam Murvall.

Czy skrzywdziłeś swoją siostrę? Czy to oznacza twoje spojrzenie? Czy to dlatego tak się dziś wściekłeś?

Tylko strach. Pozbyć się go.

Gdzie kurtka z moim pistoletem? Ale on tylko się gapi, uśmiecha się, szczerzy zęby i znów wpatruje się tym błędnym spojrzeniem. Wysuwa nogę, nie wdziera się do środka, cofa ręce, odwraca się i odchodzi równie szybko, jak przyszedł.

Do diabła.

Ręce drżą, ciało tryska adrenaliną, serce kołacze.

Malin wygląda na klatkę schodową. Na schodach leży świstek, drżący charakter pisma:

Niech zostawi Murvallów w spokoju. Niech się odczepi.

Jakby wszystko to było jakąś pieczenią, ciastem, starym zmęczonym mężczyzną. Potem niejasna groźba. Odczepi...

Teraz Malin znów to czuje, strach; kipi, gdy z ciała odpływa adrenalina, zmienia się w przerażenie. Górę bierze gwałtowny, szybki oddech. Gdyby w domu była Tove. Potem przez strach przebija się wściekłość:

Jak, u diabła, mógł być taki głupi?
Mężczyzna za drzwiami.
Mógł mnie mieć, ot tak. Dopaść mnie.
Byłam sama.
Idzie z powrotem w stronę kanapy. Opada na nią. Opiera się pokusie nalania sobie tequili. Mija pięć minut, dziesięć, może pół godziny, zanim się zbiera i dzwoni do Zekego.
– Właśnie tu był.
– Kto?
Nagle Malin nie może sobie przypomnieć jego imienia.
– Ten niebieskooki.
– Adam Murvall? Przysłać kogoś?
– Nie, do diabła. Zwiał.
– Kurwa, Malin. Kurwa. Co zrobił?
– Powiedzmy, że mi groził.
– Od razu go zgarniemy. Przyjedź, jak tylko poczujesz, że jesteś gotowa. Mam po ciebie wpaść?
– Poradzę sobie, dzięki.

Niebieskie policyjne światła, o dwa więcej niż kilka godzin temu. Adam Murvall widzi ich przez okno, stają pod jego domem, przygotowuje się, wie, dlaczego przyjechali, dlaczego zrobił to, co zrobił.
– Człowiek musi się postawić.
I jeszcze tysiąc rzeczy. Młodsza siostra, starszy brat, zdarzenia w lesie, jeśli człowiek sobie wmówi jedną rzecz, ta inna może nie istnieje?
– Adam, jedź do tej szmaty. Daj jej kartkę i odejdź.
– Ale mamo...
– Jedź.
Dzwonią do drzwi. Na górze śpi Anna z dziećmi, bracia śpią w swoich domach. Na ganku czterech umundurowanych policjantów.
– Mogę włożyć kurtkę?
– Jeszcze pyskujesz, gnoju?
I policjanci dopadają go, szamocze się na podłodze, by zła-

pać powietrze, przyciskają go. Anna i dzieci stoją na schodach na piętro, wykrzykują tata, tata, tata.

Na podwórku pozostali policjanci trzymają z daleka jego braci, gdy prowadzą go jak złapanego w sidła dingo do czekającego oddziału specjalnego.

Dalej, w jasnym oknie stoi matka. Widzi ją, mimo że sam ma proste plecy.

34

Zimno tłumi resztki niepokoju i strachu, działanie adrenaliny osłabło. Z każdym krokiem przybliżającym ją do komendy Malin czuje się coraz bardziej gotowa na spotkanie z Adamem Murvallem, a jutro z pozostałymi braćmi. Bo niezależnie od tego, jak bardzo chcą się trzymać poza społeczeństwem, teraz w nie wtargnęli i po tym wtargnięciu nie ma już powrotu, jeżeli kiedykolwiek istniał.

Kiedy Malin przechodzi obok starej straży pożarnej, nie wiedzieć czemu myśli o mamie i tacie. O willi z piaskowo-wapiennej cegły w Sturefors, gdzie dorastała. O tym, jak potem zdała sobie sprawę, że jej mama przez cały czas starała się, by ich dom wydawał się ładniejszy, niż faktycznie był, choć te z niewielu obeznanych osób, które przekroczyły ich próg, musiały widzieć, że autentyczne dywany były niskiej jakości, że litografie na ścianach miały wysokie nakłady; że cały dom tylko aspirował do niezwykłości. A może chodziło o coś innego?

Może powinnam cię o to zapytać, gdy się spotkamy, mamo? Ale ty pewnie zbyłabyś moje pytanie, nawet jeśli wiedziałabyś, o co mi chodzi.

– Co za wariat – mówi Zeke.

Malin odwiesza kurtkę na krześle przy swoim biurku. Cała komenda oddycha oczekiwaniem, a zapach świeżo zaparzonej kawy jest namacalny tak, jak potrafi być tylko rano.

– Niezbyt mądrze, co?

– Bo ja wiem – mówi Malin.
– Co masz na myśli?
– To oni kierują rozwojem wypadków. Nie pomyślałeś o tym? Zeke kiwa głową.
– Nie komplikuj tego jeszcze bardziej. Wszystko w porządku?
– Tak, daję radę.
Z kafeterii wychodzą dwaj mundurowi, policzki mają czerwone od ciepłej kawy.
– Martinsson! – krzyczy jeden z nich. – Czy twój chłopak strzeli Modo kilka bramek?!
– Był cholernie dobry w meczu z Färjestad! – woła drugi.
Zeke ich ignoruje, udaje, że nie słyszy, zgrywa zajętego.
Na ratunek przychodzi mu Karim Akbar. Staje obok niego i Malin.
– Wieziemy go tu – mówi. – Sjöman pilnuje, żeby jednostka do zadań specjalnych go zgarnęła. Powinien tu być lada chwila.
– Za co możemy go zatrzymać? – zastanawia się Malin.
– Zachowywał się agresywnie wobec policjantki w jej domu.
– Zadzwonił do moich drzwi, zostawił kartkę.
– Masz ją?
– Pewnie.
Malin wygrzebuje z kieszeni zmięty świstek, podaje go Karimowi, który go ostrożnie rozwija i czyta.
– Jasne – mówi. – Jasny przypadek utrudniania śledztwa, graniczący z groźbą i agresywnym zachowaniem.
– Dokładnie tak – mówi Zeke.
– To jest skierowane bezpośrednio do ciebie, Malin, jak sądzisz, dlaczego?
Malin wzdycha.
– Bo jestem kobietą. Sądzę, że to takie proste. Napadnij na babę, którą łatwo przestraszyć. Irytujące.
– Uprzedzenia są zawsze irytujące – odpowiada Karim. – Może coś innego?
– Nic mi nie przychodzi do głowy.
– Gdzie jest Sjöman? – pyta Zeke.
– Jest w drodze do komendy.

W recepcji zamieszanie.
Już idą? Nie, na placu żadnych niebieskich świateł.
Wtedy go widzi:
Daniel Högfeldt gestykuluje, zdenerwowany, ale przez kuloodporną, dźwiękoszczelną szybę między biurem a wejściem nic nie słychać. Tylko dobrze znana twarz, odziane w skórzaną kurtkę ciało, które czegoś chce, coś wie, które wydaje się poważne, a jednak w jakiś sposób oddaje się zabawie.

Obok Daniela stoi młoda fotografka. Gorączkowo robi zdjęcia recepcjonistce Ebbie i Malin zastanawia się, czy kolczyk w nosie może się zaczepić o aparat i czy dredy mogą się owinąć wokół obiektywu. Börje Svärd stara się uspokoić Daniela, ale w końcu z rezygnacją kiwa głową i odchodzi.

Daniel rzuca spojrzenie w stronę Malin. Na jego twarzy króluje samozadowolenie. A może też tęsknota? Figlarność? Trudny do odgadnięcia jak mało kto.

Skup wzrok, myśli Malin.

– *Meet the press* – mówi Karim i uśmiecha się do niej, a skóra na jego twarzy zdaje się zmieniać. – A tak poza tym, Malin, wyglądasz na przejętą. Wszystko w porządku?

– Na przejętą? Nigdy byś tak nie powiedział do kolegi płci męskiej – mówi Malin i odwraca się do swojego komputera, stara się wyglądać na pochłoniętą pracą.

Karim znów się uśmiecha.

– Ależ Fors, tak się tylko zastanawiam, w dobrej wierze.

Podchodzi do nich Börje. Nieco rozbawiony wzrok, jak u kogoś, kto ma coś, co ktoś inny chce mieć, ale czego ten ktoś nie dostanie.

– Duma grona prasowego. Chciał wiedzieć, czy Adam Murvall jest podejrzany o morderstwo albo czy zatrzymaliśmy go za coś innego. Wkurzył się, kiedy powiedziałem: „Bez komentarza".

– Nie drażnij prasy bez powodu – mówi Karim. – I tak są już upierdliwi. – Po czym: – Skąd wie, że mamy coś na tapecie?

– Ośmiu policjantów, osiem telefonów komórkowych – mówi Zeke.

– Plus dziesięciu innych – dodaje Malin.

– Plus śmiesznie niskie pensje – dorzuca Karim. Opuszcza

ich i idzie w stronę Daniela.
– Co to było? Próba schlebiania przeciętnym zjadaczom chleba? – pyta Börje.
– Kto wie – mówi Zeke. – Może miał jakieś objawienie i pomyślał o czymś więcej niż eksponowanie własnej twarzy.
– Jest okej – uspokaja Malin. – Przestańcie się zgrywać.
Przed wejściem zaczynają wściekle migać niebieskie światła i wkrótce napakowani na siłowni koledzy otwierają drzwi do białej policyjnej furgonetki.

Mięśnie.
Twarde jak żelazo pięści na przedramionach Adama Murvalla, wygiętych do tyłu i do góry. Metal kajdanków wrzyna się w przeguby. Szarpnięcie i ciało bezwiednie pochyla się w odruchu obronnym. Głowa pochylona, ciągną go do przodu, ich odziane na niebiesko nogi, czarne sznurowane buty i magnetycznie niebieskie światło sprawiają, że pokryty śniegiem asfalt przypomina rozgwieżdżone niebo. Błyski flesza. Automatyczne drzwi, które podjeżdżają do góry. Chłód zostaje zastąpiony innym chłodem.
Ostry głos, kobieta czy mężczyzna?
– Adamie Murvall, wie pan, dlaczego został pan zatrzymany?
Sądzisz, że jestem głupi?
Potem jeszcze jedne drzwi, niebieski i beżowy wzór pod stopami, głosy, twarze, młoda dziewczyna, wąsy.
– Weźcie go od razu do pokoju przesłuchań.
– Do którego?
– Do jedynki.
– Kto?
– Czekamy na Sjömana.
Zdecydowany męski głos. Sądzi, że nie słychać akcentu. Ale jest tylko pieprzonym czarnuchem.

Przez szybę pokoju przesłuchań Malin widzi, jak Sven Sjöman włącza magnetofon, słyszy, jak odczytuje datę, godzinę i własne nazwisko, nazwisko przesłuchiwanego i numer sprawy.

Patrzy, jak Sven sadowi się na czarnym metalowym krześle.
Pokój.
Cztery metry na cztery.
Szare ściany pokryte dziurkowanymi płytami akustycznymi. Duże lustro, które nikogo nie oszuka; za tą szybą jest ktoś, kto mnie obserwuje. Sufit pomalowany na czarno z wpuszczonymi halogenami, należy wzbudzić zaufanie, złamać, wina musi zostać udowodniona, wyznana. Prawda ma wyjść na jaw. A prawda potrzebuje ciszy i spokoju.
Nie ma osoby spokojniejszej niż Sven.
Ma dar.
Umiejętność wzbudzania w obcych zaufania, robienia z wroga przyjaciela. Krótko: „Jak jest tam, gdzie mieszkają? W ich domu? Szczegóły, podaj szczegóły".
Po drugiej stronie stołu Adam Murvall.
Spokojny.
Przed sobą na srebrnej lakierowanej powierzchni stołu trzyma ręce w kajdankach, nad metalowymi pierścieniami zaczynają się pojawiać siniaki. We względnej ciemności kolor jego oczu zaciera się i po raz pierwszy Malin zwraca uwagę na jego nos, jak niepewnie podąża od podstawy i kończy się ostrym koniuszkiem, przechodząc w dwa ładnie uformowane nozdrza.
Żaden chłopski nos.
Żaden nochal, jak mawiają na równinie.
– Więc, Adamie – zaczyna Sven. – Nie mógł się pan powstrzymać?
Zapytany ma kamienną twarz, porusza tylko dłońmi – rozlega się szczęk, gdy metal ociera się o metal.
– Nie musimy teraz o tym rozmawiać. Ani o pana siostrze. Możemy pogadać o samochodach, jeśli pan woli.
– Nie musimy w ogóle rozmawiać – odpowiada Adam.
Sven pochyla się ponad stołem. Głosem, który jest esencją uprzejmości i zaufania, mówi:
– No dalej, niech pan opowie coś o tych wszystkich samochodach na waszych działkach. Pewnie nieźle zarabiacie na częściach?

35

Próżność, Malin. Znajdź w ich opowieściach drogę przez próżność. Wtedy się otworzą, a jak już się otworzą, z reguły większość się układa.
Sven Sjöman.
Mistrz nakłaniania ludzi do zwierzeń.

Adam Murvall myśli, że ten policjant już długo pracuje w swoim fachu, ale nie w tym mieście. Wtedy by mnie pamiętał. Bo chyba nie mógł mnie zapomnieć. Oni nigdy nie zapominają. Chyba że udaje? Stoją za lustrem, gapią się na mnie, gapcie się, co mnie to obchodzi. Sądzicie, że będę gadać, skąd wam to w ogóle przyszło do głowy. Niech was nie obchodzą samochody, ale pewnie, jeśli interesują was samochody, zawsze mogę przecież o nich porozmawiać, to żadna tajemnica.
Adam niechętnie zdaje sobie sprawę, że jego upór nieco słabnie.

– Nie było tu pana dziesięć lat temu – mówi Adam Murvall. – Gdzie pan wtedy był?
– Niech mi pan wierzy – odpowiada Sven. – Moje życie zawodowe to nuda. Dziesięć lat temu byłem komisarzem kryminalnym w Karlstad, potem żonka dostała pracę tutaj, no i trzeba się było ruszyć.

Adam Murvall kiwa potakująco głową, a Malin widzi, że podoba mu się ta odpowiedź. Co go to obchodzi? CV Sjömana. Wtedy do Malin dociera: gdyby Sjöman był tu starym wyjadaczem, pamiętałby braci.

Próżność, Malin, próżność.
– A samochody?
– To? Trochę się w to bawimy.

Adam jest pewny siebie, jego głos brzmi jak świeżo naoliwiony silnik.

– Rozbieramy je i sprzedajemy dobre części.
– Tylko z tego żyjecie?
– Mamy przecież stację benzynową. Tę przy drodze do akweduktu, Preem.
– I z tego się utrzymujecie?
– Na to by wychodziło.
– Znał pan Bengta Anderssona?
– Wiedziałem, kto to. Wszyscy wiedzieli.
– Czy miał coś wspólnego z gwałtem na pana siostrze?
– Od tego niech się pan odpieprzy. Proszę o tym nie mówić.
– Muszę o to zapytać, Adamie, wie pan przecież.
– Niech pan nie mówi o Marii, jej imię nie zasługuje na ten pana bełkot.

Sven poprawia się na krześle, nic w jego ruchu nie zdradza wściekłości z powodu tej zniewagi.

– Czy macie z siostrą dobry kontakt? Słyszałem, że tylko pan ją odwiedza.
– Niech pan nie mówi o Marii. Należy ją zostawić w spokoju.
– To dlatego napisał pan ten świstek?
– Nic tu po was. Sami to rozwiążemy.
– A co pan robił w nocy ze środy na czwartek?
– Jedliśmy kolację u matki. Potem poszedłem z rodziną do domu.
– Ach tak? W takim razie nie powiesiliście Bengta na drzewie? Sami to rozwiązaliście?

Adam kręci głową.
– Świnia.

– Kto? Ja czy Bengt? To pan czy któryś z pańskich braci strzelał w okno jego mieszkania? Zakradliście się tam któregoś wieczoru, dokładnie tak, jak zakradliście się dzisiaj do komisarz Fors? Żeby zostawić wiadomość?
– Nie wiem nic o żadnych strzałach w żadną cholerną szybę. Więcej nic już nie powiem. Możecie tak całą noc. Od teraz tylko milczę.
– Jak pana siostra?
– Co wiecie o mojej siostrze?
– Miała dobre serce. Wszyscy o tym mówią.
Mięśnie twarzy Adama Murvalla nieco się rozluźniają.
– Wie pan, że znalazł się w tarapatach. Prawda? Groźby wobec funkcjonariusza, stawianie czynnego oporu, utrudnianie czynności. Z pana historią to są poważne sprawy.
– Nikomu nie groziłem. Przekazałem list.
– Rozumiem pańską wściekłość, Adamie. Był pan wściekły na tego ohydnego, tłustego Bengta? Który zgwałcił waszą siostrę? Który zniszczył jej dobre serce? Co? Adamie? Czy powiesił pan...
– Powinienem był to zrobić.
– A więc...
– Myśli pan, że pan wszystko wie?
– A czego nie wiem?
– Pierdol się.
Adam Murvall szepcze te słowa i powoli kładzie palec wskazujący na usta.
Sven wyłącza magnetofon, wstaje. Wychodzi z pokoju, zostawia go samego. Siedzi niesamowicie wyprostowany, jakby jego kręgosłup składał się z solidnej belki ze stali, nie do złamania.

– Co wy na to?
Sven Sjöman patrzy na nich wszystkich.
Karim Akbar wyczekujący przy drzwiach.
– Coś tu się nie trzyma kupy – mówi Malin. – Coś.
Ale jej mózg nie może wpaść na to, co.
– Nie wypiera się – mówi Johan Jakobsson.

– To zgraja *tough guys* – mówi Zeke. – Zaprzeczać czy się przyznać? Nigdy, i to, i to byłoby ustępstwem. To nie w ich stylu.
– Sven zdecydował się go zatrzymać. Dziś w nocy umieścimy go w najzimniejszej celi. Może wtedy zmięknie – oznajmia Karim i w grupie robi się cicho. Nikt nie wie, czy żartuje, czy mówi poważnie. – Żartowałem – mówi w końcu. – Myślicie, że chcę zrobić z posterunku kurdyjski mamr?
Śmieje się. Pozostali się uśmiechają.
Zegar na ścianie pokoju z lustrem weneckim. Czarne wskazówki pokazują dwadzieścia po jedenastej.
– Sądzę, że warto porozmawiać z całą rodziną Murvallów. Tak uważam. Jutro – mówi Malin.
– Możemy go zatrzymać na tydzień. Bracia i matka zostali wezwani na jutro. Możemy też ściągnąć żony – dodaje Karim.
Malin widzi przez dźwiękoszczelną szybę, jak dwóch umundurowanych policjantów, brojlery do zadań specjalnych, wyprowadza Adama Murvalla z pokoju przesłuchań do celi w areszcie.

Niebo jest rozgwieżdżone.
Droga Mleczna uśmiecha się do ludzi; odległe światło jest ponure, a zarazem pocieszające i ciepłe.
Malin stoi z Zekem na parkingu, tuż przy czarnym mercedesie Karima Akbara.
Wkrótce północ.
Zeke pali jednego ze swoich rzadkich papierosów. Palce sinieją z zimna, ale to mu nie przeszkadza.
– Powinnaś przystopować, Fors.
Światło gwiazd stygnie.
– Z czym przystopować?
– Ze wszystkim.
– Ze wszystkim?
– Po prostu zwolnij obroty, tempo.
Malin stoi nieruchomo, czeka, aż powróci ciepło chwili, ale ono ociąga się, nigdy nie nadejdzie.

Zeke gasi papierosa, grzebie w poszukiwaniu kluczyków.
– Zabierasz się ze mną?
– Nie, pójdę piechotą. Muszę się trochę przespacerować.

Adam Murvall leży na pryczy w areszcie, naciągnął koc na umięśnione ciało i myśli o słowach, które Czarniawy zawsze mamrotał w kółko, jak mantrę, kiedy siedział pijany na wózku w kuchni.
„W dniu, kiedy popuścisz, masz przerąbane. Przerąbane, kumasz?"
Czarniawy popuścił. I sam nigdy tego nie skumał.
Adam Murvall myśli też o matce, że może na nim polegać, tak jak on zawsze może polegać na niej. Zawsze stała jak mur między nimi a wszystkimi draniami.
Adam nie będzie gadał. Dzieci pewnie już śpią, choć Annie ich uśpienie z pewnością zajęło dużo czasu.
Widzi, jak delikatna pierś Anneli unosi się i opada, pofalowane blond włoski trzyletniego Tobiasa na prześcieradle w małe, niebieskie żaglówki i ośmiomiesięcznego chłopaczka leżącego na plecach w łóżeczku. Adam zasypia, śni o psie stojącym za drzwiami w środku zimy. Jest gwieździsta noc, a pies szczeka tak głośno, że drzwi trzęsą się na zardzewiałych gwoździach, które je trzymają. Adamowi śni się, że siedzi przy nakrytym stole w kuchni w dużym, białym domu; dłoń pokryta drobniutkimi żyłkami odrywa kość od jednego z pieczonych kurczaków na stole i rzuca ją psu przez okno.
Stoi wciąż na zewnątrz w śniegu i szczeka.
Ale gdy dostaje kość, cichnie.
Potem znów zaczyna się ujadanie. Głos:
Wpuść mnie.
Nie każ mi tutaj stać.
Zimno mi.

36

Czwartek, dziewiąty lutego

To nie zły sen.
Tak po prostu jest.
Janne chodzi tam i z powrotem po salonie. Chłopcy z obozu dla uchodźców w Kigali znów przyszli do niego tej nocy, dopiero co. W dłoniach trzymali swoje odrąbane stopy, zbliżali się z nimi do jego łóżka jak z krwawymi trofeami. Brunatna krew kapała mu na prześcieradło, parowała i pachniała świeżo żelazem.
Obudził się w mokrym łóżku.
Pot.
Jak zwykle.
Jakby ciało pamiętało wilgotne noce w dżungli i dostosowywało się do pamięci bardziej niż do teraźniejszości.
Przemyka się po schodach do góry, uchyla drzwi do pokoju Tove. Śpi, bezpiecznie w cieple.
W pokoju gościnnym leży Markus. W porządku chłopak, na tyle, na ile Janne był w stanie ocenić podczas krótkiej kolacji, zanim młody zniknął z Tove w jej pokoju.
Nie powiedział Malin, że Markus będzie tu nocował. Wyglądało na to, że ona nic nie wie, i mógł powiedzieć, że sądził, iż wiedziała. Na pewno by zaprotestowała, ale to przecież w porządku, myśli Janne, znów schodząc po cichu po schodach. Lepiej, żebyśmy mieli na nich oko, żeby nie zakradali się do mieszkania teścia.

Teścia?
Tak pomyślałem?
Zadzwoniłem w każdym razie do ojca Markusa i sprawdziłem, czy takie rozwiązanie jest okej.
Wydawał się sympatyczny. Żaden ważniak, jak większość lekarzy, na których natyka się w szpitalu, kiedy przyjeżdża karetką.

Rano rodzina Murvallów stawiła się na komendzie.
Przybyli tuż po ósmej zielonym range roverem i minibusem peugeotem.
W słońcu lakier obu samochodów wibrował. Pojazdy wypluły ludzi, tak się to Malin skojarzyło.
Klan Murvallów: mężczyźni, żony i dzieci oblegli hol komendy.
Niespokojna paplanina.
Ludzie w punkcie przełomowym.
W oczekiwaniu, żeby nie zrobić tego, czego od nich żądają władze: opowiedzieć. Świadoma kombinacja przekory i rezygnacji w każdym ruchu, minie i mrugnięciu. Niechlujność ubioru, znoszone dżinsy, swetry i kurtki w krzykliwych, staromodnych, niepasujących do siebie kolorach, bród, plamy, smarki dzieci jako spajający to wszystko kit.
– Cyganie – szepnął Börje Svärd do ucha Malin, kiedy obserwowali tę scenę z biura. – Są jak banda cyganów.
Pośrodku grupy siedzi matka.
Jakby samotna wśród pozostałych.

– Ma pani wspaniałą rodzinę – mówi Sven Sjöman i bębni palcami o stół w pokoju przesłuchań.
– Trzymamy się razem – stwierdza matka. – Jak za dawnych czasów.
– Dziś to rzadkość.
– Tak, ale my się trzymamy razem.
– I ile ładnych wnucząt, pani Murvall.

– W sumie dziewięcioro.
– Mogłoby być więcej. Gdyby Maria nie...
– Maria? A czego od niej chce?
– Co pani robiła w noc ze środy na czwartek w ubiegłym tygodniu?
– Spałam. To robi stara babcia nocą.
– A pani synowie?
– Chłopcy? Z tego, co wiem, oni też.
– Czy znała pani Bengta Anderssona?
– Bengta jak, komisarzu? Czytałam o nim w gazecie, jeśli ma na myśli tego, co go powiesili na drzewie.
– Powiesili?
– Tak, czytałam przecież, że było ich pewnie więcej.
– Jak pani synów?
– Wstyd, inspektorze. Wstyd.

Malin patrzy w oczy Sofii Murvall. Worki pod nimi zwisają aż na policzki, ale brązowe włosy wyglądają na świeżo umyte i są zebrane w schludny ogonek na karku. Pokój spotkań zastępuje pokój przesłuchań.
Żona średniego brata, Jakoba. Czworo dzieci, od siedmiu miesięcy do dziesięciu lat. Wyczerpana, niewyspana, wymizerowana aż do szpiku kości.
– Czworo dzieci – mówi Malin. – Może się pani czuć szczęściarą. Ja mam tylko jedno.
– Mogę zapalić?
– Niestety nie. Mamy na to sztywne przepisy. Ale mogę zrobić wyjątek. – Malin przesuwa po stole pustą filiżankę. – Popiół tu.
Sofia Murvall grzebie w kieszeniach zielonej bluzy z kapturem, wyjmuje paczkę papierosów Blend Menthol i zapalniczkę-reklamówkę firmy przewozowej. Zapala papierosa, a słodki, miętowy dym przyprawia Malin o mdłości. Sili się na uśmiech.
– Tam na równinie musi być ciężko.
– Może i nie zawsze jest fajnie – odpowiada Sofia. – Ale kto mówi, że ma być fajnie?

– Jak poznała pani Jakoba?
Sofia ogląda się przez ramię, zaciąga się papierosem.
– Nic pani do tego.
– Jesteście szczęśliwi?
– Ogromnie, ogromnie szczęśliwi.
– Także po tym, co się stało Marii?
– To niczego nie zmieniło.
– Trudno mi w to uwierzyć – mówi Malin. – Jakob i jego bracia musieli się stać strasznie sfrustrowani.
– Opiekowali się swoją siostrą, jeśli o to pani chodzi, i nadal to robią.
– Czy zajęli się też tym, kogo podejrzewali o gwałt? Kiedy wieszali na drzewie Bengta Anderssona?
Pukanie do drzwi.
– Proszę! – krzyczy Malin i przez szparę w drzwiach zagląda świeżo upieczona policjantka Sara.
– Płacze tu jakiś chłopiec. Mówią, że trzeba go nakarmić. Da radę?
Sofia zachowuje kamienną twarz.
Malin kiwa potakująco głową.
Kobieta, która musi być żoną Adama Murvalla, wnosi pulchne płaczące niemowlę i wkłada je w ramiona Sofii. Chłopiec otwiera usta, szuka sutka. Sofia Murvall gasi papierosa. Bluza z kapturem podjeżdża do góry, odsłania nagą pierś, różowy sutek, który chłopiec chwyta.
Rozumiesz swoje szczęście? Czujesz je?
Sofia gładzi chłopca po główce.
– Jesteś głodny, kochanie? – Po czym: – Jakob nie mógł mieć z tym nic wspólnego. Niemożliwe. Każdej nocy śpi w domu, a w ciągu dnia jest w warsztacie. Całymi dniami widzę go przez okno w kuchni.
– A teściowa. Dogadujecie się?
– Tak. Nie ma lepszego człowieka.

Elias Murvall niedostępny, jego wspomnienia jak zamknięta w muszli perła.

– Nic nie powiem. Skończyłem gadać z policją piętnaście lat temu.

Głos Svena Sjömana:
– Nie jesteśmy chyba tacy straszni, zwłaszcza dla takiego twardziela jak ty?
– Jeśli nic nie powiem, jak się dowiecie, co zrobiłem albo czego nie zrobiłem? Sądzicie, że jestem taki słaby, że się przed wami ugnę?
– Otóż to – mówi Sven. – Nie sądzimy, że jest pan słaby. Ale jeśli nic pan nie powie, będzie nam trudno. Chce pan, żeby nam było trudno?
– A jak pan sądzi?
– Czy to pan strzelał...?
Usta Eliasa zszyte niewidzialną nicią chirurgiczną, język sparaliżowany leży luźno w ustach. Jest cicho, pomijając odgłosy wydawane przez wentylację. Ze swojego punktu obserwacyjnego Malin nie słyszy dźwięku, ale wie, że się rozlega, głuche mechaniczne brzęczenie; świeże powietrze dla ludzi.

Jakob Murvall śmieje się z tego pytania:
– Mielibyśmy mieć z tym coś wspólnego? Poszaleliście? My teraz przestrzegamy prawa, długo byliśmy spokojni, żyjemy w granicach prawa, jesteśmy jak wszyscy inni mechanicy samochodowi.
Börje Svärd:
– Okej, a co powiesz na plotki, że groziliście tym, którzy złożyli ofertę na dom wystawiony na sprzedaż w Blåsvädret. Że groziliście agentowi nieruchomości?
– Plotki. To nasza własność i jeśli składamy najwyższą ofertę, możemy ją kupować, nie?
– Noc ze środy na czwartek? Spałem w łóżku obok mojej żony. No, nie całą noc, ale byłem tam z moją żoną.
– Maria. Nie zasługuje pan, by wypowiadać jej imię. Słyszysz, pieprzony glino? Bengt Andersson... Maria... Bengan Piłka, pieprzona poczwara, Maria powinna była go olać...
Jakob Murvall gwałtownie wstaje.

Męskie ciało, które się załamuje, mięśnie tracą siłę.
– Opiekowała się nim. Jest najdelikatniejszym, najcieplejszym człowiekiem, jakiego Bóg zesłał na tę planetę. Po prostu się nim trochę opiekowała, kumasz to, pieprzony glino? Taka jest. Nikt jej nie potrafi powstrzymać. A jeśli on odwdzięczył jej się tym, co zrobił w lesie, zasługiwał na śmierć, na powrót do piekła.
– Ale wy tego nie zrobiliście?
– A jak sądzisz, glino, jak sądzisz?

37

Odwrót armii, myśli Malin.
 Klan Murvallów ewakuuje się z holu. Dygocząc z zimna, zajmują miejsca w swoich autach.
 Elias i Jakob pomagają matce wsiąść na przedni fotel w busie. Ale czy babcia nie poradziłaby sobie sama?
 Dopiero co stała w holu, w szalu owiniętym wokół głowy, z oczami tak wytrzeszczonymi, jakby miały wypaść z orbit.
 Darła się na Karima Akbara.
 – Chcę zabrać mojego Adama do domu.
 – Prowadzący postępowanie przygotowawcze...
 Karim wychowany w szacunku dla starszych, wyprowadzony z równowagi przez nagłą wściekłość babci.
 – On musi do domu. Teraz.
 Pozostali z rodziny jak mur za nią, na czele z żoną Adama z zasmarkanymi dziećmi przy nogach.
 – Ale...
 – W takim razie muszę go chociaż zobaczyć.
 – Pani Murvall, pani synowi nie wolno przyjmować wizyt. Prowadzący postępowanie przygotowawcze Sven Sjöman...
 – Gwiżdżę na prowadzącego postępowanie przygotowawcze. Spotkam się z chłopakiem. I już.
 I uśmiech, który szybko przechodzi w grymas, nienaturalnie białe zęby w sztucznej szczęce.
 Upór jak widowisko, jak zabawa.

– Zobaczę, co mogę...
– Nic a nic pan nie może, prawda? – Rakel Murvall odwraca się, unosi ramię i rozpoczyna się odwrót.
Zegar na ścianie w holu pokazuje 14.50.

Pokój spotkań. Za zimno, żeby wywietrzyć, nadal więc unosi się w nim smród mentolowych papierosów.
– Lisbeth Murvall daje alibi swojemu mężowi Eliasowi – stwierdza Malin.
– Wszyscy dają sobie nawzajem alibi – mówi Zeke. – W taki czy inny sposób.
Johan Jakobsson:
– I chyba nie mają innego powiązania z Bengtem Anderssonem niż to, że był klientem ich siostry i pojawił się w śledztwie dotyczącym gwałtu.
– Powinniśmy jednak przeprowadzić rewizję w Blåsvädret – sugeruje Sjöman. – Chcę wiedzieć, co jest w tych domach.
– Mamy na nich dostatecznie dużo? – Karim Akbar powątpiewa. – Motyw, kilka poszlak. To wszystko.
– Wiem, co mamy, a czego nie. Ale to wystarczy.
– Tylko trochę popatrzymy – mówi Börje Svärd. – To przecież nic takiego. Prawda?
Tylko przewalimy-do-góry-nogami świat, myśli Malin. Poza tym nic takiego.
– Załatwcie nakaz rewizji.
– Okej – mówi Karim.
– Chcę przesłuchać rodziców Joakima Svenssona i Jimmy'ego Kalmvika – mówi Malin. – Ktoś musi potwierdzić, co robili w środę wieczorem. I może dowiemy się więcej o tym, jak dręczyli Bengta Anderssona.
– Strzały. Nadal nie wiemy, kto strzelał – przypomina Zeke.
– Zrobimy tak – mówi Sven. – Najpierw rewizja. Potem możecie pogadać z rodzicami chłopaków.
Malin kiwa głową, myśli, że w Blåsvädret potrzebują wszystkich zasobów. Kto wie, do czego są zdolni ci szaleńcy.
Potem słyszy przestraszony głos Fredrika Unninga: „To zo-

stanie chyba między nami..." – i myśli, że to jej cholerna powinność pociągnąć ten wątek śledztwa jak najdalej.
– Do Blåsvädret – zarządza Johan i wstaje.
– Gdy się pogrzebie w mule, coś się zawsze pojawi – mówi Börje.

Muł, sporo na ten temat wiesz, co, Börje?
Tkwisz w tym mule, kiedy rozbudzony leżysz obok żony i słyszysz, jak trudno jej przychodzi oddychanie, kiedy jej zanikająca przepona ledwo dźwiga płuca.
Czujesz, jak pokrywa cię plucha, ssak do odsysania flegmy w twoich palcach nocą, w słabo oświetlonej sypialni, kiedy chce, byś to ty się nią zajmował zamiast tych bezimiennych pielęgniarzy.
Tak, ty, Börje, wiesz wiele o mule. Ale wiesz też, że istnieje coś poza nim.
Po swojemu czekałeś, aż piłki będą przelatywać przez ogrodzenie, żebyś mógł je z powrotem wrzucać. Ale nikt nigdy nie śmiał się z twoich ruchów.
Nigdy nie byłeś tak naprawdę, naprawdę głodny, Börje. Tak naprawdę samotny. Niebezpiecznie samotny. Tak samotny, żeby wbić naostrzoną siekierę w głowę twojego ojca.
Unoszę się nad równiną, zbliżam się do Blåsvädret, widziane z góry to niewielkie skupisko domów wygląda jak małe kropki na nieskończenie białym obrusie, drzewo, gdzie wisiałem – płatek popiołu jakieś dziesięć kilometrów na zachód. Obniżam się, widzę samochody, marznących policjantów. Murvallów stłoczonych w kuchni w domu Rakel, słyszę ich złorzeczenia, z trudem powściąganą wściekłość. Nie rozumiecie zasad działania szybkowaru, nieschłodzony reaktor, który eksploduje. Przemoc można zamknąć tylko do pewnego stopnia, a wy teraz poruszacie się na granicy. Sądzicie, że ci czterej ubrani w mundury policjanci pod drzwiami potrafią zamknąć przemoc?
W warsztacie, największym, duży biały budynek z cegły.
Malin i Zacharias otwierają drzwi do jednego z najgłębiej położonych pomieszczeń. W środku jest zimno, tylko dziesięć stopni. A jednak czujecie zapach.
Zaprowadziła was tu próżność.

Może ciekawość?
A może pokuta, Malin?
Będziecie się zastanawiać, dlaczego Murvallowie lepiej nie posprzątali, i wasze zdumienie zasieje w was zwątpienie. Co to jest? Co to za zwierzę, które się nie podporządkowuje?
Zobaczycie łańcuchy zwisające z sufitu, dźwigi pomagające ludziom podciągać ku sufitowi albo niebu przedmioty cięższe, niż są w stanie podnieść.
Zobaczycie namacalne ślady.
Poczujecie zapach.
I zaczniecie snuć domysły.

– Widzisz, Zeke?
– Widzę. I czuję zapach.
Odór oleju silnikowego przeważający w pierwszej dużej sali, w wewnętrznym pomieszczeniu jakby się rozrzedza.
– Światło, potrzebujemy więcej światła.
Gigantyczne żelazne drzwi oddzielające pomieszczenia rozsunęły się gładko, dobrze naoliwione. Nie czuć ciężaru, pomyślała Malin, zwracając uwagę na prowadzące aż do drzwi koleiny.
Królestwo lekkości; dobrze naoliwione rozsuwane drzwi.
I pozbawione okien pomieszczenie. Poplamiona betonowa podłoga, z belek sufitowych nieruchomo zwisają łańcuchy, a jednak zdają się szczękać jak małe grzechotniki, żurawie, ładniutkie czarne planety na samej górze na suficie. Przy wszystkich ścianach stalowe ławki, lekko połyskujące w ciemności. No i smród, odór śmierci i krwi.
– Tam.
Zeke wskazuje na ścianę, na włącznik prądu.
Po kilku sekundach pomieszczenie jest skąpane w świetle. Zeke i Malin widzą krew zakrzepniętą na podłodze, na łańcuchach, na schludnych rzędach noży leżących na lśniących stalowych ławach.
– Jasna cholera.
– Zawołaj techników.
– Ostrożnie się stąd wycofujemy.

Malin, Zeke i Johan Jakobsson stoją przy zlewie w kuchni domu Adama Murvalla. Umundurowani policjanci wyrzucają zawartość szuflad w salonie, którego podłoga jest teraz zawalona gazetami, zdjęciami, obrusami i sztućcami.
– A więc całe wewnętrzne pomieszczenie w warsztacie przypomina rzeźnię? Mogli tam to zrobić? – pyta Johan.
Zeke potwierdza.
– A co znaleźliście? – pyta Malin.
– Cała piwnica jest pełna mięsa. Duże białe zamrażarki. Worki oznaczone latami i szczegółami dotyczącymi ćwiartowania, mielone 2001, pieczeń 2004, sarna 2005. Takie same we wszystkich trzech domach. Pewnie też u matki.
– Nic poza tym?
– Tylko okropna masa rupieci. Niewiele papierów. Chyba niezbyt dbają o taką dokumentację.

Przerywa im krzyk z garażu na cztery samochody przy domu Eliasa Murvalla.
– Mamy tu coś.
Radosne głosy żółtodziobów. Czy mój głos też tak brzmiał dziewięć lat temu? – zastanawia się Malin. Kiedy skończyłam szkołę policyjną i odbywałam swój pierwszy patrol, z powrotem w rodzinnym mieście. Z powrotem na dobre?
Malin, Zeke i Johan wypadają z kuchni Adama Murvalla, biegną przez podwórze, na drogę i dalej do garażu.
– Tutaj! – krzyczy jeden z młodych mundurowych i macha do nich. Jego oczy lśnią od ekscytacji, kiedy wskazuje na pakę skody pick-upa.
– Cała paka jest skąpana we krwi – mówi. – Niesamowite.
Raczej nie, myśli Malin, po czym nakazuje:
– Niczego nie dotykać.
Nie zauważa, jak emanującą dumą i szczęściem twarz młodego chłopaka przyćmiewa świerzbiąca wściekłość, którą może wywołać tylko arogancja przełożonego.

Börje Svärd ma napięte mięśnie brzucha, czuje, jak ich siła promieniuje na całe ciało.

Stacja benzynowa jest dobrze utrzymana, to trzeba tym świrom oddać. W sklepiku nic osobliwego, w warsztatach też nie. Zadbane i z aurą kompetencji. Sam mógłby tu zostawić samochód.

Za sklepem małe biuro, trochę teczek na półce, faks. I jeszcze jedne drzwi. Dwie mocne kłódki na zasuwie, ale nie aż tak mocne.

W warsztacie Börje znajduje mocny żelazny pręt. W biurze wsuwa go pod zasuwę, uwiesza się na niej całym ciężarem. Zamki stawiają opór, po czym, kiedy jeszcze raz dociska klatką piersiową, metal ustępuje i belka wylatuje z mocowań.

Börje zagląda do pomieszczenia. Najpierw wyczuwa dobrze znany zapach smaru do broni. W rzędach pod ścianami widzi dubeltówki.

Jasna cholera, myśli. Potem przychodzi mu do głowy, że na stacjach benzynowych często się zdarzają napady rabunkowe. A mając broń, właściciel się tego szczególnie nie obawia. Inaczej przechowywano by ją gdzie indziej.

Uśmiecha się szyderczo.

Słyszy pogaduszki drobnych łotrzyków: „Cokolwiek robicie, nie tykajcie stacji benzynowej w Blåsvädret. Bracia Murvallowie to kompletni wariaci".

Na horyzoncie zapada zmrok, wokół Malin pełna mobilizacja. Mundurowi, cywile, krew, broń, przemarznięte mięso. Rodzina zebrana w kuchni Adama Murvalla podczas przeszukiwania domu babci.

Malin myśli, że czegoś tu brakuje. Ale czego? I wtedy zdaje sobie sprawę. Daniel Högfeldt. Powinien tu być.

Zamiast niego inny gryzipiórek, którego nazwiska nie zna. Fotografka jednak jest, z kolczykiem w nosie i całą resztą.

Malin przyłapuje się na tym, że ma ochotę zapytać o Daniela, ale to niemożliwe. Jaki by podała powód?

Dzwoni telefon.

– Hej, mamo.
– Tove, kochanie, wkrótce będę w domu. W pracy sporo się dzieje.
– Nie zapytasz, jak było w nocy u taty?
– No tak, czy...
– TAK!
– Jesteś w domu?
– Tak. Może pojadę autobusem do Markusa.
Zgiełk przekrzykuje Johan:
– Börje znalazł masę broni na stacji benzynowej.
Malin bierze głęboki, zimny oddech.
– Do Markusa? Świetnie... a zjesz coś?

38

Policzki Karin Johannison jakby chłoną światło reflektorów, a brązowy odcień jej skóry podkreśla szykowna kurtka z lśniącego materiału w kolorze wina. Nie ta sama co wtedy przy drzewie, inna.

Bordeaux, myśli Malin, tak Karin określiłaby ten kolor.

Johannison kiwa głową, gdy zbliża się do Malin drepczącej w miejscu na wjeździe do warsztatu.

– Na chwilę obecną możemy powiedzieć, że to krew zwierzęca. Ale przeczesanie każdego centymetra kwadratowego powierzchni zajmie nam wiele dni. Jeśli o mnie chodzi, to sądzę, że zarzynają tu zwierzęta.

– Niedawno?

– Ostatnio kilka dni temu.

– To raczej nie sezon na polowania.

– Na tym się nie znam – oświadcza Karin. – Ale to nigdy nie powstrzymywało niektórych przed polowaniem przez cały rok.

– Kłusownictwo?

Karin marszczy czoło, jakby już sama myśl o brodzeniu w lesie w trzydziestostopniowym mrozie z bronią na ramieniu wydawała jej się odpychająca.

– Możliwe – mówi Malin. – To są pieniądze. Kiedy mieszkałam w Sztokholmie, zawsze mnie dziwiło, skąd na halach targowych przez cały rok bierze się świeża łosina.

Karin przesuwa wzrok ku garażowi.

– To samo z samochodem. Ale jeszcze nie wiemy.

– Krew zwierzęca?
– Tak.
– Dzięki, Karin – mówi Malin i uśmiecha się, nie wiedząc właściwie dlaczego.
Karin jest zmieszana.
Poprawia czapkę, przez moment widać płatki jej uszu, małe, wklęsłe kolczyki z trzema lśniącymi brylantami.
– Od kiedy zaczęliśmy sobie dziękować za wykonaną pracę? – pyta.

Broń leży w rządkach na rozłożonych na ziemi czarnych workach na śmieci w części sklepowej stacji.
To żaden typowy sklepik na stacji z hot dogami i artykułami żywnościowymi, to taka bardziej hardcorowa stacja, myśli Malin. Kilka obowiązkowych czekolad i stara zardzewiała lodówka do napojów burcząca w rogu to jedyne ustępstwa dla kultury poza olejami silnikowymi, częściami zapasowymi i akcesoriami samochodowymi.
Janne polubiłby to miejsce.
Sztucery z Husqvarny.
Sztychy przedstawiające sarny i łosie, mężczyzn stojących na czatach w zagajnikach, kwiaty.
Śrutówka marki Smith & Wesson.
Pistolety Luger, Colt i SigSauer P225, standardowa broń policyjna.
Żadnych mauzerów. Żadnych wiatrówek. Żadnej broni, z której być może strzelano w okno Bengta Anderssona. Tyle Malin może stwierdzić. W szafach na broń w domach znaleźli tylko zwykłe śrutówki i sztucery. Czy bracia mogą mieć kryjówkę gdzie indziej? A może mimo całej tej broni nie mają nic wspólnego ze strzałami w okno? Tak jak utrzymują.
Najdziwniejsze ze wszystkiego: dwa pistolety maszynowe, modele wojskowe, i granat ręczny.
Wygląda jak jabłko, myśli Malin, zdeformowane jabłko w zmutowanym zielonym kolorze.
– Założę się, że te pistolety i granat ręczny pochodzą z wła-

mania do składu broni w Kvarn pięć lat temu – mówi Börje. – Skradziono dziesięć pistoletów i skrzynię granatów. Niech mnie szlag, pochodzą stamtąd.
Kaszle, stąpa ciężko wte i wewte po pomieszczeniu.
– Mogą z tym rozpętać wojnę – mówi Zeke.
– Może już rozpętali? – mówi Börje. – Kiedy powiesili na drzewie Bengta Anderssona.

Jakob i Elias Murvallowie po obu bokach matki, przy stole kuchennym w jej willi, z tyłu wysunięte szuflady w kuchni, zastawa na stosach na chodniczkach ze skrawków materiału.

Bracia są zacięci, jakby czekali na rozkaz, który musi zostać za wszelką cenę wykonany. Jakby byli na wojnie, myśli Malin, dokładnie tak jak powiedział Börje, jakby lada chwila mieli się wspiąć na krawędź okopu i popędzić na pozycje wroga. Rakel Murvall, matka, jak matrona pomiędzy nimi, dolna szczęka wysunięta nieznacznie do przodu, szyja nieco wygięta do tyłu.

– Zajmijcie się tym, Malin i Zeke – nakazał Sven Sjöman. – Przyciskajcie, groźcie.

W korytarzu, w salonie ubrani w mundury policjanci. „Gdyby czegoś próbowali".

Zeke obok Malin naprzeciwko tego tria. Ustalili to wcześniej, najstarsza sztuczka świata podczas przesłuchania, jeden dobry i jeden zły. Oczy Zekego, wilk na równinie, wietrzący zamarzniętą zimową krew.

– Będę złym policjantem.
– Okej. Dasz radę?
– Z tobą u boku będę twardy.

Malin pochyla się ponad stołem, patrzy najpierw na Jakoba, potem na Eliasa, a na końcu na matkę.

– Wdepnęliście w niezłe tarapaty.

Żadne z nich nie reaguje, oddychają tylko ciężko i miarowo, jakby płuca i mózgi pracowały w tym samym rytmie.

Zeke ciągnie:

– Pięć lat każdy. Co najmniej. Włamanie, kradzież broni, nielegalne posiadanie broni, kłusownictwo, a jeśli znajdziemy

ślady ludzkiej krwi, oskarżenie o zabójstwo. Jeśli znajdziemy jego krew.
– Włamanie? Jakie włamanie? – mówi Elias Murvall.
Matka:
– Ciii, ani słowa.
– Sądzicie, że nie możemy was zamknąć za pistolety maszynowe?
– Nigdy – szepcze Elias. – Nigdy.
Malin widzi, jak coś w tonie jego głosu sprawia, że Zeke przekracza granicę, widziała to już wcześniej; jak mu puszczają hamulce i cały staje się działaniem, połączeniem mięśni, adrenaliny oraz tu i teraz. Nagle okrąża stół. Chwyta Eliasa Murvalla za gardło i ściska, wali jego głową prosto w drewniany blat rozkładanego stołu, przyciska mocno, aż bieleje policzek.
– Ty pierdolony Indianinie z puszczy. Wyrwę ci z dupy te pióra i wetknę do gardła – szepcze Zeke.
– Spokojnie, Jakob – mówi matka. – Spokojnie.
– Zabiłeś go, gnoju, zrobiliście to? Tam, w warsztacie? Jak pierdolonego psa. Wywiesiłeś na drzewie na widok publiczny, żeby pokazać całej pieprzonej równinie, jak to jest, gdy się zaczyna z rodziną Murvallów, co?
– Puszczaj – syczy Elias, a Zeke wzmacnia chwyt. – Puszczaj – skamle i Zeke puszcza, odciąga mu ręce do tyłu.
Siłacz, myśli Malin. Gdyby trzeba było, rozprawiłbyś się z wszystkimi braćmi naraz, co?
– Rozumiem – mówi Malin spokojnie, gdy Zeke powraca na ich stronę stołu. – Jeśli nie potrafiliście odsunąć od siebie myśli, że to może Bengt zgwałcił wam siostrę, jeśli chcieliście po prostu coś z tym zrobić. Ludzie zrozumieją.
– Co nas obchodzi, co myślą ludzie – mówi Jakob.
Matka wychyla się na krześle, zakłada ręce na piersiach.
– Nic a nic, matka – mówi Elias.
– Nie macie dość? – mówi Zeke. – Znajdziemy pewnie krew Bengta w pick-upie i wtedy będziemy mieć dostatecznie wiele, by wysunąć oskarżenie.
– Nie znajdziecie tam jego krwi.
– Musieliście być wściekli. Ulegliście tej złości w czwartek?

Nadszedł czas na zemstę? – Malin patrzy swoim najłagodniejszym głosem, z najbardziej współczującym wzrokiem.

– Weźcie chłopców za kłusownictwo i posiadanie broni – mówi nagle matka. – O reszcie nic nie wiedzą.

Ale pani tak, myśli Malin.

– Ale pani tak?

– Ja? Ja nic nie wiem. Ale opowiedzcie jej o polowaniu, chłopcy, o domku nad jeziorem, opowiedzcie, by w końcu uciąć tę gadaninę.

39

Domek, Malin.
Las.
To, co pełza między pniami drzew tam, na mrozie.
Bracia i matka.
Czy to oni mnie skrzywdzili, Malin? Strzelali w moje okno, powiesili mnie na drzewie? Zadali mojemu ciału wszystkie te rany?
Stawiają opór. Próbują zachować, co ich.
A może to chłopcy?
Wyznawcy?
Pytaniom nie ma końca.
Porozmawiaj z rodzicami chłopców, Malin, wiem, że teraz chcecie to zrobić, ty i Zacharias. Rzucić światło. Chcesz się zbliżyć do prawdy, której, jak sądzisz, szukasz.
Gdzieś tam jest odpowiedź.
Gdzieś, Malin.

Postępuj zgodnie z planem.
Poruszaj się według przyjętych wzorców. Nie odpuszczaj niczego, dopóki nie będziesz całkowicie pewna.
Obiektywnie, Malin.
Ulubione słowo Svena Sjömana.
Drzwi otwarte na oścież, drzwi zamknięte, jak teraz te przed nią.
Palec Zekego na dzwonku, nad nimi czerwony daszek małego mieszkania parterowego, w oknie tuż przy drzwiach jasno, kuchnia, ale nikogo w środku.

Pallasvägen. Trzydzieści parterowych mieszkań zbudowanych w latach siedemdziesiątych, sądząc po stylu, ulokowanych jakby na zapomnianym skrawku równiny tuż za miejskim kąpieliskiem w Ljungsbro. Przed każdym wejściem oblodzone, ale dobrze posypane żwirem ścieżki obrośnięte zmartwiałymi od zimy krzewami, zaśnieżone trawniki.

Jakby wille, a jednak nie, myśli Malin. Jak niby-domy dla tych, których nie stać. Nijaki styl. Czy ludzie w takich domach też są nijacy? Nawet garaże przy okolonych krzewami miejscach parkingowych robią rozlazłe wrażenie.

Mama Joakima Svenssona. Margaretha.

Jest w domu, myśli Malin. Ale dlaczego nie otwiera?

Zeke ponownie dzwoni do drzwi, z jego ust bucha para, biała na tle nadchodzącej czerni wieczoru.

Zegarek w samochodzie pokazywał 17.15, gdy parkowali. Wieczór, a może noc będą długie.

Bracia w areszcie.

Domek w lesie.

Malin słyszy dudnienie kroków na schodach. Szczęka zamek i drzwi się uchylają.

Ci wszyscy ludzie, myśli Malin. Patrzący świdrującym spojrzeniem na świat przez szpary w swoich drzwiach. Czego się boicie?

Widzi ciało Bengta Anderssona na drzewie.

Braci Murvallów.

Rakel. Myślisz, że najlepiej zostawić drzwi zamknięte, Margaretho? Mówi:

– Margaretha Svensson? Jesteśmy z policji w Linköpingu i chcemy zadać kilka pytań o pani syna. Możemy wejść?

Kobieta kiwa głową i otwiera szerzej drzwi. Ciało ma owinięte w biały ręcznik, włosy mokre, a z kręconych blond kosmyków kapie na podłogę. Przedstawianie się i uściski dłoni.

– Leżałam w wannie – mówi Margaretha Svensson. – Ale proszę wejść. Proszę poczekać w kuchni, tylko coś narzucę.

– Czy Joakim jest w domu?

– Nie, Jocke gdzieś wyszedł.

Kuchnia wymaga remontu, biała farba na drzwiczkach szafek łuszczy się, a płyta kuchenki jest zniszczona. A jednak jest tu przytulnie. Polakierowany na brązowo stół i krzesła nie do pary nadają jakieś spokojne dostojeństwo tej prostocie, a kiedy odtaje jej nos, Malin czuje intensywny zapach ziela angielskiego. Zdejmują kurtki, siadają przy stole kuchennym i czekają. Na blacie stoi oliwa i misa z paczkami różnych herbatników.
Pięć minut.
Dziesięć.
Wraca Margaretha Svensson. Ubrana w czerwoną bluzę od dresu i białe spodenki gimnastyczne, umalowana. Nie ma pewnie więcej niż trzydzieści osiem, góra czterdzieści lat, tylko kilka lat starsza od Malin, atrakcyjna, ma ładną figurę, pewnie ćwiczy.
Siada przy stole, pytającym wzrokiem patrzy na Malin i Zekego.
– Dzwoniła dyrektorka i mówiła, że byli państwo w szkole.
– Tak, jak pani może wiadomo, syn pani i Jimmy Kalmvik dręczyli ofiarę morderstwa, Bengta Anderssona – odzywa się Malin.
Margaretha Svensson trawi słowa.
– Dyrektorka wspominała. Nic o tym nie wiem. Ale może. Kto wie, na co potrafią razem wpaść.
– Trzymają się razem? – pyta Zeke.
– Tak, są jak bracia.
– I nie wie pani, co mogli zrobić Bengtowi Anderssonowi? Kobieta potrząsa głową.
– Czy mogli mieć dostęp do broni?
– Do noży i takich tam? Szuflady w kuchni są pełne.
– Broni palnej – wyjaśnia Malin.
Margaretha Svensson wygląda na zaskoczoną.
– Na pewno nie. Absolutnie. Skąd by coś takiego wzięli?
– Wierzenia Ásatrú – mówi Zeke. – Czy Joakim interesuje się takimi rzeczami?
– Jestem pewna, że nie wie, co to takiego. Raczej taekwondo i deskorolka. Na ten temat wie wszystko.
– Jeździ samochodem? – pyta Malin.

Margaretha Svensson bierze głęboki oddech i przeczesuje ręką wilgotne włosy.
– Ma piętnaście lat. Ale kto wie, do czego ci dwaj są zdolni.
– Powiedzieli nam, że w czwartek oglądali film, ale że pani nie było w domu.
– Kiedy wychodziłam około siódmej, byli tutaj, a kiedy wróciłam, Jocke już spał. Telewizor był włączony. Leciał ten film skateboardowy, który zawsze oglądają.
– Gdzie pani...
– Najpierw byłam na aerobiku wodnym. Potem poszłam do mojego przyjaciela. Mogę dać wam numer. Wróciłam do domu o wpół do dwunastej.
– Przyjaciela?
– Mojego kochanka. Nazywa się Niklas Nyrén. Mogę podać jego numer.
– Dobrze – mówi Zeke. – Czy ma jakiś kontakt z pani synem?
– Próbuje. Sądzi pewnie, że chłopak potrzebuje męskiego wzorca.
– Tata Joakima nie żyje, prawda? – pyta Malin.
– Zginął w wypadku samochodowym, kiedy chłopak miał trzy lata. – Margaretha Svensson prostuje plecy. – Starałam się jak najlepiej sama wychować chłopca, zasuwałam na cały etat jako asystentka w cholernej firmie budowlanej i próbowałam wychować go na porządnego człowieka.

Ale ci się nie udało, myśli Malin. Wygląda raczej na gangstera, złośliwego prześladowcę.

Jakby czytając w jej myślach, kobieta mówi:
– Wiem, że nie jest aniołem i daleko mu do tego. Ale jest twardy, a ja go do tego zachęcam, nikt mu nie podskoczy, jest taki do przodu. Dzięki temu jest dobrze przygotowany do walki z wszystkim, co go czeka, prawda?
– Możemy zobaczyć jego pokój?
– Po schodach na wprost.

Zeke zostaje przy stole w kuchni, Malin idzie na górę.

W pokoju panuje zaduch. Samotność. Plakaty skateboardowe. Gwiazdy hip-hopu. Tupac, Outkast.

Pościelone łóżko na jasnoniebieskiej wykładzinie, jasnoniebieskie ściany. Biurko z szufladami. Malin otwiera je, jakieś ołówki, papiery, niezapisany notatnik.

Zagląda pod łóżko, ale nic tam nie ma, tylko kłęby kurzu zbite w rogu.

Noclegownia, myśli Malin.

Następnie myśli, jak to dobrze, że Tove nie spotyka się z takim chłopakiem jak Joakim Svensson, że syn lekarzy to marzenie w porównaniu z tymi twardymi chłopaczkami z równiny.

Kolejny dom to inny świat.

Mimo że to tylko pięćset metrów od parterowego mieszkania Margarethy Svensson.

Duża willa z lat siedemdziesiątych z cegły piaskowo-wapiennej z podwójnym garażem, położona tuż przy zboczu prowadzącym do Göta Kanal, jeden z być może dziesięciu przedobrzonych kwadratowych domów wokół zadbanego placu zabaw, na ulicy przy krzewach zaparkowany czarny miejski jeep subaru.

Palec Malin na popularnym czarno-białym modelu dzwonka, w małym plastikowym okienku pod czarnym polem, tam gdzie umieszczony jest guzik dzwonka, nazwisko napisane drżącym charakterem na karteczce.

Kalmvik.

Ciemno i zimno. W Ljungsbro zapadł wieczór i stopniowo wsącza się noc z coraz bardziej zabójczym ziąbem.

Joakim Svensson i Jimmy Kalmvik byli sami w mieszkaniu od siódmej do wpół do dwunastej. Skąd mogą wiedzieć, że tak faktycznie było? Może wymknęli się i zrobili jakieś okropieństwo? Czy w tym czasie mogli zdążyć zrobić krzywdę Bengtowi Anderssonowi? Zabrać go pod drzewo? A może Joakim Svensson wymknął się po tym, jak jego mama wróciła do domu?

Wszystko jest możliwe, myśli Malin. Kto wie, ile filmów ich zainspirowało. Czy to wszystko mogło być wybrykiem, który zaszedł za daleko?

Henrietta Kalmvik otwiera drzwi na oścież.

Żadnych niepewnych szpar.

– Jesteście z policji, prawda?

Ruda burza włosów, zielone oczy, ostre rysy. Elegancka biała bluzka, eleganckie granatowe spodnie, czterdziestopięcioletnia kobieta, która wie, w czym jej dobrze.

– To pani samochód? – pyta Malin. – Na ulicy?
– A tak. Ładniutki, co?

Henrietta Kalmvik prowadzi ich do środka, pokazuje, żeby odwiesili kurtki w jednym z dwóch korytarzy. Gdy Malin mocuje się z puchowym okryciem, widzi, jak ona sunie przez parkiet do salonu, gdzie królują dwie skórzane sofy wokół stołu z nogami z czerwonego marmuru wyglądającymi jak grube lwie łapy.

Henrietta Kalmvik siada na mniejszej sofie i czeka na nich.

Na podłodze różowy chiński dywan. Na ścianie nad większą kanapą wisi utrzymany w pomarańczowych odcieniach obraz przedstawiający nagą parę na tle zachodu słońca. Za oknem widać pokryty śniegiem basen podświetlony reflektorem. Malin myśli, jak przyjemnie musi być kąpać się w nim rano, gdy jest ciepło.

– Proszę siadać.

I Malin wraz z Zekem siadają obok siebie na dużej kanapie. Skóra się zapada i Malin ma wrażenie, że niemal znika w miękkim obiciu. Zwraca uwagę na drewnianą toczoną misę z lśniącymi zielonymi jabłkami na stole.

– Domyślam się, że dzwoniła do pani dyrektorka – mówi Zeke.
– Tak.

I te same pytania co w wypadku Margarethy Svensson.

Te same pytania, ale inne odpowiedzi.

Zielone oczy Henrietty Kalmvik utkwione w basenie za oknem, gdy mówi:

– Już dawno temu odpuściłam sobie Jimmy'ego. Jest nieznośny, ale jak długo nie robi nic wbrew prawu, ma wolną rękę. Zajmuje pokój w piwnicy z własnym wejściem, przychodzi i wychodzi, kiedy chce. A jeśli twierdzicie, że prześladował Bengta Anderssona, to ja mówię, oczywiście, pewnie. Broń? Możliwe. Przestał mnie słuchać, gdy miał dziewięć lat. Nazywał mnie „pieprzonym babsztylem", kiedy nie dostawał tego, co chciał. W końcu przestałam próbować. Teraz przychodzi

do domu i je. To wszystko. Ja zajmuję się innymi sprawami, należę do klubu Lions i Jazzklubu w mieście. – Henrietta Kalmvik milknie, jakby powiedziała wszystko, co miała do powiedzenia. – Pewnie chcecie zobaczyć jego pokój?
Wstaje i idzie w stronę schodów.
Znów podążają za nią.
W piwnicy przechodzą przez pralnię, inne pomieszczenie z sauną i dużym jacuzzi, aż Henrietta Kalmvik staje przed drzwiami.
– Jego pokój.
Odchodzi na bok.
Pozwala Zekemu otworzyć drzwi.
W pokoju panuje bałagan, wąskie jednoosobowe łóżko niepościelone, ustawione dziwnie pośrodku pokoju, ubrania porozrzucane na nakrapianej na szaro posadzce wśród komiksów, papierków po cukierkach i pustych puszkach po napojach. Pomalowane na biało ściany są puste. Malin myśli, że przez te okna przedostaje się pewnie niewiele światła.
– Wierzcie mi albo nie – mówi Henrietta Kalmvik. – Ale jest mu tu dobrze.
Zaglądają do szuflad w jedynej komodzie, grzebią w rzeczach na podłodze.
– Nic podejrzanego – stwierdza Zeke. – Wie pani, gdzie jest teraz syn?
– Nie mam pojęcia. Gdzieś się pewnie włóczą z Jockem. Ci dwaj są jak bracia.
– A ojciec Jimmy'ego? Można z nim porozmawiać?
– Pracuje na platformie wiertniczej na Morzu Północnym. Za Narwikiem. Trzy tygodnie poza domem, dwa w domu.
– Musi być ciężko tak samej. – Zeke zamyka drzwi do pokoju Jimmy'ego Kalmvika.
– Nieszczególnie. Nie zmęczymy się sobą. No i zarabia dobre pieniądze.
– Ma tam komórkę?
– Nie, ale można zadzwonić na platformę, jeśli to coś pilnego.
– Kiedy wraca do domu?
– W sobotę rano. Porannym pociągiem z Oslo. Ale proszę dzwonić na platformę, jeśli to coś pilnego.

40

Głos po drugiej stronie linii, przez trzaski norweski jest niewyraźny, jakby we śnie. Malin dzwoni, gdy opuszczają podjazd garażowy do domu Kalmvików.

– Ja, hallo. Dere spør etter Göran Kalmvik. Ja, han ikke vært her på litt over en uke nå. Han gikk av skiftet sitt siste tirsdag og er ikke forventet tilbake før om to uker. Jag hører veldig dårlig, veldig... Hvor han måtte være? Hjemme... javel ikke det... ja da aner jeg ikke... jag, han arbeider to uker og er fri tre.

– Jasna cholera – mówi Malin, gdy kończy rozmowę. – Ojca Kalmvika nie ma na platformie. Od ponad tygodnia.

– Jego żona chyba o tym nie wie – mówi Zeke. – Jak sądzisz, co to oznacza?

– To może cholernie wiele oznaczać. Że był tu w zeszłym tygodniu, kiedy Bengt Andersson został zamordowany, i że może pomógł chłopakom, kiedy zapędzili się za daleko w nękaniu Bengta Anderssona. Albo po prostu oszukuje żonę i ma kochankę. Albo coś jeszcze bardziej durnego. A może wziął sobie trochę urlopu.

– Ma wrócić w sobotę?

– Tak.

– Trudno będzie go do tego czasu złapać. Sądzisz, że ta Henrietta kłamie? Zgrywa się, że nie wie? Żeby go chronić albo coś w tym stylu?

– Nie sprawiała takiego wrażenia.

– Dajmy sobie teraz spokój z Kalmvikiem, Fors. Walczymy z zimnem i ciemnością i jedziemy rzucić okiem na domek

Murvallów w lesie. Równie dobrze możemy to dalej pociągnąć.

Równie dobrze, myśli Malin, po czym zamyka oczy, odpoczywa i pozwala obrazom w swojej głowie pojawiać się i znikać.

Tove na kanapie w domu.

Daniel Högfeldt z nagim torsem.

Janne na zdjęciu przy łóżku.

I obraz, który wypiera wszystkie inne, rozrasta się i wżera się w świadomość, obraz niemożliwy do usunięcia: Maria Murvall na łóżku w swoim szpitalnym pokoju, Maria Murvall wśród czarnych pni pewnej zimnej, wilgotnej nocy.

Reflektory samochodu oświetlają leśną drogę, wokół drzewa jak zamarznięte upiory, opuszczone domki letniskowe stają się czarnymi zarysami, zastygłymi snami o miłych dniach nad wodą; teraz zamarzniętą jak jasnoszara bryłka w słabym świetle księżyca sączącym się przez pokrywę chmur.

Opis drogi Eliasa Murvalla wcześniej w domu matki:

– Hultsjön, za Ljungsbro skręca się na Olstorp, a potem Tjällmovägen obok pola golfowego. Po dziesięciu kilometrach dojeżdżacie do jeziora, droga do domków jest odśnieżona, dalej musicie pójść piechotą. Droga jest wytyczona. Ale niczego tam nie znajdziecie.

Wcześniej Jakob Murvall, nagle gadatliwy, jakby matka nacisnęła guzik „słowa". Rozgadał się o ich zorganizowanym kłusownictwie, sprzedaży mięsa i wnykach na sarny, o tym, że rosyjscy milionerzy mają bzika na punkcie wnyków.

– Jedziemy jeszcze dziś wieczorem. Teraz. Niech Sjöman załatwi nakaz rewizji.

Zeke niepewny.

– To nie może poczekać do jutra? Bracia trafią do aresztu, nic nie mogą zrobić.

– Teraz.

– Ale ja mam dziś próbę chóru, Fors.

– Co?

– Okej, okej, Malin. Ale najpierw załatwmy rodziców Joakima Svenssona i Jimmy'ego Kalmvika. – I tym razem chrypa w jego głosie ujawnia, że dobrze wie, iż czepiałaby się go miesiącami, gdyby wybrał próbę z Da Capo zamiast zbadania świeżego tropu.

Nakaz rewizji załatwiony, Sven Sjöman zadzwonił i potwierdził.

Zeke trzyma ręce na kierownicy, a jakiś chór pod dyrekcją Kjella Lönnå produkuje się z całych sił w *Swing it, magistern*. Pieśń chóralna: warunek, by pojechali do domku. Zeke pokonuje gołoledź, przepycha do przodu samochód, dodając gazu, hamując, dociskając gaz. Obok nich nasyp rowu jak opasana na biało przepaść. Malin wypatruje lśniących oczu zwierząt: sarny, łosia albo jelenia, które chciałyby im przeciąć drogę. Niewielu ludzi potrafi tak kierować autem jak Zeke, nie z zadufaną pewnością siebie zawodowego kierowcy, raczej z ostrożnym poświęceniem dla celu: by dotrzeć na miejsce.

Okrążają jezioro, ale dostrzegają zamarzniętą wodę wrzynającą się w las, zwężającą się w coś, co przypomina rzekę prowadzącą prosto do serca ciemności i nocy.

Zegar na tablicy rozdzielczej pokazuje 22.34. Bezbożna pora na tę pracę.

Tove w domu, nie poszła do Markusa.

– Podgrzałam resztki potrawki mięsnej. Poradzę sobie, mamo.

– Jak tylko uspokoi się w pracy, zrobimy coś fajnego.

Fajnego? – myśli Malin, kiedy widzi piętrzące się przy końcu drogi zwały śniegu, wyrąbany w nim otwór i odblaski przyczepione na drzewach błyskające jak gwiazdy gdzieś w oddali.

Co jest według ciebie fajne, Tove? Miałam łatwiej, gdy byłaś młodsza. Wcześniej chodziłyśmy na basen. Teraz do kina wolisz chodzić z innymi. Lubisz zakupy, ale nie tak maniakalnie jak inne dziewczyny w twoim wieku. Może pojedziemy do Sztokholmu na koncert – to by ci się spodobało. Rozmawiałyśmy o tym, ale nigdy się nie wybrałyśmy. Pojedziemy na targi książki do Göteborga? Ale to chyba jesienią?

– To musi być tu – mówi Zeke, gasząc silnik. – Mam nadzieję, że nie trzeba długo iść. Dzisiejsza noc jest jeszcze zimniejsza.

Geografia zła.
Jak wygląda? Jaka jest jego topografia?
Niedaleko stąd trafiono na ślady napadu na Marię Murvall, pięć kilometrów na zachód. Żaden z braci nie wiedział, co robiła w lesie, nikt wtedy nie powiedział o domku, parceli, którą wypożyczają za darmo od chłopa Kvarnströma z powodów, w które nikt się nie chce wdawać.
– Ogarniamy ją trochę i tyle.
Maria w lesie.
Rozcięta od środka.
Zimna jesienna noc.
Ociekający wilgocią świat.
Bengan Piłka na drzewie.
Mróz na równinie.
Gałęzie niczym węże, liście i gnijące grzyby jak pająki, robaki pod twoimi stopami, ostre ciernie rozcinające podeszwy twoich stóp. Co tam wisi na drzewie? Nietoperz, sowy, nowe zło?
Czy geografią zła są małe pagórki i płytkie niecki? Niedorosły las, kobieta w czarnych strzępach ubrania na ciele wlecze się odludną leśną drogą o świcie.
Czy w tym lesie jest zwierzyna?
O tym wszystkim myśli Malin, gdy brodzi z Zekem w śniegu ku domkowi braci Murvallów. Oświetlają latarkami drzewa, odblaski błyskają, sprawiają, że czarna kora jakby drga w totalnie cichej nocy, a kryształki śniegu na ziemi mienią się jak niezliczone czuwające oczy lemingów, latarnie morskie wytyczające kierunek w nieznanym.
– *How far*, Fors? Jest co najmniej minus piętnaście, a ja ociekam potem.
Zeke idzie przodem, brnie przez śnieg, nikt tędy nie szedł od ostatnich opadów, choć jest ślad, po którym da się iść. Obok koleiny skutera.
Zwierzęta, myśli Malin. To tak je pewnie zwabiają, skuterem.
– Cholernie ciężko – mówi Malin, żeby dodać Zekemu odwagi, podkreślając dzieloną z nim mękę. – Brniemy już tak pewnie z kilometr.

– Jak daleko to miało być?
– Nie chcieli powiedzieć.
Stają obok siebie, oddychają w ciszy.
– Może powinniśmy byli poczekać? – zastanawia się Malin.
– Idziemy dalej – odpowiada Zeke.
Po trzydziestominutowym zmaganiu się ze śniegiem i zimnem las otwiera się w zagajnik. Pośrodku niego mała chatka, pewnie kilkusetletnia, zwały śniegu aż do okienek.
Kierują latarki na dom, snopy światła rzucają długie cienie i drzewa w lesie stają się kotarą z czarnych odcieni za pokrytym śniegiem dachem.
– Chyba wchodzimy, co? – mówi Zeke.
Klucz wisi tam, gdzie mówili bracia, na haczyku pod deską szczytową dachu. Zamek zgrzyta na mrozie.
– Mało prawdopodobne, że jest tu prąd – mówi Zeke, gdy drzwi ustępują. – Nie ma co szukać włącznika światła.
Stożki światła igrają nad jedynym zamarzniętym pomieszczeniem. Schludnie, myśli Malin. Na podłodze chodniki, kuchenka gazolowa na prostej drewnianej ławie, pośrodku pokoju stolik kempingowy, cztery krzesła, świece, żadnych lamp, a pod krótszymi ścianami bez okien trzy podwójne łóżka.
Malin podchodzi do stolika.
Jego powierzchnia jest poplamiona jasnym olejem.
– Smar do broni – mówi, a Zeke odmrukuje potakująco.
Na barku przy ławie kuchennej stoją puszki z konserwami z grochówką, ravioli i klopsikami mięsnymi, w skrzyni obok – butelki wódki.
– Jakoś to dziwnie przypomina przebieralnię – mówi Zeke.
– Tak, jest neutralnie. Bezuczuciowo.
– A czego się spodziewałaś, Fors? Skierowali nas tutaj, żebyśmy niczego nie znaleźli.
– Nie wiem. Jakieś przeczucie.
Pomieszczenie bez uczuć.
Co jest dalej?
Jeśli rzeczywiście jesteście w głębi źli, Murvallowie, jakie wyrządziliście krzywdy?
Wtedy Zeke syczy, a Malin się odwraca, widzi, jak zakry-

wa rękawicą usta i wskazuje na drzwi. Zakrywają strumienie światła latarek.

Zapada nieprzenikniona ciemność.

– Słyszałeś coś?

Zeke mruczy w odpowiedzi, stoją nieruchomo i nasłuchują. Odgłos szurania w ich kierunku, człapiące zwierzę? Postrzelone? Powłóczące w stronę polany? Znów cisza. Zwierzę przystanęło? Bracia Murvallowie są w areszcie. Babcia? Nie tu i nie teraz. Może ma więcej postaci. Ci dwaj młodzi prześladowcy? Ale co by tu robili?

Malin i Zeke skradają się w stronę otwartych drzwi, ostrożnie wyciągają się po obu stronach, patrzą na siebie. Wtedy znów słychać odgłos, ale teraz już dalej. Rzucają się biegiem, kierują latarki na miejsce, skąd pochodził dźwięk.

Coś nieokreślonego i czarnego znika na skraju lasu, medytacyjny ruch, człowiek?

Kobieta?

Nastoletni chłopiec? Dwóch nastolatków?

– Stać – wrzeszczy Zeke. – Stać!

Malin biegnie po czarnych śladach, ale jej traperskie buty natrafiają na szreń pod śniegiem, Malin potyka się, wstaje, biegnie, upada, podnosi się, ściga, krzyczy:

– Stać! Stać! Stać! Wracaj!

Głos Zekego za nią, poważny:

– Stać albo strzelam.

Malin odwraca się. Widzi, jak kolega stoi na ganku przed domkiem myśliwskim i trzyma przed sobą pistolet, wycelowany prosto w pustą ciemność.

– Bez sensu. Cokolwiek to było, jest już daleko – stwierdza Malin.

Zeke opuszcza broń. Przytakuje.

– I przyjechało na nartach – mówi i wskazuje latarką na wąskie ślady na śniegu.

41

Piątek, dziesiąty lutego

Tove w ramionach Malin.
Ile ty teraz ważysz?
Czterdzieści pięć kilogramów?
Całe szczęście, że mama chodzi jednak czasem na siłownię, co?
Nogi obolałe, ale ciepło zaczęło już wracać do stóp.
Przez dwa kilometry tropili ślady. W międzyczasie nad lasy nad jeziorem Hultsjön nadciągnęła burza śnieżna i kiedy doszli do końca śladów, pokrył je już biały puder. Kończyły się przy leśnej drodze i nie sposób było stwierdzić, czy czekał tam jakiś samochód. Na ziemi nie było plam oleju. Ślady po kołach pod śniegiem.
– Pochłonięty przez las – powiedział Zeke, po czym wyczytał z komórki ich położenie. – To tylko pięć kilometrów. Krócej potrwa dojście do naszego samochodu niż czekanie tu, aż przyślą po nas wóz z komendy.

Kiedy Malin wróciła do domu, Tove spała na kanapie. Telewizor migotał, a pierwszą myślą Malin było obudzić ją i poprosić, żeby poszła do łóżka.
Ale kiedy zobaczyła wyciągnięte ciało – jak na ten wiek długie i szczupłe, delikatne blond włosy rozsypane na poduszce i zamknięte oczy, przepełnione spokojem usta, zapragnęła poczuć ciężar swojej córki, to żywe brzemię miłości.

Musiała wytężyć wszystkie siły, by ją podnieść. Sądziła, że się obudzi. W końcu jednak stanęła w cichym i ciemnym salonie z Tove w ramionach. Teraz idzie chwiejnym krokiem przez korytarz, stopą otwiera sobie drzwi do pokoju córki.

Do łóżka. Ale przez ten bezwładny ciężar Malin traci równowagę, czuje jak jego ciepło wyślizguje się jej z rąk i ciało głucho spada na materac.

Tove otwiera oczy.

– Mama?

– Tak.

– Co robisz?

– Zaniosłam cię tylko do łóżka.

– Aha. – Tove zamyka oczy, ponownie zasypia.

Malin wychodzi do kuchni. Staje przy zlewie i patrzy na lodówkę. Mechanizm burczy w ciemności, sączy się zmęczony płyn chłodzący.

Ile ważyłaś, Tove?

Trzy tysiące dwieście pięćdziesiąt cztery gramy.

Cztery kilo, pięć i tak dalej. Z każdym kilogramem ciała mniej zależna, mniej dziecko, bardziej dorosła.

Może to po raz ostatni tak ją niosłam, myśli Malin. Zamyka oczy i wsłuchuje się w odgłosy nocy.

Czy telefon dzwoni we śnie? A może w przestrzeni poza snem?

W każdym razie dzwoni. Malin wyciąga rękę w stronę nocnego stolika i chwyta tam, gdzie powinna być słuchawka, po drugiej stronie próżni, w której się teraz znajduje, pogranicza między snem a jawą, tam, gdzie wszystko się może wydarzyć, gdzie nic nie jest oczywiste.

– Malin Fors.

Udaje się jej być stanowczą, choć jest zachrypnięta, taka zachrypnięta.

Nocna wędrówka musiała się dać we znaki oskrzelom. Ale poza tym czuje się dobrze, ciało na swoim miejscu, głowa też.

– Obudziłam cię, Malin?

Poznaje głos, ale w pierwszej chwili nie potrafi go umiejscowić. Kto to? Często go słyszę, ale nie w bezpośredniej rozmowie.

– Malin, to ty? Dzwonię między dwiema piosenkami, mam niewiele czasu.

Helen.

– Jestem. Trochę zaspana.

– Zatem od razu przejdę do rzeczy. Pamiętasz, jak dzwoniłaś do mnie w sprawie braci Murvallów? Zapomniałam ci coś powiedzieć, coś, co może powinnaś wiedzieć. Dziś rano czytałam w gazecie, że zatrzymaliście trzech braci, z tekstu nie wynikało, czy w związku z morderstwem czy nie. Wtedy sobie przypomniałam: Był jeszcze czwarty brat, chyba przyrodni. Był trochę starszy, prawdziwy samotnik, jego tata był jakimś marynarzem, który utonął. No cóż. Pamiętam, że bracia trzymali się razem, ale nie z nim.

Czwarty brat, przyrodni.

Cisza jak mur.

– Wiesz, jak się nazywał?

– Nie mam pojęcia. Był trochę starszy. Pewnie dlatego tak to wspominam; że niezupełnie do nich pasował. Rzadko się go widywało. To było dawno temu. Może nic z tego się nie zgadza. Może coś pomieszałam.

– Bardzo mi pomogłaś – mówi Malin. – Co ja bym bez ciebie zrobiła? Trzeba się w końcu spotkać przy piwku.

– Byłoby miło, Malin, ale kiedy? Obie chyba za dużo pracujemy.

Rozłączają się. Malin słyszy Tove w kuchni, wstaje z łóżka, czuje nagłą tęsknotę za córką.

Tove przy stole kuchennym, pije maślankę, czyta „Correspondenten".

– Ci bracia, mamo, są chyba całkiem szurnięci – mówi i marszczy brwi. – Oni to zrobili?

Czarne albo białe, myśli Malin.

Zrobili albo nie zrobili.

W pewnym sensie Tove ma rację, to jest takie proste, a jednak o wiele bardziej skomplikowane, niejasne i wieloznaczne.
– Nie wiemy.
– Aaa. Ale pewnie trafią do więzienia za broń i polowania? A ta krew, to była tylko krew zwierząt, jak mówi ta medyczka?
– Jeszcze nie wiemy. Pracują nad tym w laboratorium.
– Piszą tu też, że przesłuchaliście jakichś nastolatków. Co to za jedni?
– Nie mogę powiedzieć, Tove. Jak było u taty?
– No, mówiłam ci przecież przez telefon, nie pamiętasz?
– Co robiliście?
– Markus, tata i ja zjedliśmy kolację, potem oglądaliśmy telewizję, zanim poszliśmy spać.
Malin czuje ścisk żołądka.
– Markus też tam był?
– Tak, nocował.
– Nocował?
– Tak, ale nie spaliśmy przecież w tym samym łóżku czy coś takiego. Wiadomo.
I Tove, i Janne rozmawiali z nią tamtego popołudnia. Żadne z nich nie wspomniało o Markusie. Ani że będzie nocował, ani że wybiera się do Jannego na kolację, ani nawet, że Janne w ogóle wie o jego istnieniu.
– Nie sądziłam nawet, że tata zna Markusa.
– A dlaczego miałby nie znać?
– Mówiłaś przecież, że nic nie wie.
– Ale teraz wie.
– Dlaczego nikt mi nie powiedział? Dlaczego nic nie powiedzieliście?
Malin sama słyszy, jak żałośnie brzmią jej słowa.
– Mogłaś przecież zapytać.
Malin kiwa głową.
– Mamo, czasami jesteś strasznie dziecinna – mówi Tove.

42

Jest jeszcze jeden brat.

Johan Jakobsson wymachuje ze swojego biurka jakąś kartką, kiedy widzi Malin, która właśnie wkracza do biura. Rozmowa telefoniczna z Jannem wciąż buczy jej w głowie.

– Mogłeś mi przecież powiedzieć, że będzie u ciebie nocował.

Janne nieprzytomny, dopiero co zasnął po nocnej zmianie. A jednak mówi zdecydowanym głosem.

– To, co się dzieje w moim domu, to moja sprawa, Malin, a jeśli do tego stopnia kontrolujesz Tove, że ukrywa przed tobą takie rzeczy, może powinnaś się zastanowić, co jest dla ciebie w życiu najważniejsze.

– Umoralniasz mnie?

– Odkładam słuchawkę, słyszysz?

– Więc uważasz, że to odpowiedzialność Tove, nie twoja?

– Nie, Malin. Twoja odpowiedzialność, ale starasz się ją zrzucić na Tove. Do widzenia. Zadzwoń, gdy się już uspokoisz.

– Ewidencja ludności! – krzyczy Johan. – Mam wyciąg z ewidencji i tam piszą, że Rakel Murvall ma czterech synów, pierworodny to Karl Murvall. Musi być bratem przyrodnim, w rejestrze piszą, że ojciec nieznany. Jest w książce telefonicznej, mieszka przy Tanneforsvägen.

– Znam go – mówi Malin. – Musimy go jak najszybciej przesłuchać.

– Spotkanie za trzy minuty. – Johan wskazuje na drzwi pokoju spotkań.

Malin zastanawia się, czy dzieci będą dziś na dworze. Miejmy nadzieję. Czy nie jest trochę cieplej?

Na placu zabaw przed przedszkolem żadnych dzieci, puste huśtawki, drabinki, piaskownice i zjeżdżalnie.

Karim Akbar obecny na spotkaniu, siedzi w poważnym szarym garniturze u szczytu stołu obok Svena Sjömana.

– Jak dotąd nic poza krwią łosi i saren – oznajmia Sven. – Ale laboratorium pracuje pełną parą. Do czasu, aż skończymy, wszystkie drzwi muszą pozostać otwarte, jeśli chodzi o braci Murvall. Jakkolwiek by było, wykopaliśmy trochę badziewia.

– Pistolety maszynowe i granat ręczny to nie trochę badziewia – prostuje Börje Svärd.

– À propos broni. Według specjalistów z laboratorium z żadnej ze sztuk broni znalezionej u Murvallów nie strzelano gumowymi pociskami w okno Bengta Anderssona.

– Pistolety maszynowe i ręczne granaty to nie badziewie. Ale też nie to, na czym się skupiamy – mówi Karim. – Pracuje nad tym Wydział Kryminalny.

– Pozostaje pytanie, kogo widzieliście w lesie – zastanawia się Sven.

– Nie wiemy – mówi Malin.

– Ktokolwiek to był, ma z tym coś wspólnego – dodaje Zeke.

– Johan, opowiedz o czwartym bracie – prosi Sven.

Kiedy Johan kończy, wokół stołu zapada cisza.

Pytania wiszą w powietrzu, aż w końcu odzywa się Zeke:

– Nikt z Murvallów ani razu nie wspomniał o przyrodnim bracie. On w ogóle z nimi dorastał?

– Na to wygląda – mówi Malin. – Tak twierdzi Helen.

– Może się wyłamał – wyraża przypuszczenie Johan.

– Można chcieć żyć inaczej niż oni – dodaje Börje.

– Wiemy coś więcej na temat tego Karla? Wiemy na przykład, gdzie pracuje? – pyta Karim.

– Jeszcze nie – odpowiada Malin. – Ale w ciągu dnia się dowiemy.

– No i możemy zapytać braci Murvallów oraz ich szanowną mamę – szczerzy się Zeke.
– Spróbuję. – Sven także się śmieje.
– A trop Ásatrú? – Karim patrzy wyczekująco na grupę śledczą. – Biorąc pod uwagę miejsce zbrodni, nie możemy tego odpuścić.
– Jeśli mam być szczery, byliśmy zajęci czym innym. Ale zdecydowanie chcemy pociągnąć ten wątek – mówi Johan.
– Kontynuujcie w miarę możliwości – decyduje Sven. – Malin i Zeke, jak przebiegły rozmowy z rodzicami Svenssona i Kalmvika?
– Z ich matkami – mówi Malin. – Ojciec Joakima Svenssona nie żyje, a Göran Kalmvik pracuje na platformie wiertniczej. Właściwie niczego nowego się nie dowiedzieliśmy. Wciąż nie do końca wyjaśniona jest sprawa alibi chłopców w środę wieczór. Są pewnie niejasności co do tego, gdzie przebywa ojciec Kalmvika.
– Niejasności? – pyta Sven. – Wiesz, co o czymś takim sądzę.
Malin wyjaśnia, dlaczego alibi chłopców jest wątpliwe, że byli sami w mieszkaniu i że Göran Kalmvik zniknął, a jego żona twierdzi, że nadal jest na platformie na Morzu Północnym.
– Ale wraca jutro, wcześnie rano. Chcemy go przesłuchać.
– A kochanek Margarethy Svensson? Ma coś do powiedzenia na temat poczynań jej syna? Próbował przecież nawiązać z nim jakiś kontakt.
– W ciągu dnia porozmawiamy z Niklasem Nyrénem. Wczoraj wieczorem priorytetem był dla nas domek Murvallów.
– Dobrze. Ale teraz niech priorytetem będzie czwarty brat Murvall. Odezwę się do rodziny – mówi Sven.

– Aaa, Karl? Wyniósł się przecież do miasta.
Głos Rakel Murvall w słuchawce.
Wyniósł do miasta? To jakieś dziesięć kilometrów, ale w jej ustach brzmi jak drugi koniec świata, myśli Sjöman.
– Nie ma o czym gadać – mówi Rakel Murvall i odkłada słuchawkę.

– Tu – mówi Zeke, gdy parkują pod trzypiętrowym domem z białej cegły przy Tanneforsvägen, niedaleko fabryki Saaba. Dom zbudowano prawdopodobnie w latach czterdziestych, gdy Saab przeżywał swój największy rozkwit, a w mieście konstruowano setki samolotów wojennych. Pizzeria na parterze oferuje capricciosę za trzydzieści dziewięć koron, a market Ica naprzeciwko promocyjną cenę na kawę Classic. Zielony szyld pizzerii łuszczy się i Malin z trudem odczytuję nazwę: Conya.

Wysiadają z samochodu na mróz i przebiegają szeroki chodnik. Otwierają niezamknięte drzwi na klatkę schodową. Czytają spis mieszkańców: trzy piętra, Andersson, Rydgren, Murvall.

Brak windy.

Na drugim podeście Malin czuje, jak serce zaczyna jej mocniej walić, dyszy, gdy docierają na trzecie piętro. Prawie nie może oddychać. Zeke stęka obok.

– Za każdym razem człowiek jest tak samo zaskoczony – mówi i sapie. – Jak cholernie ciężko jest wchodzić po schodach.

– Tak, wczorajszy śnieg to nic w porównaniu z tym.

Murvall.

Dzwonią, słyszą sygnał za drzwiami. W pustym, jak się zdaje, mieszkaniu panuje cisza. Znów dzwonią, ale nikt nie otwiera.

– Pewnie jest w pracy – rzuca Zeke.

– Zadzwonimy do sąsiada?

Rydgren.

Po dwóch sygnałach otwiera starszy pan z przerośniętym nosem i głęboko osadzonymi oczami, patrzy na nich podejrzliwie.

– Nie jestem zainteresowany – mówi.

Malin okazuje legitymację policyjną.

– Szukamy Karla Murvalla. Nie ma go w domu. Wie pan może, gdzie pracuje?

– Nic o tym nie wiem.

Mężczyzna wyczekuje.

– Wie pan...

– Nie.

Zatrzaskuje drzwi.
Jedyna osoba mieszkająca w tej klatce, starsza pani, sądzi, że to pomoc domowa dla starszych z kolacją.

Bracia jeden po drugim wychodzą ze swoich cel w areszcie, zajmują miejsca w pokoju przesłuchań i odpowiadają na pytania Svena Sjömana:
– Nie mam brata, który ma na imię Karl – mówi Adam Murvall, gładząc się po czole. – Możecie twierdzić, że jesteśmy spokrewnieni i patrząc na to po waszemu, tak jest, ale nie po mojemu. Wybrał swoją drogę, my swoją.
– Wie pan, gdzie pracuje?
– Nie muszę opowiadać, prawda?

– Jak sądzisz, Malin? Możemy poczekać w pizzerii przy lunchu. Może przyjdzie coś zjeść.
Stoją przy samochodzie, Zeke po omacku szuka kluczy.
– No i cholernie dawno nie jadłem pizzy.
– Nie mam nic przeciwko temu. Może wiedzą tam, gdzie Murvall pracuje?
W pizzerii Conya pachnie suszonym oregano i drożdżami. Nie ma typowych tapet, zamiast tego nakrapiana różowo-zielona tapeta z materiału oraz krzesła w stylu Bauhausu przy lakierowanych dębowych stołach. Zamówienie przyjmuje smagły mężczyzna o niezwykle czystych dłoniach.
Ciekawe, czy to właściciel, myśli Malin. To nie mit, że imigranci muszą otworzyć coś własnego, żeby móc się utrzymać. Co by o tobie powiedział Karim? Zaliczyłby cię pewnie do dobrych przykładów. Oto człowiek, który nie przerzuca swojego utrzymania na innych, tylko polega na sobie.
Musimy liczyć na to, że zapoczątkowano dobry kurs. Twoi synowie, myśli Malin, jeżeli ich masz, na pewno będą jednymi z najlepszych na uniwersytecie. Miejmy nadzieję.
– Co do picia? Napój wliczony w cenę lunchu.
– Cola – prosi Malin.

– To samo – mówi Zeke i kiedy wyjmuje portfel, żeby zapłacić, wysuwa legitymację policyjną.
– Zna pan Karla Murvalla, który mieszka w tym domu?
– Nie – odpowiada mężczyzna – Nie znam. Zrobił coś złego?
– Nie mamy powodów, by tak sądzić. Chcemy z nim tylko porozmawiać.
– Niestety.
– To pana pizzeria? – pyta Malin.
– Tak, dlaczego?
– Po prostu się zastanawiałam.

Zajmują miejsce przy stoliku z widokiem na wejście do domu. Po pięciu minutach dostają pizzę, ser śmietankowy stopił się i tłuszcz rozlewa się po sosie pomidorowym, szynce i pieczarkach.
– Smacznego – życzy właściciel.
– Palce lizać – zachwyca się Zeke.

Jedzą, patrzą na Tanneforsvägen, na przejeżdżające samochody, na wściekłe szarobiałe kłęby spalin ciężko opadające na ziemię.

Co prowadzi do rozłamu między ludźmi tej samej krwi? – zastanawia się Sven Sjöman.

Właśnie skończył przesłuchiwać Jakoba Murvalla. Jego słowa utkwiły mu w głowie.
– Żyje swoim życiem. My naszym.
– Ale jesteście przecież braćmi.
– Bracia nie zawsze są braćmi, prawda?

Co sprawia, że ludzie, którzy powinni się sobą cieszyć, pomagać sobie, odwracają się do siebie plecami? Że stają się wrogami. Można się poróżnić o pieniądze, miłość, wiarę, tak, o wiele rzeczy. Ale rodzina? W rodzinie? Skoro nie możemy się trzymać razem w czymś tak małym, jak mamy poradzić sobie z czymś większym?

Wpół do drugiej.
Pizza zalega w żołądku jak zawiesisty beton. Przechylają się na elastycznych oparciach z rattanu.
– Nie przyjdzie – mówi Malin. – Musimy tu wrócić wieczorem.
Zeke potakuje.
– Chciałem podjechać do komendy. Dokończyć raport z wczoraj. Możesz sama pojechać do Ljungsbro i porozmawiać z Niklasem Nyrénem?
– Okej, chcę jeszcze sprawdzić kilka rzeczy – mówi Malin.
– Potrzebujesz pomocy?
– Najchętniej zrobię to sama.
Zeke przytakuje.
– Jak z Gottfridem Karlssonem w ośrodku?
– Mhm.
Wychodząc, machają do właściciela.
– Niezła pizza – mówi Zeke.

Karl Murvall jest człowiekiem, ale w najlepszym przypadku mało interesującym w oczach rodziny, to pewne.
– Karl?
Elias Murvall patrzy zrezygnowany na Svena Sjömana.
– Niech pan mi nie mówi o tym nadętym beksie.
– Zrobił coś niemądrego?
Elias Murvall jakby się zastanawia, trochę mięknie. Następnie mówi:
– Zawsze był inny, nie taki jak my.

43

Kiedy Malin podchodzi bliżej do drzewa, widzi to wyraźnie. Nie wierzy własnym oczom.

Samotne drzewo nie jest już tak samotne. Na śniegu zaparkowano furgonetkę z bagażnikiem na dachu, a dokładnie tam, gdzie spadło ciało Bengta Anderssona, stoi kobieta ubrana w białe prześcieradło, nie, nic na sobie nie ma, ma rozłożone ręce i zamknięte oczy.

Nie otwiera ich, gdy zbliża się samochód Malin.

W twarzy kobiety nie porusza się ani jeden mięsień; jej skóra jest bielsza od śniegu, włosy łonowe niesamowicie czarne.

Malin zatrzymuje samochód. Nadal żadnej reakcji.

Zamarznięta na lód?

Martwa?

Stoi wyprostowana, ale w tym momencie Malin widzi, jak jej klatka piersiowa porusza się nieznacznie w górę i w dół i jak kobieta lekko chwieje się na wietrze.

Wysiadając z samochodu, Malin czuje, jak przesilenie zimowe otwiera swoje drzwi na oścież, jak pora roku przejmuje dowództwo nad zmysłami, jakby nastawia ciało na zero i skraca odległość między wrażeniami, myślą a działaniem. Naga kobieta na polu. To robi się coraz bardziej szalone.

Drzwi samochodu zatrzaskują się z hukiem, ale to jakby nie jej własna siła wywołała ten dźwięk.

Kobieta musi marznąć. Malin zbliża się w ciszy.

Bliżej, bliżej i wkrótce jest już tylko kilka metrów od niej. Ma zamknięte oczy, rozłożone ręce. Oddycha. Jej twarz jest

zupełnie nieruchoma, a włosy, kruczoczarne, opadają warkoczem na plecy.
Wokół niej równina.
Nie minął jeszcze tydzień, od kiedy znaleźli Bengana Piłkę, a taśma policyjna już została zerwana. Śnieg, który spadł od tego czasu, nie przykrył śmieci pozostawionych przez ciekawskich gapiów: niedopałków, butelek, papierków po słodyczach, opakowań po hamburgerach.
– Halo! – woła Malin.
Żadnej reakcji.
– Halo!
Cisza.
Malin przykrzy się ta zabawa, wie, kogo ma przed sobą, pamięta, co opowiadał Börje Svärd po tym, jak razem z Jakobssonem złożyli wizytę u Rickarda Skoglöfa.
Ale co ona tu robi?
Malin zdejmuje grubą rękawicę i pstryka kobietę w nos. Mocno, dwa razy. Ta wzdryga się, odskakuje w tył, krzyczy.
– Co pani, do cholery, robi?
– Valkyria? Malin Fors z policji w Linköpingu. Co pani wyprawia?
– Medytuję. Przerwała mi pani przed końcem. Dociera do pani, jakie to cholernie irytujące?
Nagle jakby Valkyria Karlsson uświadomiła sobie, że jest zimno. Okrąża Malin i idzie w stronę swojego samochodu. Malin podąża za nią.
– Dlaczego właśnie tutaj, Valkyrio?
– Bo tu go znaleziono. Bo to miejsce ma wyjątkową energię. Pani też ją pewnie wyczuwa.
– A jednak to trochę dziwne, musi się pani ze mną zgodzić.
– Nie ma w tym nic dziwnego – mówi Valkyria Karlsson. Wsiada do swojego zielonego peugeota i owija się długim futrem z owczej skóry.
– Czy pani i pani facet mieliście z tym coś wspólnego?
Głupie pytanie, myśli Malin. Ale głupie pytania mogą sprowokować właściwe odpowiedzi.
– Jeślibyśmy mieli, tobym tego przecież pani nie powiedziała, nie?

Valkyria Karlsson zatrzaskuje drzwi. Po chwili Malin widzi wznoszący się ku niebu dym z rury wydechowej i znikający na horyzoncie samochód.

Odwraca się w stronę drzewa.
Trzydzieści pięć metrów dalej.
Wyrzuca z pamięci obraz nagiej Valkyrii. Potem się nią zajmie, teraz zrobi to, po co przyszła.
Jesteś tu, Bengt?
I widzi ciało, sine i opuchnięte, pobite, samotnie kołyszące się na wietrze.
Co spodziewali się zobaczyć wszyscy ci ciekawscy?
Unoszącego się ducha?
Zwłoki? Chcieli poczuć odór przemocy, śmierci jak z najgorszych koszmarów?
Turyści w komnacie strachu.
Malin znów ostrożnie zbliża się do drzewa, czeka, aż uspokoi się jej tętno, zamyka się na wszystkie dźwięki, stara się skoncentrować tylko na tym, co tu się wydarzyło, zatrzymać w sobie tę scenę; człowiek pozbawiony twarzy mocujący się z saniami, łańcuchy wokół ciała, żurawie jak czarne księżyce na tle rozgwieżdżonego nieba.
Malin stoi dokładnie tam, gdzie złamała się gałąź, gdzie dopiero co medytowała Valkyria Karlsson.
Ktoś położył na ziemi bukiet kwiatów i przyczepił do niego kartkę w plastikowej koszulce.
Malin podnosi kwiaty, poszarzałe od mrozu i czyta:
„Co teraz zrobimy, gdy nikt już nie będzie przynosił naszych piłek?"
Reprezentacja KS Ljungsbro.
Teraz wam go brakuje.
Po śmierci przychodzi podziękowanie, a po podziękowaniu ogień?
Malin zamyka oczy.
Co się wydarzyło, Bengt. Gdzie umarłeś? Dlaczego umarłeś? Kto aż tak nienawidził? Jeżeli to była nienawiść?

Niezależnie od tego, jak głośno bym krzyczał, nie słyszysz mnie, już nawet nie zamierzam próbować, Malin Fors. Ale stoję tu obok ciebie, słucham twoich słów i jestem wdzięczny za twoje wysiłki, cały twój trud. Ale czy to właściwie takie ważne?
Czy to na tym powinnaś się koncentrować?
Jej nagie białe ciało.
Potrafi się uodpornić na chłód. Ja nigdy nie potrafiłem.
Wiem, kto tak bardzo nienawidził.
Ale czy to była nienawiść?
Twoje pytanie jest uzasadnione.
Może to była rozpacz? Samotność? Albo wściekłość? Albo ciekawość? Ofiara? Pomyłka?
A może coś innego, o wiele straszniejszego.
Czy moje słowa są w stanie się przebić? Choćby jedno słówko? W takim razie chciałbym, by to było to słowo:
Ciemność.
Ciemność, która zapada, kiedy dusza nie może ujrzeć w innym człowieku światła, kiedy zanika i w końcu sama próbuje się uratować.

Malin chwieje się na wietrze, wyciąga się w stronę odłamanej gałęzi, tej części, która nadal jest uczepiona do drzewa, ale nie dosięga, i w szczelinie, w przestrzeni między tym, czego chce, a co potrafi, staje się dla niej jasne.

To jeszcze dla ciebie nie koniec, dla ciebie albo dla was, prawda?

Chcesz czegoś, chcesz coś dostać i tak to okazujesz.

Czego chcesz? Czego chcecie?

Jaką korzyść może przynieść tobie, albo wam, nagie ciało na drzewie na skutym mrozem polu?

Czego można się z taką siłą domagać?

Naprzeciwko imponujący żółto-ceglasty front czekoladowego raju fabryki Cloetta. Po drugiej stronie małego parku znajduje się rząd domów zbudowanych w latach trzydziestych, wille obok niskich białych czynszówek, w których każde mieszkanie ma własne wejście.

Niklas Nyrén mieszka na końcu ulicy, w jednym z trzech mieszkań, tym środkowym.

Malin dzwoni raz, dwa razy, trzy razy, ale nikt nie otwiera. W samochodzie w drodze z pola zadzwoniła do niego na komórkę i do domu, nikt nie odebrał, mimo wszystko postanowiła spróbować.

Ale to bez sensu. Nikogo nie ma.

Margaretha Svensson mówiła, że pracuje jako sprzedawca ciasteczek, reprezentant firmy Cloetta.

Jest pewnie w podróży służbowej u klienta, myśli Malin. I ma wyłączoną komórkę.

Zostawia wiadomość w poczcie głosowej:

„Witam, tu Malin Fors z policji w Linköpingu. Chciałabym zadać panu kilka pytań, proszę o telefon na numer 070--3142022, gdy tylko pan to odsłucha".

W drodze powrotnej do miasta Malin słucha trzeciego programu radia.

Osobowość telewizyjna Agneta Sjödin napisała kolejną książkę o jakimś ważnym dla niej hinduskim guru.

– W jego towarzystwie czułam się w pełni człowiekiem. Spotykanie go było jak otwieranie drzwi do samej siebie – mówi Agneta Sjödin.

Reporter, po głosie można ocenić agresywny samiec alfa, naigrawa się z Agnety, z czego ona nie zdaje sobie sprawy.

– A kogo znalazła pani w okadzonym pokoju, Agneto? Może odpowiedź Indii na Runara*?

Muzyka.

Przed Malin Linköping uskarża się w ciemności, na horyzoncie połyskujące ciepłe światła, obietnice bezpieczeństwa, miejsca, w którym można pozwolić dzieciom dorastać.

---

* Runar Devik Søgaard – osiadły w Szwecji norweski mentor, coach, kaznodzieja, propagator idei nawrócenia (przyp. tłum.).

Są gorsze miejsca, gorsze miasta, myśli Malin. To jest dostatecznie małe, by było na tyle bezpiecznie, na ile można wymagać, a jednocześnie dostatecznie duże i rozwinięte, by poczuć powiew wielkiego świata. Czułam ten powiew. Zamierzałam zostać w Sztokholmie. Na dłuższą metę byłby dla mnie w sam raz. Ale samotna matka policjantka w Sztokholmie? Bez bliskich, bez prawdziwych przyjaciół, ojciec Tove i dziadkowie w odległości dwustu kilometrów. Zakupowe zagłębie przy Ikea. Babyland, Biltema, BR Leksaker. Drogowskaz na Skäggetorp. Światła, które we mnie zapadają, światła, które mimowolnie tworzą poczucie domu.

Tuż po siódmej Malin i Zeke dzwonią do drzwi Karla Murvalla. W komendzie Malin opowiada Johanowi Jakobssonowi i Börjemu Svärdowi o wizycie na miejscu przestępstwa i o medytującej na mrozie Valkyrii Karlsson.
Potem dzwoni do Tove:
– Dzisiaj też będę późno.
– A Markus może wpaść?
– Pewnie, jeśli ma ochotę.
Nie chcę stać tu pod tymi drzwiami, myśli Malin. Chcę wrócić do domu i spotkać się z chłopakiem mojej córki. Że też ma odwagę do nas przychodzić. Miał ze mną styczność jedynie w mieszkaniu rodziców, i jaka wtedy byłam miła? No i słyszał też pewnie wersję Jannego o moim charakterze. Ale jak ona właściwie brzmi?

Z mieszkania nadal dobiega cisza. W Internecie żadnego numeru komórkowego, na który można by zadzwonić, nawet automatycznej sekretarki pod numerem stacjonarnym.

Sven Sjöman o swoich przesłuchaniach: „Jakby zaprzeczają jego istnieniu. Cokolwiek jest tego powodem, obudziło w Murvallach to, co najgorsze. Co może sprawić, że matka wyrzeka się syna? To przecież wbrew naturze".

– Może być gdziekolwiek – mówi Zeke, gdy stoją pod drzwiami.

– Na wakacjach?

Zeke rozkłada ręce.

Odwracają się i już mają schodzić, gdy słyszą parkujący na dole samochód.

Malin wychyla się przez okno klatki schodowej, patrzy na samochód, ciemnozielone volvo kombi, z bagażnikiem na narty, nienaturalnie różowym w świetle ulicznej latarni. Drzwi otwiera łysiejący mężczyzna w czarnej kurtce, wysiada i wchodzi do budynku.

Drzwi się zamykają, a mężczyzna szybkim krokiem wchodzi po schodach, pierwsze, drugie. Wtedy go widzą, patrzy na nich, zatrzymuje się, zamierza zawrócić, ale idzie dalej w ich kierunku.

– Karl Murvall – mówi Zeke i pokazuje legitymację. – Jesteśmy z policji i chcielibyśmy z panem porozmawiać.

Mężczyzna staje przy nich. Uśmiecha się.

– Tak, Karl Murvall – powtarza. – Pewnie, proszę.

Ma tak samo wyrazisty nos jak jego przyrodni bracia, ale jego jest ostrzejszy.

Jest niski, z małym brzuszkiem, cała jego postać wygląda tak, jakby miała wsiąknąć w kamienie na klatce schodowej. Zarazem emanuje dziwną, prymitywną siłą.

Wsuwa klucz do dziurki, otwiera drzwi.

– Czytałem w gazetach o braciach – mówi. – Wiedziałem, że prędzej czy później będziecie chcieli ze mną porozmawiać.

– Nie mógł się pan sam zgłosić? – pyta Zeke, ale Karl Murvall jakby nie słyszy jego słów.

– Chwileczkę, już państwa wpuszczam, proszę – mówi i uśmiecha się.

44

Mieszkanie Karla Murvalla.
Dwa pokoje.
Niezwykle schludne. Oszczędnie umeblowane.
Przypomina dom Bengta Anderssona, myśli Malin. Tak samo funkcjonalne, z regałem na książki, kanapą i biurkiem przy oknie.
Żadnych ozdób, kwiatów, dekoracji, nic zakłócającego prostotę czy może pustkę, poza stojącą na biurku misą z pachnącymi, żółto-czerwonymi zimowymi jabłkami.
Książki na temat programowania komputerowego, matematyka, Stephen King. Biblioteczka inżyniera.
– Kawy? – pyta mężczyzna.
Malin myśli, że ma jaśniejszy głos niż jego bracia, że robi łagodniejsze, a jednak w jakimś sensie harde wrażenie. Jak ktoś, kto się zahartował, kto już wiele widział i słyszał. Trochę jak Janne, jak jego spojrzenie, kiedy ktoś przechwala się swoimi wyrzeczeniami na wakacjach w górach; ta mieszanina pogardy i współczucia. I to poczucie cieszcie-się-że-nie-wiecie-o-czym-gadacie.
– Za późno jak dla mnie – mówi Zeke. – Ale komisarz Fors pewnie chętnie się napije.
– Tak.
– Proszę siadać.
Karl Murvall wskazuje na kanapę, siadają, słyszą, jak się krząta w kuchni. Po jakichś pięciu minutach wraca z tacką z parującymi filiżankami.

– Na wszelki wypadek przyniosłem trzecią filiżankę – mówi Karl Murvall i stawia tackę na stoliku, po czym siada na fotelu przy biurku.

– Ładne mieszkanie – mówi Malin.

– W czym mogę pomóc?

– Pracował pan cały dzień?

Karl Murvall przytakuje.

– Poszukiwali mnie państwo wcześniej?

– Tak – odpowiada Malin.

– Dużo pracuję. Odpowiadam za cały dział IT w warsztatach Collinsa w Vikingastad. Trzystu pięćdziesięciu zatrudnionych i coraz bardziej skomputeryzowana działalność.

– Dobra praca.

– Tak. Studiowałem informatykę na uniwersytecie i to nie poszło na marne.

– Stać by pana było na coś większego – mówi Malin.

– Nie interesuje mnie to, co materialne. Majątek zobowiązuje. Nie potrzebuję niczego większego. – Upija trochę kawy i dodaje: – Ale nie przyszli tu państwo, by rozmawiać o tym.

– Bengt Andersson – mówi Zeke.

– Ten na drzewie – spokojnie odpowiada Karl Murvall. – Okropne.

– Znał go pan?

– Wiedziałem, kim jest, z czasów dorastania w Ljungsbro. Tam się go znało, tę rodzinę.

– Nic poza tym?

– Nie.

– A że figurował w śledztwie w sprawie gwałtu na pana siostrze?

Karl Murvall odpowiada tym samym tonem:

– Tak, ale to chyba naturalne. Był przecież jej podopiecznym, a ona opiekowała się wszystkimi swoimi podopiecznymi. Dzięki niej dbał o higienę osobistą.

– Czy jest pan blisko z siostrą?

– Trudno być z nią blisko.

– A wcześniej?

Karl Murvall odwraca wzrok.

– Odwiedza ją pan?
Znów cisza.
– Między panem a braćmi panują dość napięte stosunki – stwierdza Zeke.
– Moimi braćmi przyrodnimi. Nie utrzymujemy kontaktów. Zgadza się.
– Dlaczego? – pyta Malin.
– Jestem wykształcony. Mam dobrą pracę i płacę podatki. Niezbyt to pasuje do moich braci przyrodnich. Sądzę, że to ich wścieka. Pewnie sądzą, że uważam się za lepszego od nich.
– Pana mama też? – ciągnie Zeke.
– Mama może najbardziej.
– Jesteście braćmi przyrodnimi. W akcie urodzenia napisano, że pana ojciec jest nieznany.
– Jestem pierwszym dzieckiem Rakel Murvall. Mój ojciec był marynarzem, który zginął w katastrofie statku, kiedy zaszła w ciążę. To wszystko, co wiem. Potem poznała jego, ich ojca, Czarniawego.
– Jaki on był?
– Najpierw pijus. Potem niepełnosprawny pijus. W końcu martwy pijus.
– Ale opiekował się panem?
– Nie rozumiem, co ma do tego moje dzieciństwo, komisarz Fors, zupełnie nie rozumiem.
Malin zauważa zmianę w oczach Karla Murvalla, widzi, jak rzeczowość przechodzi w smutek, a następnie we wściekłość.
– Może powinniście być terapeutami. Te osoby na równinie żyją swoim życiem, ja swoim, tak po prostu jest, rozumiecie?
Zeke się pochyla
– A tak przy okazji: Co pan robił w nocy ze środy na czwartek w ubiegłym tygodniu?
– Pracowałem. Przeprowadzałem większą aktualizację systemu i musiałem pracować w nocy. Strażnik w Collinsie może to potwierdzić. Ale czy to naprawdę konieczne?
– Jeszcze tego nie wiemy, ale nie, właściwie nie.
– Pracował pan sam?

– Tak, zawsze pracuję sam przy trudniejszych projektach. Szczerze mówiąc, nikt tego nie pojmuje i tylko mi przeszkadzają. Ale strażnik może potwierdzić, że całą noc byłem na miejscu.
– Co wie pan na temat spraw braci?
– Nic. A jeślibym wiedział, nie powiedziałbym wam tego. Mimo wszystko to moi bracia. A jeśli ludzie nie chronią się nawzajem w rodzinie, kto ma to robić?

Gdy wkładają kurtki i szykują się do opuszczenia mieszkania, Malin odwraca się do Karla Murvalla.
– Widziałam na dachu bagażnik. Jeździ pan na nartach?
– Używam go do transportu różnych rzeczy. Na nartach nie jeżdżę. Sport to nie moja bajka.
– Dziękuję za kawę – mówi Malin.
– Dziękuję – dołącza się Zeke.
– Nic pan przecież nie wypił – stwierdza Karl Murvall.
– Dziękuję za troskę – mówi Zeke.

Malin i Zeke stoją przy samochodzie Karla Murvalla. Bagażnik pokrywają koce, a na nich stoi duża skrzynia z narzędziami.
– Niewesoło miał tam, gdzie dorastał – mówi Malin.
– Mam koszmary, gdy tylko o tym pomyślę.
– Jedziemy do Niklasa Nyréna?
– Malin, dzwoniliśmy do niego z dziesięć razy. To musi poczekać do jutra. Jedź do domu i wypocznij. Jedź do Tove.

45

Sobota, jedenasty lutego

Pociąg sunie do przodu.
Göran Kalmvik leży wyciągnięty na łóżku w przedziale.
Pozwala myślom swobodnie płynąć.
Kiedy nie ma się już do czego wracać? – myśli. Można być na wyjeździe tak dużo, że wyjazdem staje się powrót do domu. Ja w każdym razie żyję w drodze.

Za oknami pociągu nadal jest ciemno, ale nie może spać, mimo monotonnego dudnienia kół na spoinach szyn, mimo że jest sam w przedziale pierwszej klasy i mimo że pościel jest wykrochmalona, ciepła, miękka i pachnie usypiająco świeżym praniem.

Za bilet płaci Statoil.

Kalmvik zastanawia się, ile tak jeszcze pociągnie.

Pora się na coś zdecydować. Ma czterdzieści osiem lat, od prawie dziesięciu lat prowadzi podwójne życie i kłamie Henrietcie prosto w oczy za każdym razem, gdy wraca do domu.

Ale ona chyba niczego się nie domyśla.

Jest zadowolona z pieniędzy, uważa, że miło jest nie pracować, tylko kupować.

Gorzej z chłopakiem.

Coraz bardziej obcy po każdym jego wyjeździe.

I te historie ze szkołą. Czy on naprawdę się tak zachowuje?

Gówniarz, myśli Göran Kalmvik, odwracając się. To takie trudne zachowywać się normalnie? Ma przecież piętnaście lat i zawsze dostawał to, czego chciał.

Może lepiej spakować się i zwiać? Przeprowadzić się do Oslo. Spróbować.

Praca o tej porze roku jest obrzydliwa. Zimno, aż coś w człowieku zamarza, kiedy tak miota się wte i wewte na lodowatym wietrze na platformie, a między zmianami nigdy nie zdąży się rozgrzać. Nie mają nawet siły pogadać.

Ale dobrze płacą.

Opłaca się mieć na platformach doświadczonych ludzi, biorąc pod uwagę, ile się traci przy zastopowaniu produkcji. Gumowe węże są jak pełne czarnych snów zimne żmije.

Wkrótce Norrköping. Linköping.

Potem do domu.

5.45.

Za piętnaście szósta.

Henrietta nie będzie czekać na niego na stacji. Już dawno przestała to robić.

W domu.

Jeżeli teraz to nie stało się wyjazdem.

46

Wagony sypialne przez Oslo ze Sztokholmu do Kopenhagi, ociężały pociąg z ludźmi, którzy albo śnią, albo właśnie się budzą.

Jest 5.45. Pociąg ma przyjechać o 6.16, a dzień dopiero daje o sobie znać. Jest chyba jeszcze zimniej. Ale udało jej się wstać, chciała sprawdzić, czy Göran Kalmvik rzeczywiście przyjedzie pociągiem, a jeśli tak, to chciała wybadać jego tajemnice.

Dzwoniła do ochroniarza w Collinsie. Sprawdzili zalogowania. Karl Murvall był na terenie fabryki od 19.15 w środę wieczorem do 7.30 dnia następnego. Pracował po godzinach przy większej aktualizacji, która przebiegła według planu. Pytała, czy istnieje jakieś inne wyjście albo czy mógł się jakoś wymknąć, ale ochroniarz miał pewność: „Był na miejscu przez całą noc. Nie ma innej drogi niż przez główną bramę. A ogrodzenie ma czujniki, którymi sterujemy z naszej budki. Widzielibyśmy, gdyby ktoś coś uszkodził. Był w pomieszczeniu z serwerami, gdy robiliśmy obchody".

Wczorajsza kolacja z Tove. Rozmawiały o Markusie. Potem obejrzały dziesięć minut *Różowej Pantery*, zanim Malin zasnęła na kanapie.

Przy moście nad Stångån majaczy pociąg.

Cloetta Center jak statek kosmiczny na lewo po drugiej stronie i kominy Tekniska Verken uparcie zmagające się z dymem. Litery logo świecą na czerwono jak oczy na nieudanej fotografii.

Pociąg się zbliża, lokomotywa już wjeżdża na peron, okazały pocisk stworzony przez inżynierów.
Malin jest na stacji sama. Oklepuje pikowaną kurtkę, poprawia czapkę.
Nie ma Henrietty Kalmvik, myśli. Jestem jedyną osobą, która tu na kogoś czeka. I ścigam mordercę.

Otwiera się tylko jedna para drzwi, dwa wagony dalej, i Malin podąża w tę stronę. Płuca szarpie zimne powietrze. Na peron schodzi tylko jeden mężczyzna z dwoma dużymi, czerwonymi walizkami w obu dłoniach.
Ogorzała twarz i ciężkie, a jednak umięśnione ciało. Cała postać emanuje przyzwyczajeniem do zimna i wyrzeczeń, niebieski płaszcz nawet niezapięty.
– Göran Kalmvik?
Zaskoczenie.
– Tak, a pani kim jest?
Drzwi do wagonu zasuwają się, rozbrzmiewa gwizdek konduktora i niemal zagłusza głos Malin, gdy wypowiada swoje nazwisko i stopień. Pociąg opuszcza peron i Malin pokrótce wyjaśnia, o co chodzi.
– Próbowała się pani ze mną skontaktować?
– Tak. By uzyskać kilka wyjaśnień.
– To wie pani, że nie byłem na platformie.
Malin potakuje.
– Możemy porozmawiać w moim samochodzie – mówi. – Tam jest ciepło. Zostawiłam go na jałowym biegu.
Göran Kalmvik kiwa głową. Jego mina wyraża ulgę, ale także poczucie winy.
Minutę później siedzi obok niej w samochodzie na fotelu pasażera. Jego oddech pachnie intensywnie kawą i pastą do zębów. Mówi sam, Malin nie musi nawet zadawać pytań.
– Od ponad dziesięciu lat mam w Oslo kobietę. Okłamuję Henriettę, wciąż sądzi, że pracuję przez trzy tygodnie, a dwa mam wolne, choć jest odwrotnie. Ten drugi tydzień jestem w Oslo z Norą i jej chłopakiem. Lubię go, o wiele mniej pro-

blemowy od Jimmy'ego. Nigdy nie potrafiłem zrozumieć tego chłopaka.

Bo nigdy cię nie ma w domu, myśli Malin.

– A broń? Wie pan, czy Jimmy mógł mieć dostęp do broni?

– Nie. Nigdy się tym nie interesowałem.

– I nie wie pan, co zrobił Bengtowi Anderssonowi?

– Niestety.

Bo nigdy nie ma cię w domu, znów myśli Malin.

– Muszę prosić o numer do pańskiej przyjaciółki w Oslo.

– Czy Henrietta musi o tym wiedzieć? Nie wiem, jak to rozwiążę. Próbowałem jej powiedzieć, ale wie pani, jak to jest. Więc… czy musi wiedzieć…

Malin kręci przecząco głową. Jest to odpowiedź, a zarazem próba uciszenia Görana Kalmvika. Malin zamyśla się nad tą, niekiedy nieuleczalną, słabością płci przeciwnej.

Malin nadal siedzi w samochodzie i widzi, jak taksówka Görana Kalmvika, odjeżdżając w stronę Ljungsbro, mija smętną ceglastą budę sklepu spożywczego.

Rozmyśla.

Pozwala różnym wariantom krążyć po głowie. Wyjmuje komórkę, dzwoni pod wszystkie numery Niklasa Nyréna. Ale on nie odbiera, nie oddzwonił. Malin zastanawia się, czy nie znajduje się u Margarethy Svensson, wyszukuje numer, ale waha się, gdy widzi, która godzina.

5.59.

Sobota rano.

To może poczekać.

Jakaś przyzwoitość musi istnieć także w śledztwie w sprawie morderstwa. Niech zaharowująca się samotna matka sobie pośpi.

Malin jedzie do domu. Kładzie się do łóżka, wcześniej zajrzawszy do Tove. Przed zaśnięciem wraca do niej obraz stojącej na polu nagiej Valkyrii Karlsson, jak anioł, może diabelski anioł.

47

Kiedy sprawa staje się czarnym snem na jawie? Kiedy poszukując prawdy, zaczynasz gonić w piętkę? Kiedy wśród policjantów prowadzących śledztwo po raz pierwszy pojawia się zwątpienie, poczucie, że może nigdy tego nie rozwiążemy, że tym razem prawda nam umknie?

Malin wie.

To może się wydarzyć wcześniej czy później, jak przeczucie po pierwszej rozmowie telefonicznej. Może się wydarzyć nagle albo zachodzić stopniowo. Może któregoś zmęczonego wczesnego ranka w pokoju spotkań, gdzie pięciu zaharowanych, pracujących w sobotę policjantów, którzy zamiast pić smakującą jak fuzel kawę, powinni się wyspać, zaczyna dzień od złej wiadomości.

– Właśnie otrzymaliśmy od techników finalny raport z ujęcia Murvallów. Pracowali całą dobę, ale co to dało? – Sven Sjöman wygląda na zrezygnowanego, stojąc przy krótszym krańcu stołu. – Nic – mówi – tylko krew zwierząt, łosi, saren, dzików i zajęcy. W warsztacie sierść zwierząt. Nic więcej.

Kurwa, myśli Malin, nawet jeśli w głębi ducha cały czas to wiedziała.

– No to ugrzęźliśmy na dobre – stwierdza Johan Jakobsson. Zeke kiwa głową.

– Jak w zastygłym betonie, że tak powiem.

– Mamy inne wątki. Trop Ásatrú. Börje? – pyta Sven. – Coś nowego? Rozmawialiście jeszcze raz z Valkyrią Karlsson po tym, jak Malin widziała ją przy dębie?

– Próbowaliśmy ją złapać telefonicznie, dziś znów spróbujemy – odpowiada Börje Svärd. – Przesłuchaliśmy też dwadzieścia osób powiązanych z Rickardem Skoglöfem, żadna z nich nie ma chyba nic wspólnego ze sprawą Bengta Anderssona. Musimy sobie zadać pytanie: Co ona właściwie robiła na miejscu zbrodni? W taki sposób? I dlaczego?

– Zakłócanie porządku – sugeruje Johan. – Czy tym właśnie nie jest publiczne medytowanie nago?

– Nikomu nie przeszkadzała – mówi Malin. – Dzwoniłam do kobiety Görana Kalmvika w Oslo. Wszystko potwierdziła. Dzisiaj postaram się porozmawiać z Niklasem Nyrénem. To chyba ostatni kąt, w który można zajrzeć, jeśli chodzi o tę linię śledztwa.

– Musimy po prostu dalej walczyć – mówi Börje.

Słychać pukanie do drzwi i choć nikt nie woła „Proszę", asystentka policyjna Marika Gruvberg otwiera i wsuwa głowę.

– Przepraszam, że przeszkadzam, ale rolnik znalazł martwe ciała zwierząt powieszone na drzewie na polu. Właśnie dzwonił.

Koła, myśli Malin.
Siedem kręgów.
Wszystkie w dół.

Szarobiałe odcienie zlewają się, są niewyraźne, aż trudno rozróżnić ziemię od nieba.

Zwierzęta wiszą na jednej z trzech sosen w małym zagajniku pośrodku pola między Göta Kanal a kościołem Ljung. Przy kanale w czarnym szeregu stoją na baczność bezlistne drzewa, a jakieś osiemset metrów na wschód biały, przypominający trumnę budynek kościoła jakby rozpływa się w powietrzu, trzymany w miejscu tylko przez niezdecydowane kolory otaczających go domów, budynek szkoły w kolorze ochry, dom nauczycieli żółty jak jaskier.

Ciała zostały opróżnione z krwi tam, gdzie wiszą za szyje na najniższej gałęzi najmniejszej sosny. Na śniegu miejscami czerwone plamy od zakrzepłej krwi, która musiała wyciec przez nacięcia w korpusach i gardłach zwierząt. Doberman, prosię i niespełna roczne jagnię. Pysk psa jest zaklejony czarno-żółtą taśmą ostrzegawczą.

Pod drzewem, w krwi i śniegu leżą niedopałki i śmieci, a w śniegu Malin widzi ślad po drabinie.

Rolnik, niejaki Mats Knutsson, stoi obok niej w ocieplanym zielonym kombinezonie.

– Objeżdżałem moją ziemię samochodem. Zawsze tak robię o tej porze roku, żeby sprawdzić, co się dzieje. I wtedy zobaczyłem to na drzewie. Z daleka wyglądało trochę dziwnie.

– Niczego pan chyba nie dotykał?

– Nie podchodziłem bliżej.

Zeke, coraz bardziej podejrzliwy wobec wszystkiego, co żyje na równinie.

– Oni wszyscy są jak zacofani – syczy w samochodzie w drodze na miejsce przestępstwa. – Co to, do cholery, oznacza?

– No, to nie może być robota braci Murvallów.

– Nie, są w areszcie.

– Może Jimmy Kalmvik i Joakim Svensson?

– Możliwe. Według Fredrika Unninga dręczyli przecież koty.

– Musimy ich znów sprawdzić.

– Tak samo Skoglöfa i Valkyrię Karlsson.

Kilka metrów za gałęzią, na której wiszą zwierzęta, ktoś drżącym pismem napisał na śniegu MIDVINTERBLOT. Ten, kto to zrobił, nie użył krwi zwierząt, tylko czerwonej farby w sprayu, tyle Malin widzi gołym okiem. Karin Johannison, która właśnie przyjechała, siedzi w kucki i przeczesuje ziemię z pomocą jakiejś koleżanki, której Malin wcześniej nie widziała, młodej dziewczyny o dużych piegach i rudych włosach zmierzwionych pod turkusową czapką.

Za czerwonym napisem ktoś oddał mocz, układając słowo VAL. Potem chyba pęcherz się opróżnił.

Zeke obok drzewa, wskazuje na zwierzęta.

– Poderżnęli im gardła. Upuścili krew. Myślisz, że jeszcze wtedy żyły?

– Pies raczej nie. Potrafią być cholernie żywotne, kiedy w grę wchodzi instynkt.

– Na ciałach są ślady. Te niewielkie otarcia muszą pochodzić od metalowej drabiny, a otwory w zamarzniętym śniegu od końcówek – stwierdza Malin.

Börje Svärd człapie wte i wewte, rozmawiając przez komórkę. Rozłącza się.

– Popatrzcie na tego psa na drzewie. Na końcu musiał być całkiem bezradny. Nawet pyska te gnoje nie oszczędziły. Z tego, co widzę, to ładny reprezentant swojej rasy. Został pewnie kupiony z hodowli i na pewno był znakowany. Możemy namierzyć właściciela przez ewidencję podatkową. Zdejmijcie go. I to już!

– Chwileczkę, tylko skończę – woła z uśmiechem Karin, podnosząc na nich wzrok.

– Byle szybko – rzuca Börje. – Nie musi tu wisieć.

– Musimy tym razem użyć agregatu? – pyta Karin.

– Żadnego cholernego agregatu! – wrzeszczy Börje.

– Nie w przypadku zwierząt – mówi Zeke. – Jak sądzisz, Malin?

Malin potakuje.

– Chyba obejdzie się bez.

Słyszą nadjeżdżający samochód. Wszyscy rozpoznają odgłos policyjnej furgonetki i odwracają się. Samochód podjeżdża najbliżej jak się da. Wysiada z niego Karim Akbar, woła do nich:

– Wiedziałem, wiedziałem, że coś jest w tropie Ásatrú. W opowieściach tego profesora. W kręgach Ásatrú.

Ktoś stuka Malin w plecy, na co ona się odwraca. Knutsson stoi za nią, na pozór niewzruszony całym zamieszaniem.

– Potrzebujecie mnie jeszcze czy mogę jechać? Krowy...

– Proszę jechać – mówi Malin. – Zadzwonimy, jeśli będziemy jeszcze czegoś potrzebować.

– A zwierzęta?

Mężczyzna wykonuje gest w kierunku drzewa.

– Zdejmiemy je.

Gdy kończy zdanie, widzi zbliżający się wóz reporterski „Correspondenten".

Daniel, myśli. Gdzieś ty się podziewał?

Ale to nie Daniel wychodzi z samochodu, tylko fotograf z kolczykiem w nosie oraz siwy dziennikarz, o cerze zniszczonej od nikotyny, który, z tego, co Malin wie, nazywa się Bengtsson, stary wyjadacz, z nieodłączną fajką i szczerą pogardą dla komputerów i programów edytorskich.

Nim niech się zajmie Karim, skoro już tu jest, myśli Malin. Może zapytam o Daniela, zastanawia się Malin. Ale ponownie odgania tę myśl. Jak by to wyglądało? I co mnie to obchodzi?

– Zdejmijcie tego psa – nakazuje Börje.

Malin dostrzega jego frustrację i złość, wszystkie te uczucia kieruje ku psiej padlinie na drzewie.

Chce powiedzieć: Uspokój się, Börje, nic nie czuje tam, gdzie wisi, ale milczy. Myśli: Tego, co czuł, już dawno nie ma.

– Skończyliśmy – oświadcza Karin.

Malin słyszy za sobą pstryknięcie i Bengtssona, który swoim zachrypniętym głosem przeprowadza wywiad z Karimem.

– Jakie wyciągacie...

– Grupy... w związku... nastoletni chłopcy...

Börje pędzi w kierunku drzewa, bierze rozbieg i podskakuje w kierunku psa, ale nie dosięga jego wiotkich łap, upstrzonych grudkami zakrzepłej krwi.

– Börje, do cholery! – krzyczy Malin, ale on znów skacze i znów, i znów, stara się przeciwstawić sile ciążenia, próbując uwolnić psa od tego beznadziejnego wiszenia.

– Börje! – wrzeszczy Zeke. – Zwariowałeś? Zaraz przyniosą drabinę, wtedy będziemy mogli go zdjąć.

– Zamknij się.

Börjemu udaje się chwycić tylne łapy psa, jego ręce jakby przyklejają się do nich, szarpią. Pies opornie podąża za ciężarem ciała Börjego, gałąź wygina się w łuk, a sznur, który trzymał psa na gałęzi, ustępuje. Börje krzyczy i z jękiem pada na czerwony śnieg.

Pies o otwartych martwych oczach ląduje obok niego.

– Przez tę zimę wszystkim odbija – szepcze Zeke. – Kompletnie odbija.

48

Z pola Malin widzi las, w którym napadnięto i zgwałcono Marię Murvall, skraj lasu jak czarna smuga na tle białego nieba. Nie widzi wody, ale wie, że płynie tam strumień Motala, szemrze jak przerośnięty potok pod grubym lodem.

Na mapie las nie wygląda na szczególnie potężny, szeroki na trzydzieści, czterdzieści kilometrów pas ciągnący się od Roxen w stronę Tjällmo i Finspång i w drugą stronę ku Motali. Ale w lesie można zniknąć, zabłądzić, natknąć się na coś, co jest dla nas, ludzi, niepojęte. Można zostać zniesionym z powierzchni ziemi pośród zarośli i butwiejących liści, niezebranych grzybów przeistaczających się w ukryty nurt lasu. Niegdyś ludzie w okolicy wierzyli w trolle, rusałki, gnomy i istoty o koźlich nogach grasujące wśród pni, usiłujące zwabić i zabić ludzi.

W co dziś wierzą? – zastanawia się Malin i patrzy na wieżę kościelną. W hokeja i Konkurs Piosenki Eurowizji?

Potem patrzy na ciała zwierząt w śniegu.

Börje Svärd ze słuchawką bluetooth. Notuje jakiś numer na świstku papieru i gdzieś dzwoni.

Zeke też.

Rolnik, niejaki Dennis Hamberg z okolic Klockrike, zgłosił włamanie do zagrody, zrozpaczony: „Skradziono dwa zwierzęta z ekologicznej hodowli, prosię i jednoroczne jagnię. Przeprowadziłem się tu ze Sztokholmu, żeby uprawiać odpowiedzialne rolnictwo, i co, zostaję okradziony".

Las.

Czarny i pełen tajemnic, dziewczyna z obrazu Johna Bauera gapiąca się na jezioro, na swoje odbicie. Czy ktoś za nią idzie?

Siedzą wszyscy w policyjnej furgonetce, w tle głuchy dźwięk silnika na jałowym biegu, zdradliwe ciepło, które sprawia, że rozpinają ocieplane kurtki, tają, znów się otwierają. Naprędce zwołane spotkanie na polu; Malin, Zeke, Johan, Börje i Karim; Sven Sjöman w komendzie, zajęty papierkową robotą.

– No? Co dalej? – pyta Karim.

– Dowiem się, skąd był pies. To nie zajmie dużo czasu – mówi Börje.

– Mundurowi muszą popytać w okolicy – mówi Zeke. – A my z Malin zajrzymy do ekochłopa i sprawdzimy, co wczoraj wieczorem robili Kalmvik i Svensson. Nie możemy jeszcze niczego wykluczyć.

– Powiązanie jest chyba jasne – rzuca Karim ze swojego miejsca przy kierownicy. – Rytuał, coraz większa wyrazistość i brutalność.

– W takich przypadkach przemoc zazwyczaj eskaluje. Tak pokazuje doświadczenie. A od człowieka do zwierzęcia to raczej nie eskalacja – stwierdza Malin..

– Może być – oponuje Börje. – Kto wie, co się dzieje w głowach niektórych?

– Monitorujcie też wątek Rickarda Skoglöfa i Valkyrii Karlsson – nakazuje Karim. – Piętno Ásatrú jest wyraźne.

Kiedy spotkanie dobiega końca, Malin znów spogląda w stronę lasu. Zamyka oczy, widzi nagie bezbronne ciało na szorstkim mchu.

Otwiera oczy, chce odegnać ten obraz.

Karin Johannison przechodzi obok, niosąc dużą, żółtą torbę. Malin ją zatrzymuje.

– Karin. W ostatnich latach zwiększyły się możliwości wykonania badań DNA ze śladów krwi. Prawda?

– Wiesz dobrze, Malin. Nie musisz mi schlebiać swoją niewiedzą. W Birmingham, w głównym brytyjskim laboratorium, zaszli naprawdę daleko. Nie zdajesz sobie sprawy, jak wiele można uzyskać z niczego.

– A my?

– Nie mamy jeszcze takich środków. Ale zdarza się, że wysyłamy tam materiał do analizy.
– Gdybym miała próbkę, mogłabyś się nią zająć?
– Pewnie. Mam kontakt z nadinspektorem Johnem Stuartem, którego poznałam na konferencji w Kolonii.
– Odezwę się w tej sprawie – obiecuje Malin.
– W porządku – mówi Karin i dalej taszczy torbę po chropowatym śniegu; mimo ciężaru porusza się elegancko, jak modelka na paryskim wybiegu.

Malin odchodzi kawałek od pozostałych, wyjmuje telefon, dzwoni do centrali.
– Możesz mnie połączyć ze Svenem Nordströmem z policji w Motali?
– Pewnie – odpowiada telefonistka.
Trzy sygnały, następnie głos Nordströma:
– Nordström.
– Tu Fors z Linköpingu.
– Hej, Malin. Dawno się nie słyszeliśmy.
– To prawda. Potrzebuję twojej pomocy. Pamiętasz sprawę gwałtu, Marii Murvall, siostry tych trzech mężczyzn, którzy pojawili się w naszym śledztwie. Miała na sobie jakieś ubrania, kiedy ją znaleźliście?
– Miała. Były poplamione krwią, ale tak brudne, że technicy niczego się nie doszukali.
– Według naszej Johannison pojawiły się nowe metody. Zna kogoś w Birmingham, kto rozeznaje się w takich sztuczkach.
– Więc chcesz wysłać próbki ubrania do Anglii?
– Tak. Dopilnujesz, żeby trafiły do Karin Johannison w Centralnym Laboratorium Kryminalistycznym?
– Właściwie powinno się to odbyć oficjalną drogą.
– Powiedz to Marii Murvall.
– Mamy próbki w archiwum. Karin dziś je dostanie.
– Dzięki, Sven.
Kiedy Malin kończy rozmowę, Karin właśnie przejeżdża obok samochodem. Malin ją zatrzymuje.

– Dostaniesz dziś materiał od Nordströma z Motali. Wyślij to do Birmingham jak najszybciej. To pilne.
– Co to jest?
– Ubranie Marii Murvall. To, co z niego zostało.

Margaretha Svensson jest zmęczona, gdy otwiera drzwi do swojego parterowego mieszkania. Z kuchni dolatuje zapach kawy. Nie wygląda na zaskoczoną, widząc Malin i Zekego. Wykonuje tylko gest ręką, by weszli i usiedli przy stole w kuchni.

Malin zastanawia się, czy jest tu Niklas Nyrén. Gdyby był, już by go zauważyli: siedziałby pewnie przy stole albo w salonie.

– Napiją się państwo kawy?

Malin i Zeke stają w korytarzu, zamknąwszy za sobą drzwi.

– Nie, dziękujemy – mówi Malin. – Mamy tylko kilka krótkich pytań.

– Proszę pytać.

– Wie pani, co pani syn robił wczoraj wieczorem i w nocy?

– Tak, był w domu. Ze mną i z Niklasem. Oglądaliśmy do późna telewizję.

– I nigdzie nie wychodził?

– Nie, jestem całkowicie pewna. Śpi teraz na górze. Możecie go obudzić i zapytać.

– To nie będzie konieczne – stwierdza Zeke. – Jest tu Niklas Nyrén?

– Wczoraj późno pojechał do siebie.

– Prosiłam, żeby do mnie zadzwonił, zostawiałam wiadomości.

– Mówił. Ale miał dużo pracy.

Śledztwo w sprawie morderstwa, myśli Malin. Cholerne śledztwo w sprawie morderstwa, a ludzie nie mogą nawet oddzwonić. I narzekają, że policja jest opieszała. Czasem Malin chciałaby, by zrozumieli, że policja to właściwie tylko końcowe rozwidlenie społecznych gałęzi, gdzie porządku muszą pilnować wszyscy, każdy z osobna. Ale oni liczą na to, że to inni coś zrobią. A sami nie robią nic.

PKI, jak to się mówi w *Życiu, wszechświecie i całej reszcie*. Problem Kogoś Innego.

– Co sądzisz? – zastanawia się Zeke, gdy wracają do samochodu.

– Mówi prawdę. Był wczoraj w domu. A Jimmy Kalmvik nie mógł raczej zrobić tego sam. Jedziemy do tego rolnika.

Skupisko domów na polu kilometr za Klockrike jest otulone śniegiem i mrozem, okolone brzozowymi zagajnikami i ładnym kamiennym murem, osłaniającym nieco od wiatru ogród przed nowo wybudowanym domem.

Dom jest z piaskowca. Ma zielone okiennice. Przed gankiem pomalowanym na śródziemnomorski błękit stoi zaparkowany range rover.

Powinno pachnieć lawendą, tymiankiem i rozmarynem, ale czuć tylko lodem. Przy wjeździe do alei prowadzącej do domu napis głosi: „Finca de Hambergo".

Pomalowane na zielono drzwi wejściowe otwierają się i około czterdziestoletni mężczyzna o rozjaśnianych włosach wychyla głowę.

– Dobrze, że tak szybko przyjechaliście. Wchodźcie.

Parter domu stanowi jedną otwartą przestrzeń z korytarzem, kuchnią i salonem połączonymi w jedno. Kiedy Malin widzi kamienne ściany, wzorzyste kafle, szafy kuchenne bez drzwiczek, podłogę z terakoty i barwy ziemi, ma wrażenie, jakby ją przetransportowano do Toskanii albo na Majorkę. A może do Prowansji?

Była tylko na Majorce, a tam domy tak nie wyglądały. Hotel z apartamentami, w którym mieszkały z Tove, był raczej jak przerośnięty czynszowy szeregowiec w Skäggetorp. A jednak z czasopism wnętrzarskich wie, że dla wielu tak właśnie wygląda sen o południu.

Dennis Hamberg zauważa, jak się gapią.

– Chcieliśmy, żeby to wyglądało jak połączenie andaluzyjskiej finca i wiejskiej chaty umbryjskiej. Przeprowadziliśmy się ze Sztokholmu, żeby założyć farmę ekologiczną. Właściwie chcieliśmy wyjechać dalej, ale dzieci chodzą do szwedzkiej szkoły, do gimnazjum w Ljungsbro. A żona dostała dobrą pracę jako szef PR w Nygårds Anna w Linköpingu. W latach dziewięćdziesiątych strasznie dużo podróżowałem i chciałem mieć w końcu trochę spokoju i stabilizacji.

– Gdzie jest teraz pana rodzina?

– W mieście na zakupach.

A teraz na tej odludnej zimowej równinie masz ochotę sobie trochę pogadać, myśli Malin.

– A włamanie do obory?

– Właśnie. Proszę tędy.

Dennis Hamberg wkłada czarną kanadyjkę Canadian Goose i prowadzi ich przez podwórze do pomalowanej na rdzawoczerwono obory. Wskazuje na ślad po łomie na framudze drzwi.

– Tędy weszli.

– Kilku?

– Tak, pełno tu śladów.

– Zatem starajmy się ich nie zadeptać – mówi Zeke.

Odciski tenisówek i ciężkich butów. Wojskowych? – zastanawia się Malin.

W oborze stoją klatki z królikami. W boksie samotne jagnię, w betonowym kwadracie leży czarna maciora i karmi dziesięć prosiąt.

– Iberio. Pata Negra z Salamanki. Zamierzam produkować szynkę.

– To stąd zabrali świnię?

– Tak. Prosię. Oraz jagnię.

– I nic nie słyszeliście?

– Nic.

Malin i Zeke rozglądają się, następnie wychodzą na podwórze, Dennis Hamberg za nimi.

– Sądzicie, że uda mi się odzyskać zwierzęta?

– Nie – mówi Zeke. – Dziś rano znaleziono je powieszone na drzewie za Ljung.

Przez moment mięśnie twarzy Dennisa wiotczeją, trzęsie się na całym ciele, w końcu opanowuje się i próbuje pojąć coś, co wydaje się zupełnie niezrozumiałe.

– Co takiego?

Zeke powtarza to, co powiedział.

– Ale coś takiego chyba się tu nie zdarza?

– Wygląda na to, że tak – mówi Malin.

– Przyślemy tu naszych techników, żeby to dokładnie zbadali.

Dennis Hamberg patrzy po polu, naciąga kaptur.

– Zanim się tu przeprowadziliśmy – mówi – nie wiedziałem, jak może wiać. Pewnie, w Egipcie, na Wyspach Kanaryjskich czy na Teneryfie też wieje. Ale nie tak jak tu.

– Mają państwo psa? – pyta Malin.

– Nie, ale latem kupimy koty. – Dennis Hamberg chwilę się zastanawia, po czym pyta: – Czy muszę zidentyfikować zwierzęta?

Malin odwraca wzrok, patrzy na pola, słyszy, jak Zeke dławi śmiech.

– Spokojnie, Dennis – mówi. – Zakładamy, że zwierzęta są pana. Ale jeśli pan chce, na pewno da się to załatwić.

49

Börje Svärd zaciska dłonie w kieszeniach, czuje, że coś się zbliża, coś, czego się nie da ogarnąć. Jest w powietrzu, którym oddycha, rozpoznaje to. Właściwie to przeczucie, że coś się wkrótce wydarzy i że to dotyczy jego, sięga poza to, co potrafi ogarnąć.

Mgiełka na szybie samochodu zagęszcza się z każdym oddechem.

Według rejestru urzędu podatkowego właściciel dobermana nazywa się Sivert Norling i mieszka przy Olstorpsvägen 39 w Ljungsbro, po tej stronie strumienia, po której drogi prowadzą do lasów w kierunku Hultsjön. Tylko kilka minut zajęło zdobycie nazwiska właściciela; uczynni ludzie w urzędzie w Sztokholmie.

To na początek.

Wyczuwa to za pomocą swojego policyjnego instynktu. Najbliższe, najbardziej prawdopodobne rozwiązanie. Skoglöf i Valkyria Karlsson mogą poczekać.

Są z Johanem Jakobssonem na miejscu. Börje chce zobaczyć tego drania, o ile to sprawka właściciela. Tak czy siak, trzeba lepiej pilnować psa, by nie dopadli go jacyś szaleńcy.

Biała drewniana willa wciśnięta między inne chałupy z lat siedemdziesiątych. Jabłonie i grusze są stare, a latem żywopłoty chronią pewnie przed widokiem z zewnątrz.

– Nie ma co tego odkładać – mówi Börje. – Nigdy nic nie wiadomo. Możemy być blisko.

– Co robimy? – zastanawia się Johan.

– Dzwonimy do drzwi.
– Okej. Tak chyba będzie najlepiej.
Wysiadają z samochodu, otwierają furtkę i wchodzą po schodach. Dzwonią.
Dzwonią trzy-cztery razy, zanim za drzwiami słyszą zmęczone kroki.
Otwiera nastoletni chłopak. Ubrany jest w czarne skórzane spodnie, a na przekłute sutki opadają mu długie czarne włosy. Skórę ma białą jak śnieg. Zimno niezbyt mu przeszkadza.
– Czego? – pyta, patrząc tępo na Börjego i Johana.
– Czego? – powtarza Börje. – To ty jesteś Sivert Norling? – Pokazuje legitymację policyjną.
– Nie. To ojciec.
– A ty masz na imię?
– Andreas.
– Możemy wejść? Zimno tu.
– Nie.
– Nie?
– Czego chcecie?
– Pies. Doberman. Nie uciekł przypadkiem?
– Nie mam psa.
– Według rejestru urzędu podatkowego jest wasz.
– To pies ojca.
– Ale dopiero co powiedziałeś, że nie macie psa.
Johan patrzy na ręce chłopaka. Małe czerwone plamki.
– Chyba musisz pójść z nami – mówi.
– Mogę włożyć sweter?
– Tak...
Bez uprzedzenia chłopak cofa się o krok i z całej siły zatrzaskuje drzwi.
– Jasna cholera! – wrzeszczy Börje, szarpiąc drzwi.
– Sprawdź tył, ja front.
Wyciągają broń, rozdzielają się, idą wzdłuż ścian domu, kurtki trą o nierówne deski.
Johan kuca, przemyka się pod oknem altany, impregnowane zielone deski trzeszczą mu pod nogami. Wyciąga do góry rękę, szuka klamki.

Zamknięte.

Mija pięć minut, dziesięć. W domu cisza, nikt się w środku nie porusza.

Börje wyciąga głowę, stara się zajrzeć przez okno do pomieszczenia, które musi być sypialnią. W środku ciemno.

Naraz słyszy szczęk drzwi przy bramie garażowej. Otwierają się i chłopak wypada z czymś czarnym w ręku. Mam strzelać do niego? – przechodzi Börjemu przez głowę, ale nie strzela. Zamiast tego zaczyna ścigać chłopaka, który teraz pędzi uliczką między willami.

Börje gna za nim przez wieś, w dół strumienia Motala i dalej ulicą po lewej stronie. W ogrodzie bawią się dzieci w kombinezonach. Serce chce mu wyskoczyć z piersi, ale z każdym krokiem jest coraz bliżej.

Ogródki przy willach zdają się a to rosnąć, a to kurczyć. Buty bębnią o posypane piaskiem ulice, lewy, prawy, lewy. Chłopak musi znać dzielnicę jak własną kieszeń.

Zmęczony.

Obaj biegną teraz wolniej.

Chłopak staje.

Odwraca się.

Celuje tym czymś czarnym w Börjego, który rzuca się po skosie na ziemię, na śnieżną zaspę.

Co, u diabła, robi ten szaleniec, czy wie, do czego mnie zmusza?

Śnieg w zaspie jest ostry i zimny.

Börjemu przed oczami staje żona, unieruchomiona w łóżku, psy, cieszące się, gdy pojawia się w psiarni, widzi dom i dzieci w dalekich krajach.

Widzi przed sobą chłopaka z wycelowaną w siebie bronią.

Dręczyciel psów. Dzieci. Zaklejony taśmą pysk dobermana.

Palce zaciskające się na spuście. Palce chłopaka, jego własne.

Celuj w nogę. W kostkę. Wtedy upadnie, nie przebiega tam żadna żyła, której uszkodzenie mogłoby spowodować, że chłopak się wykrwawi.

Börje naciska spust. Odgłos jest krótki i silny, chłopak przed nim osuwa się na drogę, jakby ktoś podciął mu nogi.

Johan słyszy zamieszanie przed domem i pędzi w tym kierunku.

Gdzie oni się podziali?

Dwa kierunki.

Johan biegnie w górę ulicy, a potem w lewo. Są za tym zakrętem?

Ciężki oddech.

Ziąb w płucach, kiedy słyszy strzał.

Niech to diabli.

Biegnie w kierunku, z którego dobiegł dźwięk.

Widzi Börjego skradającego się w kierunku ciała leżącego na posypanej żwirem ulicy. Z nogi leje się krew, ręka rozgrzebuje śnieg, podąża w stronę rany. Czarne włosy chłopca jak wachlarz z cienia na białym śniegu.

Börje wstaje, kopie coś czarnego przy ciele.

Chłopak wydaje głos; krzyk bólu, rozpaczy i strachu, a może także konsternacji przedziera się przez ściany wszystkich domów dzielnicy willowej.

Johan dobiega do Börjego.

– Stanął i do mnie celował – dyszy tamten przez krzyki. Wskazuje na broń w śniegu. – Cholerna plastikowa atrapa. Można taką znaleźć na tysiącu różnych stron internetowych. Ale jak, u diabła, miałem to zobaczyć? – Börje osuwa się obok chłopaka i mówi: – Spokojnie. Będzie dobrze.

Ale chłopak dalej krzyczy, trzymając się za nogę.

– Musimy wezwać karetkę – mówi Johan.

Malin spogląda na pusty plac zabaw.

Myśli: Co się unosi z tej ziemi? Dlaczego wszystko to dzieje się akurat teraz. Nie wie dlaczego, ale może został osiągnięty punkt przełomowy i właśnie teraz coś pęka, eksploduje w przemocy i nieładzie.

Nastolatki.

Zgraje zdezorientowanej młodzieży.

Wszystko to nie trzyma się kupy.
– Został zoperowany. Potem go przesłuchamy.
Zmęczony głos Svena Sjömana.
– Jego ojciec potwierdził, że to był ich pies. Kupił go chłopcu.
– Co jeszcze mówił? – pyta Zeke.
– Że chłopaka nie było wczoraj w nocy w domu, że przez ostatni rok żył we własnym świecie gier komputerowych, Internetu, death metalu i, jak to określił ojciec, „ogólnego zainteresowania okultyzmem".
– Biedny ojciec – mówi Zeke.
Malin widzi, że chyba się zastanawia, może nabiera zdrowszego spojrzenia. Być może przechodzi mu przez myśl, że jego męki na meczach Martina są po prostu żałosne, naprawdę śmieszne. I wie, że może powinien raz na zawsze z nimi skończyć. W Linköpingu jest dziesięć tysięcy ojców, którzy chcieliby mieć takiego syna jak Martin. A kiedy odbędzie się kolejny mecz domowy?
Zeke przypuszczalnie nie ma pojęcia.
Już na samą myśl o Cloetta Center boli go tyłek.
– Ojciec jest sprzedawcą w Saabie – dodaje Sven. – Jakieś trzysta dni w roku w podróży. Do miejsc takich jak Pakistan czy RPA.
– Jacyś koledzy? – pyta Malin.
– Ojciec nie zna ich imion.
– Börje?
Johan Jakobsson z niepokojem w głosie.
– Wiecie, jak jest. Zawieszony w służbie do czasu, aż zostaną wyjaśnione okoliczności strzelaniny.
– Przecież to jasne – mówi Malin. – Strzelał w obronie własnej. Te atrapy wyglądają jak prawdziwe.
– Wiem – odpowiada Sven. – Ale od kiedy to jest takie proste, Fors?

W sali numer dziesięć na piątym oddziale Szpitala Uniwersyteckiego w Linköpingu panuje mrok, pomijając lampkę nad łóżkiem.

Sivert Norling siedzi w półmroku w zielonym fotelu przy oknie. Jest rosłym mężczyzną i nawet w słabym świetle Malin widzi, że jego niebieskie oczy są harde. Włosy ma krótko ostrzyżone, nogi wyciąga na podłodze. Obok niego siedzi żona, Birgitta. Blondynka, ubrana w dżinsy i czerwoną bluzkę, przez którą jej zapłakana twarz wygląda na jeszcze bardziej zapuchniętą.

W łóżku leży Andreas Norling.

Malin go poznaje, ale nie potrafi konkretnie umiejscowić.

Noga chłopca jest umieszczona na wyciągu, oczy ma zamglone od środków przeciwbólowych i narkozy, ale według lekarzy może wziąć udział w krótkim przesłuchaniu.

Zeke i Malin stoją przy jego łóżku, umundurowany policjant pilnuje pod drzwiami.

Chłopak nie przywitał się, kiedy weszli, a teraz przekornie odwraca od nich głowę. Burza czarna włosów jest jak wściekłe pociągnięcie tuszem na białej poduszce.

– Masz nam coś do powiedzenia – oświadcza Malin.

Chłopak leży cicho.

– Prowadzimy śledztwo w sprawie morderstwa. Nie mówimy, że to zrobiłeś, ale musimy wiedzieć, co stało się tam na drzewie dziś w nocy.

– Nie było mnie przy żadnym drzewie.

Ojciec chłopca wstaje i wrzeszczy:

– Do cholery, bądź tak miły i powiedz, co wiesz. To poważna sprawa. Żadna cholerna gra.

– Ma rację – mówi Malin spokojnym głosem. – Masz poważne kłopoty, ale jeśli wszystko opowiesz, może ułatwisz sobie sprawę.

Chłopiec patrzy na Malin. Ona próbuje go uspokoić spojrzeniem, wmówić mu, że wszystko się ułoży. Może jej wierzy, może stwierdza, że to wszystko nie ma już żadnego znaczenia.

Zaczyna opowiadać.

O tym, jak przeczytali w gazecie o zwłokach na drzewie i *midvinterblot* i jakie im się to wydało fajne, że był wtedy z mamą w domu, tego wieczoru, gdy musiało zostać popełnione morderstwo, jak męczył go jego pierdzący pies i jak jego koleżanka Sara Hamberg powiedziała, że mogą zwinąć świnie od nich i że znajomy Henkan Andersson ma traktor z platformą, z której mogliby skorzystać, jak znalazł stronę w Internecie o *seid*, gdzie napisano o *blot* – ofierze i że Rickard Skoglöf, o którym przeczytali w gazecie, jest właścicielem strony. I że jest jakimś czarodziejem Ásatrú. W kilku dziwnych mailach zachęcał ich. Jedno doprowadziło do drugiego, nie dało się już tego powstrzymać, jakby prowadziła ich jakaś dziwna siła.

– Wypiliśmy parę piw i mieliśmy noże. Nie wiedziałem, że krew będzie się tak strasznie lać. A tu nagle, wow, ile krwi. Cholernie fajnie. Ale, kurde, zimno.

Jego matka znów zaczyna płakać.

Ojciec wygląda, jakby chciał wobec swojego syna użyć siły.

Noc za oknami szpitala jest czarna.

– Czy był z wami Rickard Skoglöf?

Chłopak kręci przecząco głową.

– Nie. Tylko te szurnięte maile.

– A Valkyria Karlsson?

– Kto to taki?

– Dlaczego uciekałeś? – pyta Malin. – I dlaczego celowałeś w komisarza Svärda?

– Nie wiem – odpowiada chłopak. – Nie chciałem dać się złapać. Chyba tak się robi?

– Powinni zbombardować Hollywood – mamrocze Zeke.

– Co pan powiedział?

Chłopak nagle zaciekawiony.

– Nic. Tylko głośno myślę.

– Mam jeszcze jedno pytanie – mówi Malin. – Jimmy Kalmvik i Joakim Svensson, znasz ich?

– Czy znam? Jockego i Jimmy'ego? Nie, ale wiem, co to za jedni. Podłe świnie.

– Mieli z tym coś wspólnego?

– Nic a nic. Nigdy nie chciałbym mieć z nimi nic do czynienia z własnej woli.

W drodze do windy Malin pyta Zekego:

– Zgarniemy Skoglöfa?

– Za co? Za nawoływanie do dręczenia zwierząt?
– Masz rację. Na razie damy mu spokój. Ale chyba powinniśmy znów pogadać z nim i Valkyrią Karlsson. Kto wie, do czego mogli nakłonić innych.
– No i Johan musi porozmawiać z pozostałymi dzieciakami, które były na polu.
– Tak. Ale dzisiaj mamy tylko jeszcze jedną sprawę – mówi Malin.
– Co takiego?
– Jedziemy do Börjego.

Polakierowane na biało szafki kuchenne lśnią czystością, na stole leży pomarańczowo-czarny obrus Marimekko. Nad stołem wisi lampa à la Poul Henningsen.

Cała kuchnia w domu Börjego Svärda tchnie spokojem; Malin nie umiałaby stworzyć tak estetycznego wnętrza. Cały dom jest taki. Zaplanowany, spokojny i ładny.

Börje siedzi u szczytu stołu. Obok niego żona Anna niemal zwisa z przypominającego fotel niebieskiego wózka inwalidzkiego, jej rysy jakby zastygły. Ciężki oddech chorej wypełnia pomieszczenie, utrudzony, uporczywy.

– Co miałem, do cholery, zrobić? – mówi Börje.
– Postąpiłeś słusznie – upewnia go Zeke.
– Absolutnie – potwierdza Malin.
– Więc nie będzie miał uszczerbku na zdrowiu?
– Absolutnie nie, Börje, kula trafiła dokładnie tam, gdzie powinna.
– Paskudne – mówi Börje. – Tak się znęcać nad zwierzętami.
Malin kiwa głową.
– Obłęd.
– Chyba mnie nie będzie przez kilka tygodni. To zazwyczaj trochę trwa.
Z wózka gardłowy odgłos, po czym kilka jasnych tonów.
– Mówi, że pora zakończyć te okropieństwa – wyjaśnia Börje.
– Tak, najwyższa pora – mówi Malin.

– Co się dziś działo w pracy, mamo? – pyta Tove. – Chyba jesteś zmęczona?

Sięga po garnek z purée stojący na stole.

– Co się działo? Nastolatki, niewiele starsze od ciebie, które narobiły wiele głupot.

– Jakich?

– Głupich, strasznie głupich rzeczy. – Malin bierze duży kęs ziemniaków i mówi dalej: – Obiecaj mi, że nie zrobisz niczego głupiego, Tove.

Dziewczyna kiwa głową.

– Co teraz z nimi będzie?

– Zostaną natychmiast wezwani na przesłuchanie, a potem zajmie się nimi opieka społeczna.

– Jak?

– Nie wiem, Tove. Po prostu się nimi zajmie, tak sądzę.

50

NIEDZIELA, DWUNASTY LUTEGO

Zegar w kaplicy wybija jedenastą, jedenaście uderzeń, po czym zaczyna dzwonić. To dla mnie dzwoni, ogłasza okolicy, że oto teraz, teraz Bengan Piłka Andersson zostanie pochowany. W tym dzwonieniu słychać opowieść o moim życiu, tym pozornie zmarnowanym zestawie oddechów, które były moje. Ach, ach, ale sami się oszukujecie, czułem miłość, przynajmniej raz, nawet jeśli w nią powątpiewałem.

To prawda: Byłem samotnym człowiekiem, ale nie najbardziej samotnym.

A teraz będą o mnie mówić. Potem spłonę. I to w niedzielę! Zrobili dla mnie wyjątek, nagły jak mój zgon.

Ale to nie gra roli, ta część mnie już przebrzmiała, pozostaje tylko zagadka i z jej powodu części mnie zostały zachowane, jestem grupą krwi, kompletnym kodem, jestem tym, który leży w pomalowanej na biało sosnowej trumnie w pomarańczowym pokoju w kaplicy zmartwychwstania tuż za Lambhov, w kierunku Slakahållet.

Sto metrów dalej, w podziemnym przejściu, czekają piece, ale nie boję się ognia, nie jest ani wieczny, ani ciepły, to tylko przelotna moda.

Nie jestem już na nikogo zły, ale życzę Marii trochę spokoju. Była dla mnie miła, a to musi coś oznaczać.

Wyglądacie w waszych ławkach tak poważnie. Jest was tylko dwoje, Malin Fors i przedstawiciel biura pogrzebowego Fonus, ten Skoglund, który przygotował mnie do zdjęcia dla „Correspondenten".

Przy trumnie stoi kobieta, koloratka obciera jej szyję i najchętniej chciałaby mieć to z głowy, śmierć i samotność pod moją postacią przeraża ją. Tak wierzy w swojego Boga, jego albo jej dobroć.
Zacznijcie więc, skończcie.
Odlatuję dalej.
Ból nie przebrzmiał i jest równie kapryśny. Ale nauczyłem się jednego:
Po śmierci to ja mam głos.
Mogę wyszeptać sto słów, wykrzyczeć tysiąc i jeszcze tysiąc. Mogę postanowić milczeć, w końcu mam własną opowieść. Wasze mruczenie nic nie znaczy.
To wszystko.

Malin przywitała się z przedstawicielem zakładu pogrzebowego Connym Skoglundem, zanim weszła do kaplicy. Powiedzieli sobie dzień dobry pod arkadami w kolorze piasku i po wymianie zwrotów grzecznościowych stanęli obok siebie w cichym porozumieniu. Gdy zaczęły bić dzwony, weszli do przestronnej sali. Światło wsączało się do pomieszczenia w niemal nieprzyzwoity sposób przez okna, które z pewnością siebie i jakby im zależało na widoku na park pięły się od podłogi aż po sufit. Musi być ładnie, gdy na zewnątrz jest zielono, pomyślała Malin. Teraz panuje odrealniona jasność.

Usiedli każde po swojej stronie, jakby chcieli w jakiś sposób wypełnić pustą przestrzeń.

Samotny w życiu.

Jeszcze bardziej samotny po śmierci.

Ponad tydzień, od kiedy znaleziono Bengta Anderssona. Teraz zostanie pochowany. W niedzielę. Samotny wieniec na trumnie z parafii w Ljungsbro. W klubie piłkarskim pomyśleli pewnie, że wystarczy bukiet na miejscu zbrodni. Malin trzyma w dłoni biały goździk, a dzwony dzwonią i dzwonią. Myśli, że jeszcze chwilę, a ona i Skoglund ogłuchną. Także ksiądz: mniej więcej trzydziestopięcioletnia kobieta, okrągła i piegowata, o rudych włosach. Dzwony cichną, rozbrzmiewa psalm, po czym zaczyna mówić ksiądz.

Wypowiada te co trzeba słowa, a kiedy dociera do momentu, gdy musi dodać coś od siebie, mówi: „Bengt Andersson był niezwykłym zwykłym człowiekiem...", Malin ma ochotę wstać i zasłonić jej usta, żeby przestała wygłaszać banały. Zamiast tego wyłącza się i bezwiednie upuszcza biały goździk na trumnę Bengana Piłki, myśląc: Dopadniemy ich, dopadniemy go, zaznasz spokoju, obiecuję.

Malin Fors, jeśli sądzisz, że potrzebuję „prawdy", by zaznać spokoju, mylisz się. Ale ty jej przecież poszukujesz dla siebie, prawda?
To ty potrzebujesz spokoju, nie ja.
Ale okej, możemy być ze sobą szczerzy, nie musimy zatajać naszych intencji.
Teraz wiezie mnie korytarzem, trumna jest ciemna i ciepła, a wkrótce będzie jeszcze cieplej.
Nazywa się David Sandström, ma czterdzieści siedem lat. Wszyscy się zastanawiają, jak można wykonywać taką pracę. Palacze zwłok nie mają wysokich notowań, niewiele wyższe niż grubasy zamierzające się siekierą na własnego ojca. Ale on lubi tę pracę, jest sam, nie ma do czynienia z żyjącymi. Zajęcie ma pewne zalety, o których teraz nie można wspomnieć.
Znajdujemy się w pomieszczeniu do spalania, jest obszerne, o niebiańsko błękitnych ścianach, umiejscowione pod ziemią, z niewielkimi oknami pod sufitem. Piec jest w pełni zautomatyzowany, palacz zwłok wprowadza tylko trumnę na taśmę, otwiera się klapa paleniska, które zapala się za przyciśnięciem przycisku.
Potem się palę.
Ale jeszcze nie.
Najpierw David Sandström musi załadować trumnę na taśmę, a robi to z wielkim wysiłkiem.

Cholera, ale ciężka. Ostatni odcinek z wózka na taśmę trzeba pchać i zazwyczaj lekko to idzie, ale, do licha, ta jest ciężka.
Bengt Andersson.
David wie, jak zmarł, pozwala mu leżeć w trumnie, pod

klapą, nie chce nawet na niego spojrzeć. Najlepiej, jak są młodzi, tych lubi najbardziej, oni przynoszą najwięcej spokoju.
No dobrze.
Trumna na taśmie.
Naciska przycisk na pulpicie, klapa podjeżdża w górę, naciska kolejny guzik i płomienie łapczywie liżą już drewno, by się w nie wgryźć.
Trochę, jeszcze trochę.
I ogień chwyta drewno. W ciągu dziesięciu sekund płomienie otaczają trumnę, a klapa paleniska wraca na swoje miejsce.
David Sandström wyjmuje notatnik z wewnętrznej kieszeni kurtki. Specjalnym długopisem dokładnie zapisuje na jednej z ostatnich stron:
Bengt Andersson, 61 10 15-1923. Nr 12.349.

Czuję ogień.
Łączy w sobie wszystkie istniejące uczucia. Przemijam. Staję się parą, dymem wylatującym z komina krematorium, spalanymi cząsteczkami zapachu unoszącego się nad Linköpingiem i w powietrzu, które tak łapczywie wdycha Malin Fors, gdy wychodzi na parking przed komendą policji.
Zostaje popiół, który rozrzucą w parku umarłych przy kaplicy na starym cmentarzu.
Nasze szacowne prochy stanowią punkt nawigacyjny dla wspomnień, a moje prochy będą tam, aby ci, którzy wbrew wszelkim przypuszczeniom chcą o mnie pamiętać, mieli gdzie pójść.
Przychodzimy do naszych wspomnień, odwiedzamy nasze życie.
Beznadziejne, prawda?
Ale takie są przecież nawyki żywych.

CZĘŚĆ III
NAWYKI ŻYWYCH

51

Trzeba podlać kwiaty, posegregować pocztę, puścić wodę z kranów. Wytrzeć kurze, odmrozić zamrażarki, wygładzić narzuty. No i wspomnienia, które trzeba wyprzeć, zdarzenia, które trzeba zapomnieć, przeczucia, którym trzeba zaprzeczyć, zawiedzione obietnice, które będą wybaczone, i miłość, która na zawsze zostanie zapamiętana.

Da się?

13.45, kilka godzin po pogrzebie Bengta Anderssona.

Malin porusza się po mieszkaniu rodziców. Pamięta, jak ostatni raz tu była. Tove tak jak ona na łóżku rodziców, ta sama łatwowierna świadomość celu, ta sama naiwna otwartość na własne ciało.

A jednak.

Malin się śmieje. Musi przyznać jej i Markusowi, że szukając w tym zimnie miłosnego gniazdka, wykazali się pomysłowością. Teraz oboje na popołudniowym seansie w kinie; jakiś nowy film akcji na podstawie przygód bohaterów komiksu z lat pięćdziesiątych, zaktualizowanego na współczesną modłę; więcej przemocy, więcej – choć równie niewinnego – seksu, no i bardziej wyraziste i szczęśliwsze zakończenie. Dwuznaczność to wróg, do sukcesu przy kasie biletowej potrzebna jest pewność.

Każdy czas, myśli Malin, ma takie opowieści, na jakie zasługuje.

Zapachy mieszkania rodziców.

Czuć tu tajemnicami.

Tak samo jak w myśliwskiej chatce, choć tam w nocy w lesie wyraźniej i chłodniej, nie tak nieprzystępnie i osobiście jak tu. Człowiek, myśli Malin, obraca się wokół własnej osi, jeśli za dużo przebywa w przeszłości. Jednocześnie unicestwia się, jeśli nie ma odwagi jej tknąć. Psychoterapeuci wiedzą o tym wszystko.

Opada na kanapę w salonie.

Czuje się przepracowana i spragniona: Tata trzyma pewnie alkohol w szafce nad lodówką w kuchni.

Omotać duszę.

Eleganckie meble, które wcale nie są takie eleganckie.

„Chyba podlewasz kwiaty?"

Już podlałam.

Kwiaty. Zapachy. Zapach puddingu kapuścianego.

Kłamstw. Także tu? Dokładnie tak jak w domu Rakel Murvall w Blåsvädret. Chociaż tutaj mniej wyraźnie, słabiej. Muszę tam znów pojechać, myśli Malin, muszę tam pojechać i wypędzić tajemnice z podłogi i ścian.

W korytarzu dzwoni komórka.

Jest w kieszeni kurtki. Malin wstaje z kanapy, biegnie, szuka po omacku.

Zagraniczny numer.

– Słucham, tu Malin.

– Malin, tu tata.

– Hej, jestem w mieszkaniu, właśnie podlałam kwiaty.

– O to jestem spokojny. Ja nie w tej sprawie.

Czegoś chce, ale nie ma odwagi tego powiedzieć, to samo wrażenie co podczas poprzedniej rozmowy. W słuchawce słychać, jak ojciec bierze głęboki oddech, wydycha powietrze i zaczyna:

– Wiesz, rozmawialiśmy o tym, że Tove powinna tu przyjechać, a przecież wkrótce ma ferie zimowe? Może wtedy?

Malin odsuwa słuchawkę od ucha, trzyma przed sobą telefon, kiwa głową.

Otrząsa się. Ponownie przykłada słuchawkę do ucha.

– Za dwa tygodnie.
– Za dwa tygodnie?
– Tak, ferie rozpoczynają się za dwa tygodnie. Jest tylko jeden problem.
– Jaki?
– Nie mamy pieniędzy na bilet. Nie mam ani grosza, a Janne tuż przed świętami wymienił kocioł olejowy.
– Tak, rozmawialiśmy o tym z mamą. Możemy jej opłacić bilet. Byliśmy dziś w biurze podróży i są tanie loty przez Londyn. Może też weźmiesz wolne?
– To niemożliwe – odpowiada Malin. – Musiałabym uprzedzić dużo wcześniej. Mamy poza tym kłopoty.
– No i co o tym sądzisz?
– Świetny pomysł. Ale musisz najpierw porozmawiać z Tove.
– Może się tu kąpać i jeździć konno.
– Ona sama wie, co chce robić, a czego nie. Możesz być pewien.
– Porozmawiasz z nią?
– Sam zadzwoń. Teraz jest w kinie, ale około dziesiątej powinna być w domu.
– Malin, nie możesz porozmawiać...
– Okej, okej. Porozmawiam z nią i się odezwę. Jutro.
– Nie czekaj z tym za długo. Może zabraknąć biletów.

52

Głosy.
Niech lecą.
Podczas śledztwa wsłuchuj się w nie wszystkie.
Niech zabrzmią. Doprowadzą cię do celu.

W korytarzu w mieszkaniu Niklasa Nyréna stoją prześwitujące opakowania z ciastkami, okrągłymi, zafoliowanymi malinowymi snami w beżowym kolorze, rożkami, czekoladowymi murzyńskimi kulkami, które teraz nazywają się kulki czekoladowe. Zielony dywan pokryty jest okruszkami ciastek. Na podjeździe, tuż przy skrzynce na listy, stoi zaparkowane ciemnoniebieskie volvo kombi.

Uważaj, Malin, ostrzega samą siebie, kiedy dzwoni do drzwi. Jeśli to zrobili chłopcy, mógł im pomagać z ciałem.

Niklas Nyrén zaprasza ją do mieszkania, do uporządkowanego salonu, w którym przed zamontowanym na ścianie płaskim telewizorem króluje obita czerwonym materiałem kanapa.

Wszystko w mieszkaniu świadczy o tym, że Niklas Nyrén jest przeciętnym mężczyzną w średnim wieku.

Ma na sobie dżinsy i zielony golf, twarz okrągła, znad paska wystaje brzuszek. Za mało ruchu. Za dużo jeżdżenia samochodem i za duży apetyt na próbki ciastek.

– Zamierzałem do pani zadzwonić – mówi Niklas Nyrén, a jego głos jest dziwnie gruby jak na osobę otyłą. Powinien być cieńszy, bardziej zachrypnięty.

Malin nie odpowiada, siada na kopii krzesła Mrówka pro-

jektu Arnego Jacobsena przy małym stoliku przy oknie wychodzącym na fabrykę Cloetty.
– Miała pani jakieś pytania? – pyta Nyrén i siada na kanapie.
– Jak pan wie, nazwisko Joakima Svenssona pojawiło się w śledztwie w sprawie morderstwa Bengta Anderssona.
Mężczyzna kiwa głową.
– Trudno mi sobie wyobrazić, że chłopak mógłby być w to zamieszany. Musi się tylko nauczyć ogłady, otrzymać jakieś męskie wzorce.
– Ma pan z nim dobry kontakt?
– Staram się. Staram się. Sam miałem w dzieciństwie przekichane i chcę chłopakowi pomóc. Ma klucze do mojego mieszkania. Chcę mu okazać zaufanie.
– Jak to przekichane?
– Nie chcę się w to wdawać. Ale ojciec sporo pił. A matka nie była szczególnie troskliwa.
Malin kiwa głową.
– A w nocy ze środy na czwartek w ubiegłym tygodniu, co pan wtedy robił?
– Była u mnie Margaretha i jestem pewien, że Jocke oglądał z Jimmym ten film.
– Jimmy? Zna pan Jimmy'ego Kalmvika?
Niklas Nyrén wstaje, podchodzi do okna i patrzy na fabrykę.
– Ci dwaj są nierozłączni. Jeśli się chce zbudować sensowną relację z jednym z nich, trzeba próbować na różne sposoby. Staram się robić z nimi coś, co może im się spodobać.
– A co im się podoba?
– Co lubią? Zabrałem ich na pokazy skate'owe w Norrköpingu. Byliśmy w Mantorp Park. Dałem im poprowadzić mój samochód na żwirowym boisku przy starej I4. Cholera, ubiegłego lata zabrałem ich nawet na strzelnicę.
Nie musisz być chyba taka ostrożna, Malin. Niklas Nyrén cały emanuje łatwowiernością. A może zgrywa naiwniaka?
– Poluje pan?
– Nie, ale kiedyś uprawiałem strzelectwo sportowe. Karabin małokalibrowy. Dlaczego?

– Chyba nie będę miał przez to kłopotów?

Niklas Nyrén grzebie w garderobie w swojej pomalowanej na biało sypialni.

– Nie potrzeba mieć chyba szafy na broń dla karabinu małokalibrowego?

– Raczej trzeba – odpowiada Malin.

– Proszę.

Niklas Nyrén kieruje wąską, niemal szpiczastą, czarną broń w stronę Malin. Malin reflektuje się, gdy widzi karabinek. Nikt nie powinien go dotykać, zanim trafi do laboratorium.

– Proszę to położyć na łóżku – mówi, a Nyrén wygląda na zaskoczonego i robi, co każe Malin.

– Ma pan jakieś worki? – pyta Malin.

– Tak, w kuchni. Tam mam też amunicję.

– Dobrze. Proszę to wszystko przynieść. Poczekam tutaj.

Malin siada na łóżku obok broni. Wdycha stęchłe powietrze w niewietrzonym pokoju i patrzy na obrazy na ścianach: oprawione w tanie ramy wydruki z Ikea przedstawiające różne ryby.

Zamyka oczy, wzdycha.

Joakim Svensson ma klucz do mieszkania.

Kiedy Niklas Nyrén przebywał na swoim sprzedażowym tournée, on i Jimmy Kalmvik musieli wziąć stąd broń, pójść pod okna Bengta Anderssona i strzelać, żeby go przestraszyć, dokuczyć mu. Małe gnojki, myśli Malin, ale opanowuje się. Testosteron i pewne okoliczności potrafią negatywnie wpłynąć na takich nastoletnich chłopaczków, a ten, kto czuje się opuszczony i zdeptany, sam depcze.

Malin otwiera oczy i widzi wracającego z kuchni Niklasa Nyréna.

W jednej ręce trzyma paczkę worków, w drugiej skrzynkę z amunicją.

– Używam gumowych pocisków – mówi. – Cholera. Sądziłem, że ta skrzynka była zamknięta. Ale ktoś musiał ją otworzyć. Brakuje trzech kul.

Rozczarowanie zmienia twarz Niklasa Nyréna w maskę.

Przycisnąć dręczycieli z Ljungbro i zmusić ich do przyznania się, że to oni strzelali w okna mieszkania Bengta Anderssona? Przycisnąć ich, by powiedzieli jeszcze więcej?

Jeżeli jest coś więcej do powiedzenia.

Choć bardzo chciałabym pognać w jednym kierunku, jest jeszcze za wcześnie, myśli Malin.

Dociska pedał gazu, jadąc przez pokrytą śniegiem równinę w kierunku Maspelösy. Już postanowiła, że poczeka, zobaczy, czyje odciski palców Karin znajdzie na broni, która leży zawinięta w koc w bagażniku. A jednak Malin bawi się myślą, żeby zawrócić i pojechać do domu Jimmy'ego Kalmvika i przycisnąć go. Mogę to zrobić sama; w porównaniu z Murvallami to dziecinna zabawa. Nie, lepiej niech Karin zrobi swoje, orzeknie, że gumowe pociski z mieszkania Bengta Anderssona pochodzą z broni Niklasa Nyréna. Wtedy postawić chłopaków przed faktem. Mundurowi powinni pobrać ich odciski palców, żeby Karin mogła je dopasować do tych, na które ewentualnie trafi.

Adres Rickarda Skoglöfa w komórce, niełatwo znaleźć jego dom. Malin błądzi po polu, zanim znajduje właściwe gospodarstwo.

Zatrzymuje się.

Szare murowane domy skulone na zimnie, śnieg na strzechach. W oknach największego z domów pali się światło.

Fanatycy Ásatrú, myśli Malin i puka do drzwi. Nimi też sama się zajmę.

Mija ledwie kilka sekund, zanim mężczyzna, który musi być Rickardem Skoglöfem, otwiera ubrany w tunikę, z włosami i długą brodą w jednym kołtunie. Za nim porusza się ubrana na biało kobieta – Valkyria Karlsson.

– Malin Fors z policji w Linköpingu.

– Już go chyba zawiesili, tego drugiego, po strzelaninie – mówi Rickard Skoglöf i uśmiecha się, wpuszczając ją do środka.

Malin uderza wilgotne ciepło, słyszy trzask z kominka gdzieś z głębi domu.

– Proszę tam.

Rickard Skoglöf wskazuje na lewo, na pokój dzienny, gdzie na lśniącym biurku miga gigantyczny ekran komputera.

Valkyria Karlsson siedzi na kanapie z nogami podciągniętymi pod białą koszulą nocną.
– A, to ty – mówi, kiedy Malin wchodzi do pokoju. – To ty mi przeszkodziłaś.
Rickard Skoglöf wchodzi do nich z trzema parującymi filiżankami na tacy.
– Herbatka ziołowa – mówi. – Dobra na nerwy. Jeśli ktoś ma z tym problem.
Malin nie odpowiada, bierze filiżankę i siada w czarnym fotelu biurowym przed komputerem. Rickard Skoglöf nadal stoi, podaje filiżankę Valkyrii.
– Fajnie to tak namawiać młodych ludzi do robienia idiotycznych rzeczy? – zaczyna Malin.
– Co pani ma na myśli?
Malin ogarnia impuls, by oblać gorącą herbatą tę szyderczo uśmiechniętą twarz, ale udaje jej się powstrzymać.
– Niech pan nie zgrywa głupiego. Wiemy, że słał pan maile do Andreasa Norlinga. Kto wie, do czego jeszcze mógł pan kogoś namówić.
– A, to, czytałem w „Corren". Nie sądziłem, że to zrobią.
– Czy kontaktował się pan z Jimmym Kalmvikiem? Joakimem...
– Nie znam żadnego Jimmy'ego Kalmvika. To pewnie jeden z tych nastolatków, o których pisali w „Corren", z tych, którzy prześladowali Bengta Anderssona. Jeszcze raz mówię, że nie mam, nie mamy z tym nic wspólnego.
– Nic – mówi Valkyria i wyciąga nogę na kanapie. Malin zauważa, że paznokcie u nóg ma pomalowane na odblaskowy pomarańczowy kolor.
– Zamierzam skonfiskować pana twardy dysk, tu i teraz – oświadcza Malin. – Jeśli będzie pan protestował, zarządzę natychmiastowe przeszukanie.
Rickard Skoglöf już się nie szczerzy, wygląda na przestraszonego.
Valkyria patrzy na Malin, wytrzeszcza oczy, mówi:
– Szuuu, szuuu. Nigdy nas nie dostaniesz, policyjna zdziro.

Tove pojawia się w domu tuż po szóstej. Trzaska drzwiami, nie wiadomo, czy z podekscytowania czy ze złości.

Całkiem znośna niedziela, myśli Malin, czekając, aż córka wejdzie do salonu.

Broń przekazana do Centralnego Laboratorium Kryminalistycznego, Karin i jej koledzy sprawdzą ją z samego rana. Twardy dysk Rickarda Skoglöfa w dobrych rękach na posterunku, Johan Jakobsson i informatycy natychmiast muszą go przejrzeć, sprawdzić, czy ten diabelny prorok Ásatrú nie namówił jeszcze kogoś do czegoś naprawdę głupiego, na przykład zamordowania Bengta Anderssona. Gdyby tak było, w jego komputerze powinny znajdować się ślady maili i tak dalej. Kto wie, jakie jeszcze cholerstwo przyniesie ta zima i ta okolica?

Tove staje naprzeciwko Malin. Uśmiecha się, jej twarz i oczy są spokojne, wolne od zdenerwowania i rozedrgania.

– Dobry film? – pyta Malin ze swojego miejsca na kanapie.
– Beznadziejny.
– Ale wyglądasz na zadowoloną.
– Tak, Markus przyjdzie jutro na kolację. W porządku?
Tove siada na kanapie i bierze chipsa z misy na stoliku.
– Proszę bardzo.
– Co oglądasz?
– Jakiś program dokumentalny o Izraelu i Palestynie i o podwójnych agentach.
– Jest coś innego?
– Na pewno. Poszukaj.

Malin podaje córce pilota. Tove przełącza między dwoma kanałami i zatrzymuje się na programie lokalnej telewizji. Klub Hokejowy Linköping wygrał z Modo, a Martin Martinsson strzelił trzy bramki. Ponoć na miejscu byli łowcy talentów z Narodowej Ligi Hokeja NHL.

– Byłam dziś w mieszkaniu dziadka i babci.
Tove kiwa głową.
– Dziadek dzwonił. Pyta, czy nie chciałabyś ich odwiedzić w czasie ferii w lutym.

Malin czeka na reakcję, pragnie, by na ustach Tove pojawił się uśmiech, ale ta wygląda na zmartwioną.

– Przecież nie stać nas na bilet?
– Oni płacą.
Tove wygląda na jeszcze bardziej zmartwioną.
– Nie wiem, czy chcę, mamo. Będzie im przykro, jeśli odmówię?
– Zrobisz, jak chcesz, Tove. Dokładnie tak, jak chcesz.
– Ale ja sama nie wiem.
– Pomyśl o tym, kochanie. Nie musisz nic postanawiać do jutra ani do wtorku.
– Tam jest ciepło, prawda?
– Co najmniej dwadzieścia stopni – odpowiada Malin. – Jak w lecie.

Z drzew zwisają jabłka. Chłopiec, dwóch chłopców, trzech, czterech chłopców biega po zielonym ogrodzie. Upadają, a trawa barwi ich kolana na zielono, w końcu pozostaje tylko jeden chłopiec, upada, ale podnosi się i biegnie dalej. Biegnie, aż dociera na skraj lasu, tam przez chwilę się waha, aż w końcu odważa się i wchodzi w ciemność.

Biegnie między pniami drzew, a ostre gałęzie leżące na ziemi ranią jego stopy. Jednak nie dopuszcza do siebie bólu, nie zatrzymuje się, żeby pokonać potwory wyjące w wykrotach.

Chłopiec stoi przy łóżku Malin. Miarowo uciska na jej klatkę piersiową, pomaga jej wdychać żółte poranne powietrze.

Szepcze w jej śpiące, śniące ucho:
Jak się nazywam, skąd jestem?

53

PONIEDZIAŁEK, TRZYNASTY LUTEGO

Paskudna poranna mgła nad miastem, nad polami.
W śledztwie zastój.
Trzeba przebadać broń.
Wcześnie rano sprawdzić twardy dysk.
Bezwietrznie na pokrytym śniegiem polu, nic się nie dzieje.
Wycieńczeni policjanci śpią; niektórzy już się obudzili. Börje Svärd w łóżku, samotny pod spraną kołdrą w niebieskie kwiaty, jego wypuszczone z psiarni dwa owczarki po obu stronach łóżka, w pokoju na dole dwóch opiekunów z nocnego dyżuru pomaga przewrócić się Annie, a on usiłuje nie słyszeć tych odgłosów.
  Johan Jakobsson w szeregowcu w Linghem drzemie na siedząco na kanapie, trzymając w ramionach trzyletnią córkę. Na ekranie telewizora *Loranga Masarin*, słuchawki na uszach córki. Kiedy ty się nauczysz, jak przyjemnie jest spać? Wczorajszy dzień upłynął na spotkaniach z pozostałymi nastolatkami, którzy uczestniczyli w *djurblotet* – ofiarowaniu zwierząt na polu. Mieli alibi na noc, gdy zamordowano Bengta Anderssona, byli tylko, jak to często młodzież, zdezorientowani. Jeszcze jeden dzień w pracy, dzień, gdy zostawił rodzinę bez opieki.
  Zacharias Martinsson śpi blisko swojej marznącej żony, okno w sypialni uchylone, przeciąg gwarantuje przeziębienie.
  Sven Sjöman na plecach w łóżku w swojej willi, chrapie donośnie, jego żona w kuchni z filiżanką kawy, z zainteresowa-

niem czyta „Svenska Dagbladet". Czasem ukradkiem wstaje przed Svenem, choć nie zdarza się to często.

Także Karim Akbar śpi w swoim łóżku, leżąc na boku, wdycha i wydycha powietrze, kaszle, wyciąga rękę w poszukiwaniu swojej żony. Ale jej nie ma, siedzi w toalecie z twarzą w dłoniach i zastanawia się, jak to wszystko poukładać, co by się stało, gdyby Karim wiedział.

Karin Johannison nie śpi, dosiada swojego męża, odrzuca włosy, częstuje się własnym ciałem i pożera to mięso pod sobą, które jest bardziej jej niż jego. Właściwie do czego poza tym jest jej potrzebny?

Malin Fors też nie śpi.
Siedzi za kierownicą swojego samochodu.
Ma jasny cel.
Trzeci wątek śledztwa w sprawie Bengta Anderssona trzeba przyśpieszyć, pogonić batem, zedrzeć skórę z pleców.

Malin marznie.

W taki poranek samochód nie jest w stanie się rozgrzać. Przez szybę widzi kamienną wieżę kościoła, za nią Blåsvädret. Tam Rakel Murvall sama w swojej kuchni parzy sobie filiżankę kawy i uśmiechając się, wygląda przez okno. Myśli, że chłopcy powinni wkrótce wrócić do domu. Warsztaty nie mogą tak stać nieużywane.

Malin parkuje pod domem Rakel Murvall. Biały drewniany dom wydaje się bardziej zmęczony niż wtedy, gdy ostatnio tu była, jakby zaczął dawać za wygraną wobec zimna i człowieka w środku. Ścieżka prowadząca do domu jest odśnieżona, jakby przygotowana na rozwinięcie czerwonego dywanu.

Na pewno nie śpi, myśli Malin. Zaskocz ją. Przyjdź, kiedy się tego najmniej spodziewa.

Tak jak Tove energicznie zatrzaskuje za sobą drzwi samochodu. Wie dlaczego: chodzi o obudzenie stanowczości, agresji, poczucia władzy, które sprawią, że matka będzie opryskliwa, otworzy się, opowie historie, o których Malin wie, że istnieją.

Puka do drzwi.

Udaje, że ma obok siebie Zekego.

Za drzwiami lekkie, a jednak ciężkie kroki. Otwiera, chude szare policzki okalają te być może najbardziej przenikliwe oczy, jakie Malin widziała u człowieka, wzrok, który ją pożera, przez który czuje się osłabiona, bezwolna i przestraszona.

Kobieta ma ponad siedemdziesiąt lat. Co ona może mi zrobić? – myśli Malin, ale wie, że się myli: może zrobić wszystko.

– Komisarz Fors – mówi Rakel Murvall przyjaznym tonem. – Co mogę dla niej zrobić?

– Proszę mnie wpuścić, zimno tu. Mam więcej pytań.

– Myśli, że mam więcej odpowiedzi?

Malin kiwa głową.

– Sądzę, że ma pani wszystkie odpowiedzi.

Rakel Murvall odchodzi na bok i Malin wchodzi.

Kawa jest gorąca i odpowiednio mocna.

– Pani chłopcy nie są niewiniątkami – mówi Malin i siada wygodnie na krześle.

Najpierw widzi próżność, potem wściekłość, od której ciemnieją oczy Rakel Murvall.

– Co pani wie o moich chłopcach?

– Właściwie to chciałabym porozmawiać o pani czwartym synu. – Malin odstawia filiżankę, patrzy na Rakel Murvall, wpatruje się w nią. – Karl – mówi.

– Jak pani powiedziała?

– Karl.

– Niewiele mam od niego wieści.

– Kto był jego ojcem? Nie ten sam co pozostałych. Tyle wiem.

– Widzę, że już pani z nim mówiła.

– Tak, rozmawiałam z nim. Powiedział, że jego ojciec był marynarzem i utonął, gdy była pani w ciąży.

– Ma pani rację – mówi Rakel Murvall. – Niedaleko Przylądka Zielonego osiemnastego sierpnia 1961 roku. M/s *Dorian* zatonął z ludźmi i wszystkim.

– Sądzę, że pani kłamie – mówi Malin, ale Rakel Murvall tylko się uśmiecha.
– Peder Palmkvist się zwał, ten marynarz.
Malin wstaje.
– To wszystko, czego chciałam się teraz dowiedzieć.
Staruszka podnosi się i Malin widzi, jak jej wzrok obejmuje dowództwo nad całym pokojem.
– Jeśli jeszcze raz się pani tu pokaże, oskarżę panią o nękanie.
– Staram się tylko wykonywać moją pracę, pani Murvall, to wszystko.
– Statki toną – mówi Rakel Murvall. – Toną jak kamień w wodę.

Malin przejeżdża obok stacji benzynowej Murvallów. Neon Preem jest zgaszony, okna sklepiku zieją czernią, a nieczynna odlewnia na terenie parceli za stacją aż się prosi o wyburzenie.

Mija Brunnby i Härnę, nie chce widzieć budynku, w którym mieszkał Bengan Piłka. Z drogi widać tylko dach, ale ona wie, który to dom.

Gospodarz sprzątnął już pewnie mieszkanie, twoje rzeczy, tych niewiele przedmiotów, które nadawały się na sprzedaż, poszło pewnie na aukcję, z której pieniądze trafią na Powszechny Fundusz Spadkowy. Rebecka Stenlundh, twoja biologiczna, ale nie prawna siostra, nie ma prawa odziedziczyć tych paru rzeczy, które jednak do ciebie należały.

Czy ktoś już zajął twoje mieszkanie, Benganie Piłko? Czy też pokoje stoją opuszczone i czekają, aż wrócisz do domu? Może jesteś w końcu w domu? Kurz zbiera się na parapetach, rdzewieją krany, powoli, powoli.

Przejeżdża pod akweduktem, mija szkołę i wyjmuje telefon: Odpuszczę sobie poranne zebranie.
– Johan? Tu Malin.
– Malin?

Głos Jakobssona w telefonie komórkowym, zaspany, pewnie dopiero co przyszedł do komendy.

– Możesz coś dla mnie sprawdzić, zanim zajmiesz się twardym dyskiem Rickarda Skoglöfa?
Malin prosi o sprawdzenie katastrofy statku, nazwiska marynarza.
– Zbyt stare, żeby figurowało w komputerowym rejestrze Żeglugi Morskiej – mówi Johan.
– Mają pewnie coś takiego na stronach internetowych. Jacyś pasjonaci?
– Na pewno. Bohaterowie floty handlowej mają pewnie swoich wielbicieli, którzy dbają, by o nich nie zapomniano. Może w Związku Żeglarskim są jakieś informacje.
– Dzięki, Johan. Jestem ci winna przysługę.
– Poczekaj z obietnicami, aż będziesz wiedziała, czy coś znajdę. Potem pora na twardy dysk.
Malin rozłącza się, skręcając przy domu seniora we Vretaliden.

Malin mija recepcję. Chociaż pospiesznie przechodzi przez hol, znów wyczuwa zapach nieperfumowanego środka czystości. Jego chemiczna sztuczność sprawia, że to miejsce działa przygnębiająco. W domu używa się środków, które pachną cytryną albo kwiatami. Ale nie tu. A to przecież dla tych ludzi dom. Zasłużyli na inny zapach niż ten.

Wjeżdża windą na oddział trzeci i idzie korytarzem do pokoju Gottfrida Karlssona.

Puka do drzwi.

Głos słaby, a jednak silny.

– Tak, proszę.

Malin otwiera drzwi, wchodzi ostrożnie, patrzy na szczupłe ciało pod żółtym kocem w łóżku. Zanim zdąży cokolwiek powiedzieć, staruszek otwiera usta:

– Panna Fors. Liczyłem, że pani wróci.

Malin myśli, że wszyscy czekają, aż prawda sama ich znajdzie, że nikt nie przychodzi z prawdą ani jej dobrowolnie nie pomaga. Ale taka jest chyba jej natura: jest raczej ciągiem nieuchwytnych, płochliwych zdarzeń niż zdecydowanym stwierdzeniem? Że u podstaw istnieje tylko chyba.

Malin zbliża się do łóżka. Gottfrid Karlsson poklepuje miejsce obok siebie.

– Proszę tu usiąść, panno Fors, obok starego człowieka.

– Dziękuję – mówi Malin i siada.

– Czytałem o waszej sprawie. – Gottfrid Karlsson patrzy na Malin swoimi prawie niewidzącymi oczami. – Co za okropieństwa. A ci bracia Murvallowie to chyba niezłe ziółka. Musiało mnie to ominąć, kiedy się wycofałem z aktywnego życia. Rzecz jasna znam ich matkę i ich ojca.

– Jaka jest ich matka?

– Nie robiła wokół siebie wiele szumu. Ale pamiętam jej oczy, myślałem wtedy: z Rakel Karlsson nie ma żartów.

– Karlsson?

– Takie samo nazwisko jak moje. Karlsson to chyba najczęstsze nazwisko na równinie. No, tak się nazywała, zanim wyszła za Czarniawego Murvalla.

– A Czarniawy?

– Pijus i bufon, ale w głębi duszy był strachliwy. Nie tak jak Kalle na Zakręcie. Z innej gliny.

– A syn, miała syna, zanim wyszła za Czarniawego?

– Coś sobie przypominam, choć umknęło mi jego nazwisko. Nazywał się chyba... No tak. Niektóre nazwiska znikają z pamięci. Jakby czas wymazywał w głowie różne rzeczy. Ale jedno pamiętam: jego ojciec zginął, kiedy była w ciąży.

– Jak sobie radziła z chłopcem? Musiało jej być ciężko.

– Nigdy nie widywano tego dziecka.

– Jak to?

– Wszyscy wiedzieli, że chłopak istnieje, ale nikt go nie widział. Nigdy nie pojawiał się z nią we wsi.

– A potem?

– Musiał mieć ze dwa lata, kiedy wyszła za Czarniawego Murvalla. Ale krążyły plotki.

– Jakie plotki?

– O tym to nie ze mną. Musi pani porozmawiać z Weinem Anderssonem. – Gottfrid Karlsson kładzie swoją żylastą dłoń na dłoni Malin. – Mieszka w domu dla przewlekle chorych w Stjärnorp. Był na *Dorianie*, gdy zatonął. Wie pewnie to i owo.

Ktoś otwiera drzwi do pokoju, Malin się odwraca.

Siostra Hermansson.

Krótkie, kędzierzawe włosy wyglądają, jakby się podnosiły w kierunku sufitu. Dzisiaj, gdy zamiast grubych jak denka okularów ma soczewki kontaktowe, siostra wygląda jakieś dziesięć lat młodziej.

– Komisarz Fors – mówi. – Jak pani śmie?

54

Nikt nie przychodzi niezapowiedziany do moich podopiecznych, nawet policja.
— Ale...
— Nikt, komisarz Fors, nikt. Nawet pani. — Siostra Hermansson ciągnie Malin do małego pokoju pielęgniarek w korytarzu i tam kontynuuje. — Nasi pensjonariusze mogą się wydawać silniejsi, niż są, ale większość z nich jest słabowita. A o tej porze roku, gdy panują największe mrozy, wielu umiera, a wówczas niepokoją się moi...

Najpierw Malin się zirytowała. Pensjonariusze? Czy to nie ich dom? Czy nie mogą robić tego, co chcą? Ale Hermansson ma rację: Kto jeśli nie ona ma chronić tych staruszków?

Wychodząc, Malin przeprasza.
— Przeprosiny przyjęte. — Hermansson wygląda na wyraźnie zadowoloną.
— I proszę zmienić środki czystości — dodaje Malin.
Hermansson patrzy na nią podejrzliwie.
— No, używacie bezzapachowych. A przecież istnieją perfumowane przeciwalergiczne. Pachną o wiele przyjemniej i kosztują niewiele więcej.

Pielęgniarka przez chwilę się zastanawia.
— Dobry pomysł — twierdzi, po czym zaczyna kartkować jakieś papiery, jakby chcąc zaznaczyć, że rozmowa dobiegła końca.

Malin idzie w kierunku samochodu, gdy dzwoni telefon. Biegnie z powrotem do wejścia, w pachnącym chemikaliami wnętrzu wyjmuje komórkę.

– Zgadza się. Związek Żeglarski miał to w swoim rejestrze komputerowym.

Johan Jakobsson sprawia wrażenie zadowolonego.

– Więc M/s *Dorian* zatonął, a na jego pokładzie znajdował się niejaki Palmkvist?

– Dokładnie tak. Nie załapał się do szalupy ratunkowej.

– A więc są tacy, co się uratowali.

– Tak, na to wygląda.

– Dzięki, Johan. Teraz to już na pewno jestem ci winna przysługę.

Ruiny.

I jezioro, a na nim lód, który wygląda, jakby zagościł tam na stałe. Na kilka sekund Malin odwraca wzrok od drogi i patrzy na Roxen. Samochody jadące odśnieżoną jezdnią po grubym na metr lodzie względnie bezpiecznie wpadają w poślizg, a po drugiej stronie jeziora, w oddali z małych jak znaczki pocztowe kominów wylatuje dym.

Zamek w Stjärnorp.

W osiemnastym wieku strawił go pożar, został odbudowany. Dziś nadal jest rezydencją rodziny Douglasów, wciąż śmierdzi pieniędzmi.

Zamek nie może być bardziej posępny. Otynkowana na szaro budowla z kamienia o skarłowaciałych oknach przed niewielkim placem z dwoma budynkami po bokach. Obok drzemią ruiny starego zamku, nieustające przypomnienie, jak źle mogą się potoczyć sprawy.

Dom seniora znajduje się na skraju majątku, zaraz za zakrętem, gdzie droga ostatecznie uwalnia się od lasu i otwiera na jezioro.

Malin myśli, że w tym trzypiętrowym, otynkowanym na biało budynku nie może mieszkać więcej niż trzydziestu staruszków, i o tym, jak tu musi być cicho – przejeżdżają tylko pojedyncze samochody.

Parkuje przy wejściu.

Na jaką Hermansson natknę się tym razem?

Myśli o wieczorze, o tym, że Tove zaprosiła Markusa na kolację, i ma nadzieję, że wszystko się uda. Patrzy na budynek, myśli: Weine Andersson, istnieje ryzyko, że będzie problem z kolacją.

Weine Andersson siedzi na wózku inwalidzkim przy oknie z widokiem na Roxen.
Kiedy Malin zapowiedziała się w recepcji, starsza siostra wyglądała na zadowoloną z jej odwiedzin. Chyba nie obchodziło jej ani też nie martwiło, że Malin jest z policji. Zamiast tego powiedziała: „A to się Weine ucieszy. Rzadko go ktoś odwiedza". Potem pauza: „No i lubi młode osoby".
Młoda osoba? – pomyślała Malin. Czyli nadal się kwalifikuję? Tove to młoda osoba. Nie ja.
– Ma sparaliżowaną prawą stronę ciała. Wylew. Nie wpłynął on jednak na zdolność mówienia. Ale Weine jest chwiejny emocjonalnie.
Malin pokiwała i weszła do pokoju.
Łysy mężczyzna przed nią ma na obu przedramionach marynarskie tatuaże. Na sparaliżowanej ręce w szynie ktoś wyrył kotwicę i wypełnił grube kontury tuszem.
Jego twarz jest pobrużdżona, a skóra pokryta plamami wątrobowymi, jedno oko jest ślepe, lecz to zdrowe zdaje się tym lepiej widzieć.
– No – opowiada z okiem utkwionym w Malin. – Byłem na tym statku. Dzieliłem z Palmkvistem kabinę. To za wiele powiedziane, że byliśmy przyjaciółmi, ale pochodziliśmy z tych samych okolic, więc wiadomo, trzymaliśmy się razem.
– Utonął?
– Za Przylądkiem Zielonym dopadł nas sztorm. Nie gorszy od innych, ale wtedy akurat w statek trafiła gigantyczna fala. Mieliśmy przechył i zatonęliśmy w niespełna pół godziny. Dopłynąłem do łodzi ratunkowej. Dopiero po czterech dniach sztormu M/s *Franscisca* przyszedł nam z pomocą. Przeżyliśmy dzięki deszczówce.
– Nie marzliście?

– Nigdy nie było zimno. Tylko ciemno. Nawet woda nie była zimna.
– A Palmkvist?
– Nie widziałem go. Przy pierwszej fali musiał zostać w kuchni okrętowej. Już wtedy chyba napełniła się wodą. Ja miałem wachtę i byłem na mostku.
Malin widzi to oczami wyobraźni.
Statek się przechyla.
Młody mężczyzna budzi się od tego ruchu, wszystko staje się czarne, woda podnosi się, zbliża w ciemności jak niezliczone macki ośmiornicy, woda napiera od zewnątrz na drzwi kabiny. Otacza usta, nos, głowę i mężczyzna się w końcu poddaje. Wdycha wodę i pozwala się spowić miękką mgiełką, w której istnieje tylko życzliwość i sen oraz ciemność cieplejsza od tej, którą właśnie pozostawił za sobą.
– Czy Palmkvist wiedział, że zostanie ojcem?
Weine Andersson parska pogardliwie.
– Słyszałem te plotki po powrocie. Ale mogę pani powiedzieć tyle, że Palmkvist nie był ojcem chłopaka Rakel Karlsson. Nie interesował się kobietami w ten sposób.
– Nie chciał mieć dzieci?
– Marynarze, komisarz Fors. Kto kiedyś zostawał marynarzem?
Malin kiwa głową, odczekuje chwilę i mówi dalej.
– A kto, jeśli nie Palmkvist, był ojcem chłopaka?
– Zszedłem potem na ląd. W trzecią noc sztormu, kiedy sądziliśmy, że zacznie przycichać, znów się zaczęło. Starałem się przytrzymać Juana, ale mi się wysmyknął. Była noc i panowały ciemności. Wiało jak w najgorszą zimową noc. Morze chciało nas połknąć, wyło po nas wygłodniałe, nie wypuszczało nas, chciało nas pochłonąć i chociaż...
Głos Weinego Anderssona załamuje się. Unosi zdrową rękę do twarzy, opuszcza głowę i płacze.
– ...chociaż trzymałem jak potrafiłem najmocniej, wyślizgnął mi się z rąk. Widziałem strach przepełniający jego oczy, jak znika w czarnej... nic nie mogłem zrobić...
Malin odczekuje.

Czeka, aż Weine Andersson się uspokoi, ale gdy już się jej wydaje, że jest gotów na następne pytanie, staruszek znów zaczyna płakać.

– ...żyłem – mówi – ...potem samotnie, inaczej się nie dało... chyba.

Malin czeka.

Widzi, jak smutek opuszcza Weinego Anderssona.

Potem, niepytany, mówi:

– Palmkvista martwiły plotki o Rakel Karlsson. Zaczęły się, jeszcze zanim wypłynęliśmy. Ale wiedziałem i wielu innych też wiedziało, czyje było to dziecko, którego się spodziewała.

– Czyje? Proszę powiedzieć, czyje.

– Słyszała pani o mężczyźnie zwanym Kalle na Zakręcie? On był ojcem jej dziecka i ponoć to on też tak pobił Czarniawego, że ten znalazł się na wózku.

Malin czuje, jak jej ciało ogarnia ciepło. Ciepło, które jest lodowato zimne.

55

Park miejski w Ljungsbro, wczesne lato 1958

A więc tak się porusza.
Napięte mięśnie, ciemne oczy.
Jak inni robią uniki, jak niemal instynktownie prowadzą swoje ciała w bok, kiedy on się z nią pojawia, z nią, z nią albo z nią, albo z nią.
Jakiż ten Kalle nieogarniony.
Słodkie wonie letniego wieczoru mieszają się z potem oblewającym ciała tańczących, przepędzają z nich całotygodniowy znój, oczekiwanie, krążąca w nich krew sprawiają, że są obolałe od tęsknoty.
Widział mnie.
Ale czeka.
Roztańcza się, by się przygotować. Wyprostuj się, Rakel, wyprostuj się.
Orkiestra na scenie, zapach kiełbasek, bimbru i żądzy. Raz, dwa, trzy... większość bab tłusta od czekolad, które wyjadają z taśmy, ale nie ty, Rakel, nie ty. Masz ciałko we właściwych miejscach, więc wyprostuj się, wypnij dla niego piersi, kiedy tak tańczy obok z tą czy tamtą.
Jest zwierzęciem.
Surową żądzą.
Przemocą. Pozbawionym kierunku, pierwotnym uderzeniem, czymś, co nie zna ucieczki, co przekornie stoi w miejscu, co nie ma głosu ani miejsca w krainie czekolady.
A dziś wieczór Kalle z tobą, Rakel, zatańczy. Móc tak zatań-

czyć z Kallem... Dziś wieczorem ostatni taniec z Kallem zatańczy Rakel, to ona będzie pachnieć potem z jego koszuli.

Przerwa. Ludzka stonka wylega, by poczuć ten wieczór, lampiony i kolejka do kiełbasek, opróżniane ćwiartki, motocykle przy wejściu, niby twardziele i ich „plecaczki"– pasażerki. I Kalle mijający kolejkę, zlizujący musztardę z kiełbaski, u jego boku telepie się czekoladowa grubaska. Teraz on na mnie patrzy, uwalnia się od niej i idzie ku mnie, ale jeszcze nie, jeszcze nie. Odwracam się, sunę w stronę toalet, wciskam się do damskiej i przez cały czas czuję jego kroki, jego trucht i ciemny oddech za mną.

Jeszcze nie, Kalle.

Ja nikomu nie nadskakuję.

Na tablicy ogłaszają biały taniec.

I kobiety już są przy nim, przy mężczyźnie. Jedynym, który zasługuje tu na to miano.

Ale on im odmawia.

Patrzy w moją stronę.

A ja? Nigdy. Nikomu nie nadskakuję. Znów tańczy, w jego ramionach inne ciało, ale to mnie prowadzi na parkiecie.

Taniec panów.

Odmawiam, jemu, jemu, jemu i jemu...

I przychodzi Kalle.

Stoję przyciśnięta do drewnianej ściany.

Bierze moją dłoń. Nie pyta, bierze, a ja przecząco kręcę głową.

Wyciąga mnie.

Ale nie.

– Tańczyć, Kalle – mówię – to możesz ze zwykłymi czekoladziarami.

Puszcza moją dłoń, chwyta jakąś obok i dalej wkoło, wkoło, aż muzyka cichnie, a ja stoję przy wejściu do parku i widzę, jak nadchodzi, widzę, jak przechodzi ramię w ramię z tą czy tamtą.

Kalle, szepczę, tak cicho, że nikt nie słyszy.

Czekam, oddalający się odgłos silników motocykli, upojenie alkoholowe rozpływające się w snach i bólu głowy. Lampiony gasną, orkiestra pakuje swoje rzeczy do autobusu.

Wiem, że wrócisz, Kalle.

Kanał szemrze cicho, jest ciemno, noc jest bezgwiezdna, chmury spowiły niebo i przyćmiewają światło gwiazd, księżyca.

Ile minęło czasu?
Godzina?
Idziesz.
Skończyłeś z nią, Kalle?
Bo idziesz tam, skręcasz i wydajesz się taki mały, gdy zostawiasz za sobą żółtą drewnianą fasadę domu strażnika mostowego.
Ale nie jesteś chłopcem.
To nie dlatego czekam tu w wilgotnym, lekkim chłodzie czerwcowej nocy, to nie dlatego tak mi ciepło, tak ciepło, gdy przede mną wyrastasz.
Koszulę masz rozpiętą.
Włosy na twoich piersiach, twoje czarne oczy, cała ta siła w twoim ciele skierowana w moją stronę.
– A więc czeka.
– Stoi tu.
Chwytasz moją dłoń, prowadzisz drogą, obok małych, nowo wybudowanych willi. Skręcamy w lewo, w leśną drogę.
Co się według mnie wydarzy?
Czego się spodziewam?
Twoja dłoń.
Nagle obca. Twój zapach, twój cień jest obcy. Nie chcę tu być. W lesie. Z tobą. Chcę, żebyś puścił moją dłoń.
Puść.
Ale ty ściskasz mocniej, a ja idę za tobą w ciemności, Kalle, choć nie wiem już, czy chcę.
Chrząkasz.
Mówisz o bimbrze, mamroczesz, a twoje wonie mieszają się z zapachami lasu, który pełen jest nowego życia, ale też rozkładu, tego, co znika.
Puść, puść.
Wypowiadam to słowo. Ale ty ciągniesz mnie dalej, szarpiesz i ciągniesz, ale jesteś silny, jesteś dokładnie tak nieokrzesany, jak się spodziewałam.
Jesteś lwem? Lampartem? Krokodylem? Niedźwiedziem?
Chcę stąd iść.
Jestem Rakel.
Butna.

Chrząknięcie.

Stajesz, wokół nas czarne wstęgi. Odwracasz się. Próbuję się odsunąć, ale chwytasz moje drugie ramię, podnosisz mnie i w tym, czym jesteś, nie ma nic ludzkiego. Znikło światło, znikł sen.

Cicho, zdziro. Cicho.

Jestem teraz na ziemi, nie, nie, nie, nie teraz, nie tak. Uderzasz mnie w twarz, a ja krzyczę, ale czuję jedynie smak żelaza i coś twardego, silnego i długiego sunie ku górze.

No, leż spokojnie, nadchodzi Kalle.

Ziemia kaleczy mnie, parzy.

Czy to tego tak bardzo chciałam? Tego tak się domagałam?

A jednak jestem Rakel i nikomu nie nadskakuję.

Kalle.

Będę taka jak ty, tylko sprytna.

Rozdzierasz mnie, lecz ja już nie protestuję, leżę nieruchomo. Dziwne, jak potrafię pomniejszyć te chwile, aż stają się niczym.

Pękam, jestem rozdarta, a przez twój ciężar nie mogę oddychać. A jednak nie istniejesz.

Już po wszystkim.

Wstajesz. Widzę, jak zapinasz spodnie, słyszę, jak mamroczesz: „Zdzira, zdzira, wszystkie jesteście zdzirami".

Gałęzie się łamią, potykasz się, mamroczesz, aż cisza zdradza, że odszedłeś.

Ale noc się dopiero zaczęła.

Ciemność zbiera się w mojej przeponie, dwie ręce wyciągają się w powietrze, przebijają tę jasną, połyskującą błonę i postanawiają, że tu, tu powstanie życie.

Już wtedy to czuję.

Że rośnie we mnie ból i udręka, które oznaczają bycie człowiekiem.

Pełznę po wilgotnej ziemi.

Gałęzie się wiją, pnie ślą szydercze uśmiechy, igliwie, liście, mech pożerają mnie.

Kulę się. Ale potem się podnoszę.

Staję.

A plecy mam proste.

56

Poniedziałek wieczór, wtorek, czternasty lutego

Możemy sobie chyba podać ręce?
Markus wyciąga dłoń i Malin ją chwyta. Jego uścisk jest silny i zdecydowany, a jednak nie boleśnie mocny.

Dobrze wytresowany, myśli Malin i widzi, jak mężczyzna w białym fartuchu lekarskim stoi i ćwiczy uściski dłoni z chłopakiem, który ma być idealnym synem.

– Miło, że mogłem wpaść.

– Nie mamy takiego dużego domu jak pewnie twoja rodzina – mówi Malin, wskazując mały korytarz, i zastanawia się, dlaczego niemal instynktownie tłumaczy się chłopakowi Tove.

– Ładnie tu – mówi on. – Też chciałbym mieszkać w centrum.

– Musisz mi wybaczyć... – Malin chce się ugryźć w język, milknie, ale zdaje sobie sprawę, że musi dokończyć zdanie. – Że się trochę zdenerwowałam, gdy się ostatnio widzieliśmy.

– Też bym tak zareagował – mówi Markus i się uśmiecha.
Tove wychodzi z kuchni.

– Mama ugotowała spaghetti z pesto domowej roboty. Lubisz czosnek?

– Zeszłego lata wynajmowaliśmy dom w Prowansji. W ogrodzie mieliśmy świeży czosnek.

– My latem jeździmy głównie na jednodniowe wycieczki – mówi Malin, potem szybko: – Usiądziemy od razu do stołu? A może chcesz się najpierw czegoś napić? Coli?

– Jestem głodny. Chętnie od razu coś zjem.

Je łapczywie. Stara się powstrzymać, zachowywać tak, jak uczyli go rodzice, ale Malin widzi, jak przez cały czas górę bierze nastoletni głód.

– Możliwe, że jest za dużo parmezanu...

– Ale dobre – przerywa Markus. – Pycha.

Tove chrząka.

– Mamo. Myślałam o tym, co powiedział dziadek. Fajnie. Bardzo fajnie. Ale czy Markus nie mógłby pojechać ze mną? Rozmawialiśmy z jego rodzicami i mogą mu kupić bilet.

Chwileczkę.

Co to ma być?

Po czym widzi siebie i Jannego. Ona ma czternaście, on szesnaście lat. Leżą na łóżku w nieokreślonym pokoju, palce przy guzikach na ubraniach. Jak wytrzymamy bez siebie dłużej niż kilka godzin? Teraz w oczach Tove to samo uczucie.

Pełna oczekiwania, ale przeczuwa, że czas ma swoje ograniczenia.

– Dobry pomysł – mówi Malin. – Mają przecież dwie osobne sypialnie.

Uśmiecha się.

Zakochana para nastolatków. Z mamą i tatą. Na Teneryfie.

– Ja nie mam nic przeciwko temu, ale musimy zapytać dziadka – mówi.

Odzywa się Markus:

– Rodzice chcą was wkrótce zaprosić na kolację.

Ratunku.

Nie. Nie.

Lekarski fartuch i wyniosła dama przy jednym stole. Ćwiczenia z uścisków rąk. Pozory.

– O, jak miło. Przekaż rodzicom, że chętnie przyjdziemy.

Po wyjściu Markusa Malin i Tove siedzą przy stole w kuchni. Ich ciała odbijają się czarnym konturem w odbiciu w oknie wychodzącym na kościół.

– Słodki, co?

– Jest dobrze wychowany.
– Ale nie za bardzo.
– Nie, Tove, nie za bardzo. Ale dostatecznie, żebyś na niego uważała. Ci dobrze wychowani są zawsze najgorsi, jak przychodzi co do czego.
– Co masz na myśli, mamo?
– Tak tylko mówię, Tove. Jest w porządku.
– Jutro zadzwonię do dziadka.

Dzwoni wewnętrzny budzik i Malin już nie śpi, rześka, choć zegar na nocnym stoliku pokazuje dopiero 2.34 i całe ciało domaga się odpoczynku.

Malin przewraca się w łóżku, próbuje ponownie zasnąć, udaje jej się odsunąć myśli o śledztwie, o Tove, Jannem i wszystkich innych. Jednak sen nie przychodzi.

Muszę spać, muszę spać.

Przez tę mantrę jeszcze bardziej się wybudza i w końcu wstaje, idzie do kuchni i pije mleko prosto z kartonu. Przypomina jej się, jak ją wkurzało, gdy Janne tak robił, jakie jej się to wydawało odpychające i nieokrzesane. W innym domu za miastem leży Janne i nie śpi, zastanawia się, czy kiedykolwiek przestanie śnić, a potem, by odegnać wspomnienia z dżungli i górskich dróg, przywołuje twarz Malin i Tove i uspokaja się, cieszy, smuci i myśli, że tylko ludzie, których naprawdę kochamy, mogą wzbudzać tak sprzeczne uczucia. Wstaje, idzie do pokoju Tove, patrzy na puste łóżko. Udaje, że leży tam jego córka, myśli, jak powoli od nich odchodzi, a on nie chce jej na to nigdy pozwolić. W tej samej chwili w mieszkaniu w mieście Malin stoi przy łóżku Tove i zastanawia się, czy sprawy mogły potoczyć się inaczej albo czy wszystko w jakiś sposób było, jest postanowione.

Chce pogłaskać córkę po włosach.

Ale może ją wtedy obudzi? Nie chcę cię obudzić, Tove, ale chcę cię zatrzymać.

Wczorajsze spotkanie odwołane. „Bez sensu, skoro cię nie ma, Fors" – Sven Sjöman przez telefon.

Ciężkie oddechy zebranych w pokoju spotkań. Wszyscy sprawiają wrażenie bardziej rześkich od niej.

Może dlatego, że nadeszła odpowiedź z laboratorium? Gumowe pociski w mieszkaniu Bengta Anderssona wystrzelono z karabinu małokalibrowego znalezionego u Niklasa Nyréna. Na broni są odciski palców Joakima Svenssona i Jimmy'ego Kalmvika.

– Tyle – mówi Sven. – Wiemy zatem, kto ostrzelał mieszkanie Bengta Anderssona. Teraz Malin i Zeke mogą porządnie przycisnąć młodych twardzieli i sprawdzić, czy coś jeszcze ukrywają. Zajmijcie się tym jak najszybciej. O tej porze powinni być chyba w szkole.

Malin opowiada, czego się dowiedziała w sprawie Murvallów.

Kiedy opowiada o powiązaniu między Kallem na Zakręcie a rodziną, wyczuwa sceptycyzm Karima Akbara. Nawet jeżeli rzeczywiście był ojcem Karla Murvalla, jakie to ma znaczenie? Czy dostarcza nam to czegoś, czego jeszcze nie mamy? Czego jeszcze nie wiemy?

– Murvallowie to *dead end*. Teraz liczą się inne drogi. Znajdźcie nowe wątki w tropie Ásatrú, coś musi być na twardym dysku. Johan, jak wygląda ta sprawa? Aha, obeszliście hasło, aha, dużo zamkniętych folderów.

Ale Malin się upiera:

– Karl Murvall jest w takim razie bratem Bengta Anderssona. Przypuszczalnie o tym nie wie.

– Jeżeli dziadek ze Stjärntorp mówi prawdę – oponuje Karim.

– Łatwo możemy się tego dowiedzieć. Mamy DNA ofiary. Musimy tylko pobrać materiał do badań DNA od Karla Murvalla.

– Wolnego – mityguje Karim. – Nie możemy ot tak wykonywać naruszających prywatność badań, kierując się tym, co powiedział jakiś staruszek. Zwłaszcza jeśli znaczenie tego dla śledztwa jest co najmniej niejasne.

Poprzedniego wieczoru po kolacji Malin zadzwoniła do Svena i przekazała mu, co jej wyjawił Weine Andersson. Wysłuchał uważnie. Nie wiedziała, czy jest zadowolony czy może zirytowany tym, że pracowała na własną rękę w niedzielę. Ale potem powiedział: „Dobrze, Fors, nie zamknęliśmy jeszcze tego wątku śledztwa. A bracia Murvallowie siedzą w areszcie za inne przestępstwa".

I może dlatego mówi teraz:

– Malin, przesłuchajcie z Zekem Karla Murvalla w celu uzyskania wyjaśnień. Ma alibi, ale spróbujcie się dowiedzieć, czy wie coś na temat tej historii. Mógł skłamać. Zacznijcie od tego, a potem przyciśnijcie Kalmvika i Svenssona.

– A próbka DNA?

– Jedna rzecz naraz, Malin. Jedźcie do niego. Zobaczcie, co to da. A pozostali niech zajrzą w każdy kąt, spróbują doszukać się w tej sprawie zakamarków, których jeszcze nie przeszukaliśmy. Czas ucieka, a wiecie, że im więcej mija czasu, tym mniejsze są szanse na ujęcie sprawcy.

Zeke podchodzi do jej biurka.

Jest zły, źrenice małe.

Wścieka się, że wczoraj pojechałam bez niego. Nigdy się nie przyzwyczai?

– Mogłaś zadzwonić, Malin. Sądzisz, że ten Karl Murvall wie o tym? O Kallem na Zakręcie?

– Myślałam o tym. Może wie, ale nie tak naprawdę, jeśli rozumiesz, co mam na myśli.

– Jesteś dla mnie zbyt głęboka, Fors. Jedziemy do Collinsa. Pogadamy z nim. Jest wtorek, na pewno jest w pracy.

57

Collins Mekaniska AB za Vikingastad. Asfaltowy parking rozciąga się ponad sto metrów od skraju gęstego lasu do budki wartownika i szlabanu, który stanowi jedyny otwór w wysokim na dziesięć metrów ogrodzeniu zwieńczonym drutem kolczastym skręconym w idealne spirale.

Firma jest podwykonawcą Saab General Motors. Jedna z niewielu korporacji na równinie odnoszących sukcesy, trzysta osób zajmuje się zautomatyzowanym montażem części samochodowych, kilka lat temu było ich siedmiuset, ale firma nie wytrzymała konkurencji z Chinami.

Ericsson, NAF, Saab, BT-Trucks, Printcom; wszystkie one obcięły koszty albo zupełnie się zwinęły. Malin zauważyła zmianę w okolicy po likwidacji jeszcze jednego zakładu produkcyjnego; większa liczba przestępstw z użyciem przemocy, częstsza przemoc domowa. Rozpacz jest, cokolwiek mówią niektórzy politycy, sąsiadką pięści.

Ale po pewnym czasie wszystko w jakiś dziwny sposób wraca do normy. Niektórzy dostają nową pracę. Pozostali są wpisywani do rejestru bezrobotnych, wysyłani na doszkalania albo zmuszani – czy raczej przekonywani – do przejścia na wcześniejszą emeryturę. Stają się sztucznie potrzebni albo skończeni, trafiają w punkt przełomowy, na granicę społeczeństwa, w którym rodzina Murvallów za żadną cenę nie chce się znaleźć. Chyba że na swoich warunkach.

Zdać sobie sprawę, że człowiek się zużył, myśli Malin. Nawet sobie nie potrafię wyobrazić, jakie to uczucie. Jak to jest być niepożądanym, niepotrzebnym.

Za nieprzekraczalnością ogrodzenia z drutu kolczastego stoją białe, pozbawione okien, przypominające hangary budynki fabryczne.

Jak więzienie, myśli Malin.

Strażnik w budce ubrany jest w niebieski mundur firmy Falk, a jego twarzy brakuje wyraźnego rozgraniczenia między policzkami, brodą a szyją. Pośrodku całej tej skóry stwórca umieścił parę wodnistych, szarych oczu, które sceptycznie gapią się na Malin, gdy okazuje swoją legitymację policyjną.

– My do Karla Murvalla. Jest tu szefem w dziale informatycznym.

– W jakiej sprawie?

– Nie gra roli, w jakiej.

– Muszą państwo podać...

– W sprawie policyjnej – mówi Malin, a wodnistooki spuszcza z niej wzrok, telefonuje, kilka razy potakuje, nim odkłada słuchawkę.

– Mogą państwo przejść do głównej recepcji.

Malin i Zeke idą drogą prowadzącą do wejścia. Mijają zamknięte hale montażowe. Kilkaset metrów spacerem. W połowie drogi jakieś otwarte drzwi, mnóstwo podniszczonych trawersów zwisa z belek na suficie, jakby długo odpoczywały i czekały, by zostać użyte. Drzwi obrotowe z matowego szkła pod podtrzymywanym przez stalowe belki dachem prowadzą do recepcji. Dwie kobiety siedzą za ladą z mahoniu, żadna z nich chyba nie zauważa ich przybycia. Po lewej stronie szerokie marmurowe schody. Całe pomieszczenie pachnie cytrynowym środkiem czystości i wypolerowaną skórą.

Podchodzą do lady. Jedna z recepcjonistek podnosi wzrok.

– Karl Murvall już schodzi. Mogą państwo poczekać na krzesłach przy oknie.

Malin się odwraca. Na brązowym dywanie trzy czerwone fotele Jajko projektu Arnego Jacobsena.

– Przyjdzie niedługo?

– Za kilka minut.

Po dwudziestu pięciu minutach Karl Murvall schodzi po schodach. Ma na sobie szarą marynarkę, żółtą koszulę i przykrótkie granatowe dżinsy. Malin i Zeke wstają, wychodzą mu na spotkanie.

Mężczyzna wyciąga rękę, jego twarz jest pozbawiona wyrazu.
– Komisarze kryminalni. Czemu zawdzięczam ten zaszczyt?
– Musimy porozmawiać z panem na osobności – mówi Malin.

Karl wykonuje gest w stronę krzeseł.
– Może tu?
– Może w pokoju konferencyjnym?

Karl Murvall odwraca się i rusza po schodach, patrzy przez ramię, by się upewnić, że policjanci idą za nim.

Wystukuje kod w zamku przy szklanych drzwiach, które się rozsuwają i ukazują długi korytarz.

Z jednego z mijanych pokoi zza drzwi z matowego szkła dochodzi donośny brzęczący odgłos wentylatora. Za drzwiami czarny cień.

– Serwerownia. Serce całej produkcji.
– Pan za to odpowiada?
– To mój pokój – mówi Karl Murvall. – To ja sprawuję kontrolę.
– I to tu pan pracował, gdy został zamordowany Bengt Andersson?
– Właśnie tu.

Karl zatrzymuje się przy kolejnych szklanych drzwiach, wstukuje kolejny kod. Drzwi się rozsuwają. Wokoło dziesięciometrowego dębowego stołu stoi dwanaście czarnych krzeseł, a pośrodku stołu półmisek z zimowymi jaskrawoczerwonymi jabłkami.

– Pokój zarządu – wyjaśnia Karl. – Chyba powinien wystarczyć.

– No?

Karl Murvall siedzi naprzeciwko nich, plecy wciśnięte w oparcie.

Zeke kręci się na swoim krześle.
Malin się pochyla.
– Pańskim ojcem nie był żaden marynarz.
Twarz Karla Murvalla jest niewzruszona, nie napina się ani jeden mięsień, w oczach nie gości niepokój.
– Była nim legenda Ljungsbro o nazwisku Karl Andersson, Kalle na Zakręcie. Wie pan o tym?
Karl Murvall pochyla się. Uśmiecha się do Malin, nie szyderczym, ale raczej pustym i samotnym uśmiechem.
– Niedorzeczne – stwierdza.
– A jeśli to prawda, to jest pan, to znaczy był pan, przyrodnim bratem Bengta Anderssona.
– Ja i on?
Zeke przytakuje.
– Pan i on. Matka panu nie powiedziała?
Karl Murvall zacina się w sobie.
– Niedorzeczne.
– Nic pan o tym nie wie? Że pańska matka miała romans z Kallem...
– Nie obchodzi mnie, kim był czy nie był mój ojciec. Zostawiłem to za sobą. Musicie to zaakceptować. Musicie zrozumieć, ile musiałem walczyć, żeby zajść tu, gdzie teraz jestem.
– Możemy pobrać od pana próbkę DNA i porównać ją z DNA Bengta Anderssona? Wtedy będziemy mieć pewność.
Karl Murvall kręci głową.
– Nie ma potrzeby.
– Naprawdę?
– Tak, bo wiem to. Nie musicie pobierać żadnych próbek. Mama opowiadała. Ale ponieważ starałem się zostawić za sobą innych braci przyrodnich i ich życie, kompletnie mnie to nie obchodzi.
– Więc jest pan przyrodnim bratem Bengta Anderssona? – pyta Zeke.
– Już nie. Teraz już przecież nie żyje. Prawda? Coś jeszcze? Śpieszę się na kolejne spotkanie.

W drodze powrotnej Malin patrzy na ciemny skraj lasu.

Karl Murvall nie chciał nic powiedzieć o swoim ojczymie, o dorastaniu w Blåsvädret, o relacjach z braćmi, siostrą.

– Ani słowa więcej. Macie to, po co przyszliście. Co wy wiecie na temat tego, jak to jest być mną? Jeśli to wszystko, to wzywają mnie obowiązki.

– A Maria?

– Co Maria?

– Czy była dla pana tak miła jak dla Bengana Piłki? Milsza od Eliasa, Adama i Jakoba? Z tego, co wiemy, była miła dla Bengta. Wiedziała, że był pana przyrodnim bratem?

Cisza.

Szare policzki Karla Murvalla, delikatne drżenie w kącikach ust.

Szlaban obok budki wartownika podnosi się, a oni wychodzą.

Żegnaj, więzienie, myśli Malin.

Obowiązki potrafią uczynić miejsce mrocznym.

Karl Murvall jest także bratem przyrodnim Rebecki Stenlundh, ona zaś jego siostrą przyrodnią.

Ale to nie mój obowiązek, myśli Malin. Niech sami to odkrywają, jeżeli jeszcze nie wiedzą. Rebecka Stenlundh chce chyba, by ją pozostawiono w spokoju.

58

Według ciebie Maria Murvall wiedziała, że Bengt Andersson i jej brat przyrodni mieli tego samego ojca? To dlatego się nim zajmowała?

Głos Zekego niewyraźny przez jedzenie, które ma w ustach.

Malin bierze kęs swojej chorizo.

Budka z kiełbaskami przy Vallrondellen. Najlepsze w mieście.

Samochód stoi na jałowym biegu z włączonym ogrzewaniem. Za nimi milczące czynszowe koszary z żółtej cegły i studenckie szeregowce w Ryd, ciche, jakby świadome swego miejsca w hierarchii mieszkaniowej; u nas mieszkają tylko ci, którzy nie mają dużo kasy, na krótko albo na całe życie, jeżeli nie trafi im się wygrana w totka.

W przeciwnym kierunku autostrady, za rzadkimi zagajnikami, stoją budynki uniwersytetu. Wielu z Ryd pewnie irytują, myśli Malin. Każdego dnia patrzą na nie jak na obrazy trudno osiągalnych marzeń, straconych szans, złych wyborów i ograniczeń. Architektura zgorzknienia, może.

Ale nie dla wszystkich. Bynajmniej nie dla wszystkich.

– Nie odpowiedziałaś na moje pytanie.

– Nie wiem – mówi Malin. – Może czuła, że istnieje jakieś powiązanie. Instynktownie. Albo wiedziała.

– Kobieca intuicja?

Zeke chichocze.

– W każdym razie teraz nie możemy już jej zapytać – odpowiada Malin.

Bawisz się skorpionem, to cię ukąsi. Wkładasz rękę do nory, to ugryzie cię borsuk. Drażnisz grzechotnika, to cię ukąsi. To samo z ciemnością: zagnasz ciemność w róg, to cię ugryzie. Prawda. Jaka jest?

Szepcze to słowo sama do siebie, kiedy idzie z Zekem przez podwórze do domu Rakel Murvall. Za nimi zachodzi słońce za horyzont, przejście z jasności w ciemność jest szybkie i zimne.

Pukają do drzwi.

Matka na pewno ich widziała, myśli: „No nie, znowu oni". Ale otwiera.

– Wy?

– Chcielibyśmy wejść – rzuca Zeke.

– Już wystarczająco dużo razy tu byliście.

Rakel Murvall przesuwa swoje chude ciało, cofa się i stoi w korytarzu z rękami wzdłuż boków. Jest jednak dziwnie nieprzychylnie nastawiona: Tu, ale nie dalej.

– Przejdę od razu do rzeczy – mówi Malin. – Kalle na Zakręcie. Był ojcem pani syna Karla.

Jej oczy czernieją, jaśnieją.

– Gdzie to pani słyszała?

– Są testy – mówi Malin. – Wiemy.

– To czyni z Karla brata przyrodniego zamordowanego – oświadcza Zeke.

– Co chcecie wiedzieć? Że wymyśliłam całą tę historię z pederastą marynarzem i zatonięciem statku? Że oddałam się Kallemu na Zakręcie któregoś wieczoru w parku? Nie ja jedna. – Rakel Murvall patrzy na Zekego ze spokojną pogardą w oczach, potem się odwraca. Wchodzi do salonu, idą za nią. Smaga słowami jak batem. – Nigdy się nie dowiedział, Kalle, że był ojcem. Karl, tak nazwałam chłopaka, żeby nigdy nie zapomnieć, skąd się wziął.

Nigdy, myśli Malin, nigdy mu nie pozwoliłaś zapomnieć. Na twój sposób.

Oczy pełne chłodu.

– Jak według was się czułam, chodząc tu z nim sama? Chłopak marynarza, jest chłopakiem marynarza, to przełknęły czekoladowe baby we wsi.

– Jak Karl się o tym dowiedział? – pyta Zeke. – Czy chłopcy i Czarniawy źle go traktowali?
– Na moje siedemdziesiąte urodziny przybiegł tu z dziwacznym naszyjnikiem. Sądził, że jest kimś. Wtedy mu powiedziałam, twoim ojcem jest Kalle na Zakręcie, tak mu powiedziałam. Inżynier! Co? Stał tam, gdzie wy teraz. – Staruszka cofa się. Rusza ręką w stronę Malin i Zekego, macha, jakby chciała powiedzieć: A kysz, a kysz, a kysz. – A jeśli piśniecie coś chłopcom, będę was nawiedzać. Aż będziecie żałować, żeście się urodzili.

Nie waha się grozić policji, myśli Malin. Widma, które za wszelką cenę trzeba przegonić. To nadal ty kierujesz biegiem wypadków, Rakel. Co to oznacza?

Przez okno w kuchni Rakel widzi, jak policjanci wracają do samochodu po własnych śladach. Czuje, że mija wściekłość, agresja przechodzi w refleksję. Wychodzi na korytarz, podnosi słuchawkę telefonu stojącego na stoliczku.

59

Britta Svedlund wstaje. Wzrok ma wbity w Joakima Svenssona i Jimmy'ego Kalmvika, którzy wchodzą właśnie do jej gabinetu dyrektorskiego w szkole w Ljungsbro. Pokój wibruje od jej wściekłości. Czuć kawą i nikotyną.

Musi tu czasami palić, myśli Malin, wchodząc.

W pierwszej chwili, gdy chłopcy widzą Malin i Zekego, cofają się, chcą uciec, ale powstrzymuje ich surowe spojrzenie dyrektorki.

Wcześniej, gdy czekali, aż Joakim i Jimmy przyjdą z lekcji angielskiego, Britta Svedlund objaśniła filozofię, jaką kieruje się w pracy dydaktycznej.

– Musicie zrozumieć, że nie da się pomóc wszystkim. Zawsze koncentrowałam się na tych, którzy naprawdę chcą, niekoniecznie na tych najbardziej utalentowanych, ale na tych, którzy chcą się uczyć. Można skłonić uczniów do osiągnięcia więcej, niż sami przypuszczają, że mogą, ale niektórzy są beznadziejni. I na tych nie marnowałam energii.

Ale Joakima i Jimmy'ego jeszcze sobie nie odpuściłaś, myśli Malin, widząc, jak Britta Svedlund przejmuje wzrokiem dowodzenie nad chłopakami. Mimo że wiosną kończą szkołę. Mimo że są dostatecznie dorośli, by wziąć odpowiedzialność za swoje działania.

– Siadać – mówi Britta, a chłopcy opadają na krzesła, kulą się pod jej głosem. – Tak was wspierałam. A wy co narobiliście?

Malin przesuwa się, by chłopcy mogli widzieć jej oczy.

– Spójrzcie na mnie – mówi lodowatym głosem. – Koniec

z waszymi kłamstwami. Wiemy, że to wy strzelaliście w okno Bengta Anderssona.

– Nie...

Głos Britty Svedlund z przeciwnej strony biurka: „DOŚĆ TEGO" i Jimmy Kalmvik zaczyna mówić, głos ma krykliwy, niespokojny, jakby przeniesiono go w inny, bardziej niewinny wiek, kiedy jeszcze nie przechodził mutacji.

– Tak, strzelaliśmy z tej broni w jego okno. Ale nie było go w domu. Wzięliśmy broń i pojechaliśmy tam na rowerach, potem strzelaliśmy. Było ciemno, a jego nie było w domu. Przysięgam. Od razu zwialiśmy. To było paskudne.

– Zgadza się – spokojnie dodaje Joakim Svensson. – I nie mamy nic wspólnego z tym koszmarem, który potem spotkał Bengana Piłkę.

– Kiedy strzelaliście? – pyta Malin.

– Tuż przed Bożym Narodzeniem, w któryś czwartek.

– Pójdziemy teraz do więzienia? Mamy przecież piętnaście lat.

Britta Svedlund kiwa głową ze zmęczeniem.

– To zależy od tego, czy będziecie współpracować – mówi Zeke. – Opowiedzcie wszystko, co według was może nam się przydać. Dosłownie wszystko.

– Ale my nic więcej nie wiemy.

– Nic a nic.

– Więc nie dręczyliście potem Bengta? Sprawy nie wymknęły się któregoś wieczoru spod kontroli? Co?

– Mówcie, jak było – nalega Malin. – Musimy mieć jasność.

– Ale my nic więcej nie zrobiliśmy.

– A noc ze środy na czwartek. Zanim znaleziono Bengta Piłkę?

– Mówiliśmy przecież, że oglądaliśmy *Królów Dogtown*. Tak było!

Desperacja w głosie Joakima Svenssona.

– Możecie odejść – mówi Zeke, a Malin przytakuje.

– To znaczy, że jesteśmy wolni?

Naiwny głos Jimmy'ego Kalmvika.

– To znaczy, że w swoim czasie się do was odezwiemy. Nie strzela się w czyjeś okno, nie ponosząc tego konsekwencji.

Britta Svedlund wygląda na zmęczoną, jakby miała ochotę na whisky i papierosa, jakby cieszyła się, że chłopcy opuścili jej gabinet.
– Bóg mi świadkiem, że naprawdę próbowałam w wypadku tej dwójki.
– Może wyciągną z tego jakąś naukę – wyraża nadzieję Malin.
– Oby. Jesteście blisko ujęcia kogoś?
Zeke kręci przecząco głową.
– Badamy kilka tropów – mówi Malin. – Sprawdzamy każdą możliwość, każde, nawet najmniejsze prawdopodobieństwo, niezależnie od tego, jak jest nieprawdopodobne.
Britta Svedlund patrzy przez okno.
– Co się teraz stanie z chłopcami?
– Zostaną listownie wezwani na przesłuchanie, jeśli prowadzący dochodzenie uzna to za warte zachodu.
– Miejmy nadzieję – mówi Britta Svedlund. – Muszą poczuć, że źle zrobili.

W komendzie w recepcji czeka na nich Karim Akbar. Bucha z niego wściekłość.
– Co wyście nawyrabiali?
– Byliśmy...
– Wiem. Byliście u Rakel Murvall i nękaliście ją pytaniami o to, z kim uprawiała seks czterdzieści lat temu.
– Nikogo nie nękaliśmy – oponuje Zeke.
– Według niej tak. Zadzwoniła z oficjalną skargą. A teraz zadzwoni do „gazet", jak powiedziała.
– Nie jest...
– Fors, jak to według ciebie będzie wyglądać? Ona wyjdzie na bezbronną babinkę, a my na potwory.
– Ale...
– Żadnych ale. Nie ma tam dla nas nic istotnego. Musimy zostawić Murvallów w spokoju. Jeśli ty, to znaczy wy się nie wycofacie, przekażę sprawę Jakobssonowi.
– Niech to diabli – szepcze Malin.

Karim staje blisko niej.
– Jeden dzień spokoju, Fors. Tylko o to proszę.
– Jasna cholera.
– Domysły, Fors, już nie wystarczą. Wkrótce miną dwa tygodnie. Musimy mieć coś konkretnego. A nie masę bzdur o tym, kto jest czyim bratem, i dręczenie starej babci z braku laku.
Otwierają się drzwi do pokoju. Sven Sjöman. Spojrzenie pełne rezygnacji.
– Brakuje dowodów, żeby dalej przetrzymywać w areszcie braci Murvallów za włamanie do magazynu broni w Kvarn. Trzeba ich wypuścić.
– Ale przecież, do cholery, mieli tam granaty ręczne? G r a n a t y.
– Pewnie, ale to świadczy o tym, że nie kupili ich od kogoś z półświatka. Kłusownictwo i nielegalne posiadanie broni nie wystarczą, by sąd poszedł dalej i ich aresztował. Przecież się przyznali.
Wołanie zza recepcji:
– Telefon do ciebie, Malin.
Odbiera przy swoim biurku, słuchawka zimna i ciężka w dłoni.
– Tak, Fors.
– Tu Karin Johannison.
– Cześć, Karin.
– Słuchaj, właśnie dostałam maila z Birmingham. Nie udało im się do niczego dojść na podstawie próbki ubrania Marii Murvall. Było pewnie zbyt zabrudzone. Ale przeprowadzą jeszcze jeden test. Jakaś nowość.
– Nic? Miejmy nadzieję, że ten test coś wykaże.
– Jesteś chyba zmęczona. Pomogło wam w czymś odkrycie w sprawie karabinu małokalibrowego?
– Tak, generalnie mogliśmy zamknąć tę linię śledztwa.
– I?
– No, co mam powiedzieć, Karin. Dzieci czy raczej nastolatki pozostawione bez opieki. Z tego nigdy nie wynika nic dobrego.

60

Mamo, mamo.
Malin słyszy wołającą z kuchni Tove, domyśla się, że skończyła odrabiać pracę domową z matematyki. Matematyka, brr. Może być językiem uniwersalnym, ale nigdy nie była moim.
– Chodź, mamo.
Nastolatek.
Dziecko.
Prawie dorosły.
Dorosły.
Cztery osoby w jednej i chęć zdefiniowania swojego miejsca w świecie, świecie, który na człowieka nie czeka i bardzo niechętnie wpuszcza na miejsce stojące. Nawet jeśli będziesz wykształcona, Tove, nie jest pewne, że dostaniesz pracę. Zostań lekarzem, nauczycielem, wybierz coś pewnego. Ale czy istnieje coś pewnego? Idź za głosem serca. Bądź tym, kim chcesz, byleby to było coś, czego naprawdę pragniesz. Twoja odpowiedź na razie brzmi: Nie wiem. Może pisanie książek. Takie nie na czasie. Pisz lepiej scenariusze gier komputerowych, Tove. Cokolwiek, tylko za bardzo się nie śpiesz, pooglądaj świat, poczekaj z dziećmi.
Ale ty to w jakiś sposób wiesz. Jesteś rozsądniejsza, niż ja kiedykolwiek byłam.
– Co, Tove?
Malin prostuje się na kanapie, ścisza telewizor. Prezenter wiadomości porusza bezgłośnie ustami.
– Dzwoniłaś do dziadka?

Niech to diabli.
– A nie uzgodniłyśmy, że to ty zadzwonisz?
– Ty nie miałaś zadzwonić?
– Nie wiem. Tak czy owak, musimy to teraz zrobić.
– Dzwonię – głos Tove rozbrzmiewa echem z kuchni i Malin słyszy, jak podnosi słuchawkę, wystukuje numer, po chwili mówi: – Dziadku, tu Tove... tak, tak, fajnie... bilety... Kiedy?... Dwudziestego szóstego?... No i słuchaj, jest taka sprawa, mam chłopaka... Markusa... dwa lata starszego... i... myślałam, że mógłby przyjechać ze mną... no, do was... na Teneryfę, jego rodzice się zgodzili... oj, aha... To może porozmawiaj z mamą... MAMO, MAMO, DZIADEK CHCE Z TOBĄ POROZMAWIAĆ.

Malin wstaje i idzie do kuchni. Nadal unosi się w niej zapach kolacji.

Bierze od Tove słuchawkę, przykłada ją do ucha.
– Malin, to ty?

Ma zdenerwowany głos, przechodzący niemal w falset.
– O co w tym wszystkim chodzi? Że ma z nią jechać jakiś Markus? To twój pomysł? Zawsze musisz nadużyć zaufania. Rozumiesz, że wszystko popsułaś, właśnie teraz, kiedy chcemy dać Tove szansę zobaczenia Teneryfy...

Malin odsuwa słuchawkę od ucha. Czeka. Tove stoi obok, wyczekująco, ale Malin kręci przecząco głową, musi przygotować ją na to, co nieuniknione. Widzi, jak rozczarowanie ogarnia córkę, jak opadają jej ramiona.

Kiedy ponownie przysuwa słuchawkę do ucha, panuje w niej cisza.
– Tato? Jesteś tam? Skończyłeś?
– Malin, co cię naszło, żeby wbijać Tove do głowy takie rzeczy?
– Tato. Ma trzynaście lat. Trzynastoletnie dziewczynki mają chłopaków, z którymi chcą przebywać w wolnym czasie.

Malin słyszy kliknięcie.

Odkłada słuchawkę.

Kładzie rękę na ramieniu Tove, szepcze:
– Przykro mi, kochanie, ale dziadkowi nie spodobał się pomysł z Markusem.

– W takim razie zostaję w domu – mówi Tove i Malin rozpoznaje upór, tak samo silny i ostateczny jak jej.

W niektóre noce łóżko jest nieskończenie szerokie. Niektóre noce mieszczą całą samotność świata. W niektóre noce łóżko jest miękkie i obiecujące, a oczekiwanie na sen staje się najlepszym czasem minionego dnia. W noce takie jak ta łóżko jest twarde, materac to wróg przeganiający myśli na niewłaściwe miejsca, jakby chciał wyszydzić człowieka, że leży tam sam, bez innego ciała, na którym można się oprzeć.

Malin wyciąga rękę. Próżnia jest zimna jak noc za oknem i zwielokrotnia się, ponieważ Malin wie, że próżnia już tam jest, zanim jeszcze wyciąga rękę, by ją napotkać.

Janne.

Myśli o Jannem.

Jak się starzeje, jak oboje się starzeją.

Chce usiąść, zadzwonić do niego. Ale on pewnie śpi albo jest w straży, albo... Daniel Högfeldt. Nie, to nie tego rodzaju samotność, tylko ta o wiele gorsza. Prawdziwa samotność.

Malin skopuje kołdrę i wstaje z łóżka.

Sypialnia jest ciemna. Bezsensowna i pusta ciemność.

Po omacku majstruje przy przenośnym odtwarzaczu CD. Wie, jaka płyta jest w środku. Wkłada słuchawki.

Znów się kładzie i po chwili miękki głos Margo Timmins rozlewa się jej po głowie. Cowboy junkies. Zanim zrobili się nudni.

Opuszczona, samotna stęskniona kobieta, ale w ostatnim wersie triumfalne: ...*kinda like the few extra feet in my bed*...

Malin ściąga słuchawki, po omacku wystukuje numer Jannego. Ten odbiera po czwartym sygnale.

Cisza.

– Wiem, że to ty, Malin.

Cisza.

– Malin, wiem, że to ty.

Jego głos jest jedynym, jakiego potrzeba, miękki, spokojny i bezpieczny. Jego głos to ramiona.

– Obudziłam cię?
– Nie ma sprawy. Wiesz, że źle sypiam.
– Ja też.
– Zimna dziś noc, co? Jak dotąd chyba najzimniejsza.
– Tak.
– Na szczęście działa nowy kocioł olejowy.
– To dobrze. Tove śpi. Nie wyszło z Markusem i Teneryfą.
– Wkurzył się?
– Tak.
– Nigdy się nie nauczą.
„A my, my się kiedyś nauczymy?"
Ale to nie te słowa wypowiada. Zamiast tego mówi:
– Tej zimy musi wypalać dużo oleju.
Janne wzdycha do słuchawki. Mówi:
– Śpijmy, Malin. Dobranoc.

61

Środa, piętnasty lutego

Budynek kościoła jakoś chyba przyzwyczaił się do zimna. Odnalazł się w tym, że jego siwiejący tynk pokrywa cienka warstwa mrozu. Ale drzewa nadal protestują, a zdjęcia na wystawie biura podróży, te z plażami i jasnoniebieskim niebem, nadal dokuczają.

Pachnie świeżym pieczywem. Malin wstała wcześnie i wstawiła do piekarnika mrożone bagietki. Zjadła dwie z dżemem morelowym i żółtym serem. Teraz stoi w oknie.

Za nią na stole kuchennym leży „Correspondenten". Nawet nie ma siły otworzyć gazety. Wszystko można znaleźć na pierwszej stronie.

Policja oskarżona o nękanie w sprawie o morderstwo.

Ten tytuł to kpina, myśli Malin, popijając małymi łykami kawę i przenosząc wzrok na dom towarowy Åhléns, gdzie na wystawie prezentują puchowe kurtki i czapki.

Ale o ile tytuł jest kpiną, o tyle tekst jest kiepskim żartem, kłamstwem.

„Choć policja nie ma najmniejszych dowodów na to, że rodzina Murvallów jest zamieszana w morderstwo na Bengcie Anderssonie, co najmniej siedmiokrotnie przesłuchano w jej domu siedemdziesięciodwuletnią Rakel Murvall. Nie dalej jak rok temu Rakel Murvall miała lekki udar... zachowanie policji przypomina prześladowanie..."

Podpisane Daniel Högfeldt. A więc wrócił. W szczytowej formie. Naciąga. Gdzie on się podziewał?

Obok krótki artykuł o tym, że wyjaśniono sprawę strzałów w okno Bengta Anderssona, ale policja nie wiąże ich z morderstwem. Cytowany Karim Akbar: „W każdym razie wysoce nieprawdopodobne, że istnieje jakiś związek".

Malin siada przy stole kuchennym.

Rozkłada gazetę.

Cytowana Rakel Murvall wspomina o niej i o Zeku.

„«Byli tu siedem razy i się napraszali. Policja nie ma szacunku nawet dla starszej kobiety... Ale moi chłopcy znów są w domu...»

Chłopcy, o których wspomina pani Murvall, to Elias, Adam i Jakob. Wczoraj zwolniono ich z aresztu, gdy okazało się, że stawiane im zarzuty nie stanowią podstawy do pozbawienia wolności..."

Karim na zdjęciu.

Jego twarz uchwycona w jakimś grymasie. Oczy utkwione w aparat: „Oczywiście bardzo poważnie traktujemy to zgłoszenie".

Nie spodoba mu się to zdjęcie, myśli Malin.

„Wygląda na to, że dochodzenie w sprawie morderstwa utknęło w martwym punkcie. Komendant policji Karim Akbar nie chce komentować śledztwa. Twierdzi, że nie może teraz wypowiadać się w tej sprawie z powodu «delikatnej sytuacji». Ale według informatora «Correspondenten» z komendy nie ma postępu w śledztwie, a policja nie ma żadnych tropów".

Malin dopija kawę.

Informator z komendy? Kto? Może być ich kilku.

Tłumi odruch, by zmiętosić gazetę, wie, że Tove chce ją przeczytać. Na zlewie stoi blacha z bagietkami. Dwie dla Tove. Ucieszy się.

Lokalna gazeta poranna.
Uwielbiana przez niemal całe miasto. Wiedzą to ze swoich badań czytelnictwa, z burz protestów w te nieliczne poranki, gdy gazeta nie dochodzi z powodu kłopotów w drukarni. Czasami jakby ludzie dusili „Correspondenten" swoim uwielbieniem. Nie mają dystansu do tego, co się tam pisze, albo nie rozumieją, że to nie oni są właścicielami gazety.
Daniel Högfeldt siedzi przy komputerze w redakcji.
Miłość, reakcje czytelników są jednak głównie pozytywne. Jeśli napisze coś dobrego, od razu otrzymuje dziesięć maili z pochwałami.
Jest zadowolony z artykułów w dzisiejszym wydaniu. Nagradza się świeżą bułeczką cynamonową od Schelinsa przy Trägårdstorget. W tekstach starego wygi Bengtssona nie ma już tej energii, której potrzeba do opisywania sprawy takiej jak zamordowanie Bengta Anderssona. Dobrze wyważonej energii wzmacniającej konieczny dramatyzm. Miasto może się wydawać zdołowane i oniemiałe z zimna. Ale w mailach, które otrzymuje po artykułach o sprawie, wyczuwa niepokój, że w Linköpingu obudził się strach, a w ludziach rośnie wściekłość na to, że policja drepcze w miejscu.
– Płacimy pięćdziesiąt procent podatku, a policja nie robi tego, co powinna...
Daniel był dwa dni w Sztokholmie.
Mieszkał w nowym hotelu Anglais przy Stureplan, z widokiem na wszystkich tych pyszniących się typów przy żałosnym Stampen.
„Expressen".
Spotkał się nawet z tym schlebiającym psychopatą redaktorem naczelnym. Ale wszystko wydawało się niewłaściwe: Pewnie, większa gazeta, lepsza kasa, ale jednak?
„Expressen".
Sztokholm.
Nie teraz. Jeszcze nie.
Lepiej tak jak ta z „Motala Tidning", która wygrzebała skandal w ratuszu i dostała Wielką Nagrodę Dziennikarską.
Jeśli mam jechać do Sztokholmu, muszę przybyć jak król albo co najmniej książę. Dokładnie z tą pozycją, jaką mam tu.

Zastanawia się, co teraz robi Malin Fors.
Można by się z nią spotkać.
Pewnie przepracowana, wściekła i napalona. Dokładnie tak jak ja, kiedy za dużo pracuję i za mało śpię. Ludzkie.
„Expressen".
Dzisiaj napiszę maila do naczelnego, że jednak nie.

Trzylatka stawia opór, kiedy Johan Jakobsson próbuje jej otworzyć usta. Niebieskie kafle w łazience zdają się na nich napierać. Ale buzię trzeba otworzyć.
– Musimy umyć ząbki – przekonuje. – Inaczej przyjdzie zębowy troll. – Stara się, by głos brzmiał zdecydowanie, a zarazem radośnie, ale zdaje sobie sprawę, że jest tylko gderliwy i zmęczony. – Otwórz buzię. – Ale ona chce uciec. Przytrzymuje ją, uciska palcami policzki, nie za mocno.
Mała wyrywa się. Wypada z łazienki, a Johan zostaje, siedząc na toalecie. Do diabła z zębowym trollem.
Praca. Kiedy śledztwo wreszcie nabierze rozpędu? Kiedy coś wyskoczy z zarośli? Niedługo przejrzą cały twardy dysk Rickarda Skoglöfa. Do tej pory niczego nie znaleźli. Pewnie, maile do tych, którzy powiesili na drzewie zwierzęta, jeszcze inne, szurnięte maile do innych osób z kręgów Ásatrú, ale nie o charakterze przestępczym. Nic poza tym. Do sprawdzenia pozostało jeszcze kilka zamkniętych folderów.
Całe jego życie jest jak ta przekorna buzia. Do tego coraz bardziej sfrustrowani Malin i Zeke. Zawieszony Börje. Jest pewnie ze swoją żoną albo z psami, a może na strzelnicy. Chociaż strzelanie to pewnie ostatnia rzecz, na jaką ma teraz ochotę.

Karim Akbar podaje nad ladą w pralni chemicznej pięciusetkoronowy banknot. Z pralni w Centrum Ryd korzysta z dwóch powodów: wcześnie otwierają i dokładnie piorą.
Za nim centrum. Zniszczone i małe. Sklep spożywczy Konsum, kiosk Pressbyrå, punkt dorabiania kluczy połączony z zakładem szewskim, sklep z upominkami, który zbankrutował i od tej chwili stoi chyba nieruszony.

Trzy garnitury na wieszakach pod folią. Jeden od Cornelianiego, dwa od Hugo Bossa, dziesięć ułożonych na stosie białych koszul.

Mężczyzna za ladą bierze banknot, dziękuje i chce mu wydać resztę.

– Nie, dziękuję – mówi Karim.

Wie, że mężczyzna prowadzący pralnię przeprowadził się tu z Iraku, uciekł z rodziną za Saddama. Kto wie, co przeżył? Kiedyś, kiedy Karim oddawał garnitury, mężczyzna chciał opowiedzieć o swoim inżynierskim wykształceniu, o tym, kim mógł zostać, ale Karim udawał, że się śpieszy. Bo niezależnie od tego, jak bardzo by podziwiał tego mężczyznę, który walczy o swoją rodzinę, stanowi on pewien problem, co sprawia, że on i niemal wszyscy inni obcokrajowcy są postrzegani jak obywatele drugiej kategorii, ci świadczący usługi, którymi nie chcą się zajmować Szwedzi. Powinni zabronić imigrantom prowadzenia pizzerii czy pralni chemicznych, myśli Karim. Żeby pozbyć się tego obrazu. Zwolennicy politycznej poprawności zaprotestowaliby, ale taka jest rzeczywistość. To oczywiście niemożliwe. A ja? Nie jestem ani trochę lepszy od niego, chociaż tak jestem przedstawiany.

Wyobcowanie rodzi poczucie odsunięcia.

Poczucie odsunięcia rodzi przemoc.

Przemoc rodzi... No, co?

Nieskończony dystans między ludźmi. Rodzina Murvallów najbardziej ze wszystkiego pragnie móc trzymać się na uboczu, być pozostawiona w spokoju. I ci wszyscy, którzy marzą, by przynależeć, mieć poczucie wspólnoty. Dla zdecydowanie zbyt wielu marzenia nie idą w parze z rzeczywistością.

Mój ojciec, myśli Karim, wychodząc z pralni chemicznej. Do śmierci doprowadziła go bierna przemoc.

Nigdy z nikim o tym nie rozmawiam. Nawet z żoną.

Mróz uderza Karima, gdy otwiera drzwi.

Czarny mercedes lśni nawet w ponurym zimowym świetle.

Myśli o mordercach albo mordercy, którego ścigają. Co chcą stworzyć? Osiągnąć?

Zeke otwiera drzwi do komendy. Wchodzi do recepcji. Czuć potem i podkręconymi kaloryferami.

Jeden z mundurowych stojących przy schodach do piwnicy krzyczy:

– Jak tam, Martin zagra w kolejnym meczu? Czy nie miał czegoś z kolanem?!

Ojciec hokeisty. Czy tak mnie postrzegają?

– Z tego co wiem, zagra.

Martin dostał propozycje z klubów Narodowej Ligi Hokeja, ale transfer nie doszedł do skutku. Jeszcze chyba nie chcą go wypuścić. Zeke wie, że wcześniej czy później chłopak wzbogaci się na hokeju – aż trudno sobie wyobrazić, jak bardzo.

Ale nawet skarb piratów nie sprawi, że Zeke nabierze dla tej gry szacunku. Ochraniacze, zwarcia z przeciwnikiem – wszystko to jest na niby.

Bengt Andersson nie jest na niby. Na niby nie jest też czające się gdzieś tam zło. Nie da się, myśli Zeke, mieć na sobie ochraniaczy, gdy mocuje się z najgorszymi stronami człowieka. To, czym się tu zajmujemy, to nie gra.

– Widziałaś, jak ja wyglądam?

Karim Akbar stoi przy blacie kuchennym w kafeterii i podnosi rękę z gazetą.

– Nie mogli wybrać jakiegoś innego zdjęcia?

– Nie jest chyba tak źle – mówi Malin. – Mogło być gorzej.

– Jak to? Nie widziałaś? Wybierają takie zdjęcia, abyśmy wyglądali na zdesperowanych.

– Nie myśl o tym, Karim. Jutro znów pewnie będziesz w gazecie. I nie jesteśmy przecież zdesperowani. A może jesteśmy?

– Nigdy zdesperowani, Malin. Nigdy.

Malin zagląda do swojej skrzynki mailowej. Sprawy administracyjne, spamy i mail od Johana Jakobssona.

– Na razie nic na twardym dysku. Zostało jeszcze kilka folderów do sprawdzenia.

I mail zaznaczony na czerwono.
– ZADZWOŃ DO MNIE.
Od Karin Johannison.
Dlaczego sama nie mogła zadzwonić?
Ale Malin wie, jak to jest. Czasami łatwiej wypuścić maila.
Pisze odpowiedź:
– Coś się stało?
Wysyła maila i nie mija minuta, gdy mruga ikona jej skrzynki odbiorczej.
Otwiera nowego maila od Karin.
– Możesz wpaść?
Odpowiedź:
– Za dziesięć minut jestem w laboratorium.

Pokój służbowy Karin Johannison w Centralnym Laboratorium Kryminalistycznym jest pozbawiony okien, nie licząc przeszklenia między korytarzem a pomieszczeniem. Ściany są od podłogi do sufitu zastawione prostymi regałami, a na biurku leży stos teczek. Na żółtym linoleum króluje prawdziwy gruby, nakrapiany na czerwono dywan, który – Malin wie – Karin sama tu przyniosła. Dywan sprawia, że pomieszczenie mimo całego tego bałaganu jest szlachetne i przytulne.
Karin siedzi przy biurku, jak zawsze nieziemsko świeża. Zaprasza Malin, by usiadła na małym taborecie tuż przy drzwiach.
– Właśnie otrzymałam informację z Birmingham – mówi Karin. – Porównałam ją z profilem Bengta Anderssona. Nie zgadzają się. To nie on zgwałcił swoją siostrę przyrodnią.
– To był mężczyzna czy kobieta?
– Nie da się tego rozstrzygnąć. Ale wiemy, że to nie był on. Sądziłaś, że to on?
Malin przecząco kiwa głową.
– Nie, ale teraz wiemy.
– Teraz wiemy – mówi Karin. – I bracia Murvall mogą się dowiedzieć. Sądzisz, że któryś z nich zamordował Bengta Anderssona? I może się przyzna, kiedy teraz dowiedzą się, że się mylili?

Malin się uśmiecha.
– Dlaczego się uśmiechasz?
– Karin, znasz się na chemii – mówi Malin. – Ale na ludziach nie znasz się już tak dobrze.
Obie kobiety siedzą razem w ciszy.
– Dlaczego nie mogłaś mi tego powiedzieć przez telefon? – pyta Malin,
– Chciałam po prostu przekazać ci to w cztery oczy – odpowiada Karin. – Tak wydawało mi się najlepiej.
– Dlaczego?
– Czasami jesteś taka zamknięta, Malin, spięta. Często stykamy się ze sobą w pracy. Dobrze jest się czasem tak spotkać, na spokojnie. Nie sądzisz?

Gdy Malin wraca z laboratorium, dzwoni jej telefon.
Odbiera, idąc przez parking, obok zamkniętego garażu w kierunku miejsc parkingowych przy krzewach, gdzie jej volvo stoi obok prywatnego lexusa metalik Karin.
Tove.
– Cześć, kochanie.
– Cześć, mamo.
– Jesteś w szkole?
– Mam przerwę między matematyką i angielskim. Mamo, pamiętasz, że rodzice Markusa chcieli cię zaprosić na kolację?
– Pamiętam.
– Możesz dziś wieczorem? Chcą dziś wieczorem.
Wyjątkowi lekarze.
Chcą.
W ten sam wieczór.
A nie wiedzą, że inni też mają wypełniony grafik?
– Pewnie, Tove. Mogę. Ale nie przed siódmą. Przekaż Markusowi, że będzie mi miło.
Rozłączają się.
Otwierając drzwi samochodu, Malin myśli:
Co się dzieje, gdy człowiek okłamuje swoje dzieci? Kiedy robi się swoim dzieciom krzywdę? Czy wtedy gaśnie na niebie gwiazdka?

62

Czy czegoś jeszcze nie przewróciliśmy do góry nogami? – pyta Zeke.

– Nie wiem – odpowiada Malin. – Nie mam teraz wyraźnego obrazu całości. Te wszystkie elementy się ze sobą nie łączą.

Zegar na murowanej ścianie powoli tyka w kierunku dwunastej.

Komisariat jest niemal pusty. Zeke siedzi za swoim biurkiem, Malin na krześle obok.

Zdesperowani? My? Zdesperowani nie, ale poruszający się po omacku tak.

Kiedy Malin wróciła z laboratorium, rozpoczęło się niekończące się zebranie, podczas którego omawiali stan śledztwa.

Najpierw złe wieści.

Pełen rezygnacji głos Johana Jakobssona z jego miejsca przy dłuższym boku stołu:

– Przedostatnie foldery na komputerze Rickarda Skoglöfa zawierały po prostu cholerne zdjęcia pornograficzne, takie w stylu Hustlera. Dość twarde, ale nic szczególnego. Mamy jeszcze jeden katalog zakodowany w jakimś systemie, ale staramy się go rozgryźć.

– Miejmy nadzieję, że kryje jakąś zagadkę – powiedział Zeke, a Malin dosłyszała kryjącą się w jego głosie cichą nadzieję na to, że to wszystko się skończy.

Potem wspólnie błądzili. Starali się znaleźć głos w śledztwie, podsumowujący, wspólny. Ale niezależnie od tego, jak bardzo próbowali, i tak wracali do punktu wyjścia. Mężczyzna na drzewie i ludzie wokół niego, Murvallowie, Maria, Rakel, Rebecka. Obrządek, pogańskie wierzenia. Valkyria Karlsson, Rickard Skoglöf i małe prawdopodobieństwo, że Jimmy Kalmvik i Joakim Svensson zrobili coś naprawdę głupiego w ciągu tych niewielu godzin, gdy mieli alibi poświadczane tylko przez siebie nawzajem.

– Wszystko to wiemy – powiedział Sven Sjöman. – Pytanie, czy możemy z tym coś więcej zrobić? Nie istnieją żadne inne drogi, by posunąć się naprzód? Nie widzimy żadnych innych tropów?

Cisza w pokoju, długa, dręcząca cisza.

Potem Malin powiedziała:

– Może jednak przekażmy braciom Murvallom, że to nie Bengt Andersson zgwałcił ich siostrę? Może wtedy powiedzą coś nowego?

– Wątpliwe, Malin. Wierzysz w to? – spytał Sven.

Wzruszyła ramionami.

– I są na wolności – dodał Akbar. – Nie możemy ich wezwać wyłącznie z tego powodu, a jeślibyśmy do nich pojechali tylko po to, by o tym porozmawiać, gwarantowane, że nasilą oskarżenia o nękanie rodziny. Ostatnie, czego potrzebujemy, to zła reklama.

– Żadnych nowych wskazówek od ludzi? – spróbował Johan.

– Żadnych – odrzekł Sven. – Kompletna cisza.

– Możemy wystosować kolejny apel – zaproponował Johan. – Ktoś musi coś wiedzieć.

– Media już i tak nas pożrą – powiedział Karim. – Musimy sobie poradzić bez zwracania się o pomoc do ludzi. To by tylko znów wywołało złą prasę.

– A Biuro Kryminalne Komendy Głównej Policji? – zaproponował Sven. – Może pora ich wezwać? Musimy przyznać, że drepczemy w miejscu.

– Jeszcze nie, jeszcze nie – głos Karima mimo wszystko pewny siebie.

Opuścili pokój spotkań z poczuciem, że wszyscy czekają, aż coś się wydarzy, że właściwie mogą tylko zdać się na bieg wypadków, wyczekiwać, aż ten albo ci, którzy powiesili Bengta Anderssona na drzewie, w jakiś sposób znów się uaktywnią.

Ale jeśli on, ona albo oni pozostaną niewidoczni? Jeśli był to tylko jednorazowy wyskok?

Utknęli.

Głosy śledztwa ucichły.

Ale Malin pamiętała to uczucie przy drzewie: Że coś jeszcze się nie skończyło, że coś się czai tam w lasach i na ogarniętej chłodem równinie.

Wskazówka na ściennym zegarze bezgłośnie zbliża się do dwunastej. W tej samej sekundzie Malin powiedziała:
– Lunch?
– Nie. Mam próbę chóru – odpowiada Zeke.
– Tak? W czasie lunchu?
– Za kilka tygodni mamy koncert w katedrze i ćwiczymy dodatkowo.
– Koncert? Nic o tym nie wspominałeś. Ćwiczycie dodatkowo? Mówisz jak hokeista.
– Boże broń – oburza się Zeke.
– Mogę się przyłączyć?
– Na próbę chóru?
– Tak.
– Pewnie. – Zeke jest zmieszany. – *Sure*, Malin.

W lokalu zebrań w Muzeum Miejskim panuje zaduch, ale członkowie chóru chyba dobrze się czują w tym obszernym pomieszczeniu. Dziś jest ich dwudziestu dwóch. Malin policzyła, trzynaście kobiet, dziewięciu mężczyzn. Większość jest po pięćdziesiątce, wszyscy typowo po prowincjonalnemu porządnie ubrani i odprasowani. Kolorowe koszule i bluzki, marynarki i spódnice.

Chórzyści zebrali się na scenie i stoją w trzech rzędach. Za nimi wiszą płachty materiału z wyhaftowanymi ptakami, które wyglądają, jakby chciały się wzbić w powietrze, pod sklepienie sufitu.

Malin siedzi na krześle w ostatnim rzędzie pod ścianą wyłożoną dębową boazerią i słyszy, jak członkowie chóru rozśpiewują się, chichoczą, gawędzą, śmieją się. Zeke rozmawia gorączkowo z jakąś kobietą w tym samym wieku co on, wysoką, blondwłosą, w niebieskiej sukience.

Urocza, myśli Malin. Ona i sukienka.

Kobieta podnosi głos i mówi:

– No to jedziemy, zaczynamy od *People get ready*.

Jak na komendę chórzyści prostują się, odchrząkują po raz ostatni i przybierają skupiony wyraz twarzy.

– Raz, dwa, trzy.

Salę wypełnia pieśń, jednogłośne mruczenie. Malin dziwi spokojna siła melodii, to, jak ładnie brzmi, gdy dwadzieścia dwa głosy stają się jednością. *You don't need no ticket, you just get on board...*

Malin odchyla się na krześle. Zamyka oczy, pozwala się objąć muzyce i znów je otwiera, kiedy zaczyna się kolejna pieśń. Zauważa, że Zeke i pozostali naprawdę dobrze się czują na scenie, że w jakiś sposób jednoczą się w pieśni, w jej prostocie.

I nagle Malin ogarnia paniczna samotność. Nie jest częścią tego i czuje, że ta samotność coś oznacza, że to wyobcowanie ma znaczenie poza tym pomieszczeniem.

Tam są drzwi.

Otwór w zamkniętym pokoju.

Intuicja, myśli Malin. Głosy. Co próbują mi powiedzieć?

63

Występki.
Kiedy się zaczynają, Malin? Kiedy się kończą? Krążą? Jest ich z czasem więcej czy też praktykowane zło jest stałe? Rozrzedzają się czy ich stężenie się zwiększa za każdym razem, gdy rodzi się kolejny człowiek? O wszystkim tym mogę rozmyślać, gdy poruszam się nad okolicą. Spoglądam na dąb, na którym wisiałem.
Odosobnione miejsce. Może drzewo lubiło moje towarzystwo?
Piłki. Łapałem piłki i wrzucałem je z powrotem, a one znów przylatywały, i znów, i znów.
Mario?
Wiedziałaś?
Czy to był powód twojej uprzejmości? Więź między nami? Czy to gra jakąś rolę? Nie sądzę.
Powietrze nade mną i pode mną. Spoczywam w mojej własnej próżni. Wszyscy zmarli wokół mnie szepczą: Dalej, Malin, dalej.
To jeszcze nie koniec.
Znów się boję.
Czy istnieje jakieś wyjście?
Musi.
Zapytaj tylko tę kobietę na dole. Tę kobietę, do której od tyłu zbliża się ubrana na czarno, ukrywająca się za krzewami postać.

Wczesny wieczór jest cichy, zimny i ciemny. Brama garażowa nie chce podjechać do góry, skrzypi, zacina się, a odgłos grzęźnie w nieruchomym powietrzu. Znów naciska przycisk na ścianie, kluczyk wsadzony jak trzeba, prąd dociera, to pewne.

Za nią domy, zamarznięte krzewy. W większości okien jasno. Prawie wszyscy wrócili już z pracy do domu. Brama garażowa zacina się. Musi otworzyć ręcznie. Już raz tak robiła. Jest ciężka, ale da się. No i spieszy jej się.

Szelest w krzakach za nią. Może ptak. Ale o tej porze roku? Może kot? Ale one chyba nie lubią marznąć?

Odwraca się i wtedy go widzi, czarny pędzący na nią cień, jeden, dwa, trzy, cztery kroki i już jest na niej. Wymachuje rękami, krzyczy, ale nic nie słychać, czuje chemiczny smak w ustach, szarpie się i wymierza ciosy, ale przez rękawiczki jej razy to pieszczota.

Wyjrzyjcie z okien.

Zobaczcie, co się dzieje.

On – bo to chyba on – ma czarny kaptur. Widzi jego ciemne, brązowe oczy, wściekłość i ból w spojrzeniu, a chemiczny zapach wypełnia teraz cały jej mózg, jest miękki i wyraźny, a mimo to sprawia, że znika, mięśnie rozluźniają się i już nie czuje swojego ciała.

Widzi. Ale podwójnie.

Widzi człowieka, ludzi stojących nad nią. Jest was więcej?

Nie, proszę, nie tak.

Ale nie ma sensu się opierać. Jakby wszystko się już wydarzyło. Jakby już została pokonana.

Oczy.

Jego, jej, ich?

Są nieobecne, myśli. Oczy są gdzieś indziej, gdzieś daleko.

Słodki oddech, ciepły. Powinien być obcy, ale nie jest.

Potem ta chemiczność dociera do oczu, do uszu. Nie ma już obrazów i dźwięków, nie ma świata. Nie wie, czy zasypia, czy umiera.

Jeszcze nie, myśli. Chyba jeszcze jestem potrzebna? Jego twarz tam, w domu, moja twarz.

Jeszcze nie, jeszcze, jeszcze, jeszcze...

Ocknęła się.

Tyle wie. Bo ma otwarte powieki, a głowa boli, choć jest zupełnie ciemno. A może śpi? Gonitwa myśli.

Nie żyję?

To mój grób?

Nie chcę tu być. Chcę do domu, do mojego, do moich. Ale się nie boję: Dlaczego się nie boję?

To musi być odgłos silnika. Dobrze zakonserwowany silnik, który wbrew zimnu robi swoje. Swędzą nadgarstki i stopy. Nie da się nimi poruszać, ale może kopać, napinać ciało w łuk i walić w cztery ściany ciasnego pomieszczenia.

Mam krzyczeć?

Pewnie. Ale ktoś, on, ona, oni, zakleił jej usta, na podniebieniu gałgan. Czym smakuje? Ciastkami? Jabłkami? Olejem? Suchy, bardziej suchy, najbardziej suchy.

Mogę walczyć.

Jak zawsze.

Nie jestem martwa. Leżę w bagażniku samochodu i marznę, kopię i protestuję.

Buch, buch, buch.

Czy ktoś mnie słyszy? Czy ja istnieję?

Słyszę cię.

Jestem twoim przyjacielem. Ale nic nie mogę zrobić. W każdym razie niewiele.

Może spotkamy się potem, kiedy się to wszystko skończy. Możemy się unosić obok siebie. Możemy się polubić. Biegać w kółko wokół pachnących jabłoni o tej porze roku, która jest może wiecznym latem.

Ale najpierw:

Jadący samochód, twoje ciało w bagażniku; auto staje na pustym miejscu postojowym i znów zostajesz odurzona, za dużo kopałaś, samochód znów rusza przez pole w najgęstszą ciemność.

64

Ramshäll.
Najlepsza okolica Linköpingu.
Może najbardziej ekskluzywna dzielnica miasta, do której drzwi są dla większości zamknięte, w której mieszkają najbardziej wyjątkowi ludzie.

Bo może tak jest, myśli Malin, że wszyscy, świadomie lub nieświadomie, gdy nadarza się okazja, wkładają garnitur ważności, czy to w małych, czy w dużych sprawach.

Patrzcie, tu mieszkamy!

Stać nas, jesteśmy królami okolicy 013.

Dom rodziców Markusa znajduje się w Ramshäll pośród domów dyrektorów Saaba, odnoszących sukcesy przedsiębiorców, od początku dobrze sytuowanych lekarzy i właścicieli dobrze prosperujących małych firm.

Wille leżą niemal w środku city, pną się po zboczu z widokiem na Folkungavallen i Tinnis, dużą miejską pływalnię, na której teren pożądliwie patrzą deweloperzy ze wszystkich zakątków królestwa. Tam, gdzie kończy się zbocze, zabudowania znikają w lesie albo staczają się po małych uliczkach ku Tinnerbäcken, gdzie zaczynają się brudnożółte, przypominające pudełka budynki szpitalne. Najlepiej jest mieszkać na zboczu – piękny widok i najbliżej miasta. I to właśnie tam rodzice Markusa mają dom.

Malin i Tove idą obok siebie w świetle latarni, a ich ciała rzucają długie cienie na dokładnie wysypane żwirem chodniki. Mieszkańcy najchętniej pewnie ogrodziliby całą okolicę płotem albo drutem kolczastym pod napięciem, a przy bramie posadzili strażnika. Myśl o *gated communities* – osiedlach zamkniętych – wcale nie jest obca niektórym umiarkowanym w radzie gminy. Ogrodzenie wokół Ramshäll nie jest tak abstrakcyjnym pomysłem, jak by się mogło wydawać.

Stop. Dotąd, nie dalej. My i oni. My przeciwko nim. My.

Z domu do Ramshäll idzie się nie dłużej niż kwadrans, więc Malin postanowiła, mimo protestów Tove, przeciwstawić się mrozom:

– Skoro ci towarzyszę, to możesz się ze mną przejść.

– A mówiłaś, że będzie miło.

– Będzie miło, Tove.

Po drodze minęły dom Karin Johannison. Pomalowana na żółto willa z lat trzydziestych z drewnianą fasadą i werandą.

– Zimno, mamo – skarży się Tove.

– Raczej rześko – odpowiada Malin i z każdym krokiem czuje, jak opada z niej niepokój, jak przygotowuje się, by podołać wyzwaniu, jakim jest ta kolacja.

– Denerwujesz się, mamo – mówi nagle Tove.

– Denerwuję?

– Tak, tym wszystkim.

– Nie, a dlaczego miałabym?

– Zawsze się stresujesz czymś takim. Wyjściami. No i są przecież lekarzami.

– Jakby to miało jakieś znaczenie.

– Tam. – Tove wskazuje na ulicę. – Trzeci dom po lewej stronie.

Malin widzi willę, dwupoziomową, z białej cegły, otoczoną niskim płotem, z przyciętymi krzewami w ogrodzie.

W jej wyobraźni dom rośnie i rośnie. Staje się toskańską twierdzą niemożliwą do zdobycia dla samotnego żołnierza piechoty.

W środku pachnie ciepłem, liściem laurowym i czystością, której potrafi się doszorować tylko dokładna polska sprzątaczka.

Państwo Stenvinkelowie czekają w korytarzu. Ściskają dłoń Malin, a ona zatacza się, nieprzygotowana na tak niepohamowaną uprzejmość.

Mama Markusa, Birgitta, ordynator w klinice laryngologicznej, prosi, by do niej mówić Biggan i że taaak miło, że w koooończu mogą się spotkać z Malin, o której tyle czytali w „Correspondenten". Tata – Hans – chirurg, prosi, by go nazywać Hasse, mam nadzieję, że lubisz bażanta, zdobyłem kilka ładniutkich sztuk w Lucullusie. Sztokholmczycy, przedstawiciele lepszej klasy średniej, których na to pustkowie przywiodła kariera, myśli Malin.

– Czy dobrze słyszę. Czyżbyście pochodzili ze Sztokholmu? – pyta.

– Ze Sztokholmu? Taki mamy akcent? Nie, ja jestem z Borås – mówi Biggan. – A Hasse z Enköpingu. Spotkaliśmy się na studiach w Lund.

Znam już historię ich życia, myśli Malin. A jeszcze nawet nie przeszliśmy przez korytarz.

Markus i Tove zniknęli w głębi domu. Hasse prowadzi Malin do kuchni. Na lśniącym blacie ze stali nierdzewnej stoi zamglony shaker i Malin kapituluje, nie ma zamiaru sobie odmawiać.

– Martini? – pyta Hasse, a Biggan dodaje: – Ale uważaj, jego są *very dry*.

– Na Tanqueray – mówi Hasse.

– Poproszę – odpowiada Malin i po chwili stoi z drinkiem w dłoni.

Wznoszą toast, alkohol jest przejrzysty i czysty, a ona myśli, że co jak co, ale ten Hasse zna się na mieszaniu drinków.

– Zazwyczaj pijemy drinka przed jedzeniem w kuchni – mówi Biggan. – Na rozluźnienie.

Jej mąż stoi przy kuchence. Jedną ręką przywołuje Malin, a drugą otwiera pokrywkę czernionego, wysłużonego żeliwnego garnka.

Bucha zapach.

– Zajrzyj – zaprasza Hasse. – Patrz, jakie przysmaki.

Dwa bażanty pływają w bulgoczącym żółtym sosie i Malin czuje, jak jej żołądek skręca głód.

– I co?
– Wygląda fantastycznie.
– Ups, szybko zniknął – mówi Biggan.
Malin początkowo nie wie, o co mu chodzi, po czym zauważa, że w dłoni trzyma pustą szklankę.
– Zmieszam jeszcze jednego.
Kiedy Hasse wstrząsa shakerem, Malin pyta:
– Czy Markus ma rodzeństwo?
Hasse nagle opuszcza shaker. Biggan uśmiecha się i mówi:
– Nie. Długo próbowaliśmy. Potem zrezygnowaliśmy.
W shakerze znów grzechocze lód.

65

Jej głowa.

Ciężka, a ból jest jak nóż do owoców wbity między płaty mózgowe. Jeśli się czuje taki ból, to się nie śpi. W snach nie istnieje ból fizyczny. Dlatego je kochamy.

Nie, nie, nie.

Teraz sobie przypomina.

Ale gdzie jest silnik? Gdzie samochód? Nie jest już w samochodzie.

Przestań. Wypuść mnie. Jest ktoś, kto mnie potrzebuje.

Zdejmij mi z oczu tę opaskę. Zabierz ją. Może o tym porozmawiamy? Dlaczego właśnie ja?

Czy pachnie tu owocami? Czy pod palcami mam ziemię, zimną, a jednak ciepłą ziemię, okruszki ciastek?

Trzaska w piecyku.

Kopie w kierunku, z którego dochodzi ciepło. Ale nie natrafia na metal, zapiera się plecami, ale nigdzie nie dociera. Tylko głuchy odgłos, wibracja przechodząca przez ciało.

Jestem... Gdzie ja jestem?

Leżę na zimnej ziemi. Czy to grób? Czy jednak jestem martwa? Pomocy. Pomocy.

Ale wokół mnie jest ciepło. A gdybym była w trumnie, to wokół mnie byłoby drewno.

Zdejmij, do cholery, ten sznur.

Wyjmij szmatę z ust.

Wysil się, to może pęknie, sznur. Powykręcaj się.

Ktoś zrywa jej materiał z oczu.

Migoczący blask. Sklepienie piwniczne? Ściany z ziemi?
Gdzie ja jestem? Czy wokół mnie poruszają się pająki i węże?
Twarz. Twarze?
Przysłonięte narciarką.
Oczy. Wzrok istnieje, a jednak nie.
Teraz twarze znowu znikają.
Ciało obolałe. Ale to teraz zaczyna się ból, prawda?

Chciałbym móc coś zrobić.
Ale jestem bezsilny.
Mogę tylko patrzeć. I będę to robił, bo może moje spojrzenia dadzą ci jakąś pociechę.
Zostanę, choć najchętniej chciałbym odwrócić wzrok i zniknąć we wszystkich tych miejscach, w których mogę zniknąć.
Ale zostaję ze strachem i z miłością, i ze wszystkimi innymi uczuciami. To jeszcze nie koniec, ale czy musisz to robić? Sądzisz, że im zaimponujesz?
To boli, wiem, czułem to samo. Przestań, przestań, mówię, ale wiem, nie słyszysz mojego głosu. Sądzisz, że jej ból unicestwi inny ból? Czy jej ból otworzy drzwi? Mój tego nie zrobił.
Więc nawołuję:
Przestań, przestań, przestań.

Mam przestać?

Jak z moich zaklejonych ust może się wydobywać jakikolwiek odgłos, materiał jest tak mocno wciśnięty pod podniebienie.

Jest naga. Ktoś zdarł z niej ubranie, rozciął nożem szwy i teraz przysuwa do jej ramion świecę. Boi się, a jakiś głos mamrocze: „To się musi, musi, musi stać".

Krzyczy.

Ktoś przysuwa światło, bliziutko, parzy. Krzyczy tak, jakby nie wiedziała, jak się krzyczy, jakby odgłos jej skwierczącej skóry i bólu stanowił jedność. Wije się, ale nie udaje jej się uciec.

– Mam ci spalić twarz?
To mówi ten mamroczący głos?
– Może to wystarczy. Wtedy nie będę cię może musiał zabijać. Bez twarzy i tak nie istniejesz, prawda?
Krzyczy, krzyczy. Bezdźwięcznie.
Drugi policzek. Pali się skóra. Okrężne ruchy, czerwony, czarny, czerwony – kolor bólu. Czuć swąd spalonej skóry, jej skóry.
– Może przyniosę nóż?
Poczekaj.
– Nie mdlej, nie trać przytomności – mamrocze głos.
Ale ona chce od tego uciec.
Ostrze lśni, ból zniknął, adrenalina buzuje w ciele. Istnieje tylko strach przed tym, że nigdy się stąd nie wydostanie.
Chcę do domu, do moich.
Musi się zastanawiać, gdzie jestem. Jak długo tu jestem?
Musi im już mnie brakować.
Nóż jest zimny i ciepły. Co ciepłego ścieka mi po udach? Dzięcioł o dziobie ze stali dziobie moje piersi, wżera się aż do żeber. Pozwól mi zniknąć. Twarz tak piecze, gdy ktoś wymierza policzki, chcąc mnie zmusić, bym zachowała przytomność.
Ale nie da rady.
Znikam.
Czy tego chcecie czy nie.

Ile czasu upłynęło? Nie wiem.
To szczęk łańcuchów?
Stoję teraz przy słupie.
Wokół mnie las.
Jestem sama.
Czy ty, wy zniknęliście? Nie zostawiajcie mnie tu samej.
Pojękuję.
To słyszę.
Ale nie marznę i zastanawiam się, kiedy chłód przestaje być zimny, kiedy ból nie sprawia już bólu.
Jak długo już tu wiszę?

Wokół mnie las jest gęsty, ciemny, lecz biały od śniegu. Polana, drzwi prowadzące w dół, do nory.

Moich stóp nie ma. Ani ramion, ani dłoni, ani palców, ani policzków. Policzki to palące dziury. Wszystko wokół mnie jest pozbawione zapachu.

Nie mam już wspomnień, nie istnieją już inni ludzie, nie ma przedtem ani potem. Jest tylko wyraźne teraz, gdzie jedyne zadanie należy do mnie.

Uciec.

Uciec stąd.

Tylko to istnieje.

Uciec, uciec, uciec.

Za wszelką cenę. Ale jak mam biec, jeśli nie mam stóp?

Coś znów się zbliża.

Czy to anioł?

Nie w tej ciemności.

Nie, zbliża się coś czarnego.

– Co zrobiłem?

Czy to wypowiada to coś czarnego?

– Muszę to zrobić – mówi to coś czarnego.

Próbuje podnieść głowę, ale jej się nie udaje. Wysila się i wtedy powoli, powoli unosi głowę. To coś czarnego jest już blisko i przechyla kocioł z wrzącą wodą. Ona ucieka myślami. Rozlega się wycie, gdy to coś wylewa na nią wodę.

Ale woda nie dolatuje. Nie nadchodzi ukrop, tylko kilka kropli ciepła.

Teraz znów nadchodzi to coś czarnego.

Czy to, co trzyma w dłoni, to gałąź?

Co się z nią stanie?

Mam krzyczeć?

Krzyczę.

Ale nie po to, by mnie ktoś usłyszał.

66

W jadalni palą się świece. Na ścianie za Hassem i Tove wisi duży obraz olejny pędzla Jockuma Nordströma – według Biggan to jakiś *big shot* w Nowym Jorku. Dzieło przedstawia kolorowego mężczyznę w chłopięcym ubraniu na niebieskim polu. Według Malin obraz wygląda naiwnie, a jednocześnie dojrzale; mężczyzna jest samotny, a jednak zakotwiczony w jakimś kontekście na tym niebieskim polu. Po niebie suną gitary i kije bilardowe.

Bażanty smaczne, wino jeszcze lepsze – czerwone, hiszpańskie, Malin go nie zna. Walczy ze sobą, by się nim nie opijać.

– A jak bażant, Malin? – Hasse wykonuje gest w stronę garnka.

– Proszę wziąć więcej, tata się ucieszy – mówi Markus.

Rozmowa toczyła się wokół wszystkiego, od pracy Malin, po jej treningi, reorganizację w szpitalu, politykę gminy i „aaarcynudne" adaptacje muzyczne w miejskiej filharmonii.

Hasse i Biggan. Wszystkim tak samo grzecznie i szczerze zainteresowani. Niezależnie od tego, jak bardzo Malin by się doszukiwała, nie może trafić na fałszywy ton. Chyba jesteśmy tu mile widziane, nie przeszkadzamy. Malin upija wina. I wiedzą, jak sprawić, żebym się rozluźniła.

– Fajny pomysł z tą Teneryfą – mówi Hasse.

Malin posyła Tove spojrzenie. Dziewczyna spuszcza wzrok.

– A bilety już zabukowane? – pyta ojciec Markusa. – Musimy dostać numer konta, zanim pójdziemy wpłacić pieniądze. Przypomnij mi, dobra?

– No... – zaczyna Tove.
Malin odchrząkuje.
Biggan i Hasse patrzą na nią, a Markus odwraca się do Tove.
– Tata zmienił zdanie – mówi Malin. – Niestety, ktoś inny złoży im wizytę.
– Ich własna wnuczka! – wybucha Biggan.
– Dlaczego nic nie powiedziałaś? – pyta Markus Tove.
Malin kiwa głową.
– Moi rodzice są dość specyficzni.
Tove wypuszcza powietrze. Malin zdaje sobie sprawę, że dzięki kłamstwu czuje ulgę, a jednocześnie wstydzi się, że nie dała rady, nie potrafiła powiedzieć prostej prawdy: że to Markus nie był mile widziany.
Po co kłamię? – myśli Malin. Żeby kogoś nie zawieść? Bo wstyd mi za brak ogłady moich rodziców? Bo prawda sprawia ból?
– Dziwne – mówi Hasse. – Kogo gościć, jeśli nie własną wnuczkę z towarzystwem?
– To jakiś stary znajomy z pracy.
– W sumie dobrze się stało – stwierdza Biggan. – Możecie więc pojechać z nami do Åre. Tak jak od początku proponowaliśmy. Z całym szacunkiem dla Teneryfy. Ale zimą jeździ się na nartach!

Malin i Tove wracają podświetlonymi willowymi uliczkami do domu.
Koniak podany po kolacji sprawił, że usta Malin poruszały się w zawrotnym tempie. Biggan piła, Hasse nie, rano idzie do pracy.
– Małe martini, kieliszek wina. Nie więcej, jeśli mam trzymać skalpel!
– Powinnaś była powiedzieć Markusowi.
– Może, ale...
– Musiałam skłamać. Wiesz, jak to lubię. A Åre? Nie mogłaś powiedzieć, że zaprosili cię do Åre? Kim ja właściwie jestem, twoją...

– Mamo. Nie możesz być po prostu cicho?
– Dlaczego? Chcę mówić.
– Ale wygadujesz takie głupstwa.
– Dlaczego nie powiedziałaś nic o wyjeździe do Åre?
– Ależ mamo, nie rozumiesz? Kiedy niby miałam ci o tym powiedzieć? Przecież prawie w ogóle nie ma cię w domu. Wciąż pracujesz.
Nie, Malin chce krzyknąć do córki. Nie, mylisz się, ale opamiętuje się, myśli: Naprawdę jest tak źle?
Idą w ciszy, mijają Tinnis i hotel Ekoxen.
– Nie powiesz nic, mamo? – pyta Tove na wysokości second handu Stadsmission.
– Sympatyczni – mówi Malin. – Zupełne inni, niż sądziłam.
– Wciąż coś sądzisz na temat ludzi, mamo.

67

Krwawię.
Coś mnie zdejmuje z pala i kładzie na miękkie, włochate posłanie.
Żyję.
Serce we mnie bije.
To coś czarnego jest wszędzie, przykrywa moje ciało materiałem, wełnianym materiałem. Jest ciepło, głos tego czegoś czarnego, głosy, mówią:
– On umarł za wcześnie. Ale ty, ty zawiśniesz, jak należy.
Potem drzewa nade mną, poruszam się przez las. Leżę na saniach? Słyszę odgłos nart na zlodowaciałym śniegu? Jestem zmęczona, tak zmęczona i jest tak ciepło.

Prawdziwe ciepło.
We śnie i na jawie.
Ale od ciepła jak najdalej.
Ono zabija.
A ja nie chcę umierać.
Znów dźwięk silnika. Jestem teraz w samochodzie.
W odgłosie silnika, w jego uporczywym biegu tkwi przeczucie. Że moje ciało ma jeszcze jedną szansę. Że jeszcze nie jest po wszystkim.
Oddycham.
W każdej rozdartej części ciała czuję ból. Witam go. Rozdzieranie w krwawiącym wnętrzu.
To w bólu istnieję. I on pozwoli mi przeżyć.

Unoszę się tutaj.
Pole stoi otworem. Między Maspelösą, Fornåsą i Bankebergiem, na końcu nieodśnieżonej drogi, pokryte cienką warstwą śniegu stoi samotne drzewo, podobne do tego, na którym ja wisiałem.
Staje przy nim samochód z kobietą w bagażniku.
Chciałbym jej pomóc.
Ale sama musi to zrobić.

To coś czarnego musi otworzyć. Musi mi pomóc się wydostać. Potem będę silnikiem. Eksploduję, wydostanę się, będę żyć.
To coś czarnego otwiera bagażnik, przeciąga moje ciało przez krawędź i przewraca na śnieg przy rurze wydechowej.
Pozwala mi tam leżeć.
Pień drzewa, gruby, dziesięć metrów dalej.
Kamień jest pokryty śniegiem, ale i tak go widzę. Czy to moje ręce są wolne, czy to moją dłoń, opuchniętą, czerwoną bryłę, widzę po lewej stronie?
To coś czarnego obok mnie. Szepcze o krwi. O ofierze.
Jeśli przekręcę się na lewą stronę, chwycę kamień i uderzę w to, co musi być jego głową, może się udać. To może mi pomóc się wydostać.
Jestem silnikiem i przekręcam kluczyk.
Eksploduję.
Znów istnieję. Chwytam kamień, kończy się szeptanie, uderzam, muszę się wydostać i uwolnić. Nie staraj się mnie odegnać, uderzam, chcę więcej, moja wola jest czymś, co tkwi najgłębiej, jest jaśniejsza niż to, co ciemność potrafi zaczernić.
Nie próbuj.
Uderzam w to coś czarnego, toczymy się po śniegu, zimno nie istnieje. To coś mocno mnie chwyta, ale ja znów eksploduję i uderzam. Kamień na czaszce. To coś czarnego wiotczeje, ześlizguje się ze mnie na śnieg.
Z trudem klękam.
Pole otwiera się na wszystkie strony.

Wstaję.
W ciemności. Stamtąd wychodzę.
Zataczam się w kierunku horyzontu.
Wydostaję się.

Unoszę się obok ciebie, gdy błąkasz się po równinie. Gdzieś dotrzesz, a gdziekolwiek pójdziesz, będę tam na ciebie czekał.

68

CZWARTEK, SZESNASTY LUTEGO

Johnny Axelsson kładzie ręce na kierownicy. Czuje wibracje samochodu; na mrozie silnik pracuje nierytmicznie.
Wczesny ranek.
Dym śnieżny z pól i błoni przetacza się nad drogą w oślepiających spłachciach.
Dotarcie z Motali do Linköpingu zajmuje aż pięćdziesiąt minut. O tej porze roku – przy niepewnych drogach, pojawiającej się i znikającej gołoledzi – niezależnie od tego, ile wysypią soli – jest to też niebezpieczne.
Trzeba jechać ostrożnie. Johnny zawsze obiera drogę przez Fornåsę – woli ją niż tę przez Borensberg.
No i nigdy nie wiadomo, co wyskoczy z lasu. Kiedyś prawie by potrącił sarnę i łosia.
Ale drogi są proste, zbudowane tak, jakby w razie wojny miały służyć za lądowisko.
Jednak jakie jest prawdopodobieństwo, że wybuchnie wojna?
A może już wybuchła.
Motala. Narkotykowa stolica Szwecji.
Niewiele czy wręcz żadnych stanowisk pracy poza sektorem publicznym.
Ale to w Motali Johnny Axelsson dorastał i to tu chce mieszkać. Więc czym jest kilkugodzinna podróż do pracy? To cena, którą jest w stanie zapłacić za mieszkanie w miejscu, gdzie czuje się u siebie. Kiedy w gazecie pojawiły się oferty pracy

w Ikea, nie wahał się ani chwili. Ani kiedy został przyjęty. Byle nie być ciężarem. Mieć na coś wpływ. Być pożytecznym. Ilu z jego starych znajomych nie jest na zasiłku? Tkwią w systemie zapomóg dla bezrobotnych, choć stracili pracę dziesięć lat temu. Boże, mamy po trzydzieści pięć lat. Że też coś takiego w ogóle przychodzi im do głowy.

Pójść sobie na ryby.

Na polowanie.

Zagrać w totolotka. Pooglądać wyścigi. Pomajsterkować na czarno.

Johnny Axelsson przejeżdża obok czerwonego domu. Stoi tuż przy drodze. W środku widzi starszą parę. Jedzą śniadanie. W świetle kuchennej lampy ich skóra wydaje się złotożółta – dwie rybki akwariowe, umieszczone bezpiecznie na równinie.

Patrz przed siebie, myśli Johnny, na drogę, skup się na tym.

Przyszedłszy do komendy, Malin kieruje się prosto do kafeterii. Kawa w ekspresie świeżo zaparzona.

Siada przy stole pod oknem wychodzącym na podwórze.

O tej porze roku to tylko biała masa śniegu, wiosną, latem i jesienią – brukowany placyk z byle jakimi klombami.

Na sąsiednim stole leży czasopismo.

Wyciąga się po nie.

Magazyn kobiecy „Amelia".

Stary numer.

Nagłówek: „Jesteś wspaniała taka, jaka jesteś!"

Tytuł na kolejnej stronie: *Specjalne wydanie „Amelii" – odsysanie tłuszczu!*

Malin zamyka czasopismo, wstaje i idzie do swojego biurka.

Na wierzchu przyklejona żółta karteczka, jak wykrzyknik w kłębowisku papierów.

Prośba od Ebby z recepcji:

Malin.
Zadzwoń pod ten numer. Mówiła, że to ważne. 013–173928.

To wszystko.
Malin bierze karteczkę, wychodzi do recepcji. Ebby nie ma, za ladą siedzi tylko Sofia.
– Widziałaś Ebbę?
– Poszła po kawę.
Malin znajduje Ebbę w części kuchennej. Siedzi przy jednym z okrągłych stołów i przegląda gazetę. Malin pokazuje jej karteczkę.
– Co to jest?
– Dzwoniła jakaś pani.
– Tyle to sama widzę.
Ebba marszczy nos.
– No, nie chciała powiedzieć, w jakiej sprawie. Ale to coś ważnego, z tego, co zrozumiałam.
– Kiedy dzwoniła?
– Tuż przed twoim przyjściem.
– Coś jeszcze?
– Tak – mówi Ebba. – Wydawała się przestraszona. I niepewna. Tak jakby szeptała.
Malin szuka numeru na żółtych stronach.
Pudło.
Musi być zastrzeżony i nawet ich dotarcie do niego będzie kosztowało mnóstwo czasochłonnej pracy.
Dzwoni.
Nikt nie odbiera, nawet automatyczna sekretarka nie jest włączona.
Ale już po chwili dzwoni telefon.
Podnosi słuchawkę.
– Malin Fors.
– Tu Daniel. Masz dla mnie coś nowego w sprawie Anderssona?
Ogarnia ją złość, potem dziwny spokój, jakby pragnęła usłyszeć jego głos. Odgania to uczucie.

– Nie.
– Zgłoszenie w sprawie nękania, jakieś komentarze?
– Zwariowałeś, Daniel?
– Wyjechałem na kilka dni. Nie zapytasz, gdzie byłem?
– Nie.
Chcę zapytać, chcę nie chcieć pytać.
– Byłem w Sztokholmie. W redakcji „Expressen", chcą mnie. Ale odmówiłem.
– Dlaczego?
Pytanie wylatuje z Malin.
– A więc jednak cię to obchodzi? Nigdy nie należy robić tego, czego od ciebie oczekują, Malin, nigdy.
– Do widzenia, Daniel.
Odkłada słuchawkę. Telefon znów dzwoni. Daniel? Nie. Na wyświetlaczu nieznany numer, po drugiej stronie słuchawki cisza.
– Tu Fors. Z kim rozmawiam?
Oddech, wahanie. Może strach. Miękki, a jednak niespokojny kobiecy głos, jakby wiedział, że wypowiada zakazane słowa.
– Tak – mówi kobieta i Malin czeka. – Nazywam się Viveka Crafoord.
– Pani Viveko...
– Pracuję jako psychoanalityk tu, w Linköpingu. Chodzi o jednego z moich pacjentów.
Malin chce ją odruchowo prosić, by nic więcej nie mówiła. Może przyjąć o pacjencie równie niewiele informacji, jak kobieta podająca się za Vivekę Crafoord ujawnić.
– Czytałam o sprawie, którą pani, państwo, prowadzicie, o morderstwie na Bengtcie Anderssonie – mówi kobieta.
– Wspomniała pani...
– Sądzę, że jeden z moich pacjentów... no, myślę, że powinniście o czymś wiedzieć.
– Co to za pacjent?
– Rozumie pani, że nie mogę wyjawić.
– Ale chyba możemy porozmawiać?
– Nie sądzę. Proszę przyjść dzisiaj około jedenastej do mo-

jego gabinetu. Drottninggatan 3, naprzeciwko McDonalda. Kod 9490.

Viveka Crafoord odkłada słuchawkę.

Malin patrzy na zegar na ekranie komputera.

7.44. Trzy godziny i piętnaście minut.

Martini, wino i koniak. Czuje się opuchnięta.

Wstaje i idzie w stronę schodów prowadzących do siłowni.

Jak długo tak już idę?

Nastał świt, ale jeszcze nie dzień. Brnę przez pola, nie mam pojęcia, gdzie jestem.

Jestem otwartą raną, ale zimno sprawia, że nie czuję swojego ciała. Stawiam jedną stopę przed drugą, nie mogę zajść dostatecznie daleko. Ktoś mnie ściga? Czy to coś czarnego obudziło się? Czy jest blisko?

Czy to kolor, to coś czarnego nadjeżdżającego samochodem? Czy to silnik ciemności?

Wyłącz światło.

Oślepia mnie. Uważaj na moje oczy.

To może jedyne, co pozostało we mnie całe.

Oczy na drodze, myśli Johnny Axelsson.

Oczy. Korzystaj z nich, to dojedziesz bezpiecznie.

Las został z tyłu.

Przyjemnie widzieć otwarte pola, jednak mróz i wiatr pogarszają widoczność, jakby ziemia oddychała, a jej oddech zamieniał się w parę w kontakcie z zimnym powietrzem.

Oczy.

Sarna?

Nie.

Ale.

Ale co to, u diabła, jest?

Johnny Axelsson zmienia bieg i zwalnia, mruga światłami, żeby spłoszyć sarnę z rowu, ale to, cholera, nie jest sarna, to, to jest...

Co to jest?
Samochód niemal grzęźnie.
Co to?
Człowiek? Nagi człowiek? O jasna cholera, cholera, jak ona wygląda.
Co ona tu robi?
Na równinie? Tak rano?
Johnny Axelsson zjeżdża na pobocze, zatrzymuje samochód i we wstecznym lusterku widzi idącą chwiejnym krokiem kobietę. Nie zauważa samochodu, tylko po prostu idzie dalej.
Poczekaj, myśli.
Śpieszy mu się do magazynu Ikea. Ale ona nie może tak po prostu iść. Tak nie może być.
Otwiera drzwi samochodu, ciało przypomina sobie, jak jest zimno, waha się, biegnie za kobietą.
Kładzie jej rękę na ramieniu, ona staje, odwraca się, jej policzki, spiekła je sobie czy to mróz? Skóra na jej brzuchu, gdzie jest? I jak ona może iść na tych stopach, są ciemne jak czarne porzeczki w przydomowym ogrodzie.
Patrzy obok niego.
Potem w jego oczy.
Uśmiecha się.
Światło w jej oczach.
Opada mu w ramiona.

Dwukilogramowe hantle ciągną ku podłodze, jakby Malin w ogóle nie próbowała ich podnieść.
Niech to diabli, ale ciężkie. Powinnam dać radę zrobić co najmniej dziesięć powtórzeń.
Johan Jakobsson jest obok, zszedł zaraz po niej i teraz pogania ją, jakby chciał wspólnie z nią przepędzić złe wiadomości.
Wczoraj, gdy dzieci zasnęły, Johanowi udało się otworzyć ostatni katalog z komputera Rickarda Skoglöfa. Zawierał jedynie więcej zdjęć, tym razem Rickarda Skoglöfa i Valkyrii Karlsson w różnych pozycjach na dużej skórze, ich ciała pomalowane we wzory przypominające trybale.

– Dalej, Malin.
Podnosi hantel, wyciska do góry.
– Dalej, cholera!
Ale ona już nie daje rady.
Upuszcza ciężar na podłogę.
Głuchy odgłos.
– Pobiegam trochę – mówi do Johana.
Pot ścieka jej z czoła. Alkohol, który wypiła podczas wczorajszej kolacji, jest stopniowo wypędzany z organizmu.

Biegnąc, Malin przegląda się w lustrze, na czole krople potu, jest blada, nawet jeśli policzki się zarumieniły od ćwiczeń. Twarz. Twarz trzydziestotrzylatki. Wysiłek sprawił, że usta wyglądają na pełniejsze.

Przez ostatnie lata jej twarz jakby pogodziła się ze sobą, skóra jakby się ułożyła na kościach policzkowych. Na dobre znikły dziewczęce rysy, nie ma po nich śladu po harówce ostatnich tygodni. Patrzy na zegar na ścianie.

9.24.

Johan właśnie poszedł.

I na nią już czas. Zdąży wziąć prysznic, a potem pojechać do Viveki Crafoord.

Dzwoni wewnętrzny telefon.

Malin pędzi przez pomieszczenie, podnosi słuchawkę.

Zeke w słuchawce. Zaaferowany.

– Dzwonili właśnie z ostrego dyżuru. Niejaki Johnny Axelsson przywiózł kobietę, którą znalazł nagą i pobitą na równinie.

– Idę.

– Jest w ciężkim stanie, ale według lekarza, z którym rozmawiałem, szeptała wyraźnie twoje imię, Malin.

– Co takiego?

– Kobieta szeptała twoje imię, Malin.

69

Viveka Crafoord musi poczekać.
Wszyscy inni muszą poczekać.
Poza tą trójką.
Bengtem Anderssonem.
Marią Murvall.
No i kobietą znalezioną niemal w takiej samej sytuacji.
Ofiary wydostają się z ciemnych lasów na białe pola. Gdzie tkwi źródło przemocy?
Zeke jedzie siedemdziesiątką; o czterdzieści za szybko. Stereo nie gra. Tylko ostry zestresowany odgłos silnika. Muszą jechać objazdem: trwają roboty, zamarzła chyba jakaś rura.
Djurgårdsgatan, drzewa w Towarzystwie Ogrodniczym, szarawe, a jednak lśnią. Lasarettgatan i czynszowe domy z różowej cegły zbudowane w latach osiemdziesiątych.
Postmodernizm.
Malin czytała w „Correspondenten" artykuł na ten temat w ramach ich serii o architekturze miejskiej. Słowo wydawało się absurdalne, ale pojęła, o co autorowi chodziło.
Skręcają w stronę szpitala, żółte blaszane fasady budynku technologicznego wyblakły na słońcu, ale dotacje samorządu terytorialnego są potrzebne na coś innego niż na ich wymianę.
Przecinają wysepkę, wiedzą, że nie powinni, że trzeba jechać naokoło, długim objazdem, ale akurat dzisiaj nie ma na to czasu.
Są na miejscu przy wjeździe na oddział ratunkowy, lekko wyhamowują, zakręcając na rondzie. Parkują i wybiegają w stronę izby przyjęć.

Wychodzi im na spotkanie pielęgniarka, niska, krępa kobieta o blisko osadzonych oczach, przez które jej wąski nos zdaje się odstawać od głowy.
– Doktor chce z państwem pomówić – wita ich i prowadzi długim korytarzem, obok pustych gabinetów zabiegowych.
– Jaki doktor? – pyta Zeke.
– Doktor Stenvinkel, operujący ją chirurg.
Hasse, myśli Malin i w pierwszym odruchu czuje niezadowolenie, że spotka tatę Markusa na służbie. Ale stwierdza, że w sumie nie gra to żadnej roli.
– Znam go – szepcze do Zekego, gdy podążają za pielęgniarką.
– Kogo?
– Lekarza. Tak, żebyś wiedział. To ojciec chłopaka Tove.
– Będzie dobrze, Malin.
Pielęgniarka zatrzymuje się pod zamkniętymi drzwiami.
– Można wejść. Nie trzeba pukać.

Hans Stenvinkel jest teraz inną osobą. Zniknął gdzieś beztroski, towarzyski człowiek. Przed nimi surowa, poważna i opanowana osoba. Cała jego ubrana na zielono postać emanuje kompetencją. Wita się z Malin ciepło, lecz oficjalnie. Podtekst: Znamy się, ale mamy do wykonania ważną pracę.
Zeke wierci się na krześle, najwyraźniej pod wrażeniem wyczuwalnego w gabinecie autorytetu. Tego, jak osoba w zielonym kitlu nadaje jakiejś godności pomalowanym na biało wytapetowanym ścianom, regałowi z dębowej okleiny i zniszczonemu blatowi prostego biurka.
Tak było kiedyś, myśli Malin, kiedy ludzie mieli szacunek do lekarza, zanim dzięki Internetowi wszyscy mogli zostać ekspertami w swoich dolegliwościach.
– Wkrótce będziecie się mogli z nią zobaczyć – mówi Hans. – Jest przytomna, ale jak najszybciej musi zostać uśpiona, żebyśmy mogli obejrzeć jej rany. Trzeba będzie przeprowadzić przeszczep skóry. Możemy to zrobić tu, na miejscu. Jesteśmy najlepsi w kraju w leczeniu oparzeń.

– Odmrożenia? – pyta Zeke.
– Też. Ale pod względem medycznym przypominają poparzenia. Śmiem twierdzić, że nie mogła trafić w lepsze ręce.
– Kto to jest?
– Nie wiemy. Mówi tylko, że chce się spotkać z tobą, Malin. Będziesz pewnie wiedziała, kto to jest.

Malin potakuje.

– Tak więc najlepiej będzie, jak się z nią zobaczę. Jeśli jest to możliwe. Musimy się dowiedzieć, kto to jest.
– Według mnie podoła krótkiej rozmowie.
– Jest mocno pokiereszowana?
– Tak – mówi Hans. – Niemożliwe, by sama zadała sobie te obrażenia. Straciła dużo krwi. Ale robimy transfuzje. Wyeliminowaliśmy wstrząs, podając adrenalinę. Poparzenia, odmrożenia, jak już wspomniałem, rany kłute, cięte, miażdżone. No i rozległe obrażenia w obrębie pochwy. To cud, że nie straciła przytomności. Że ktoś ją w porę znalazł. Co za potwór chodzi wolno po okolicy?
– Jak długo to mogło trwać?
– Pewnie całą noc. Odmrożenia są ciężkie. Ale powinniśmy uratować większość palców u rąk i nóg.
– Czy obrażenia są udokumentowane?
– Tak, dokładnie tak, jak tego potrzebujecie.

W głosie Hansa słychać, że już to robił. W przypadku Marii Murvall?

– Dobrze – mówi Zeke.
– A mężczyzna, który ją przywiózł?
– Zostawił numer telefonu. Pracuje w Ikea. Namawialiśmy go, żeby został, ale powiedział: „Duch Ingvara nie cieszy się ze spóźnień". Nie udało nam się go zatrzymać. – Potem Hans patrzy jej w oczy. – Ostrzegam cię, Malin. Wygląda, jakby przeszła przez czyściec. Przerażające. Potrzeba niesamowitej siły woli, by przetrzymać to co ona.
– Gdy w grę wchodzi przeżycie, ludzie z reguły mają niesamowitą siłę woli – mówi Zeke.
– Nie wszyscy, nie wszyscy. – Głos Hansa brzmi ciężko i smętnie.

Malin kiwa w jego stronę głową, jakby potwierdzając, że wie, co ma na myśli. Ale czy naprawdę wiem? – myśli potem.

Kim ona jest? – myśli Malin i otwiera drzwi do sali chorych. Zeke zostaje na zewnątrz.

Pod ścianą jedno łóżko. Przez żaluzje przedostają się jedynie cieniutkie smugi światła i rozszczepiają się na szarobrązowej podłodze. Urządzenie monitorujące cicho i rytmicznie mruga, a dwa małe czerwone światełka na wyświetlaczu błyskają jak oczy borsuka w ciemności. Kroplówki z krwią i płynami, cewnik. I postać na łóżku pod cienkimi, żółtymi kocami, głowa na poduszce.

Kto to jest?

Policzek, który widzi Malin, jest zakryty bandażem.

Ale kto to jest?

Malin ostrożnie się zbliża, a postać na łóżku jęczy, odwraca głowę w jej stronę. Czy w przestrzeni między bandażami nie pojawia się uśmiech?

Dłonie owinięte gazą.

Oczy.

Poznaję je.

Ale do kogo należą?

Uśmiech znika, a nos, oczy i włosy składają się na wspomnienie.

Rebecka Stenlundh.

Siostra Bengta Anderssona.

Podnosi zabandażowaną dłoń w stronę Malin, gestem przywołuje ją do siebie.

Natęża siły, wszystkie słowa muszą się od razu wydostać, całe zdanie musi zostać skończone, jakby było ostatnie.

– Musisz zająć się moim chłopcem, jeśli z tego nie wyjdę. Dopilnuj, żeby trafił w dobre ręce.

– Wyjdziesz z tego.

– Próbuję, wierz mi.

– Co się stało? Jesteś w stanie opowiedzieć, co się stało?

– Samochód.

– Samochód?
– Tam mnie zabrano.
Rebecka Stenlundh przekręca głowę, układa zabandażowany policzek na poduszce.
– Potem jakaś nora. W lesie. I pal.
– Nora, gdzie?
– W ciemności.
Rebecka zamyka oczy w niemym: „Nie mam pojęcia".
– A potem?
– Sanie i samochód, znowu.
– Kto?
Rebecka Stenlundh powoli kręci głową.
– Nie widziałaś?
Znów kręci głową.
– Miałam zawisnąć, jak Bengt.
– Było ich więcej?
Rebecka znów kręci głową.
– Nie wiem, nie widziałam dobrze.
– A ten, który cię przywiózł?
– Pomógł mi.
– Więc nie widziałaś...
– Uderzyłam to coś czarnego, uderzyłam to coś czarnego, uderzyłam... – Rebecka odpływa, zamyka oczy, mamrocze... – Mamo, mamo. Możemy pobiegać między jabłoniami?
Malin przysuwa ucho do jej ust.
– Co mówisz?
– Zostań, mamo, zostań, nie jesteś chora...
– Słyszysz mnie?
– Chłopiec, zajmij...
Rebecka milknie. Oddycha, klatka piersiowa się porusza. Śpi albo jest nieprzytomna. Malin zastanawia się, czy śni. Ma nadzieję, że Rebecka nie będzie musiała śnić przez wiele nocy. Ale wie, że będzie.
Urządzenie obok niej miga.
Oczy lśnią.
Malin wstaje.
Zanim wychodzi, chwilę stoi przy łóżku.

70

Zeke w drodze do Ikea, Malin po schodach w domu przy Drottninggatan 3. Liczące miliony lat skamieliny w kamieniu, z którego wykonano schody. Viveka Crafoord ma praktykę na trzecim z czterech pięter.

W budynku nie ma windy.

„Psychoterapia Crafoord", ozdobne litery na wizytówce z mosiądzu, umieszczonej pośrodku polakierowanych na brązowo drzwi. Malin naciska na klamkę. Zamknięte.

Dzwoni.

Najpierw raz, potem drugi i trzeci.

Otwierają się drzwi. Wygląda zza nich około czterdziestoletnia kobieta o kręconych czarnych włosach i twarzy, która jest jednocześnie okrągła i wyostrzona. Brązowe oczy iskrzą inteligencją, choć są do połowy schowane za okularami w rogowej oprawce.

– Viveka Crafoord?

– Godzinę się pani spóźniła.

Otwiera drzwi trochę szerzej i Malin zwraca uwagę na jej ubiór. Skórzana kamizelka zwisa na bufiastej bluzce w kolorze niebieskolila, która z kolei opada na zieloną kraciastą welurową spódnicę do kolan.

– Mogę wejść?

– Nie.

– Mówiła pani...

– Mam teraz klienta. Proszę zejść do McDonalda, zadzwonię za pół godziny.

– Nie mogę poczekać tu?
– Nie chcę, by ktoś panią zobaczył.
– Czy ma pani...
Drzwi się zamykają.
– ...mój numer telefonu?
Malin pozwala, by zdanie zawisło w powietrzu, myśli, że jest pora lunchu i ma idealną wymówkę, by wesprzeć amerykańskiego fastfoodowego drania.
Tak naprawdę nie znosi tej sieci. Twardo trzymała Tove z daleka od niej.
Minimarchewki i sok.
Poczuwamy się do odpowiedzialności za dziecięcą otyłość. Przestańcie więc sprzedawać frytki. Napoje gazowane. Połowiczna odpowiedzialność, co jest warta?
Cukier i tłuszcz.
Malin niechętnie otwiera drzwi.
Za nią na Trädgårdstorget wjeżdża autobus.
Jednego Big Maca i cheeseburgera później zbiera jej się na wymioty. Krzykliwe kolory restauracji i wyraźny swąd tłuszczu do smażenia sprawiają, że czuje się jeszcze gorzej.
Dzwoń.
Dwadzieścia minut. Trzydzieści. Czterdzieści.
Dzwoni telefon.
Szybko odebrać.
– Malin?
Tata? Nie teraz, nie teraz.
– Tato, jestem zajęta.
– Przemyśleliśmy to.
– Tato...
– Tove jest mile widziana, ze swoim chłopakiem oczywiście.
– Co? Powiedziałam przecież, że...
– ...więc jeśli mogłabyś się dowiedzieć, czy nadal chcą...
Rozmowa przychodząca.
Malin rozłącza rozmowę z Teneryfy, łączy tę drugą.
– Tak.
– Już może pani wejść.

Gabinet Viveki Crafoord jest urządzony jak biblioteka w domu z wyższych sfer z minionego wieku. Książki, Freud, metry nowych, lśniących, oprawnych w skórę tomów. Czarno-biały portret Junga w szerokich złotych ramach, autentyczne dywany, biurko z mahoniu i fotel obity materiałem we wzór paisley przed skórzaną sofą w kolorze krwi wołu.

Malin siada na kanapie. Odrzuciła propozycję, by się wygodnie wyciągnąć. Pomyślała, że Tove spodobałby się ten pokój w unowocześnionym stylu à la Jane Austen.

Viveka siedzi w fotelu z nogą założoną na nogę.

– To, co teraz powiem, zostaje między nami – mówi. – Nikomu nie może pani tego zdradzić. Nie może się to znaleźć w żadnym raporcie policyjnym ani zostać w żaden sposób udokumentowane. Tego spotkania nigdy nie było. Rozumiemy się?

Malin przytakuje.

– Jeśli coś się wyda albo ktoś się dowie, że informacje pochodzą ode mnie, obie narazimy na szwank nasz honor zawodowy.

– Jeśli wykorzystam to, co mi pani powie, powołam się na moją intuicję.

Viveka Crafoord uśmiecha się.

Choć niechętnie.

Znów poważnieje i zaczyna opowiadać.

– Osiem lat temu skontaktował się ze mną mężczyzna, wtedy trzydziestosiedmioletni. Chciał dojść do ładu ze swoim dzieciństwem. Nic niezwykłego. Niezwykłe w tym wypadku było to, że przez pierwszych pięć lat nie zrobił żadnych postępów. Przychodził raz w tygodniu. Dobrze mu się powodziło, miał świetną pracę. Chciał porozmawiać o swoim dzieciństwie, ale zamiast tego wysłuchiwałam historyjek o wszystkim innym. O programach komputerowych, jeździe na nartach, uprawie jabłek, o różnych wyznaniach. O wszystkim, tylko nie o tym, o czym faktycznie chciał porozmawiać.

– Jak się nazywał?

– Dojdę do tego. Jeśli to konieczne.

– Tak sądzę.

– Ale cztery lata temu coś się wydarzyło. Nie chciał powiedzieć co, chyba jego krewna padła ofiarą przestępstwa z użyciem przemocy, została zgwałcona. To zdarzenie sprawiło, że jakby się poddał.

– Poddał?

– Tak i zaczął opowiadać. Najpierw mu nie wierzyłam, ale potem tak. Może wpłynęło na to coś jeszcze.

– Potem?

– Kiedy się przy tym upierał. – Viveka Crafoord kiwa głową. – Czasami człowiek się głowi, dlaczego niektórzy mają dzieci.

– Też się nad tym zastanawiam.

– Jego ojciec był marynarzem. Zginął przed jego narodzinami.

Nieprawda, myśli Malin. Jego ojciec był kim innym... Pozwala Vivece Crafoord mówić dalej.

– Jego pierwsze wspomnienie, do którego wspólnie dotarliśmy, dotyczyło tego, jak matka zamykała go w szafie. Musiał mieć wtedy ze dwa lata. Nie chciała się pokazywać z dzieckiem. Potem wyszła za mąż za brutalnego mężczyznę, urodziła dzieci. Trzech braci i siostrę. Nowy mąż i bracia za życiowe zadanie poczytywali sobie dręczenie go, matka chyba temu kibicowała. Zimą zostawiali go nagiego na śniegu. Musiał stać na zimnie, podczas gdy oni jedli w kuchni. Jeśli protestował, dostawał cięższe niż zazwyczaj cięgi. Bili go, kaleczyli nożami, oblewali gorącą wodą, obrzucali okruchami ciastek. Bracia chyba byli w tym nadgorliwi, zagrzewani przez swojego ojca. Dzieci potrafią być niesłychanie okrutne, jeśli zachęca się je do okrucieństwa. Nie wiedzą, że to niewłaściwe. Selektywna przemoc. Pod koniec niemal sekciarska. Był starszym bratem, ale co to znaczyło? Dorośli i dzieci przeciwko samotnemu dziecku. Bracia również musieli ucierpieć. Pewnie się zagubili, stali się twardzi, niepewni, a zarazem zdecydowani, zjednoczeni w czymś, co, jak w głębi duszy wszyscy wiemy, jest złe.

Wierzysz w dobroć, myśli Malin.

– Jak to przeżył? – pyta.

– Wymyślone światy. Własne uniwersum. Jakaś nora w lesie, nigdy nie powiedział gdzie. Programy komputerowe. Wierzenia. Wszystko to, czego my, ludzie, chwytamy się, by utrzymać w ryzach egzystencję. Wykształcenie. Że się od nich odsunął. Udało mu się. Musiał być wewnętrznie silny. No i miał siostrę, która chyba się o niego troszczyła. Nawet jeśli sama nic nie mogła zrobić. Mówił o niej, ale głównie nieskładnie, o czymś, co się wydarzyło w lesie. Jakby żył w równoległych światach, nauczył się je rozdzielać. Ale potem, ze spotkania na spotkanie udręki z dzieciństwa coraz bardziej przejmowały kontrolę. Łatwo się denerwował.

– Brutalny?

– Nigdy u mnie. Ale może gdzie indziej. Przypalali go świecami. Opisywał domek w lesie, gdzie przywiązywali go do drzewa i przypalali, oblewali gorącą wodą.

– Jak mogli?

– Ludzie są zdolni do wszystkiego w stosunku do innego człowieka, jeśli w jakiś sposób przestają postrzegać go jak istotę ludzką. Historia dostarcza wielu przykładów. Nie ma w tym nic dziwnego.

– Jak to się zaczyna?

– Nie wiem – wzdycha Viveka Crafoord. – W tym wypadku od matki. Albo jeszcze wcześniej. To, że odmówiła mu miłości, choć go potrzebowała. Dlaczego nie oddała go do adopcji, tego nie wiem. Może potrzebowała obiektu nienawiści? By móc skanalizować swoją wściekłość? Jej nienawiść była też powodem, że jej mąż i synowie czuli do niego pogardę.

– Dlaczego nie chciała go pokochać?

– Nie wiem. Coś się musiało wydarzyć. – Viveka na chwilę milknie.

– Przez ostatni rok kładł się na sofie, tam, gdzie teraz pani siedzi. Na przemian płakał i był zły. Często szeptał: „Wpuśćcie mnie, wpuśćcie mnie, zimno mi".

– A pani?

– Próbowałam go pocieszyć.

– A teraz?

– Przestał do mnie przychodzić rok temu. Gdy widzieliśmy

się po raz ostatni, wypadł stąd. Kolejny raz się rozzłościł. Wrzeszczał, że nie pomogły żadne słowa, że tylko działanie wszystko naprawi, teraz wie, teraz wie, czegoś się dowiedział, krzyczał, powiedział, że wie, czego trzeba.
– I już się pani z nim nie skontaktowała?
Viveka Crafoord wygląda na zaskoczoną.
– Moja terapia jest dobrowolna – mówi. – Pacjenci sami do mnie przychodzą. Ale czułam, że pani może być tym zainteresowana.
– Jak pani sądzi, co się stało?
– Kropla przelała czarę. Jego światy się łączą. Wszystko może się wydarzyć.
– Dziękuję – mówi Malin.
– Chce pani poznać nazwisko?
– Nie potrzebuję.
– Tak sądziłam – mówi Viveka Crafoord i odwraca się do okna.
Malin szykuje się do wyjścia. Nie patrząc na nią, psychoterapeutka mówi:
– A pani, jak pani się czuje?
– To znaczy?
– Widać to jak na dłoni. Rzadko tak wyraźnie. Jakby nosiła pani w sobie jakiś nieprzepracowany smutek, tęsknotę.
– Szczerze mówiąc, nie wiem, o czym pani mówi.
– Jestem tu, gdyby pani chciała porozmawiać.
Na zewnątrz, wirując, opadają na ziemię duże płatki śniegu; wyglądają jak popiół z pięknych gwiazd, które miliardy lat temu sproszkowały się gdzieś daleko w przestworzach, myśli Malin.

71

Ljungsbro, 1961

Mały wstręciuch.
Założę mu pieluchę.
Wyłożyłam szafę materacami, może rzucę mu jabłko, trochę suchego chleba. Już się nie drze. Jeśli dostatecznie wiele razy zdzielisz dzieciaka w gębę, nauczy się, że wrzask to ból i że w niczym nie pomaga.
Więc go zamykam.
Płacze bezgłośnie, kiedy wnoszę jego dwa i pół roku do szafy.
Depresja poporodowa.
Owszem, dziękuję.
Renta sieroca.
Owszem, dziękuję.
Ojciec zginął w katastrofie. Tysiąc sześćset osiemdziesiąt pięć koron co miesiąc. Kupili to tam w urzędzie, takie to było przykre. Bez ojca. Ale nie chciałam go też wydać tak bez forsy.
Moje kłamstwa to żadne kłamstwa, bo są tylko moje. Tworzę własny świat. A przez intruza w szafie jest on rzeczywisty.
Więc zamykam na klucz.
I wychodzę.
Zwolnili mnie z fabryki, gdy zobaczyli brzuch. Nie mogą mieć takich przy taśmie z wafelkami czekoladowymi, tak powiedzieli.
No i teraz zamykam szafę na klucz, on płacze, a ja chcę otworzyć i powiedzieć mu, że jest tu tylko dlatego, że nie jest,

wepchnij sobie jabłko do gardła, przestań oddychać, to się może uwolnisz. Gnojku. Ale nie.
Tysiąc sześćset osiemdziesiąt pięć talarów co miesiąc.
Ganiam do wsi do spożywczego i głowę trzymam wysoko.
Ale wiem, co szepczą, gdzie ma chłopaka, gdzie jest chłopak, bo wiedzą o twoim istnieniu, a ja chcę przystanąć, dygnąć przed damulkami, powiedzieć im, że chłopaka, marynarskiego chłopaka, mam w ciemnej, wilgotnej, wyłożonej materacami szafie, wsadziłam tam nawet wentyl, dokładnie taki jak ten, którego użyli do skrzyni, gdy porwali syna Lindbergha. Widziałyście pewnie reportaż w „Veckojournalen".
Milczę w jego obecności, ale w jakiś sposób w jego głowie lęgną się jednak słowa.
Mamo, mamo
mamo
mamo
Brzydzę się tymi odgłosami, są jak wilgotne węże na mokrej leśnej ziemi.
Czasem widuję Kallego. Nazwałam go po nim Kalle.
Patrzy na mnie.
Wygląda niezdarnie na tym rowerze, przegrał z butelką, a kobieta, ta niewiasta urodziła mu syna. Po co mu on? Sądzi, że z tej krwi coś może być? Widziałam chłopaka, spuchnięty jak balon.
Tajemnica to moja zemsta, mój przesłany całus.
Nie myśl, że mnie dostaniesz, Kalle. Że mnie dostałeś. Nikt nie dostanie Rakel.
Nikt, nikt, nikt.
Otwieram szafę.
A on się uśmiecha.
Mały gnojek.
Uderzam, żeby przepędzić z jego twarzy ten uśmiech.

72

Przesuwam się przez mróz, dzień kredowobiały jak pola pode mną. Wieża kościła jak naostrzony szpic na mojej drodze do Blåsvädret i Hultsjöskogen.

Głosy są wszędzie. Wszystkie słowa, które przez lata wypowiadały, są splecione w przerażającą i piękną sieć.

Nauczyłem się rozróżniać te głosy, które chcę usłyszeć. Wszystkie je rozumiem, także poza oczywistymi znaczeniami słów.

Kogo więc słyszę?

Słyszę głosy braci; Eliasa, Jakoba i Adama, jak stawiają opór, ale jednak chcą opowiedzieć. Zacznę od ciebie, Elias, posłucham tego, co masz do powiedzenia:

Nigdy nie wolno ci pokazać słabości.

Nigdy, przenigdy.

Jak on, bękart. Starszy ode mnie, Jakoba i Adama, a beczał jak baba na śniegu, jak słabeusz. Jeśli pokażesz słabość, już cię mają.

Jacy oni?

Te dranie. Ci wszyscy tam.

Czasami, ale tego nigdy nie mówię ani matce, ani braciom, zastanawiałem się, co on właściwie złego zrobił. Dlaczego matka go nienawidziła, dlaczego mieliśmy go bić. Patrzę na własne dzieci i zastanawiam się, co mogą złego zrobić i co złego właściwie zrobił Karl? Do czego matka nas zmuszała? Może da się zmusić dzieci do popełniania wszelkich okrucieństw.

Ale nie, nie myśleć tak.

Ja nie jestem słabeuszem. Mam dziewięć lat i stoję przy wejściu do nowo wybudowanej otynkowanej na biało szkoły w Ljungsbro. Początek września, słońce świeci, a nauczyciel prac ręcznych Broman stoi na zewnątrz i pali. Rozlega się dzwonek i wszystkie dzieci pędzą do wejścia, ja pierwszy, ale kiedy mam już otworzyć drzwi, Broman przytrzymuje je jedną ręką, drugą unosi i wrzeszczy STOP, TU BRUDASY NIE MAJĄ WSTĘPU, krzyczy głośno, głośno, a na jego słowa tłum dzieciaków staje, małe mięśnie zastygają. Szczerzy się, szczerzy i wszyscy uważają ich za brudasów, po czym krzyczy ŚMIERDZI TU BRUDEM, ELIAS MURVALL, PASKUDNIE ŚMIERDZI. I zaczynają się chichoty, przechodzą w śmiech, zachrypnięty krzyk ŚMIERDZIEL, Broman odpycha mnie na bok, włochatą ręką przyciska mocno, mocno do szyby, otwiera drugie drzwi i przepuszcza pozostałe dzieci, a one się śmieją, przechodzą i szepczą śmierdziel, gówniarz, śmierdzi tu gównem. Ja się na to nie godzę, dopilnuję, żeby eksplodowało, otwieram usta i kąsam, gryzę, wwiercam zęby głęboko w rękę Bromana, czuję, jak mięso się rozstępuje. Gdy krzyczy, czuję w ustach smak żelaza. I kto teraz krzyczy, draniu, i kto teraz krzyczy?

Rozluźniam szczęki.

Chcieli, żeby mama przyszła do szkoły i porozmawiała o tym, co się wydarzyło.

Takimi bzdurami, powiedziała, obejmując mnie w kuchni, takimi bzdurami to my się, Elias, nie zajmujemy.

Ja się zajmuję unoszeniem i słuchaniem. Jestem teraz wysoko, tam, gdzie powietrze jest zbyt rozrzedzone dla ludzi, a zimno szybko unicestwia. Ale twój głos jest tu klarowny, Jakobie, tak czysty i lśniąco przejrzysty jak rama okienna bez szyby:

Walnij drania, Jakob, krzyczał tata.

Walnij go.

On nie jest jednym z nas, nieważne, co sobie wyobraża.

Był chudy, cienki i chociaż był dwa razy wyższy ode mnie, kopałem go w brzuch, kiedy Adam go przytrzymywał. Adam, cztery lata młodszy, a jednak silniejszy, wyrośnięty.

Tata na swoim wózku na ganku.

Jak to się stało?

Nie wiem.

Znaleźli go którejś nocy obok parku. Plecy przetrącone, szczęka też. Matka zawsze mówiła, że musiał tam w parku trafić na prawdziwego faceta i że teraz Czarniawy jest skończony. Wlała w niego jeszcze jeden grog, dała mu się zapić na śmierć, już pora, no a on pił. Woziliśmy go w kółko, w kółko przez dom, a on majaczył w tym swoim upojeniu i próbował wstać.

To ja go znalazłem, kiedy stoczył się po schodach. Miałem wtedy trzynaście lat. Wszedłem z ogrodu; strząsałem niedojrzałe jabłka, żeby nimi rzucać w przejeżdżające pobliską drogą samochody.

Oczy.

Wpatrywały się we mnie, białe i martwe, skóra była szara, a nie jak zwykle czerwona.

Przestraszyłem się. Chciałem krzyczeć.

Ale zamiast tego zamknąłem mu oczy.

Mama zeszła po schodach, tuż po kąpieli.

Przestąpiła nad ciałem, wyciągnęła się w moją stronę, jej włosy były mokre, a jednak ciepłe, pachniały kwiatami i liśćmi. Wyszeptała mi do ucha:

„Jakob. Mój Jakob".

Potem wyszeptała jeszcze: „Jeśli musisz coś zrobić, to się nie wahasz, prawda? Robisz to, co należy zrobić, prawda?" Przytuliła mnie mocno, mocno, a potem pamiętam dzwony kościelne i ubranych na czarno ludzi na żwirowym placu przed kościołem.

Żwirowy plac.

Otoczony pamiętającymi dwunasty wiek murami.

Tam się teraz znajduję i widzę to, co ty musiałeś widzieć, Jakob. Co zrobił z tobą ten widok? Ale wszystko wydarzyło się na długo

przedtem? I chyba robisz to, co należy zrobić, dokładnie tak jak ja teraz.
Ale to nie twój głos jest tu najsilniejszy. To głos Adama. To, co mówi, wydaje się rozsądne, a zarazem szalone, równie rozpaczliwe i wyraziste jak zimowy mróz:

„Mamy to, co nasze, i nikt nam tego nie odbierze, Adam".
Głos matki, ja nie mam głosu.
Miałem chyba dwa lata, kiedy po raz pierwszy pojąłem, że ojciec go bił, że stale ktoś tam jest, ale tylko do bicia.
W przemocy jest wyrazistość, której nie posiada nic innego. Zalej pałę w drobny mak, rozwal pałę w drobny mak, dowal.
Tak to jest.
Ja dowalam.
Matka.
Ona też lubi wyrazistość.
Wątpliwości, mawia, to nie dla nas.
Z nowym było inaczej.
Nie wiedział.
Turek. Doszedł w piątej klasie. Ze Sztokholmu. Jego matka i ojciec dostali pracę w czekoladowym niebie. Sądził chyba, że może mi podskoczyć, byłem przecież tym małym, tym na uboczu, w poplamionym ubraniu, tym, z którym można było zrobić, co się chciało, żeby stać się kimś w nowym miejscu.
Więc mnie uderzył.
Albo próbował.
Użył jakiegoś cholernego chwytu judo, powalił mnie i boksował, aż krew poleciała mi z nosa. Potem, kiedy miałem się na niego rzucić, przyszła nauczycielka z woźnym i wuefiarzem Björklundem.
Brachole się o tym dowiedzieli.
Turek mieszkał w Härnie. Czekaliśmy na niego na nasypie przy kanale, pod brzozami przy brzegu, ukryci za pniem na zboczu. Jönsen zazwyczaj wracał tędy do domu.
I przyszedł zgodnie z planem bracholi.

Wyskoczyli i zrzucili go z roweru. Potem leżał na żwirze przy pniu brzozy, wrzeszczał i pokazywał na dziury w swoich nowych dżinsach.

Jakob gapił się na niego, Elias się gapił, a ja stałem przy pniu brzozy i pamiętam, jak się zastanawiałem, co się teraz stanie. Ale wiedziałem.

Elias kopnął rower Turka, a gdy ten próbował wstać, kopnął jego, najpierw w brzuch, a potem w twarz, Turek jęczał, a z kącików ust poleciała mu krew.

A ja kopałem.

Kopałem.

Kopałem.

Jego rodzice nawet nie zgłosili tego glinom.

Kilka tygodni później po prostu się wyprowadzili, w szkole mówili, że wrócili do Turcji, ale nie sądzę. To byli tacy Kurdowie. Za cholerę nie wrócili.

W drodze do domu znad kanału.

Siedziałem z tyłu na motocyklu Puch Dakota Eliasa. Obejmowałem go w pasie i całe jego wielkie ciało wibrowało. Obok nas na swoim motorowerze z przyczepką jechał Jakob.

Uśmiechnął się do mnie. Czułem ciepło Eliasa.

Byliśmy, jesteśmy braćmi.

Jednością.

Nie ma w tym nic dziwnego.

73

Ciepło tu. Nikt mnie nie znajdzie.
Sufit ziemianki nade mną to mój nieboskłon. Okruchy ciastek pod moim ciałem.
Uderzyła mnie?
Wisi?
Jeśli nie, będę próbował znów i znów, i znów. Bo jeśli usunę krew, musicie mnie wpuścić, jeśli wam to ofiaruję, wpuścicie mnie.
Z nim poszło łatwiej, z Benganem. Był ciężki, ale nie za ciężki. Odurzyłem go na parkingu w Härnie, kiedy tamtędy przechodził. Miałem mój drugi samochód, ten ze zwykłym bagażnikiem. Potem, tak jak z nią, saniami tutaj.
Ale on umarł za wcześnie.
Dźwig z fabryki, w ogrodzeniu wyciąłem otwory, odłączyłem czujniki z serwerowni. Niełatwe. Dla strażników byłem płaszczem na wieszaku za mleczną szybą.
Nocą w lesie wziąłem go, wytoczyłem krew, zabrałem krew, żebyście mogli mnie wpuścić, oczyściłem.
Łańcuchy, stryczek. Na drzewo, ty okrągła zarazo.
Blot – ofiara.
Złożyłem dla was ofiarę.
Ale co się stało z dziewczyną?
Pamiętam, że obudziłem się na polu, nie było jej. Przeczołgałem się do samochodu, wpełzłem, udało mi się go odpalić. Wróciłem tutaj.
Ale czy wisiała na drzewie?

Czy była gdzie indziej?
Musiała zawisnąć. Wypędziłem to, co niewłaściwe, złożyłem ofiarę.
Teraz otworzycie drzwi.
Przychodzicie chyba z miłością?
Co się stało? Co zrobiono?
W mojej dziurze pachnie jabłkami. Jabłka, okruszki i dym.

Tablica Filadelfiakyrkan pali się w środku dnia, jakby ogłaszając: Tu jest Bóg! Wystarczy tylko wejść i się z Nim spotkać. Budynek kościoła znajduje się tuż przy McDonaldzie po drugiej stronie Drottninggatan. Ma on oddanych i dobrze sytuowanych wiernych. Z czasów szkoły średniej pamięta wyznawców Kościoła wolnego. Byli grzeczni, całkiem modnie ubrani, a jednak szurnięci, w każdym razie tak ich wtedy postrzegała. Jakby coś tu było nie tak. Jakby w całym tym puchu i miękkości istniała dziwna surowość. Jak wata cukrowa z gwoździkami.

Malin filuje na ulicy.

Gdzie jest Zeke?

Dopiero co do niego dzwoniła, powiedziała, że ma po nią przyjechać pod kościół, że muszą jechać do Collinsa i zgarnąć Karla Murvalla.

Widać nadjeżdżające volvo.

Zwalnia i zanim się zdąży zatrzymać, Malin otwiera drzwi i wskakuje na przedni fotel.

Zeke rozgorączkowany:

– Co powiedziała ta psycholog?

– Obiecałam, że nic nie zdradzę.

– Malin – wzdycha Zeke.

– Ale to Karl Murvall zamordował Bengta Anderssona i próbował zabić Rebeckę Stenlundh. Nie ma co do tego wątpliwości.

– Skąd to wiesz? Czy nie miał alibi?

Zeke rusza Drottninggatan.

– Kobieca intuicja. A co, jeśli w jakiś sposób odłączył czujniki za pomocą systemu komputerowego, wyciął dziurę w ogrodzeniu wokół Collinsa i wymknął się tamtej nocy? A aktualizację wykonał wcześniej?

Zeke dodaje gazu.

– Tak, dlaczego nie, czujnikami sterowano może z tej serwerowni – mówi. – Ale przecież widzieli go w pomieszczeniu?

– Ale może tylko przez mleczną szybę – mówi Malin.

Zeke potakuje.

– Krewni są zawsze najgorsi, co?

Bramka przy wejściu do warsztatów Collinsa jakby od ostatniego razu urosła, a las przy parkingu zgęstniał, zamknął się wokół samego siebie. Budynki fabryczne wegetują za ogrodzeniem jak przygnębiające obozy dla internowanych, budynki gotowe w każdej chwili przenieść się do Chin i wypełnić pracownikami zarabiającymi setną część tego co obecni.

Znowu wy, zdaje się myśleć strażnik w budce. Nie macie dość zmuszania mnie do otwierania okienka i wpuszczania zimna.

– Poszukujemy Karla Murvalla – mówi Malin.

Strażnik uśmiecha się i potrząsa głową.

– Źle trafiliście. Przedwczoraj go zwolnili.

– A więc go zwolnili. Pewnie nie wie pan dlaczego, ale może jednak ma pan o tym jakieś pojęcie? – pyta Zeke.

Strażnik wygląda na urażonego.

– No a dlaczego się kogoś zwalnia?

– A bo ja wiem? Proszę powiedzieć.

– W jego wypadku za to, że zachowywał się dziwnie i wrogo wobec kolegów z pracy. Chce pan wiedzieć coś więcej?

– To wystarczy – mówi Malin. Nie ma siły pytać o noc, w którą popełniono morderstwo, ani o ogrodzenie. Karl Murvall jakoś się wtedy stąd wydostał.

– Możemy go poszukiwać listem gończym?

Malin zadaje to pytanie Zekemu, kiedy wyjeżdżają z parkingu Collinsa na główną drogę. Mijają się z ciężarówką, której przyczepa niepokojąco zarzuca na jezdni.

– Nie. Wtedy musisz mieć coś konkretnego.

– Mam.
– Coś, czego nie możesz ujawnić.
– To on.
– Musisz znaleźć coś innego, Fors. Zawsze możesz go wezwać na przesłuchanie.

Skręcają z głównej drogi, muszą ustąpić drogi czarnemu bmw cruiser jadącemu co najmniej czterdzieści kilometrów za szybko.

– Ale w takim razie musimy go znaleźć.
– Sądzisz, że jest w domu?
– Zawsze możemy sprawdzić.
– Będzie w porządku, jeśli włączę muzykę?
– Co tylko chcesz, Zeke.

Kilka sekund później samochód wypełnia sto niemieckich głosów.

Ein bisschen Frieden, ein bisschen Sonne...

– Szlagier w wersji chóralnej – krzyczy Zeke. – Zawsze potrafi rozruszać, co?!

Jest tuż po wpół do czwartej, kiedy dzwonią do drzwi mieszkania Karla Murvalla przy Tanneforsvägen. Lakier na drzwiach łuszczy się i Malin dostrzega teraz, że cała klatka schodowa wymaga remontu, że nikt nie dba o tę wspólną przestrzeń.

Nikt nie otwiera.

Malin zagląda przez otwór na listy w drzwiach. Gazety i poczta nietknięte na podłodze.

– Nie możemy też wymagać pieprzonego nakazu rewizji – mówi Malin. – Nie mogę powołać się na to, co powiedziała Viveka Crafoord, nie możemy wejść też tylko dlatego, że napadnięto Rebeckę Stenlundh.

– Gdzie on może być? – głośno zastanawia się Zeke.
– Rebecka Stenlundh mówiła o lesie i jakiejś norze.
– Nie chcesz chyba znów się wybrać do lasu?
– A kogo tam wtedy widzieliśmy? To musiał być on.
– Sądzisz, że siedzi w domku myśliwskim?
– Raczej nie. Ale coś tam w lesie jest. Czuję to w kościach.
– Zatem nie ma na co czekać – oświadcza Zeke.

Świat kurczy się na mrozie. Zawala się do ciemnego pomieszczenia zawierającego wszystko, co mieści się w atmosferze. Tłoczy się w ospałej czarnej norze.

Knujesz tajemnice, myśli Malin. Ciemny östergötlandzki lesie. Śnieg jest twardszy niż ostatnio, szreń niesie. Może przez mróz śnieg powoli zamienił się w lód? Okres lodowcowy, który nastał w ciągu kilku miesięcy, przekształca roślinność, krajobraz, dźwięk i las. Drzewa wokół nich jak grube, opuszczone antyczne kolumny.

Jedna stopa przed drugą.

Ze wszystkich tych dzieci, których nikt nie widzi, które są osamotnione, którymi nie interesują się ich ojcowie i matki, które są opuszczone przez świat, zawsze któreś nie wytrzyma, postrada zmysły, a świat, który je opuścił, poniesie tego konsekwencje.

W Tajlandii Karin.

W Bośni i Rwandzie Jannego.

W Sztokholmie.

W Linköpingu.

W Ljungsbro, Blåsvädret.

Nie ma w tym nic dziwnego, myśli Malin. Zajmijcie się tymi małymi, słabymi. Okażcie im miłość. Zło nie jest nadane. Zło się rodzi. Jednak istnieje chyba nadane dobro. Ale nie teraz, nie w tym lesie. Stąd dobroć uciekła dawno temu. Tu jest tylko przetrwanie.

Bolące palce w rękawicach, które nie są w stanie ogrzać.

– Cholera, ale zimno – mówi Zeke i Malin ma wrażenie, że w tym miesiącu słyszała te słowa z jego ust z tysiąc razy.

Im gęstszy zapada zmrok, im więcej zimna przedostaje się do ciała, nogi stają się coraz bardziej oporne. Znikły palce u rąk i stóp. Nie ma już nawet bólu.

Domek Murvallów stoi zimny i opuszczony. Opady śniegu znów zatarły wszystkie ślady nart.

Malin i Zeke stoją nieruchomo przed drzwiami.

Nasłuchują, ale nic nie słyszą. Wokół nich tylko pozbawiony zapachu cichy zimowy las.

Ale ja to czuję, czuję to. Jesteś blisko.

Musiałem zasnąć, piec jest zimny, nie palą się już kloce drewna, marznę, muszę znów rozpalić, żeby było ciepło, kiedy przyjdą, by mnie wpuścić.

Moja nora to mój dom.

Zawsze była moim jedynym domem. Mieszkanie przy Tanneforsvägen nigdy nim nie było. To był jedynie pokój, w którym spałem, myślałem i próbowałem zrozumieć.

Przygotowuję drewno, podpalam, ale wyślizguje mi się zapałka.

Marznę.

Ale musi być ciepło, kiedy mnie wpuszczą, kiedy dostanę jej miłość.

– Nic tu nie ma, Fors. Posłuchaj mnie.

Polana przed domkiem. Zupełnie bezgłośne miejsce, otoczone drzewami, lasem i nieprzebytą ciemnością.

– Mylisz się, Zeke.

Coś tu jest. Coś, co się porusza. Czy to zło? Diabeł? Czuję zapach.

– Za pięć minut zrobi się całkiem ciemno. Wracam.

– Jeszcze kawałek dalej – mówi Malin i rusza.

Wchodzą może pięćset metrów w las, aż Zeke wrzeszczy: „Zawracamy!"

– Jeszcze kawałek.

– Nie.

I Malin odwraca się, wraca, nie zauważa zagajnika pięćdziesiąt metrów dalej, gdzie z małego komina na dachu ziemianki zaczyna się przesączać szary dym.

Silnik huczy, gdy samochód zwiększa obroty, kiedy mijają pole golfowe klubu Vreta Kloster.

Dziwne, myśli Malin. Zostawiają na zimę flagi na zewnątrz. Wcześniej nie zwróciłam na nie uwagi. Jakby je dla kogoś wywieszali.

Mówi:

– Jedziemy do Rakel Murvall. Wie, gdzie on jest.

– Zwariowałaś, Malin. Nie zbliżysz się do tej babci na mniej niż pięćset metrów. Dopilnuję tego.
– Wie, gdzie on jest.
– To nie ma znaczenia.
– Owszem.
– Nie. Oskarżyła cię o nękanie. To byłoby zawodowe samobójstwo.
– Cholera.

Malin uderza ręką o tablicę rozdzielczą.
– Podwieź mnie do mojego samochodu. Stoi pod McDonaldem.

– Wyglądasz na wypoczętą, mamo – mówi Tove ze swojego miejsca na kanapie, podnosząc wzrok znad kieszonkowego wydania książki.
– Co czytasz?
– *Dziką kaczkę*. Ibsen. Sztuka.
– Czy to nie dziwne czytać sztukę? Nie powinno się ich oglądać?
– Nie, jeśli się ma wyobraźnię, mamo.

W telewizji *Va Banque*. Prowadzący Adam Alsing, gruby i dziarski w żółtym garniturze.

Jak Tove jest w stanie czytać prawdziwą literaturę z tym czymś w tle?
– Byłaś na dworze, mamo?
– Tak, nawet w lesie.
– Po co?
– Szukaliśmy z Zekem jednej rzeczy.

Tove kiwa głową, nie interesuje jej, czy znaleźli to, czego szukali. Powraca do książki.

Zamordował Bengta Anderssona. Próbował zamordować Rebeckę Stenlundh.

Kim jest Karl Murvall? Gdzie jest?

Niech szlag trafi Rakel Murvall.

Jej synów.

Przed Tove na stoliku leży otwarta książka do wiedzy o społeczeństwie. Tytuł *Ustrój państwowy*, fragment zilustrowany został zdjęciami Görana Perssona i jakiegoś nieznanego Malin imama. Ludzie mogą zostać ukształtowani na dowolną modłę. Tak to jest.

– Tove. Dzwonił dziś dziadek. Jesteście oboje mile widziani na Teneryfie. Ty i Markus

Tove odwraca wzrok od telewizora.

– Już nie chcę – mówi. – No i trudno będzie wyjaśnić dziadkowi, że musi teraz podtrzymywać nasze kłamstwo, że mieli innych gości.

– Tak, Boże – mówi Malin. – Jak bardzo skomplikowane może być coś tak prostego?

– Nie chcę jechać, mamo. Muszę mówić Markusowi, że dziadek zmienił zdanie?

– Nie.

– Ale pomyśl, jeśli pojedziemy innym razem i dziadek zacznie mówić o tym, że nie chcieliśmy poprzednim razem, chociaż byliśmy zaproszeni?

Malin wzdycha.

– Dlaczego nie powiedzieć Markusowi, jak jest naprawdę?

– No a jak jest?

– Że dziadek zmienił zdanie, ale że nie chcesz.

– A to kłamstwo? To nie ma znaczenia?

– Nie wiem, Tove. Takie małe kłamstwo nie jest chyba aż tak groźne.

– No to możemy jechać.

– Sądziłam, że nie chcesz jechać.

– Nie, ale mogłabym, gdybym chciała. Lepiej niech dziadek będzie zawiedziony. Może się czegoś nauczy.

– Więc Åre?

– Mhm.

Tove odwraca się od matki, wyciąga rękę po pilota.

Gdy córka już śpi, Malin siedzi sama na kanapie. W pewnej chwili wstaje, wychodzi na korytarz i przypina kaburę z pistoletem, a na to kurtkę. Zanim opuszcza mieszkanie, grzebie w najwyższej szufladzie komody w korytarzu. Znajduje to, czego szukała, i wsuwa do kieszeni dżinsów.

74

Piątek, siedemnasty lutego

Linköping około północy. Noc z czwartku na piątek tego rekordowo mroźnego lutego. Neony na budynkach w centrum ścigają się z latarniami ulicznymi, chcąc przydać nieco pozornego ciepła ulicom, po których między restauracjami i barami przemykają szybko spragnieni, samotni i żądni zabawy, nieforemni polarnicy w pogoni za poczuciem wspólnoty.
Żadnych kolejek.
Za zimno.
Dłonie Malin na kierownicy.
Miasto za szybami samochodu.
Czerwone i pomarańczowe autobusy na jałowym biegu przy Trädgårdstorget, a w nich podążające do domu nastolatki, o czerwonych policzkach, zmęczone, ale z nadzieją w oczach.
Malin skręca na Drottninggatan w kierunku Stångån, mija okna pośrednictwa handlu nieruchomości Svensk Fastighetsförmedling.
Marzenie o domu.
O widokach, na które patrzy się po przebudzeniu.
Miasto jest pełne tych marzeń, niezależnie od tego, jak jest zimno. Cokolwiek by się działo.
A o czym ja marzę? – zastanawia się Malin.
O Tove. O Jannem. O Danielu.
Marzy o nim moje ciało.

Ale czego ja oczekuję? Jaką tęsknotę dzielę z nastoletnimi dziewczynami w autobusie?

Drzwi do budynku ustępują lekko. Nawet w nocy nie są zamknięte na klucz.

Malin ostrożnie wchodzi po schodach, skrada się. Nikomu nie chce anonsować swojego przybycia.

Staje pod drzwiami Karla Murvalla.

Nasłuchuje.

Ale noc jest cicha. Za otworem na listy podłogę nadal pokrywają nietknięte gazety.

Puka.

Czeka.

Następnie wsuwa wytrych w dziurkę od klucza. Grzebie i zamek otwiera się z lekkim trzaskiem.

Stęchły zapach, duchota, ciepło, kaloryfery pewnie odkręcone, żeby nie zamarzły. Inżynierska dokładność, przekora w obliczu świadomości, którą gdzieś tam Karl Murvall musi mieć: Nigdy już tu nie powrócę, więc jakie to ma znaczenie, że zamarzną kaloryfery.

Ale może tu być. Istnieje niewielkie prawdopodobieństwo.

Malin stoi nieruchomo.

Nasłuchuje.

Wyciągnąć broń?

Nie.

Zapalić światło?

Muszę.

Malin naciska włącznik przy drzwiach do łazienki. W korytarzu zapala się światło. Kurtki i płaszcze wiszą w schludnym rzędzie pod półką na kapelusze.

Nasłuchuje.

Tylko cisza.

Szybko krąży po pokojach, znów wychodzi na korytarz.

All clear, myśli.

Rozgląda się w korytarzu, wysuwa szuflady w komodzie. Rękawice, czapka, papierzyska.

Wyciąg z pensji.
Pięćdziesiąt siedem tysięcy koron.
Komputerowa wyobraźnia. Ale jakie znaczenie ma trochę pieniędzy?
Wychodzi do kuchni. Grzebie w szufladach, patrzy na ściany, puste, pomijając zegar z kukułką.
Zbliża się pierwsza. Nie przestraszyć się, gdy kukułka zakuka. Bo niedługo to zrobi. Pokój dzienny. Szuflady pełne innych papierów; wyciągów z banku, zachowanych reklam. Nic ponad to, co można uznać za normalne.
Wtedy Malin zdaje sobie sprawę: w mieszkaniu nie ma szaf. Nie ma ich w przedpokoju, gdzie zazwyczaj stoją.
Wraca na korytarz.
Tylko zamalowane ślady po szafach.
Zamykała go w...
Malin wchodzi do sypialni. Naciska włącznik światła, ale w pokoju nadal panują ciemności. Na biurku przy oknie stoi lampa. Pokój wychodzi na tylne podwórze, a światło lampy w ogrodzie rzuca na ściany słaby, szarawy blask.
Zapala lampę.
Delikatne zgrubienie na blacie, gdzie ktoś zrobił nacięcie nożem.
Odwraca się.
Słychać parkujący pod domem samochód. Zamykają się drzwi. Sięga do kabury. Teraz kocha tę broń, którą nosi zazwyczaj z taką niechęcią. Odgłos zamykających się drzwi klatki schodowej. Malin wymyka się do przedpokoju, słyszy kroki na schodach.
Klucz w drzwiach piętro niżej.
Ostrożnie zamykane drzwi.
Malin robi wydech.
Wraca do sypialni i wtedy zauważa szafę. Stoi w nogach łóżka. Zapala zamontowaną na ścianie nocną lampkę, by lepiej widzieć, i widzi, że jest skierowana tak, by światło padało prosto na szafę.
Na klamce kłódka.
Coś tam zamknięto.

Zwierzę?
Pewnym ruchem wsuwa do dziurki wytrych. Zamek stawia opór, po chwili Malin czuje, jak się poci.
W końcu zabezpieczenie puszcza z trzaskiem, otwarte.
Ostrożnie otwiera drzwiczki i zagląda do środka.

Patrzę na ciebie, Malin. Czy to prawdę widzisz? Jesteś ufna czy boisz się tego, co masz przed oczami? Będziesz teraz lepiej sypiać?
Spójrz na niego, spójrz na mnie, na Rebeckę czy raczej Lottę – bo nią na zawsze dla mnie pozostanie. Jesteśmy samotni.
Czy twoja prawda potrafi uleczyć naszą samotność, Malin?

Malin ogląda wnętrze szafy. Jest obite tapetą we wzór przedstawiający jabłoń obwieszoną zielonymi owocami. Na dnie szafy obok paczki herbatników leżą różne książki o Ásatrú i psychoanalizie, Biblia i egzemplarz Koranu. Czarny notatnik.
Malin go kartkuje.
Pamiętnikowe zapiski.
Ozdobny charakter pisma, literki tak małe, że ledwo czytelne.
O pracy w Collinsie.
O wizytach u Viveki Crafoord.
Dalej jakby coś się u autora wywróciło, jakby to inna dłoń trzymała długopis. Pismo staje się drżące, nie ma już dat, styl staje się poszatkowany.
...w lutym jest środek zimy...
...wiem już, wiem, kogo należy ofiarować...
I w wielu miejscach: *Wpuśćcie mnie.*
Na końcu szczegółowa mapka. Blåsvädret, pole, na którym wyrysowano drzewo, nieopodal miejsca, gdzie znaleziono Bengana Piłkę, i teren w lesie, prawdopodobnie blisko domku myśliwskiego Murvallów.
Siedział tu i z nami rozmawiał.
Z tym zeszytem za sobą, z tym wszystkim w sobie.
Świat w swojej najgorszej postaci siedział tu przed nami.

Udało mu się zachować maskę, utrzymać pozory rzeczywistości takiej, jaką znamy.

Malin słyszy, jak wszystkie jego głosy ryczą. Z garderoby, z pokoju, w niej. Jej wnętrze ścina lodowate zimno o wiele gorsze niż jakikolwiek mróz, który może istnieć za oknem.

Punkty przełomowe.

W środku i na zewnątrz.

Wyimaginowane światy.

Prawdziwy świat.

Spotykają się. Mimo wszystko jego świadomość zna zasady. Gra w tę grę. Uda mi się. Resztki rozsądku, by się trzymać w pionie, zanim świadomość i instynkt staną się jednym.

Inna mapka.

Inne drzewo.

To tam miała zawisnąć Rebecka, prawda?

Nie trać nadziei, Malin. To jeszcze nie koniec.

Widzę Rebeckę w łóżku. Śpi. Operacja przeszczepu skóry na jej policzkach i brzuchu się powiodła. Nie będzie może taka ładna jak wcześniej, ale dawno już wyzbyła się próżności. Nie czuje bólu. Jej syn śpi w łóżku obok niej, do jej żył przetacza się świeża krew.

Gorzej z Karlem.

Wiem. Powinienem być na niego zły za to, co ze mną zrobił. Ale leży tam w swojej zimnej ziemiance, owinięty w koce, przed piecykiem, w którym dogasa ogień. Widzę tylko najbardziej samotnego człowieka na planecie. Nie ma nawet samego siebie, ja zresztą też nie miałem, nawet kiedy byłem najbardziej zrozpaczony i odciąłem ojcu ucho.

Nie mogę więc być zły na taką samotność, bo to oznacza bycie złym na ludzi, a to jest, nawet jeśli nie niemożliwe, to w każdym razie beznadziejne. W głębi wszyscy jesteśmy dobrzy, życzliwi, prawda?

Wiatr znów robi się lodowaty.

Malin.

Musisz to dalej pociągnąć.

Nie zaznam spokoju, dopóki ten wiatr nie ucichnie.

Malin odkłada notatnik.
Przeklina samą siebie za to, że zostawiła na nim odciski palców. Ale to już nie gra żadnej roli.
Do kogo zadzwonić?
Do Zekego?
Do Svena Sjömana?
Wyjmuje komórkę, wystukuje numer. Cztery sygnały, zanim ktoś odbiera.
Zaspany głos Karin Johannison.
– Tu Karin.
– Mówi Malin. Przepraszam, że przeszkadzam.
– Nie ma sprawy, Malin. Mam płytki sen.
– Możesz przyjechać do mieszkania przy Tanneforsvägen 34? Ostatnie piętro.
– Teraz?
– Tak.
– Będę za piętnaście minut.

Malin przeszukuje ubrania Karla Murvalla.
Znajduje kilka włosków.
Wkłada je do znalezionego w kuchni woreczka.
Słyszy, jak przed wejściem zatrzymuje się samochód. Trzaśnięcie drzwiami.
Szepcze na klatce:
– Karin, tutaj.
– Idę.
Malin oprowadza Karin po mieszkaniu.
Wróciwszy na korytarz, Karin stwierdza:
– Musimy przebadać szafę i resztę mieszkania.
– Nie dlatego chciałam, byś tu przyjechała jako pierwsza. Chcę, żebyś jak najszybciej przeprowadziła badanie DNA.
Malin unosi woreczek z włosami.
– Natychmiast. I porównaj to z profilem tego, kto zgwałcił Marię Murvall.
– To Karla Murvalla?
– Tak.

– Jeśli teraz pojadę do laboratorium, będzie gotowe jutro rano.
– Dziękuję, Karin. Tak szybko?
– W przypadku idealnych próbek to pestka. Idziemy z duchem czasu. Dlaczego to takie ważne?
– Nie wiem, Karin. Ale z jakiegoś powodu to ważne.
– A to wszystko tutaj?
Karin wskazuje mieszkanie.
– Masz chyba kolegów po fachu – mówi Malin. – Nawet jeśli nie są tak bystrzy jak ty.
Kiedy Karin odjeżdża, Malin dzwoni do Svena Sjömana. Żeby uruchomić to, co trzeba uruchomić.

75

Sypialnia rozświetlona reflektorami techników. Sven Sjöman i Zeke zmęczeni przeszukują szafę. Wcześniej przez telefon Sjöman zapytał ją, dlaczego pojechała do mieszkania i jak się dostała do środka. „Przeczucie. Drzwi były otwarte" – odpowiedziała, a Sven dał temu spokój.

Zeke wkłada gumowe rękawiczki, znów sięga po notatnik, kartkuje go i czyta, odkłada.

Kiedy tylko przyszli Sven z Zekem, Malin pokazała im zeszyt z tekstami i mapkami. Wszystko zrelacjonowała, opowiedziała, jakie podjęła kroki, że była już Karin, odtworzyła, co musiało się wydarzyć i jak mogło do tego dojść. W trakcie tej opowieści zauważyła, że ich zmęczenie narasta, a senność stoi na drodze jej słowom i że docierają one zdo nich z trudem, nawet jeśli Sven kiwa potakująco głową, jakby na potwierdzenie, że to musi być prawda.

– A niech to diabli – mówi Zeke i odwraca się do Malin, która siedzi na krześle przy biurku, marząc o filiżance kawy. – Jak sądzisz, gdzie teraz jest?

– Podejrzewam, że w lesie. Gdzieś niedaleko domku myśliwskiego.

– Nie znaleźliśmy go tam.

– Może być gdziekolwiek.

– Jest ranny. To wiemy. Rebecka Stenlundh powiedziała, że go uderzyła.

Postrzelone zwierzę.

– Powiadomiliśmy wszystkie jednostki w kraju – mówi Sven. – Mógł też sobie odebrać życie.

– Wyślemy do lasu psy? – pyta Malin.
– Odczekamy do rana. Teraz jest za ciemno. A na mrozie psy nic nie wywąchają, więc nie wiem, czy to dobry pomysł. Przewodnicy wiedzą lepiej – odpowiada Sven. – Szukają go wszystkie patrole. Ale na to, że jest w lesie, wskazują jedynie te kropki na mapkach w notatniku.
– To dużo – mówi Malin.
– Wczoraj późnym popołudniem nie było go w domku myśliwskim. Jeśli jest ranny, od razu udał się w to miejsce i tam się zaszył. Więc mało prawdopodobne, że jest teraz w domku myśliwskim.
– Ale może być w pobliżu.
– To musi poczekać, Fors.
– Malin, zgadzam się ze Svenem. Jest piąta rano, a nie dalej jak wczoraj wieczorem nie było go w domku – przekonuje Zeke.
– Fors – mówi Sven – idziesz się teraz wyspać. Najlepiej dla wszystkich będzie, jeśli odpoczniesz przed jutrzejszym dniem i obiektywnie ocenisz, gdzie może przebywać.
– Nie...
– Malin, już przekroczyłaś granicę. Teraz musisz odpocząć – naciska Sven.
– Musimy go znaleźć. Według mnie...
Nie kończy zdania. Nie zrozumieją jej toku myślenia. Wstaje i wychodzi.
Na klatce schodowej wpada na Daniela Högfeldta.
– Czy Karl Murvall jest podejrzany o zamordowanie Bengta Anderssona i napaść na Rebeckę Stenlundh? – Jakby nigdy nic.
Malin nie odpowiada.
Mija go i schodzi po schodach.

Jest zmęczona i pod presją, myśli Daniel, pokonując ostatnie stopnie do mieszkania, gdzie dwóch umundurowanych policjantów trzyma wartę pod drzwiami.
Może być trudno wejść.

Ale nie można się poddawać bez walki.
Malin chyba ma gdzieś, że odmówiłem „Expressen".
Ale czego się spodziewałem? To tylko dobre bzykanko. Coś bardziej dla ciała niż dla duszy.
Jednak ładniutka byłaś, Malin, teraz, kiedy się tak obok mnie przeciskałaś.
Taka ładniutka i zmęczona, wręcz wyczerpana.
Ostatni stopień.
Daniel uśmiecha się do mundurowych.
– Nie ma szans, Högfeldt – mówi ten wyższy i się uśmiecha.

Czasami, gdy Malin się zdaje, że sen długo nie nadejdzie, potrafi ją momentalnie zmóc.
Łóżko we śnie jest ciepłe.
Posłanie to miękka podłoga w białym pokoju o prześwitujących ścianach, chwiejących się na letnim wietrzyku.
Za nimi widzi ich wszystkich jak nagie cienie: mamę, tatę, Tove, Jannego. Są tam też Zeke, Sven Sjöman i Johan Jakobsson, Karim Akbar, Karin Johannison i Börje Svärd oraz jego żona Anna. Bracia Murvallowie, Rebecka i Maria oraz gruba postać telepiąca się z piłką w dłoniach. Pojawiają się Markus, Biggan i Hasse oraz strażnik w budce przed Collinsem, Gottfrid Karlsson, Weine Andersson i siostra Hermansson, nastolatki z Ljungsbro, Margaretha Svensson, Göran Kalmvik, Niklas Nyrén i wielu, wielu innych. Wszyscy oni są we śnie jak paliwo dla jej wspomnień, jak punkty nawigacyjne dla jej świadomości. Bohaterowie zdarzeń ostatnich tygodni to boje przyczepione w oświetlonej przestrzeni, która może być czymkolwiek. A w środku tej przestrzeni promieniuje Rakel Murvall. Od jej cienia pulsuje czarna łuna.

Na nocnym stoliku dzwoni budzik.
Mocny i głośny sygnał cyfrowy.
Jest 7.35.
Minęło półtorej godziny. Czas snów się skończył.

Na podłodze w korytarzu „Correspondenten".
Choć raz są w tyle, ale pewnie tylko ze względu na opóźnienia w druku.
Mają wszystko o Rebecce Stenlundh, o tym, że jest siostrą zamordowanego Bengta Anderssona, ale nic o Karlu Murvallu, że dziś w nocy doszło do interwencji.
Gazeta musiała już wtedy pójść do druku. Ale mają to pewnie na stronie. Teraz nie ma siły tam zajrzeć. No i co mogliby tam napisać, o czym jeszcze nie wiem?
Niektóre artykuły autorstwa Daniela Högfeldta.
Jak zwykle.
Czy dziś nad ranem byłam dla niego zbyt oschła? Może powinnam dać mu uczciwą szansę, by mógł pokazać, kim naprawdę jest.
Woda z prysznica jest przyjemnie ciepła i Malin czuje, że się budzi. Ubiera się, na stojąco przy blacie kuchennym wypija neskę z letniej, podgrzanej w mikrofalówce wody.
Obyśmy dziś znaleźli Karla Murvalla, myśli. Martwego albo żywego.
Czy mógł sobie odebrać życie?
Teraz wszystko się może zdarzyć.
Czy może popełnić kolejne morderstwo?
Czy zgwałcił Marię Murvall? Karin miała mieć wyniki w ciągu dnia.
Malin wzdycha i wygląda przez okno na S:t Larskyrkan i drzewa. Gałęzie nie poddały się zimnu, jeszcze bardziej przekornie rozczapierzają się na wszystkie strony. Dokładnie jak ludzie pod naszą szerokością geograficzną, myśli Malin, kiedy dostrzega plakaty w biurze podróży. Tu się nie da mieszkać, ale jednak to tu urządziliśmy sobie dom.
W sypialni Malin zapina kaburę.
Otwiera drzwi do pokoju Tove.
Najpiękniejsza na świecie.
Niech sobie pośpi.

Karim Akbar trzyma swojego syna mocno za rękę, pod rękawiczką czuje palce ośmiolatka.

Idą do szkoły posypaną piaskiem ścieżką. Trzy- i czteropiętrowe czynszowe kamienice w Lambohov wyglądają jak stacje na Księżycu, na chybił trafił umieszczone na bezludnej równinie.

Zazwyczaj to jego żona odprowadza syna do szkoły, ale dziś skarżyła się na ból głowy, nie mogła wstać.

Sprawa rozwiązana. Muszą go tylko ująć. Potem to już chyba koniec?

Malin się sprawdziła. Zeke, Johan i Börje. Sven: opoka. Co ja bym bez nich zrobił? Moją rolą jest ich popędzać, utrzymywać w dobrych nastrojach. Czy to nie błahostka w porównaniu z tym, co oni robią? Jak sobie radzą z ludźmi?

Malin. Pod wieloma względami idealna śledcza. Ma instynkt, jest nieugięta, ale nie maniakalna. Inteligentna? Pewnie. Ale w dobrym sensie. Znajduje skróty, ma odwagę ryzykować. Nie jest jednak lekkomyślna. W każdym razie nie za często.

– Co dziś będziecie robić w szkole?

– Nie wiem. To, co zawsze.

Potem idą w ciszy, Karim i jego syn. Karim przytrzymuje mu drzwi do szkolnego budynku z białej cegły. Syn znika w środku, lekko oświetlony korytarz zdaje się go pochłaniać.

W skrzynce na listy przy drodze leży „Correspondenten".

Rakel Murvall otwiera drzwi wejściowe i wychodzi na ganek, stwierdza, że panuje wilgotny ziąb, taki, gdy dokuczają stawy. Ale jej takich fizycznych dolegliwości oszczędzono. Gdy umrę, to nagle, nie mam zamiaru leżeć w szpitalu, wyć i nie móc nawet utrzymać kupy, myśli.

Ostrożnie idzie po śniegu, uważa na szyjki kości udowej.

Skrzynka wydaje się odległa, ale z każdym krokiem się przybliża.

Na razie chłopcy śpią, wkrótce wstaną, ale ona chce już przeczytać gazetę, nie czekać, aż to oni ją jej przyniosą, ani też czytać najświeższych informacji na ekranie w pokoju dziennym.

Podnosi pokrywę. Leży tam, zakrywając częściowo martwe skorki.

Wróciwszy do domu, bierze filiżankę świeżo zaparzonej kawy i siada przy stole kuchennym. Czyta artykuły o zamordowaniu Bengta Anderssona, napadzie, jeszcze raz i jeszcze.

Rebecka?

Rozumiem, co się wydarzyło.

Nie jestem głupia.

Tajemnice. Cienie przeszłości. Moje kłamstwa sączą się teraz ze swoich rozeschniętych nor.

Jego ojcem był marynarz.

Tak zawsze mówiłam chłopcom.

Czy to wszystko było kłamstwem, mamo?

Pytania rodzące kolejne pytania.

Czy jego ojcem był Kalle na Zakręcie? Okłamywałaś nas przez te wszystkie lata? Czego jeszcze nie wiemy? Dlaczego kazaliście nam z tatą go dręczyć? Nienawidzić go? Własnego brata?

Może kolejne.

Jak tata spadł ze schodów? Zepchnęłaś go, kłamałaś nawet na temat tego, co się wydarzyło tamtego dnia?

Prawdy muszą zostać zduszone. Nie należy siać żadnych wątpliwości. Nie jest za późno. Widzę możliwość.

Rebecka. Błąkała się po polu naga, tak jak Maria.

– Brawo, Malin.

Karim Akbar bije jej brawo, gdy Malin wchodzi do komendy.

Malin się uśmiecha i myśli: Brawo? Za co? To jeszcze nie koniec.

Siada za biurkiem.

Czyta stronę internetową „Correspondenten".

Krótki artykuł na temat akcji w mieszkaniu Karla Murvalla, o tym, że zaalarmowano wszystkie jednostki. Nie wyciągają żadnych wniosków, ale wspominają o powiązaniach z trwającym śledztwem w sprawie morderstwa i zgłoszeń jego matki dotyczących nękania przez policję.

– Fantastyczna robota, Malin.
Karim staje obok niej. Malin patrzy na niego.
– Niezupełnie według regulaminu. Ale tak między nami: Teraz chodzi o rezultat i jeśli się chce dokądś zajść, trzeba czasem zdać się na własne reguły.
– Musimy go znaleźć.
– Co chcesz zrobić?
– Chcę nękać Rakel Murvall.
Karim gapi się na Malin, która odpowiada komendantowi policji najbardziej poważnym spojrzeniem, na jakie potrafi się zdobyć.
– Jedź – odpowiada Akbar. – Ewentualne problemy wezmę na siebie. Ale zabierz ze sobą Zekego.
Malin rozgląda się po biurze. Sven Sjöman jeszcze nie przyszedł. Ale Zeke niespokojnie kręci się przy swoim biurku.

76

W samochodzie panuje cisza.

Zeke nie wspomniał o muzyce, a Malin przyjemność sprawia monotonny odgłos silnika.

Miasto za oknami samochodu takie samo jak przed dwoma tygodniami, równie łapczywe jak zawsze: Skäggetorp pełne zastygłego życia, zagłębie sklepowe przy Torby tak samo ordynarne, pokryte śniegiem Roxen równie gęste, a domy przy zboczu Vreta Kloster tak samo zapraszające w swoim bogactwie.

Nic się nie zmieniło, myśli Malin. Nawet pogoda. Ale przychodzi jej do głowy, że Tove się jednak zmieniła. Tove i Markus. W córce pojawił się jakiś nowy ton, mniej wbrew i do wewnątrz, bardziej na zewnątrz i otwarta, pewna. Pasuje to do ciebie, Tove, myśli Malin. Na pewno będziesz przemiłą dorosłą kobietą.

A ja dam może Danielowi Högfeldtowi szansę wykazania się nie tylko jako jurny byczek.

W domu w Blåsvädret palą się światła. Rodziny braci są u siebie. Biały drewniany dom Rakel Murvall wyrasta samotnie na końcu Blåsvädersvägen.

Śnieżny dym pędzi wte i wewte po fasadzie. Za bladymi zasłonami zimy nadal kryją się tajemnice, myśli Malin. Zrobisz wszystko, by ukryć swoje tajemnice, Rakel, co?

Renta sieroca.

Dziecko, które zatrzymałaś tylko dla pieniędzy. Dla marnych groszy. Ale może dla ciebie nie tak lichych. Coś, z czego da się wyżyć, w każdym razie prawie.

I dlaczego tak go nienawidziłaś? Co ci zrobił Kalle na Zakręcie? Coś w lesie, to, co się przytrafiło Marii? Rebecce? Czy Kalle na Zakręcie był wobec ciebie brutalny? To tak zaszłaś w ciążę? No i znienawidziłaś dzieciaka. Może chciałaś go oddać do adopcji? Ale wtedy wpadłaś na genialny pomysł i wymyśliłaś historyjkę o marynarzu, dostałaś rentę. Tak musiało być. Że cię zgwałcił. A dzieciak, który po tym pozostał, musiał za to zapłacić.

Inaczej dlaczego tak byś go nienawidziła? Wzór powtarzający się we współczesnej historii. Malin czytała, jak Niemki zgwałcone pod koniec wojny przez Rosjan wypierały się swoich dzieci. To samo w Bośni. I najwyraźniej w Szwecji.

A może kochałaś Kallego na Zakręcie, a on potraktował cię jak jedną z wielu swoich kobiet? Jak zero. I to wystarczyło, żebyś znienawidziła swojego syna.

Ale zgaduję, że to pierwsze.

Czy też zło było ci nadane, Rakel?

Od początku.

Czy takie zło istnieje?

No i pieniądze. Twoja żądza posiadania ich, jak czarne słońce przez całe życie na tej opuszczonej, wietrznej ulicy.

Chłopiec powinien był trafić do innej rodziny, Rakel.

Wtedy położyłoby się kres złości i nienawiści, wtedy może pozostali chłopcy byliby inni. Może ty także.

– Co za pieprzone miejsce – rzuca Zeke, gdy idą podjazdem garażowym w stronę domu. – Możesz go sobie wyobrazić, gdy jako chłopiec stoi w śniegu przy tych jabłoniach? Marznie?

Malin kiwa potwierdzająco.

– Jeśli istnieje piekło – mówi po chwili.

Pół minuty później pukają do drzwi domu Rakel Murvall.

Widzą ją w kuchni, potem znika w pokoju dziennym.

– Nie zamierza otwierać – mówi Malin.

Zeke znów puka.

– Chwileczkę – słychać ze środka. Drzwi się otwierają i uśmiecha się do nich Rakel Murvall. – Ach, komisarze. Czemu zawdzięczam ten zaszczyt?

– No, mamy kilka pytań, jeśli można... Rakel Murvall przerywa Zekemu.

– Niech komisarze wejdą. Jeśli myślicie o mojej skardze, zapomnijcie o tym. Wybaczcie starej babci złość. Kawy?

– Nie, dziękuję – mówi Malin.

Zeke potrząsa głową.

– Ależ proszę siadać.

Rakel Murvall wykonuje gest w stronę stołu kuchennego. Siadają.

– Gdzie jest Karl? – pyta Malin.

Kobieta ignoruje jej pytanie.

– Nie ma go w jego mieszkaniu ani w Collinsie. Zwolniono go z pracy – mówi Zeke.

– Czy syn jest zamieszany w coś niemądrego?

Syn. Nigdy wcześniej nie użyła tego słowa, mówiąc o Karlu, myśli Malin.

– Czytała pani gazetę. – Malin kładzie rękę na leżącej na stole „Correspondenten". – Umie pani dodać dwa do dwóch.

Babcia uśmiecha się, ale nie odpowiada.

– Nie mam pojęcia, gdzie chłopak może być – odzywa się po chwili.

Malin wygląda przez okno. Widzi małego chłopca stojącego nago na śniegu i mrozie, krzyczącego, z czerwonymi od płaczu policzkami, widzi, jak upada na śnieg, przebiera rękami i nogami, zamarznięty anioł na ośnieżonej ziemi.

Malin zwiera się w sobie.

Ma ochotę powiedzieć Rakel Murvall, że zasługuje na to, by spłonąć w piekle, myśli, że niektórych rzeczy nie da się wybaczyć. W oficjalnym społecznym rozumieniu jej zbrodnia dawno uległa przedawnieniu, ale w rozumieniu ludzkiej wspólnoty? Tu mimo wszystko pewnych uczynków nigdy się nie wybacza.

Gwałty.

Pedofilia.

Znęcanie się nad dziećmi.

Brak miłości do najmłodszych.

Karą za to jest dożywotnia hańba.

A dziecięce zabawy. To ta pierwsza wspomniana jako pierwsza miłość.

– Co właściwie wydarzyło się między panią a Kallem na Zakręcie?

Rakel zwraca się ku Malin, gapi się na nią. Źrenice starej kobiety robią się wielkie i czarne, jakby próbowały przekazać tysiące lat kobiecych doświadczeń i udręk. Potem mruga, przez kilka sekund ma zamknięte powieki, po czym mówi:

– To tak dawno temu. Nawet nie pamiętam. Miałam przez te wszystkie lata tyle kłopotów z chłopcami.

Przestrzeń na kolejne pytanie, myśli Malin.

– Czy nigdy nie niepokoiło pani, że pani chłopcy dowiedzą się, że to Kalle na Zakręcie był ojcem Karla? – pyta

Rakel Murvall nalewa sobie kawy.

– Chłopcy to wiedzą.

– Czyżby? Czy rzeczywiście? Przyłapanie na kłamstwie potrafi zniszczyć wszystkie relacje – ciągnie Malin. – A jaką władzę ma ktoś, kto musi kłamać?

– Nie rozumiem, o czym pani mówi – odpowiada Rakel Murvall. – Wygaduje pani mnóstwo głupot.

– Czyżby? – wątpi Malin. – Czyżby?

Rakel Murvall zamyka za nimi drzwi.

Siada na czerwonym krześle w przedpokoju, patrzy na zdjęcie na ścianie, ona w ogrodzie w otoczeniu chłopców, gdy byli mali, Czarniawy na zdjęciu, zanim wylądował na wózku.

Gnojek. To chyba ty zrobiłeś to zdjęcie.

Jeśli znikniesz, znikniesz naprawdę, myśli, a moje tajemnice będą mogły pozostać moje. Jeśli zniknie, pozostanie tylko ta czy inna plotka, a takie to ja zamykam w ciemnej szafie. Musi zniknąć, to proste. Zostać wymazany. Męczy mnie to, że w ogóle istnieje.

Chwyta słuchawkę.

Dzwoni do Adama.
Odbiera mały, chłopięcy głos jasny i niewinny.
– Halo?
– Cześć, Tobias. Tu babcia. Jest tata?
– Cześć, babciu.
W słuchawce zapada cisza, zanim starszy, grubszy głos mówi:
– Mama?
– Musisz tu przyjść, Adam. Weź ze sobą braci. Mam wam coś pilnego do powiedzenia.
– Idę, mamo. Powiem pozostałym.

Przyjeżdżałem tu rowerem.
Las należał do mnie.
Czasem polowaliście wokół mnie, słyszałem wasze strzały o każdej porze roku i chciałem, byście już wtedy do mnie przyszli.
Matka.
Dlaczego byłaś taka wściekła?
Co ja zrobiłem? Co ja zrobiłem?
Obrazy i ciepło. Jestem aniołem pod jabłonią z okruszków ciastek. Ogień znów grzeje. Słychać tylko jego trzask. Miło tu w norze, choć samotnie. Ale ja nie boję się samotności. Bo nie można bać się tego, kim się jest, prawda?
Pośpię jeszcze trochę tu, w mojej ciemności, chyba mogę? Potem przyjdziecie, zabierzecie mnie, wpuścicie. Wtedy będę kim innym, prawda? Kiedy mnie wpuścicie.

– Co robimy?
Zeke prowadzi samochód w stronę Vreta Kloster, ruiny klasztoru jak prastary fort na wzgórzu kilometr dalej, klub jeździecki Heda po jednej stronie drogi, po drugiej otwarte pole.
Malin chciała zadzwonić do drzwi braci, zapytać, czy wiedzą, kto był ojcem ich brata Karla, ale Zeke przywołał ją do rozsądku.
– Jeśli nie wiedzą, to babcia ma prawo do swoich tajem-

nic, Malin. Nie możemy tak włazić z buciorami w jej życie i mieszać.

Wiedziała, że Zeke ma rację, niezależnie od tego, jakie to, że się powstrzymali, może mieć konsekwencje. Jeśli przestaniemy mieć wzgląd na ludzi, kimkolwiek są, jak mamy żądać, że społeczeństwo, że ktokolwiek będzie miał wzgląd?

– Poczekamy na patrole tropiące Sjömana. Organizują się pełną parą, żeby przeszukać las, ale dla psów jest za zimno. Choć dobrze byłoby kilka zabrać.

– Nie pojedziemy tam wcześniej?

– Nie, Malin. Niczego wczoraj nie znaleźliśmy, jak więc mamy znaleźć coś dzisiaj?

– Nie wiem – odpowiada Malin. – Możemy się przejechać na miejsce przestępstwa i drugiego drzewa. Tam, gdzie mniej więcej powinno być.

– Od wczoraj szuka go radiowóz. Wiedzielibyśmy, gdyby coś znaleźli.

– Masz jakąś lepszą propozycję?

– Nie – odpowiada Zeke i robi pełen zakręt.

Wracają, skąd przyjechali, mijają domy w Blåsvädret. Tam widzą braci idących razem w stronę domu matki.

– Jak sądzisz, ile czasu zajmie Karin wykonanie badań z materiału od Karla Murvalla? – pyta Malin. – Chcę wiedzieć, czy to on zgwałcił Marię Murvall.

– Tak podejrzewasz?

– Nie, ale chcę wiedzieć. Sądzę, że ona znów nas zwodzi. Nie wiem, w jaki sposób. Wiem tylko, że nigdy by nas nie wpuściła, gdyby sama nie miała na tym czegoś ugrać. Wciąż tym wszystkim steruje. I chwyci się wszystkiego, żeby chronić to, co, jak sądzi, należy do niej. – Malin oddycha głęboko. – I żeby zatrzymać swoje tajemnice.

Adam, Elias i Jakob Murvallowie siedzą wokół stołu w kuchni matki. Popijają małymi łykami świeżo zaparzoną kawę, jedzą kruche ciasteczka, które ich mamusia podgrzała właśnie w piekarniku, wyjąwszy je wcześniej z zamrażarki.

– Smakują wam ciasteczka, chłopcy?
Rakel stoi przy kuchence z „Correspondenten" w dłoni.
Od strony stołu aprobata. Słuchają tego, co mówi ich mama, tego, czego nie chciała opowiedzieć, dopóki nie usiedli i nie dostali kawy.
– Martinsson i Fors – zaczyna. – Byli tu właśnie i wypytywali o Karla. Jeśli to nie on torturował i zgwałcił kobietę, o której tu piszą, tę, którą znaleźli przy drodze, po co by tu przychodzili? Mimo tego mojego zgłoszenia o nękanie i tak dalej. Dlaczego by tak ryzykowali?
Pokazuje synom gazetę. Pozwala im przeczytać tytuł, obejrzeć zdjęcie zrobione na drodze.
– Policja poszukuje Karla. A w gazecie piszą, że znaleziono ją z takimi obrażeniami, jakie miała Maria. Na stronie wyczytacie, że dziś w nocy policja przeszukała jego mieszkanie.
– Więc to on zgwałcił Marię w lesie?
Adam Murvall wypluwa z siebie słowa.
– Czy to może być ktoś inny? – judzi Rakel Murvall. – Teraz zniknął. To musi być on, wtedy było tak samo. Dokładnie tak samo.
– Własną siostrę?
– Skurwiel.
– Zwyrodnialec. Jest zwyrodnialcem. Zawsze był.
– Ale czemu miałby to zrobić?
Powątpiewanie w głosie Eliasa Murvalla.
– I dlaczego tak go nie cierpimy? Czy kiedykolwiek się nad tym zastanawialiście?
Rakel robi przerwę, po czym kontynuuje niższym głosem:
– Od pierwszej chwili był zwyrodnialcem, nie zapominajcie. I nienawidził jej. Bo była jedną z nas, a on nie. Bo jest szalony. Sami wiecie, jak się chował w lesie. A jego nora jest tylko dziesięć kilometrów od miejsca, gdzie znaleźli Marię. To musi być on. To się trzyma kupy.
– Dziesięć kilometrów w lesie to dużo, mamo – mówi Elias. – Może i przyszło nam to do głowy, no ale jednak.
– To się trzyma kupy, Elias. Zgwałcił w lesie waszą siostrę, jakby była zerem. Zniszczył ją.

– Matka ma rację, Elias – mówi spokojnie Adam i upija łyk kawy.
– Zgadza się – dodaje Jakob. – To się trzyma kupy.
– Teraz zrobicie to, czego się od was oczekuje, chłopcy. Dla waszej siostry. Prawda, Elias? Chłopcy.
– Ale jeśli policja się myli?
– Gliniarze często się mylą. Ale nie w tej sprawie, nie w tej. Przestań mieć wątpliwości, co z tobą, może jesteś po jego stronie? – Matka wygraża gazetą. – Jesteś po jego stronie? Czy to może być ktoś inny? Wszystko się zgadza. Musicie zapewnić waszej siostrze spokój. Może będzie mogła wrócić, jeśli tylko dowie się, że ten, kto jej to zrobił, zniknł.
– Dopadną nas, matka, dopadną nas – mówi Elias. – I są granice tego, co można.
– Nie, chłopcze – mówi Rakel Murvall. – Kury w kurniku są bystrzejsze od policji. Wiecie przecież, gdzie jest. Zróbcie to chłopcy, zobaczycie. Teraz słuchajcie...

Dąb na równinie, na którym wisiał Bengt Andersson, wyglądałby jak pierwsze lepsze drzewo, gdyby nie złamana gałąź.

Już zawsze będzie kojarzony z tym, co się wydarzyło w tym najzimniejszym lutym. Wiosną chłop zetnie drzewo, nie chce więcej kwiatów na ziemi, ciekawskich mieszkańców ani medytujących bab. Wykopie wszystkie korzenie, jakie tylko znajdzie, nie spocznie, dopóki nie będzie pewien, że w ziemi nie pozostał ani kawałek korzenia. Ale jeden fragment ostanie się głęboko i ten będzie rósł, aż na równinie wystrzeli nowe drzewo, drzewo, które będzie szeptać imiona Bengana Piłki, Kallego na Zakręcie i Rakel Murvall.

Malin i Zeke siedzą w samochodzie, gapią się na drzewo. Silnik na jałowym biegu.

– Nie tutaj – stwierdza Zeke.
– Kiedyś tu był – odpowiada Malin.

Wnętrze range rovera pachnie olejem i smarem silnikowym. Stuka nadwozie, kiedy samochód pędzi tak przez Ljungsbro, mija halę Vivo, cukiernię i silos z kakao Cloetty u stóp wzgórza tuż przy moście nad strumieniem.

Elias Murvall siedzi sam na tylnym siedzeniu, ugniata dłonie, słyszy własny głos wypowiadający słowa, choć nie chce ich ujawniać:

– Pomyślcie, co będzie, jeśli ona się myli? Jeśli tego nie zrobił? Wtedy już zawsze będziemy tego żałować. Jakie my mamy, do cholery, prawo...

Adam odwraca się na swoim miejscu pasażera z przodu.

– Zrobił to, ten gnój. Zgwałcił Marię. To się trzyma kupy. Teraz to zrobimy. Jak ty to zawsze mawiasz, Elias? Nigdy nie można pokazywać swojej słabości? Tak mówisz, nie? Nigdy nie można pokazywać swojej słabości. Więc nie pokazuj. Uważaj.

Samochodem zarzuca, wpada w poślizg przy rowie tuż przed skrętem przy Olstorp.

– Masz rację! – krzyczy Elias. – Nie jestem słaby.

– Niech to szlag! – wrzeszczy Jakob Murvall. – Robimy to teraz, nie ma tu nic do gadania. Zrozumiano?!

Elias wychyla się, słyszy pewność w głosie Jakoba, mimo jego wściekłości.

Ciężko oddycha i czuje, że wóz porusza się pewnie, jakby był w drodze do tego samego celu, na długo zanim jeszcze samochód został skonstruowany.

Elias się odwraca.

Zagląda do bagażnika.

Stoi tam poplamiona drewniana skrzynka, w niej trzy granaty z włamania do magazynu broni, dopiero co wyjęte z kryjówki w podłodze warsztatu; kryjówki, której policja nie znalazła podczas przeszukania tydzień wcześniej.

– Cholerne szczęście, że gliny nie znalazły granatów – stwierdził Jakob, gdy matka przedstawiła im w domu plan.

– Racja, Jakob – potwierdziła. – Cholerne szczęście.

Malin i Zeke błąkają się po równinie w poszukiwaniu jeszcze jednego samotnego drzewa.

Ale te, które znajdują, nie noszą śladów walki. Są to tylko samotne, udręczone przez wiatr, zniszczone przez mróz drzewa.

Zeke za kółkiem, gdy jadą w stronę Klockrike, po słabo odśnieżonej drodze, biegnącej wzdłuż pozornie nieskończonego białego pola. Dzwoni telefon Malin.

Na wyświetlaczu numer Karin Johannison.

– Tu Malin.

– Negatywny, Fors – mówi Karin. – Karl Murvall nie zgwałcił Marii Murvall.

– Żadnych podobieństw?

– Nie zrobił tego, tyle jest pewne.

– Dziękuję, Karin.

– To było ważne, Malin? Sądziłaś, że to on?

– Nie wiem, co sądziłam. Ale teraz wiem. Jeszcze raz dzięki. – Malin rozłącza się.

– Nie zgwałcił Marii Murvall – mówi do Zekego, który przyjmuje tę informację, nie odwracając wzroku od drogi.

– Więc sprawa jest nadal nierozstrzygnięta. – Głos Zekego jest zachrypnięty, w chrypie pobrzmiewa stanowczość.

Bracia w drodze do domu Rakel.

Bracia, którzy nie wiedzą, że Karl nie zgwałcił Marii.

Słuchają matki. Posłuszni jej.

Matka chcąca zachować swoje tajemnice.

I tylko jeden sposób, by je zachować.

Zeke zatrzymuje samochód przy kolejnym drzewie.

Korzenie, myśli Malin. Krew, którą trzeba wyeliminować. Czyny, za które trzeba odpłacić. Tak robimy.

No i jego trzeba wyeliminować. Rakel nie wie, że zabezpieczyliśmy DNA Karla, że wszystko zostanie ujawnione.

Albo gdzieś w głębi wie, ale odsuwa od siebie tę wiedzę, chwyta się ostatnich wyimaginowanych desek ratunku.

„Jeśli się zagna zło w róg, ono ugryzie..."

– Wiem! – krzyczy Malin, gdy Zeke otwiera drzwi po swojej stronie. – Wiem, dlaczego nas wpuściła. Jedź do domku myśliwskiego, najszybciej jak się da!

77

Wille we Vreta Kloster wzdłuż jezdni.
Dobrobyt ukryty za fasadami, bliski, a jednak tak odległy.
Po tej podróży przez następne tysiąc lat nie pojedzie tą trasą.
Przejeżdżają przez most przy Kungsbro i skręcają na Olstorp przy Björkö Montessoriskola, gdzie niebieskie i różowe domki zbudowane w antropozoicznym kanciastym stylu wydają się równie sponiewierane przez zimę jak wszystkie pozostałe.
Miejmy nadzieję, że wychowują tu na dobrych ludzi.
Janne chciał kiedyś, by Tove poszła do szkoły Montessori, ale Malin się sprzeciwiła. Słyszała, że dzieci z takich szkół, wychowywane pod kloszem, rzadko potrafią podołać konkurencji poza bezpiecznymi murami szkoły.
Lalki wycinanki.
Robienie własnych książek.
Uczenie się, że świat jest pełen miłości.
Ile miłości jest tam w lesie? Ile wezbranej nienawiści?
Samochód co rusz wpada w poślizg na śliskiej nawierzchni, gdy Zeke dociska pedał gazu.
– Jedź, Zeke. Śpieszy nam się. Przysięgam, że on tam gdzieś jest.
Zeke o nic nie pyta, koncentruje się na samochodzie i drodze, gdy mijają wjazd na Olstorp i dalej w stronę Hultsjön.
Przejeżdżają obok pola golfowego. Wciąż stoją tam flagi i Malin wyobraża sobie, że to bracia chwiejący się na wietrze; oddech matki zdolny posłać wszędzie, gdzie tylko sobie życzy.

Jakob Murvall mocniej chwyta kierownicę, skręca na drogę prowadzącą do domku myśliwskiego nad Hultsjön, małe zakapturzone na biało pudła spowite bawełnianą mgłą.

Zarzuca zielonym range roverem na śniegu, kryształki lodu wirują w kierunku rowów jak ostre odłamki bomby rozpryskowej, ale udaje mu się utrzymać samochód na jezdni.

Elias nic już nie mówi.

Adam siedzi cichy i zdecydowany na miejscu pasażera.

Robimy tylko to, co należy zrobić, myśli Jakob. Tak jak zawsze robimy. Jak zawsze robiliśmy. Jak zrobiłem, kiedy znalazłem tatę pod schodami. Pozbierałem się, choć chciałem krzyczeć. Zamknąłem mu powieki, żeby matka nie musiała patrzeć na te przerażające oczy.

Robimy to, co musimy. Bo jeśli pozwolimy gwałcić naszą siostrę i nic z tym nie zrobimy, to kim będziemy? Wtedy draństwu nie będzie końca. Teraz mówimy temu stop.

Dodaje gazu, dociska pedał i jedzie dalej tam, gdzie kończy się droga. Zatrzymuje samochód, przekręca kluczyk, a silnik cichnie.

– Wychodzić! – woła i bracia wyskakują.

Jeśli Elias czuł wcześniej jakieś wątpliwości, teraz już ich nie ma.

Obaj są ubrani w zielone kurtki i ciemne niebieskie spodnie.

– No dalej! – krzyczy Jakob.

Adam otwiera tylne drzwi samochodu, wyjmuje poplamioną skrzynię, stawia ją na ziemi i zatrzaskuje drzwi.

– Gotowe! – woła. Ostrożnie bierze skrzynię pod pachę i kierują się w stronę zwałów śniegu i dalej do lasu.

Jakob idzie pierwszy.

Potem Elias.

Na końcu Adam ze skrzynią.

Jakob widzi wokół siebie drzewa, las, w którym tyle razy polował. Widzi matkę przy stole. Marię na łóżku ten jedyny raz, gdy dał radę odwiedzić ją w Vadstenie.

Myśli: Ja pierdolę. Ty skurwielu.

Za nim bracia.

Przeklinają za każdym razem, gdy ich buty z cholewami przecinają szreń, zmarzlina eksploduje pod ich pośpiesznymi, ciężkimi krokami.

Że też trzy granaty mogą tyle ważyć, myśli Adam. A jednak to niewiele, biorąc pod uwagę, jakie mogą spowodować zniszczenia.

Myśli o Marii w jej pokoju. Jak się płoszy, za każdym razem gdy ją odwiedza, jak wycofuje się w róg łóżka, a on musi długo szeptać jej imię, by się uspokoiła. Nie wie nawet, czy go pozna. Nigdy nic nie powiedziała, tak czy siak może do niej przychodzić. Po jakimś czasie przestaje się bać, akceptuje jego obecność w pokoju.

A potem?

Potem siedzą tam w tej potworności, która jej się przydarzyła.

Niech to diabli.

But miażdży zmarznięty śnieg, zapada się i zahacza o korzeń. Musi szarpnąć, żeby go wyciągnąć.

To ten skurwiel to zrobił.

Własnej siostrze.

Nie ma innej możliwości. Zniknąć, zniknąć, musi zniknąć. Nie ma co do tego wątpliwości. Wątpliwości to nie dla nas.

Pod pachą skrzynia. Trzyma ją w mocnym uchwycie. Nigdy nie wiadomo, co się może wydarzyć, gdy się ją upuści.

Brak mu tchu. Przed sobą widzi braci, czuje zimno i przypomina sobie, jak nad kanałem ci dwaj dopadli dla niego tego pieprzonego Turka, kiedy pokazali, że żaden dupek nie będzie się nas czepiał, że trzymamy się razem. To tyczy się też ciebie, Mario. I dlatego musimy to zrobić.

Kopać, kopać, kopać.

O wiele więcej niż to.

Jesteśmy dorośli. I tak też musimy się zachowywać.

Elias z dziesięć metrów przed nim, Adam i tak czuje bliskość jego ciała, wiatr we włosach. Wciąż siedzi za nim na dakocie, zawsze będzie tak siedział.

Widzą samochód.

Range rover braci Murvallów zaparkowany daleko przy zwałach śniegu. Zeke zatrzymuje się tuż za nim, dokładnie blokując wyjazd.

Zgłosili sprawę, w drodze powinien być helikopter. Malin do Sjömana: „Zaufaj mi, Sven".

Ale uruchomienie helikoptera na mrozie zajmuje trochę czasu, więc muszą polegać na samych sobie, na swoich nogach. Patrole z psami wyjechały właśnie z komendy.

Przechodzą przez zaspy, podążają po śladach braci Murvallów, idą między drzewami, biegną, mocno stawiają stopy, żeby przebić się przez szreń, potykają się, znów biegną. Serca pompują im w piersiach, płuca bolą od wysiłku i nadmiaru lodowatego, białego powietrza. Ich ciała chcą do przodu, do przodu, ale nawet adrenalina się kiedyś kończy i wkrótce zataczają się, bardziej niż biegną, nasłuchując jednocześnie odgłosów z lasu, oznak jakiegoś dziania się, życia. Ale żadne z nich niczego jeszcze nie słyszy.

– Niech to diabli – dyszy Zeke. – Jak daleko weszli według ciebie?

– Daleko. Musimy iść.

Malin wbiega w las, ale warstwa zamarzniętego śniegu nie wytrzymuje jej mocnych, ciężkich kroków. Potyka się, wstaje i dalej brodzi.

Pole jej widzenia ogranicza się do wąskiego tunelu.

„To nie on zgwałcił waszą siostrę" – chce krzyknąć w las. „Nie wierzcie waszej matce. Nie zgwałcił jej, zrobił coś znacznie ohydniejszego, ale nie to. Niech to wszystko się skończy, jeszcze nie jest za późno, cokolwiek myślicie, cokolwiek ona wam wbiła do głów, to jest wasz brat. Słyszycie? Słyszycie? Jest waszym bratem. Nie zgwałcił waszej siostry, wiemy to na pewno".

Tunel zamyka się.

Muszę zdążyć, myśli Malin.

Krzyczy:

– Nie zgwałcił waszej siostry – ale brak jej tchu. Sama ledwie siebie słyszy.

Nigdy nie okazać słabości, nigdy nie okazać słabości, nigdy...
Elias klepie w myślach słowa jak mantrę, myśli o wszystkich tych razach, gdy okazał siłę, jak dał w gębę nauczycielowi Bomanowi, gdy nazwał go gnojkiem z Blåsvädret. Czasem się zastanawiał, dlaczego wszystko było takie, jakie było, dlaczego trafili poza nawias. I przychodziła mu do głowy tylko jedna odpowiedź: że tak było od zawsze. Byli ci wszyscy, co mieli pracę, prawdziwe życie, porządne domy i nigdy nie byliśmy to my. A świat nam o tym przypominał.

Adam za nim.

Elias zatrzymuje się, odwraca. Myśli, że brachol dobrze sobie radzi z tym ciężarem. Czoło lśni różowo w zimowym świetle, mróz, skóra, działaj, nieś.

– Trzymaj skrzynię, Adam.

– Trzymam – odpowiada tamten, zdyszany.

Jakob przed nim idzie w ciszy. Jego kroki są zdecydowane, barki pod kurtką zwisają, opadają ku ziemi.

– Jasna cholera – przeklina Adam. – Śnieg jest taki niepewny.

Znów przebił szreń.

– Przyspieszamy – mówi. – Żebyśmy mieli to już za sobą.

Elias nic nie mówi.

Nie ma o czym mówić. Tylko jedno do zrobienia.

Mijają domek myśliwski. Idą dalej, przez podwórze do lasu, jeszcze ciemniejszego, gęstszego po drugiej stronie. Tam warstwa zlodowaciałego śniegu jest grubsza, bardziej wytrzymała, choć i tak czasem puszcza.

– Schował się tam – mówi Elias. – Jestem pewien.

– Czuję dym z piecyka – dodaje Adam.

Palce dłoni, którą przytrzymuje skrzynię, zaczynają sztywnieć, drżą. Zmienia rękę, rozprostowuje palce, żeby się pozbyć kurczu.

– Pierdolona nora w ziemi. Jest nielepszy od zwierzaka – szepcze Jakob. Głośno mówi: – Teraz kolej na Marię.

Wykrzykuje słowa w las, ale pnie drzew wyciszają głos. W lesie głosy nadaremnie próbują się zadomowić.

Dalej, Malin, dalej. Jeszcze nie jest za późno. Helikopter opuścił pole w Malmslätt. Przetacza się nad równiną w waszą stronę, psy w patrolach ujadają, szczekają, ich ogłuszone zmysły poszukują w rozpaczy.
Myślę tak jak ty, Malin, już wystarczy.
Ale jednak.
Chcę mieć Karla obok siebie.
Chcę się unosić obok niego.
Zabrać go stąd.

Jak można być tak zmęczonym?
Kwas mlekowy wypełnia całe ciało Malin. Choć widzą ślady braci prowadzące w głąb lasu, muszą usiąść i odpocząć na schodach prowadzących na ganek domku myśliwskiego.
Świst wiatru.
Szept poprzez sygnał alarmowy wysyłany przez ciało.
Głowa jakby się gotowała, na przekór mrozowi. Oddech unosi się z ust Zekego jak dym z dogasającego ogniska.
– Niech to szlag, niech to szlag – mówi Zeke, łapiąc oddech. – Teraz przydałaby się kondycja Martina.
– Musimy iść dalej – dyszy Malin.
Wstają.
Gnają głębiej w las.

78

Nadchodzicie już?
Przychodzicie, by mnie wpuścić?
Nie bijcie mnie.
Czy to wy? A może umarli?
Kimkolwiek jesteście, powiedzcie, że przybywacie z dobrymi zamiarami. Że przybywacie z miłością.
Obiecajcie mi to.
Chociaż to mi obiecajcie.
Obiecajcie.
Słyszę was. Jeszcze nie dotarliście, ale już wkrótce tu będziecie. Leżę na podłodze, słyszę wasze słowa tam, jak głuche nawoływania.
– Wpuszczamy go! – krzyczycie. – Teraz będzie jednym z nas. Może teraz wejść.
Jak przyjemnie.
Tyle zrobiłem. Nie ma już tej innej krwi. To, co płynie w moich żyłach, możecie chyba pominąć?
Jesteście już bliżej.
Przychodzicie z jej miłością.
Tylko po to, by mnie wpuścić. Drzwi do mojej nory nie są zamknięte.

Elias Murvall dostrzega dym wydobywający się z małego dziobka na szczycie wypukłości w śniegu. Oczami wyobraźni widzi, jak tam, w ciemności, kryje się Karl Murvall, przestraszony, bezużyteczny.

Musiał to zrobić.
Zwątpienie to słabość.
Złamiemy go, kopniemy go i tak dalej.
Musi być tak, jak mówiła matka: Od początku był potworem, czuliśmy wszyscy trzej, że to on zgwałcił Marię.
Karl sam wynalazł sobie tę ziemiankę, gdy miał dziesięć lat. Wykradał się rowerem do lasu, po czym z dumą im ją pokazał, jakby miała im zaimponować jakaś pieprzona dziura w ziemi. Czarniawy zamykał go w norze na kilka dni o wodzie, kiedy byli w domku. Pora roku nie grała roli. Najpierw Karl protestował i musieli go tam zaciągać siłą, stary i brachole, ale potem jakby mu się spodobało i zadomowił się w dziurze, zrobił sobie w niej gnojówkową kryjówkę. Wtedy zamykanie go przestało być zabawne. Przez jakiś czas chcieli nawet zakopać dziurę, ale nikt nie miał siły na fizyczną robotę.
– Niech drań ma sobie swój grób! – darł się stary z wózka i nikt nie protestował. Wiedzieli, że nadal korzysta z nory, widywali ślady jego nart. Czasem nie widzieli śladów i zakładali, że przyjeżdżał z innej strony.
Elias i Jakob zbliżają się.
Skurwiel. Musi zniknąć.
Zielona skrzynia ciąży Adamowi, który zdecydowanym krokiem idzie za nimi przez biało-czarny krajobraz.

– Słyszysz, Zeke?
– Co?
– Czy to nie głosy tam, dalej?
– Nie słyszę żadnych głosów.
– Ale ktoś coś mówi, słyszę.
– Nie gadaj, Fors, ruszaj się.

Co mówicie?
Mówicie, żeby otworzyć, tyle rozumiem. Otworzyć i wpuścić.
Otwierasz, Jakob, a ja wpuszczam. Tak mówi Elias.
A więc to prawda. Udało mi się. Zrobiłem to, w końcu coś się poukładało.

Ale na co czekacie?
Najpierw, mówi, wpuścisz jeden, potem szybko kolejne, a skrzynkę na końcu.

Malin pędzi na oślep, słyszy teraz głosy, ale bardziej jak szepty, których znaczenia nie da się wyłuskać z fal dźwiękowych rozchodzących się między drzewami.
Mamrotanie.
Historie i krzywdy tysiąclecia skoncentrowane tu i teraz.
Czyżby las się rozrzedzał? Zeke za nią nie nadąża. Wlecze się, dyszy, wydaje jej się, że zaraz upadnie. Wysila się jeszcze trochę, rwie między drzewami, śnieg zdaje się znikać spod jej stóp, bliskość prawdy sprawia, że się unosi.

Elias Murvall wyjmuje ze skrzyni pierwszy granat. Widzi Jakoba stojącego przy drzwiach do ziemianki, za nim jak welon snuje się dym z komina, las stoi ciasno na baczność, wszystkie pnie wzywają: Zrób to, zrób to, zrób to.
Zabij swojego brata.
Zniszczył twoją siostrę.
Nie jest człowiekiem.
Ale Elias się waha.
– Do diabła, Elias! – wrzeszczy Jakob. – Teraz. Wrzucaj je. Wrzucaj! Na co, do kurwy nędzy, czekasz?!
Elias szepcze:
– Tak, na co, do cholery, czekamy?
– Wrzucaj. Wrzucaj – głos Adama.
I kiedy Elias zrywa zawleczkę z pierwszego granatu, Jakob otwiera wysokie na metr drzwi nory.

Otwieracie, widzę światło. Jestem teraz jednym z was.
W końcu.
Jesteście tacy mili.
Najpierw jabłko, bo wiecie, że to coś, co lubię. Toczy się w moją stronę, zielone w miękkim szarym świetle.

Podnoszę je, jest zimne i zielone. Potem po moim klepisku toczą się jeszcze dwa jabłka, za nimi czworokątna skrzynia.
Jak miło.
Podnoszę jabłko, od mrozu zimne i twarde.
Jesteście tu teraz.
Następnie drzwi się zatrzaskują i znika światło. Dlaczego?
Mówiliście przecież, że mnie wpuścicie.
Zastanawiam się, kiedy powróci światło. Skąd pochodzi to dudnienie?

Zeke pada za nią.
Co ona tam widzi? Jej pole widzenia jest jak rozedrgany obraz z kamery, porusza się tam i z powrotem. Co widzi?
Trzech braci?
Co oni robią?
Rzucają się na śnieg.
Huk, i jeszcze jeden, i jeszcze, i płomień przedostający się przez wybrzuszenie w śniegu. Rzuca się na ziemię, czuje, jak ziąb ogarnia jej nogi.
Broń z magazynu broni.
Granaty ręczne.
Niech to diabli.

Nie ma go, myśli Elias Murvall. Już go nie ma. Nie okazałem słabości.
Elias staje na czworaka, w uszach dzwoni od huku wybuchu, w głowie kipi od odgłosów. Widzi, że Adam i Jakob się podnoszą, że drzwi wyleciały z dziury, a śnieg pokrywający dach wiruje w powietrzu jak biały nieskończony kurz.
Jak to wygląda w środku?
Odpal petardę w zamkniętej dłoni...
Wsadź kocurowi w tyłek...
Zabarwiony krwią śnieg.
Smród potu, spalonego mięsa. Krwi.
Kto tak krzyczy? Kobieta?
Odwraca się.

Widzi uzbrojoną kobietę zbliżającą się od strony lasu.
Ona? Jak, u diabła, tak szybko nas znalazła?
Malin wstaje, idzie z wymierzonym pistoletem w kierunku trzech mężczyzn, którzy z trudem podnoszą się do pozycji klęczącej, wstają, unoszą ręce nad głową.
– Zabiliście własnego brata! – wrzeszczy. – Zabiliście własnego brata. Sądzicie, że zgwałcił waszą siostrę, ale nie miał z tym nic wspólnego, dranie! – krzyczy. – Zabiliście własnego brata.
Jakob rusza w jej stronę.
– Nikogo nie zabiliśmy. Mieliśmy go zabrać do domu, wiedzieliśmy, że go szukacie, a kiedy się zbliżaliśmy, nastąpił wybuch! – krzyczy i uśmiecha się.
– Nie zgwałcił waszej siostry! – drze się Malin.
Uśmiech znika z ust Jakoba. Wygląda na zmieszanego, oszukanego. Malin bierze zamach, pistolet szybko przecina powietrze, a kolba ląduje na jego nosie Jakoba.
Krew cieknie z nozdrzy Jakoba, który zatacza się do przodu. Śnieg zabarwia się na czerwono. Malin pada na klęczki i krzyczy w powietrze, krzyczy nieprzerwanie, ale nikt nie słyszy jej krzyku, który powoli przechodzi w skowyt. Nad polaną szybuje helikopter i zdusza wydostający się z jej płuc głos. Zawarta w tym zagłuszonym wyciu rozpacz i udręka oraz strzępki ludzkich losów już zawsze będą się niosły echem przez lasy nad Hultsjön.
Słyszycie to mruczenie?
Niespokojny pomruk.
Szum mchu.
To umarli szepczą, powie legenda. Umarli i jeszcze żyjący umarli.

Epilog

MANTORP, ŚRODA, DRUGI MARCA

Już się nie boję.
– Ja też nie.
Nie ma urazy. Nie ma rozpaczy ani krzywd do wybaczenia. Jest tylko zapach jabłek i piłki, które pozbawione ciężaru latają po nieskończonych przestworzach.
Unosimy się obok siebie, ja i Karl, jak powinni to robić bracia. Nie widzimy już ziemi, widzimy za to większość i dobrze nam.

Rakel Murvall siedzi u szczytu stołu kuchennego, z plecami zwróconymi w stronę kuchenki, gdzie w piekarniku dochodzi pudding kapuściany, a słodkawy zapach rozchodzi się po pomieszczeniu.
Elias wstaje pierwszy.
Potem Jakob. W końcu Adam.
– Kłamałaś, matka. Artykuły w gazecie. Był bratem...
– Wiedziałaś.
– Był jednak naszym bratem.
– Kłamałaś... zmusiłaś nas do zabicia naszego...
Jeden po drugim bracia wychodzą z kuchni.
Zamykają się drzwi wejściowe.
Rakel Murvall przeczesuje do tyłu swoje długie białe włosy.
– Wracajcie – szepcze. – Wracajcie.

Jak to się stało?

Malin jest pewna, kiedy chodzi między wiszącymi na wieszakach ubraniami w H&M w centrum handlowym Mobilia tuż za Mantorp.

Wrzucili granaty do dziury, a namówiła ich do tego matka.

Ale trudno się przyczepić do wersji braci, nie da się udowodnić, że Karl Murvall sam nie wyciągnął zawleczki granatów, w których posiadaniu jakoś się znalazł. Latem spędzą kilka miesięcy w Skänninge za kłusownictwo i posiadanie broni, to wszystko.

Tove pokazuje jej wiosenną sukienkę w czerwone kwiaty. Uśmiecha się z pytającym wyrazem twarzy.

Malin kiwa głową.

Sprawa zamordowania Bengta Anderssona uznana za rozwiązaną, podobnie jak porwanie i torturowanie Rebecki Stenlundh. Sprawcą w obu przypadkach był brat przyrodni ofiar, który wysadził się w powietrze w ziemiance, która najbardziej ze wszystkiego na tym świecie była jego domem.

Oficjalna prawda: Nie mógł żyć z tym, co zrobił.

Jakob Murvall zgłosił skargę na Malin za napaść. Zeke jednak podtrzymuje jej wersję.

– Do niczego takiego nie doszło. Musiał doznać uszczerbku wskutek eksplozji i na tym poprzestańmy.

Pozostaje pytanie:

Kto zgwałcił Marię Murvall?

Malin przebiera palcami po jasnoniebieskich śpioszkach. Czy na wszystkie pytania musi być odpowiedź?

Na zewnątrz puszcza mróz, choć nadal leży śnieg. Biała powłoka z każdym dniem staje się cieńsza, a pod ziemią pierwsze przebiśniegi przygotowują się do przedostania się przez ciemność. Poruszają się w humusie, gotowe na spotkanie słońca.

Spis treści

Podziękowania 5
Prolog 7
Część 1. Ostatnio wspomniana miłość 11
Część 2. Bracia 167
Część 3. Nawyki żywych 299
Epilog 445